Annika Hanke

Crescent Hill

Im Schatten des Mondes

DRACHENMOND VERLAG

Drachenmond Verlag GmbH
Auf der Weide 6
50354 Hürth
https://www.drachenmond.de
E-Mail: info@drachenmond.de

Lektorat: Julia Adrian
Korrektorat: Michaela Retetzki
Satz & Layout: Astrid Behrendt

Umschlagdesign: Giessel Design – Christin Thomas
Bildmaterial: Shutterstock

Druck: Booksfactory

ISBN 978-3-95991-583-0

Für die einsamen Wölfe,
die trotz allem stark genug sind,
aufzustehen und weiterzumachen.

Prolog

Blut klebte an seinen Händen, doch es war nicht sein eigenes. Er wusste, dass es Werwölfe gab, das hatte sein Vater ihm nie verheimlicht. Schließlich war er in eine Jägerfamilie hineingeboren worden, und es war seine Pflicht, eines Tages in die Fußstapfen seines Vaters zu treten.

Doch am heutigen Abend war sein ganzes Leben binnen Sekunden in Hunderte Scherben zersprungen.

Kaum öffnete er die Türen zum Anwesen, konnte er bereits die Spuren wahrnehmen. Nicht nur der schwere Geruch von nassem Hund und Wald hing in der Eingangshalle, auch modrige Pfotenabdrücke zeichneten sich auf dem hellen Marmorboden ab, und Robert wusste auf einen Schlag, was geschehen war: Wölfe hatten sich Zutritt zur Villa der Familie Cavanaugh verschafft.

Eiskalte Angst erfasste ihn, raubte ihm die Luft zum Atmen, weil er nicht wusste, was ihn erwartete, wenn er den blutigen Spuren an den Wänden bis zum Wohnzimmer folgte. Einen Herzschlag lang war er wie betäubt, ehe er einen Fuß vor den anderen setzte. Vielleicht hätte sein Verstand direkt auf den Jäger, der er sein sollte, umschalten müssen, doch er tat es nicht. Stattdessen blieb er der vierzehnjährige Junge, der er war und unter normalen Umständen sein sollte.

Als er ins Wohnzimmer trat und seine zwei Brüder zerfetzt vorfand, blieb er stehen, kämpfte gegen die Machtlosigkeit und das Würgen an, das automatisch hervorbrach. Vor dem Sofa fand er seine kleine Schwester und seine Mutter. Der Teller mit der Geburtstagstorte lag zersprungen auf dem Boden, eine einzelne Kerze brannte noch auf dem Tisch, daneben standen die Geschenke für Lia, fein säuberlich eingepackt. Ob seine Familie gedacht hatte, er komme zur Tür herein?

»Mom?«, brach es aus ihm hervor. Er strauchelte auf seine Mutter zu. Tränen nahmen ihm die Sicht, er stolperte über eine umgeschlagene Teppichecke und stürzte auf die Knie. Mit steifen Fingern griff er in die flauschigen Fasern, hoffte, betete, dass das hier nur ein Albtraum war, aus dem er gleich erwachte.

Da hörte Robert Kampfgeräusche aus dem Garten. Er riss den Blick von seiner Familie los und sah in die finstere Nacht hinaus. Als er den Schrei seines Vaters hörte, schaltete sein Verstand endlich, wenn auch langsam und wie durch dicke Wolken, auf den des Jägers um.

Er näherte sich auf allen vieren seiner Mutter und streckte die Hand nach dem Schwert aus, das von ihr umklammert wurde, als hinge ihr Leben davon ab. Und so war es ja auch gewesen, nicht wahr? Nur hatte sie den Kampf verloren.

Zitternd bog er die Fingerglieder seiner Mutter auf, um den Griff des Schwerts zu befreien und die Waffe selbst aufzunehmen. Sie war geschmiedet aus purem Silber, dem einzigen Material, das für Werwölfe bei einem Treffer ins Herz absolut tödlich war und auf der Haut für Verbrennungen und Verätzungen sorgte. Ausdruckslos starrte ihn seine Mutter an, keinerlei Wärme mehr in ihren Augen. Er hatte Mühe, den Kloß in seinem Hals hinunterzuschlucken.

Tapfer kratzte Robert seinen kläglichen Rest Mut zusammen und rannte nach draußen, genau dorthin, wo die Kampfgeräusche herkamen. Er fand seinen Vater im Garten, den linken Arm an den Körper gepresst, in der rechten Hand ein Silberschwert. In bedrohlich geduckter Haltung umkreiste ihn ein halb verwandelter Wolf, ließ ihn keine Sekunde aus den Augen. Die Bestie sprang vor, schleuderte seinen Vater zu Boden. Robert wusste sofort, dass sie keine Chance hatten.

»Lass ihn in Ruhe!«, rief er und hob das Schwert. Der Wolfsmann drehte sich zu ihm. Obwohl kein Vollmond am Himmel stand, glühten seine Augen gelb und die Fangzähne ragten zwischen den Lippen hervor. Er war nicht gänzlich verwandelt, aber auch definitiv nicht mehr menschlich.

»Robert, nicht! Das ist ein Alpha!« Sein Vater zwang sich hoch, der Wolf knurrte. Robert klopfte das Herz bis zum Hals. Wie sollte er gegen einen Alpha, den Kopf eines ganzen Rudels, kämpfen? Er hatte noch nicht einmal mit der Ausbildung an der Akademie begonnen. Er wusste nur das, was sein Vater ihm eingetrichtert hatte: Werwölfe waren das Böse. Sie mussten ausgerottet werden.

Mit einem Schrei stürzte er vor und hieb nach der Kreatur des Mondes. Ein Knurren drang aus ihrer Kehle, und sie sprang in unmenschlicher Geschwindigkeit zur Seite, sodass Robert sie verfehlte. Er hatte keine Chance. Der Wolf holte aus und traf ihn im Gesicht. Seine Wange brannte lichterloh und er stürzte, schaffte es nicht, sich wieder aufzuraffen. Die Ohnmacht nagte an ihm. Sein Vater schrie, ehe es gespenstisch ruhig wurde.

Er wusste nicht, wie lange er auf den Tod wartete, doch er kam nicht. Stattdessen kehrte mit jedem Herzschlag die Kraft in seinen Körper zurück. Er stützte sich auf die Ellbogen, blinzelte das Blut aus den Augen und sah sich verzweifelt um. Der Wolf schien fort zu sein, Hoffnung keimte in ihm auf. Hoffnung, die sofort schwand, als er die Silhouette seines Vaters am Boden entdeckte. Robert kroch auf ihn zu.

»Vater«, wimmerte er und starrte in dessen fahles Gesicht, das tiefe Kratzer über Stirn, Wange und Auge aufwies.

»Du musst unser Vermächtnis fortführen«, brachte sein Vater röchelnd hervor. Er legte eine blutverschmierte Hand an Roberts Wange und sah ihm in die Augen. »Werde ein Jäger. Beschütze Crescent Hill und vernichte die Werwölfe.«

»Vater, nein!« Tränen nahmen ihm die Sicht. Er wollte nicht wahrhaben, dass sein Vater starb. Dass seine ganze Familie tot war.

»Mein Junge, versprich es mir.«

Robert wusste nicht, woher er die Kraft nahm, doch er nickte. Es war der letzte Wunsch seines Vaters, er konnte ihm diesen niemals ausschlagen.

»Ich verspreche es«, flüsterte er.

Und die Trauer in seinem Blick wich loderndem Zorn, als sein Vater, der größte Werwolfjäger seiner Generation, den letzten Atemzug nahm.

1
Maya

Der Song im Radio dröhnte viel zu laut aus den Lautsprechern. Ich saß bereits seit einer halben Stunde auf dem Fahrersitz meines Wagens, hielt das Lenkrad fest umklammert und starrte auf das Gebäude, das sich hell und protzig in den Himmel erstreckte. Der prunkvolle Turm aus weißem Stein trug auf seinem Spitzdach eine Mondsichel. Die Schrift über dem Haupteingang hatte ich schon Tausende Male gelesen: *Moonlight Academy.*

Die Akademie, an der Jäger ausgebildet wurden, eines von Hunderten Instituten auf der Welt, die sich um das allgegenwärtige Werwolfproblem kümmerten. Seit die Wölfe vor ungefähr achtzig Jahren aus den Schatten getreten waren und wir um ihre Existenz wussten, gab es die Akademien. Sie waren quasi über Nacht gegründet worden und nicht mehr wegzudenken. Solange es Werwölfe gab, würden Jäger sie jagen.

Ich schloss die Augen und lehnte die Stirn gegen das Lenkrad, spürte den Bass des Songs in meinem Körper vibrieren. Die Akademie war zwangsläufig mein zweites Zuhause, doch noch nie war es mir so schwergefallen, durch diese Türen zu treten.

Aaron sollte an meiner Seite sein. Mein großer Bruder sollte mich aufziehen, weil ich beim Training gegen ihn verlor, sollte sich über mich lustig machen, weil ich seiner Meinung nach wie ein waschechtes Mädchen zuschlug. Doch Aaron war tot. Zwei Wochen schon, und seitdem war nichts mehr wie zuvor.

Ich hatte mir eine Auszeit genommen, auf den Pausenknopf gedrückt. Doch jetzt musste ich zurück, dem Druck und der Erwartungshaltung meiner Eltern standhalten.

»Wir unterbrechen für eine Eilmeldung«, gab der Radiosprecher bekannt. »In Denver hat es einen weiteren Werwolfsangriff gegeben. Dabei sind sechs Menschen ums Leben gekommen. Die *Moonlight Academy* in Denver verhängt daher eine abendliche Ausgangssperre ab neun Uhr.«

Ein Klopfen an der Scheibe riss mich hoch. Neben meinem Auto stand niemand anderes als Jamie. Er lächelte und ich seufzte, ehe ich die sichere, abgeschirmte Blase meines Wagens verließ. Kühle, feuchte Herbstluft wehte mir entgegen, und ich wünschte, heute Morgen nicht aus dem Bett gestiegen zu sein. Hätte ich nicht einfach liegen bleiben können? Dann wäre mir die Akademie mit all ihren Idioten erspart geblieben.

»Hey«, grüßte Jamie und zog mich in eine Umarmung, kurz nachdem ich die Wagentür zugeknallt hatte. Ich atmete seinen vertrauten Duft nach Minze und frisch gewaschener Wäsche ein, drückte ihn jedoch von mir, als ich das dumpfe Gefühl aufkommender Tränen verspürte.

»Sorry, ich kann nicht …« Ich schüttelte den Kopf.

»Ich stehe diesen Tag mit dir durch, okay? Wir machen alles in deinem Tempo.« Trotz der herbstlichen Temperaturen trug er ein weißes Poloshirt, das im krassen Kontrast zu seiner dunklen Haut stand. Auf der linken Brust war die Mondsichel aufgestickt, die von einem Schwert durchstoßen wurde. Rosen rankten sich um die Silberwaffe, darunter stand der Schriftzug, der auch auf dem Akademiegebäude prangte.

Er fuhr sich durch das Haar, das an den Seiten kurz rasiert war und sich auf dem Kopf in winzigen Kringeln lockte, was seinen nigerianischen Wurzeln zu verdanken war.

»Ich bin mir nicht sicher, ob ich wirklich hier sein möchte«, gab ich zu. Sein Nasenpiercing blitzte in der Sonne, als er den Arm um meine Schultern legte. Er zwang mich sanft, aber bestimmt fort vom Parkplatz in den Schatten der Akademie, die mir Bauchschmerzen bereitete.

»Ich bin mir sicher, dass es gar nicht so schlimm sein wird, wenn du erst das Gebäude betreten hast. Jeder hier weiß, was passiert ist. Sie werden sich dir gegenüber schon benehmen.«

Und genau das war meine Sorge. Ich wollte nicht von Blicken verfolgt oder in Watte gepackt werden, erst recht nicht vor meinen Eltern. Ich würde es nicht ertragen, *sie* würden es nicht ertragen, wenn die arme kleine Maya wegen des Verlustes ihres Bruders bemitleidet wurde. Ich musste stark sein, klarkommen mit dem Loch, das in meiner Brust klaffte, abschließen. Auch wenn es mir die Luft zum Atmen raubte und die Leere in mir mich zerfraß. Bislang hatte ich nichts gefunden, was diese Leere füllen konnte.

»Zieh dich um und komm in die Halle, ja? Ich werde deinem Vater sagen, dass wir gemeinsam trainieren.«

Jamie blieb vor den Umkleiden stehen. Ich hatte gar nicht bemerkt, dass wir bereits die mit weißem Marmor ausgelegte Eingangshalle hinter uns gelassen hatten. Ich nickte nur zur Antwort, befreite mich aus Jamies Griff und stieß die Tür zur Umkleide auf. Die Deckenlampe schaltete sich flackernd ein, und ich fand mich in einem rechteckigen, rot gefliesten Raum wieder, in dem mehrere Bänke und Garderoben standen. Dieser Raum erinnerte an eine normale Highschool-Umkleide, auch wenn es dort sehr viel kleiner und enger war.

Ich suchte mir einen freien Platz und zog die Trainingsklamotten aus meiner Tasche. Das Logo der *Moonlight Academy* blitzte mir silbern entgegen, und ich strich kurz über den eingestickten Faden.

War ich tatsächlich schon wieder bereit, mich in den Ring zu begeben? Konnte ich einfach dort weitermachen, wo ich vor zwei Wochen aufgehört hatte?

Meine Eltern waren direkt nach Aarons Tod zur Normalität übergangen, als hätten sie nicht gerade ihren Sohn verloren. Als hätten sie nicht ihr Kind begraben müssen. Ich wusste, dass sie dasselbe auch von mir erwarteten, schließlich war ich eine Cavanaugh.

»Reiß dich einfach zusammen«, murmelte ich mir selbst zu und zog mich um. Ich band mir die hellblonden Locken zu einem Zopf zusammen und atmete noch einmal tief durch, ehe ich in die Halle trat.

Und natürlich passierte genau das, was ich befürchtet hatte: alle starrten mich an. Ich biss mir auf die Zunge, reckte das Kinn und ging zielstrebig auf Jamie zu.

Das Flüstern schwoll an. Es traf mich eiskalt.

»Wusstest du, dass sie schon wiederkommt?«

»Wie lange ist ihr Bruder jetzt tot?«

»Sieh sie dir an, als wäre nichts gewesen!«

»Typisch Cavanaughs.«

»Tja, kein Herz, kein Schmerz!«

Ich ballte die Fäuste und spürte den feinen Schmerz in den Handflächen, als sich meine Fingernägel in das Fleisch gruben. Normalerweise würde Aaron jetzt neben mir stehen und meine Finger entspannen, die verkrampfte Faust wieder öffnen. Aber er war nicht da, um mir zu sagen, dass alles gut werden würde.

»Maya, du gehst mit Jamie auf die Matte«, rief mir mein Vater entgegen, das dunkelblonde Haar wie immer perfekt gestylt, keine einzige Strähne lag in irgendeiner Weise falsch. Er hatte die muskulösen Arme vor der Brust verschränkt und blickte mich mit Aarons stahlgrauen Augen finster an. Natürlich ignorierte er das Flüstern, ignorierte meinen Schmerz, mein Unwohlsein.

Es lag nicht an mir, das wusste ich. Beziehungsweise versuchte ich mir das einzureden. Denn es lag irgendwie doch an mir, schließlich war ich nicht Aaron. Ich war nicht der Musterschüler, nicht der perfekte Sohn. Ich war nur die zwei Jahre jüngere Schwester, die jetzt zusehen musste, dass sie die Lücke füllte, die Aaron hinterlassen hatte.

Jamie zog mich auf die Matte. Die Halle der Akademie war riesig, uns gegenüber befand sich eine Fensterfront, die einen Blick auf die angrenzende Arena bot, in der die Prüfungen der Absolventen abgehalten wurden.

Rechts und links standen Waffenwände und jeweils ein Schrank, in dem die Matten nach dem Training verstaut wurden. Auch sie zierte die durchstoßene Mondsichel, das Symbol der Akademie und Werwolfjäger. Es verfolgte mich bereits mein Leben lang, und ich wünschte mir sehnlichst, es nicht mehr auf der Brust tragen zu müssen.

Doch das würde ich. Heute, morgen, selbst nächstes Jahr. Und bald sogar als Tattoo auf dem Unterarm, sollte ich die Ausbildung zur Jägerin abschließen. Was ich tun würde.

Tun musste.

»Fangt an!«, donnerte mein Vater durch die Halle, und ich hob die Fäuste, sicherte meinen Stand. In Jamies Gesicht konnte ich lesen, dass er mich verschonen wollte, dass er, so gut es ging, sanft zu mir sein würde. Ich schüttelte den Kopf. Ich wollte nicht verschont werden.

Mit einem tiefen Atemzug sprang ich vor und täuschte mit der linken Faust einen Kinnhaken an, traf Jamie dann aber mit der rechten gegen die Rippen. Er stöhnte auf, krümmte sich kurz, richtete sich aber blitzschnell wieder auf und schlug mit halber Kraft zu. Normalerweise spürte ich die Vibration bis in die Zähne, den Schmerz, der durch den ganzen Körper schoss, wenn Knochen auf Knochen traf. Doch dieser Schlag würde mir nicht einmal einen blauen Fleck bescheren.

»Johnson! Zu mir!«

Jamie ließ seine Kampfhaltung fallen, ehe er dem Befehl augenblicklich nachkam. Mein Vater, Robert Cavanaugh, war nicht nur Gründer und Trainer der Akademie, er war auch der Favorit der diesjährigen Bürgermeisterwahl von Crescent Hill und Oberster Werwolfjäger. Meine Mutter, Lucia Cavanaugh, war für die Verwaltung zuständig, den »bürokratischen Kram«, wie Vater es abfällig nannte.

Auch wenn sie nicht ganz so kalt und herablassend wie er war, ergänzten sich die beiden perfekt. Sie stärkte ihm in allen Dingen den Rücken und war die Vorzeigefrau an der Seite des wohl wichtigsten Mannes in Crescent Hill. Außerdem betreute sie die neuen Jäger und organisierte die entsprechenden Werbemaßnahmen sowie sämtliche Aufträge. Alles, was zu einem gut laufenden Geschäft nun mal dazugehörte.

»Wir sind nicht hier, um irgendjemanden zu schonen, hast du verstanden?«, tönte mein Vater, ganz in der Rolle der Akademieleitung. Er stand so, dass ich die Narbe, die sein Gesicht teilte, nicht sehen konnte. Doch ich wusste, sie war da. Ein brandrotes Mahnmal, das wie sein alles zerfressender Hass auf die Wölfe loderte. Ich teilte diesen Hass nicht, obwohl ich durch sie Aaron verloren hatte, so wie Vater seine ganze Familie. Anders als er wollte ich aber keine Rache, sondern ein Leben frei von Gewalt und Tod und Verlust; eines, in dem ich nicht die Tochter des besten Jägers von Crescent Hill samt blutrünstigem Erbe war.

Was der Hass und das Töten mit einem anstellen konnten, sah ich tagtäglich in meiner Familie. Es hatte uns Aaron gekostet – und ein Teil von mir fürchtete, dass ich genauso enden würde. Trotzdem wollte ich keine Mörderin sein.

Nicht einmal eine Wolfsmörderin.

»Ihr denkt vielleicht noch, das sei nur Spaß. Das ist es aber nicht!« Vater hob die Stimme und sprach nun zu allen Anwärtern. »Ihr werdet hier ausgebildet, um unsere Stadt vor den wilden Kreaturen zu schützen, die nicht zögern würden, euch oder andere Menschen zu töten. Es ist mir also egal, ob ihr untereinander befreundet seid oder nicht. Jeder trainiert mit voller Kraft! Ansonsten ist er oder sie nicht würdig, ein Jäger der *Moonlight Academy* zu sein.« Bei den letzten durchdringenden Worten sah Vater Jamie an. Ein Wunder, dass er nicht direkt mich ansprach; das war auch gar nicht nötig. Er hatte das Talent, mich auch so zu treffen.

Jamie trat mit gesenktem Kopf zurück auf die Matte. Ich schüttelte meine Arme aus, ehe ich sie in Verteidigungshaltung hob. Mir war klar, dass Jamie jetzt härter zuschlagen musste, weil er sonst Probleme bekam. Ich verstand das, niemand hier wollte sich mit der Akademieleitung anlegen.

Wir hatten schon oft zusammen gekämpft, ich kannte Jamies Taktik in- und auswendig. Vielleicht konnte ich ihm standhalten. Doch er war viel schneller, als ich in Erinnerung hatte. Er stürzte nach vorn, im nächsten Moment spürte ich bereits, wie sein Unterarm gegen meinen prallte. Das vertraute Vibrieren schoss durch meinen Körper, der Schmerz breitete sich aus und ließ mich keuchen. Adrenalin pumpte durch meine Adern und spülte den Schmerz fort.

Bevor Jamie ein weiteres Mal zuschlagen konnte, duckte ich mich und riss ihm die Beine unter dem Körper weg. Er landete auf dem Rücken, doch den Bruchteil einer Sekunde später war er schon wieder auf den Füßen und schlug zu. Er traf mich in die Rippen. Ich taumelte, blockte den nächsten Schlag ab, doch Jamie war zu schnell. Sein Kinnhaken traf mich mit voller Wucht und ich ging zu Boden. Das Blut, das auf die Rose des Wappens tropfte, war kaum zu sehen. Beides war rot und verlief ineinander.

Ich fuhr mir mit dem Handrücken über die aufgeplatzte Lippe und richtete mich auf. Jamie neigte kurz den Kopf, als wollte er sich entschuldigen. Doch nun war ich diejenige, die sich auf ihn stürzte. Ein Sturm aus Emotionen wütete in meinem Inneren, das Adrenalin rauschte durch meine Blutbahn. Ich dachte an Aaron, dachte an meinen Vater, dem ich nie genug sein würde, und schlug zu. Drängte Jamie zurück, der in meiner schnellen Schlagabfolge nur die Arme überkreuzt vor sein Gesicht halten konnte. Ich schlug ihm in die Rippen, er keuchte, hielt meine herannahende Faust jedoch auf und drehte mir den Arm auf den Rücken, sodass ich schmerzerfüllt aufschrie. Er stieß mich zu Boden, und dieses Mal wollte ich einfach nur liegen bleiben.

»Für heute reicht es.«

Die Schritte der Anwärter entfernten sich und ich schloss die Augen. Mein Kopf brummte, mein Arm schmerzte und ich rollte die Schulter, um zu überprüfen, ob sie noch im Gelenk saß. Jamie würde mich zwar niemals ernsthaft verletzen, aber Unfälle geschahen, erst recht, wenn Druck von meinem Vater ausgeübt wurde.

»Du hast gut gekämpft«, lobte Jamie und reichte mir die Hand. Ich ließ mich hochziehen und seufzte erschöpft.

»Nicht gut genug«, erwiderte ich mit Blick auf meinen Vater, der sich nur kopfschüttelnd abwandte und selbst die Halle verließ. Ich war kein Vergleich zu Aaron, und die Enttäuschung meiner Eltern darüber spürte ich jeden verdammten Tag.

»Daran arbeiten wir, versprochen.«

Ich schenkte Jamie ein halbherziges Lächeln, das keine Hoffnung in sich trug, ehe auch wir die Halle verließen.

Als ich aus der Dusche kam, war die Umkleide zum Glück leer. Alle wollten nach Hause, alle außer mir. Ich würde mir bloß am Esstisch anhören müssen, dass ich versagt hatte, generell nicht stark genug sei, zu wenig Motivation zeige und überhaupt eine bodenlose Enttäuschung sei, weshalb ich Zeit schindete. Ich wischte über den beschlagenen Spiegel und betrachtete mein Ebenbild. Den kleinen

Leberfleck auf der Nase hatte Aaron an genau derselben Stelle gehabt. Die Ähnlichkeit zu ihm fraß sich heute schmerzhaft in mein Herz, und in meinen sowieso schon geröteten Augen standen neue Tränen, die ich kaum noch aufhalten konnte. Äußerlich glichen wir einander so sehr, dass ich bei jeder reflektierenden Scheibe zusammenzuckte. Beinahe dankbar betastete ich die aufgeplatzte Lippe, die bereits zu schwellen begann und mein Gesicht – Aarons Gesicht – verfremdete. Es würde sicher ein paar Tage dauern, ehe der feine Schnitt verheilte.

Ich reckte das Kinn und schluckte die Tränen. Zumindest in diesem Punkt unterschied ich mich von Aaron und glich mehr meinem Vater: Ich konnte meine Gefühle genauso gut verbergen wie er, auch wenn das die einzige Gemeinsamkeit war, die wir teilten.

Es war spät geworden, draußen war die Sonne fast untergegangen, was mir die Ruhe gab, nach der ich mich sehnte. Ich hasste es, eine Maske zu tragen, nicht ich sein zu dürfen. Selbst zu Hause musste ich die Starke mimen, weil es sich für eine Cavanaugh einfach so gehörte. Ich durfte keine Schwäche zeigen, das hatten mir meine Eltern eingetrichtert – und ich gehorchte.

Als ich in meinem Wagen saß, stieß ich die Luft aus. Am liebsten würde ich hierbleiben, nicht heimfahren.

Mein Handy vibrierte und zeigte eine Nachricht von Jamie.

J: Sorry, dass ich einfach gegangen bin. Meine Eltern haben mich abgeholt – sind bei Tante Trudy …

Ich musste über das augenverdrehende Emoji hinter seiner Nachricht schmunzeln. Tante Trudy war eine recht gewöhnungsbedürftige, schrullige ältere Dame, die allein außerhalb von Crescent Hill lebte. Seit dem Tod ihres Ehemanns pflegten Jamies Eltern engen Kontakt zu ihr und fuhren alle zwei Wochen hinaus. Es war zu einer Tradition geworden, dass Jamie mitmusste. Sie freute sich immer so sehr, ihren einzigen Neffen mit selbst gebackenen Törtchen zu verwöhnen, wohingegen er froh war, wenn er wieder verschwinden konnte.

M: Oh, grüß Tante Trudy herzlich von mir! Und ihre fünf Katzen, oder waren es schon sechs? Wie auch immer, wir sehen uns morgen!

Zwar konnte Jamie das schwache Lächeln auf meinem Gesicht nicht sehen, aber ich fühlte mich ein bisschen ausgeglichener, als ich die Nachricht getippt hatte. Jamie war eine der wenigen Konstanten in meinem Leben, die mir Halt und Geborgenheit gaben.

Anstatt einer richtigen Textnachricht sendete er nur noch mehr augenrollende Emojis, was mich zum Lachen brachte. Ich warf das Handy in meine Tasche und trat den Heimweg an.

Natürlich stand der Range Rover meines Vaters bereits im Carport. Ich hielt vor dem gusseisernen Tor, tippte den Code ins Zahlenfeld und lenkte meinen Ford neben die Luxuskarosse. Erneut fühlte ich mich unfähig, auszusteigen und in das Gebäude zu gehen. Irgendwie häuften sich diese Momente derzeit bei mir. Nichtsdestotrotz zwang ich mich hinaus und hinein in die Höhle des Löwen.

»Ich bin wieder da«, rief ich, hängte meine Jacke auf und betrat das ausladende Wohnzimmer unserer Villa. Die bodentiefe Fensterfront zeigte den letzten Lichtstreifen am Horizont, bevor die Sonne gänzlich unterging. Zugegeben, wir hatten einen fantastischen Ausblick.

Crescent Hill lag in Colorado, am Rande der Rocky Mountains. Die Berge boten ein märchenhaftes Panorama, waren jedoch auch die Heimat zahlloser Werwölfe. Deshalb pochte Vater so sehr darauf, dass die Stadt genügend Jäger ausbildete, um diese auf kontrollierte Streifzüge zu schicken. Die Jäger beschützten die Stadt und verteidigten sie gegen Angriffe, dämmten die Wölfe aber auch aktiv ein, sollten sie zu zahlreich werden oder Crescent Hill zu nahe kommen. Da die Handlungsbefugnis darüber allein beim amtierenden Bürgermeister, Shawn McIntyre, lag, war mein Vater scharf auf den Posten. Würde er die kommende Wahl gewinnen, stand ihm nichts und niemand mehr im Weg. Dann konnte er frei über sämtliche *Eindämmungsaktionen* und Streifzüge entscheiden.

»Du hast lange gebraucht«, merkte meine Mutter an, die gerade eine Schüssel Salat auf den Esstisch stellte. Ich zwang mich zu einem falschen Lächeln.

»Ja, tut mir leid, ich wurde aufgehalten.«

»Von wem? Deinem Wagen?« Die Stimme meines Vaters war verächtlich. Mein Lächeln verrutschte, ich räusperte mich und setzte mich an den gedeckten Tisch. »Du hättest heute fokussierter sein müssen, Maya. Dein Auftritt war alles andere als würdig.«

»Ich weiß, tut mir leid. Wird nicht mehr vorkommen«, sagte ich leise und starrte auf den Teller vor mir. Auf den Rand war ein verschnörkeltes goldenes C gemalt worden – Cavanaugh. Nicht einfach nur ein Nachname, sondern der Inbegriff der besten Jägerfamilie ganz Amerikas. Ich konnte mir dank dieses Namens, der ein Gewicht hatte, das ich nicht tragen konnte, innerhalb von Crescent Hill keine eigene Zukunft aufbauen. Ich war verflucht, denn ich war eine Cavanaugh – eine Jägerin. Ganz egal, ob ich es wollte oder nicht.

»Richtig, das wird es nicht. Du wirst dich konzentrieren und zusammenreißen, hast du verstanden? Es liegt nun an dir, die Beste der Akademie zu sein. Dein Bruder wäre nie so schnell zu Boden gegangen. Keine fünfzehn Sekunden – kannst du dir das vorstellen, Lucia? Da kommt unsere Tochter zu spät zum Training und lässt sich auch noch wie ein blutiger Anfänger übertölpeln! Eine Schande.«

Ich presste die Lippen aufeinander. Es war immer dasselbe. Seit Aaron tot war, musste ich mir genau diese Worte anhören.

Deinem Bruder wäre dieser Fehler niemals passiert.

Aaron war ein besserer Kämpfer.

Aaron wäre ein exzellenter Jäger geworden.

Aaron, Aaron, Aaron.

Wo blieb ich dabei?

»Ich habe keinen Hunger«, sagte ich und stand auf.

»Iss wenigstens etwas Salat.« Meine Mutter klang weitaus friedlicher, als ich mich wegen meines Vaters fühlte.

»Ich sagte, ich habe keinen Hunger.«

»Lass sie gehen, Lucia«, befahl mein Vater knapp, und ich sah zu, dass ich die Treppen hochkam. In meinem Zimmer schmiss ich die Tür zu und warf mich aufs Bett. Ich presste mir ein Kissen vors Gesicht, damit es meinen Schrei erstickte. Wie sehr ich mir wünschte, endlich volljährig zu sein und diesem Haus, dieser Stadt einfach nur den Rücken zu kehren.

2
Maya

Zu meinem großen Glück waren meine Eltern am Morgen schon aus dem Haus, als ich die Treppe nach unten zur Küche nahm. Ich kannte es nicht anders, Aaron und ich waren in unserer Kindheit stets allein gewesen. Wir hatten ein gutes Dutzend Babysitter durch, ehe meine Eltern entschieden, Aaron sei alt genug, um von nun an selbst auf mich zu achten. Ab diesem Zeitpunkt hatten wir nur noch uns selbst. Und jetzt war ich ganz allein.

Ich schmiss die Kaffeemaschine an und suchte mir meinen Lieblingsthermobecher aus dem Schrank, den Aaron mir zum letzten Geburtstag geschenkt hatte. Er war knallbunt, ganz im Gegensatz zur beigefarbenen Küche, die direkt an das offene Wohn- und Esszimmer mit der Fensterfront grenzte. Ich sah auf die Kochinsel in der Mitte, auf den neuesten Induktionsherd, die marmorne Arbeitsplatte und die teuren Möbel, die sich fein säuberlich aneinanderreihten.

Unser Haus war schön, keine Frage. Schön, wenn man auf klassische Eleganz, Reichtum und Luxus stand. Ich hingegen hatte mir immer einen Hund gewünscht. Dann wäre Leben in dieses Haus eingekehrt, dann hätte man es nicht für ein Ausstellungsstück gehalten, in dem kein einziges Körnchen Staub zu finden war. Aber meine Eltern hatten es nicht erlaubt, ein Hund hätte meinem Fokus geschadet – und der sollte stets auf der glorreichen Zukunft als Jägerin liegen.

Ich riss mich von der Einrichtung los und kochte mir einen Kaffee. Aaron hatte seinen immer schwarz getrunken, was ich überhaupt nicht verstehen konnte – wie bekam man dieses bittere Zeug bitte ohne Milch und Zucker runter?

Nachdem ich meinen To-go-Becher verschlossen hatte, verließ ich das Haus der Akademieleitung – denn nach Familie fühlte es sich hier schon lange nicht mehr an.

Bevor ich mich in die Schule stürzte, blieb ich noch einen Moment im Wagen sitzen. Es wurde zu einer neuen Gewohnheit, die mir Kraft gab, den Alltag ohne Aaron durchzustehen. Ich hörte einen Song zu Ende, den er gemocht hätte, schaltete das Radio aus, als die Werbung prompt mit der Ausbildung zum Jäger startete, und versuchte die Trauer beiseitezuschieben. Anders als die Akademie hatte ich die Highschool nicht pausiert, sondern war zwei Tage nach Aarons Beerdigung mit versteinertem Gesicht zum Unterricht erschienen, weil meine Eltern darauf bestanden hatten.

Trotz – oder gerade wegen des Verlustes eines Jägers gab es in der Schule nur ein Thema: den Tag der offenen Tür bei der *Moonlight Academy* und die darauffolgende Woche voller Infoabende und Veranstaltungen.

Die Beerdigung des eigenen Sohnes hin oder her – Priorität meiner Eltern war es, neue Jäger auszubilden, deshalb gaben sie sich die größte Mühe, möglichst viele Highschool-Abgänger anzuwerben. Das Gesetz schrieb ein Mindestalter von achtzehn Jahren vor – nur galt das nicht für uns, die glücklichen Kinder der Akademieleitung.

Wir waren die große Ausnahme.

Gewesen … denn jetzt war das nur noch ich.

Wäre es nach mir gegangen, hätte mich nichts auf der Welt dazu bringen können, mich zur Werwolfjägerin ausbilden zu lassen. Doch meine Stimme hatte nie gezählt, und jetzt war ich das Aushängeschild der Akademie. An jedem Schwarzen Brett, das es hier gab, hingen Plakate und Flyer mit meinem Gesicht. Die Jäger waren mit jedem Schritt, den man hier tat, überpräsent.

Sophie wartete am Spind auf mich, ein breites Lächeln im Gesicht, die Augen funkelnd. Alles an ihr schrie nach guten Neuigkeiten.

»Du glaubst gar nicht, wer mich gefragt hat, ob ich mit ihm auf Trevors Party gehe!« Ihre Stimme war gedämpft, dennoch schoss sie zum Satzende ein, zwei Oktaven höher. Wie dankbar ich ihr war, dass sie mich nicht schonte oder mit Samthandschuhen anfasste. Stattdessen hakte sie sich bei mir unter und strahlte mich an. Sie wusste, wie sehr ich diese Normalität brauchte, wie dringend ich weitermachen musste, was auch immer *weitermachen* hieß. Ich hielt inne, ließ mir mit der Antwort Zeit, um sie ein bisschen zappeln zu lassen, und tippte mir nachdenklich gegen das Kinn.

»Vielleicht Daniel aus dem Footballteam?«

Sie verdrehte die Augen.

»Oder John aus der Elften?«

»Man, stell dich nicht dumm! Brian hat mich gefragt.«

Ich setzte ein Lächeln auf, das sich sogar ein bisschen echter anfühlte als die unzähligen davor. Brian war in unserem Jahrgang, und Sophie hatte schon ewig ein Auge auf ihn geworfen. Sie war bisher bloß zu schüchtern gewesen, um ihn anzusprechen, weshalb ich mich umso mehr freute, dass er es nun endlich geschafft hatte, sie zu einer Party einzuladen.

»Wenn du willst, machen wir uns gemeinsam fertig«, bot ich an.

Ihre Augen funkelten. »Wirklich?«

»Ja, natürlich.« Es war der erste Schritt aus meinem Schneckenhaus. Wieder aktiv am Leben teilnehmen, etwas erleben. Vielleicht war es die richtige Entscheidung.

»Ich würde mich wirklich freuen. Aber nur, wenn es für dich nicht zu viel wird, ja?«

Ich gab mich selbstsicherer, als ich mich fühlte. »Ich kann dich doch unmöglich ohne meine Unterstützung mit Brian ausgehen lassen, nicht bei deinen Haaren!«

Ich streckte die Hand aus und berührte ihre wirre Mähne, die wir unbedingt bändigen mussten. Sophie hatte kein Händchen dafür, ich dafür umso mehr.

Sie sah aus wie eine Irin, bestand aber darauf, ausschließlich amerikanische Vorfahren zu haben. Woher sie also den Rotton ihres Haars hatte, der so typisch für die Inseln war, blieb ungeklärt. Vielleicht waren vor Hunderten von Jahren auch Wikinger nach Amerika gekommen und hatten das wilde Rot an sie vererbt. Das Temperament dazu hatte sie jedenfalls, auch wenn es sich selten zeigte. Sophie war eher der ruhige, unauffällige Typ. Und genauso war auch ihre Kleiderwahl – der ich ein bisschen Glamour verleihen würde.

»Du wirst ihn umhauen, da bin ich mir sicher.«

Sophie lächelte, ihre Wangen glühten. Sie war bis über beide Ohren in diesen Kerl verliebt.

»Oh, oh!« Ich deutete mit dem Kinn hinter sie. »Objekt der Begierde auf sechs Uhr.«

Sophie riss die Augen auf. »Kommt er hierher?«

»Er ist gleich da. In drei, zwei, eins …«

»Hey«, sagte Brian.

Sophie drehte sich in Zeitlupe zu ihm um. »Hi.«

»Also ich dachte, dass wir zwei uns vielleicht heute nach der Schule im *Bex BBQ* treffen könnten?«

Ich konnte förmlich sehen, wie das Herz von Sophie einige Etagen tiefer sank, bevor es doppelt so schnell zu schlagen einsetzte. Sie nickte eifrig.

»Ehm, ja, das wäre toll!«

»Cool. Also sehen wir uns nach der Schule.« Er schenkte ihr ein Lächeln, bei dem seine Grübchen zum Vorschein kamen, ehe er mit seinen Freunden verschwand.

Sophie atmete tief durch. »Ist das gerade wirklich passiert?«

»Ist es. Ich habe es mitbekommen.« Ich versuchte gar nicht erst, das Grinsen zu verstecken.

Als es klingelte, hakte sie sich bei mir unter und begann darüber zu philosophieren, ob sie sich vorher noch umziehen müsse oder nicht. Ich bestärkte sie darin, so zu bleiben, wie sie war, wenngleich ich ihr versprach, einen Lidstrich für sie zu zaubern. Make-up gehört zu meiner Standardausrüstung. Augenringe von durchweinten Nächten? Kein Problem. Blasse Haut von zu viel Kummer? Auch dafür kannte ich die perfekte Lösung. Beautyprodukte waren mein Schild, sie verbargen mein wahres Ich zuverlässig vor den Blicken der Öffentlichkeit, vor ihrem Urteil und Spott. Auch Sophie, da war ich sicher, würde der feine Schwung eines Lidstriches den nötigen Stupser Selbstvertrauen geben.

Mit ihr an meiner Seite verging der Unterricht wie im Flug, und schon hatte ich sie verabschiedet. Unsicher stand ich auf dem Parkplatz der *Crescent High*, der sich allmählich leerte, und suchte nach einem Grund, nicht zur Akademie zu müssen. Es fiel mir so unfassbar schwer, dort hinzugehen. Vielleicht, weil alles dort mit Aaron zusammenhing und zu viele Erinnerungen an diesen Ort geknüpft waren.

Also steuerte ich einen der Tische auf dem Hof an, kramte meine Hausaufgaben hervor und begann mit einem Aufsatz, den wir zwar erst Ende der nächsten Woche fertig haben mussten, der mir aber gerade recht kam. Ich holte mein Handy und meine Kopfhörer raus und hörte nebenbei Musik, was den Nachmittag erträglich gestaltete.

Erst als ein Schatten auf meinen Text fiel, tauchte ich aus meiner Arbeit auf und hob den Kopf. Jamie saß mir gegenüber und schmunzelte. Ich zog die Kopfhörer raus und beendete den Song von *The Fray*, bevor er richtig beginnen konnte.

»Hast du kein Training?«, fragte ich ihn.

»Ich habe dich gesucht. Du warst nicht in der Akademie, deswegen habe ich mir Sorgen gemacht.«

Ich winkte ab, rollte die Kopfhörer auf und steckte sie in das Seitenfach meiner Tasche. Seit fast einem Jahr war das mein strikter Tagesablauf: vormittags besuchte ich die Highschool, danach ging es zum Training in die Akademie. Viel Zeit für Hausaufgaben, Freizeitaktivitäten oder gar einen Sportverein blieb da nicht.

»Mein Vater tobt, richtig?«

Jamie zuckte mit den Schultern. »Er war gar nicht da. Wie sieht's aus? Hast du Hunger? Ich könnte einen Burger vertragen.« Er lehnte sich auf der Bank zurück und fasste sich mit beiden Händen an den Bauch.

Ich lachte. »Wie kann ich dazu bloß Nein sagen?«

Der Parkplatz vorm *Bex BBQ* war wie immer proppenvoll, und ich war erleichtert, als ich etwas abseits noch einen Stellplatz im Schatten zweier Rhododendren fand. Im Inneren des *Bex BBQ* herrschte reges Treiben, die vielen verschiedenen Gespräche erschlugen uns, kaum dass wir eintraten. Der vertraute Geruch nach Pommes und Fett stieg mir in die Nase, und prompt musste ich an meinen letzten Besuch hier denken. Es war der Abend gewesen, in dessen Verlauf Aaron von einem Werwolf gebissen worden war. Ein Kloß setzte sich in meinem Hals fest, und ich kämpfte gegen die aufkommenden Tränen. Erst vor drei Wochen hatte ich hier mit ihm gesessen; er hatte eine Ketchupflasche zum Explodieren gebracht, sein ganzes Gesicht, sein Haar, alles war rot gewesen. Sein Lachen schien noch im Raum zu hängen.

Blinzelnd folgte ich Jamie zur Bar. Als ich unseren Stammplatz passierte, spielte mir mein Verstand einen Streich: der Typ, der seinen Burger dort aß, ähnelte meinem Bruder so sehr, dass ich ins Stocken geriet.

Doch er war es nicht.

Natürlich nicht. Denn Aaron war tot.

Der Kloß schwoll an, drückte auf meine Brust und schnürte mir die Luft zum Atmen ab. Eine Welle der Trauer überrollte mich.

»Geh schon mal zu Bex, ja?«

Jamie zog die Brauen zusammen, doch er nickte nur. Vermutlich sah er mir an, dass etwas nicht stimmte. Ich flüchtete zu den Toiletten, schloss die Tür und stützte mich auf das Waschbecken, um tief durchzuatmen.

»Atme, Maya. Reiß dich zusammen«, flüsterte ich mir selbst zu und fing die erste Träne mit dem Zeigefinger auf. Ich presste die Zähne aufeinander und zwang die Trauer nieder. Gäbe ich jetzt nach, würde ich zusammenbrechen. Ich kannte diese Momente zu gut, wenn die Erinnerungen an meinen großen Bruder, meinen Helden aufbrachen, und mit ihnen das klaffende Loch in meiner Brust. Wenn ich allein war, konnte der Schmerz die Oberhand gewinnen. Nicht aber hier. Nicht vor allen Leuten – ich war schließlich eine Cavanaugh.

Ich brauchte einige Atemzüge, ehe ich mich so weit unter Kontrolle hatte, dass ich mich zurücktraute.

»Hey, Bex«, grüßte ich die rothaarige Bardame und setzte mich auf den Hocker neben Jamie, der mich besorgt musterte, aber zu meinem Glück nichts sagte. Er wusste vermutlich, dass jeglicher Kommentar meine hauchdünne Selbstbeherrschung zum Einstürzen bringen konnte.

»Hi, ihr Süßen. Was darf ich euch bringen?«

»Zweimal den Bacon Burger mit Pommes und Tequila.«

Bex legte die Unterarme auf den polierten Tresen und beugte sich zu Jamie. Ihre Augen funkelten. Sie war Anfang zwanzig, hatte ein kleines Vermögen von ihrer Großmutter geerbt und sich mit diesem Restaurant einen Lebenstraum erfüllt. Sie wusste natürlich, dass Jamie und ich keinen Alkohol trinken durften – ich noch weniger als er, da ich erst siebzehn war. Jamie war im Alter meines Bruders. Neunzehn.

Aaron war bloß neunzehn geworden.

»Netter Versuch, Kleiner.« Bex' seidenweiche Stimme ließ keine Widerrede zu, doch Jamie wusste, dass sie eine Schwäche für ihn hatte. Er fuhr mit dem Zeigefinger federleicht über ihren Unterarm.

»Vielleicht hast du aus Versehen eine Flasche stehen gelassen, und wir waren so frei und haben sie mitgenommen? Komm schon, Bex, das wäre nicht das erste Mal.«

Jamie sprach leise und Bex verdrehte die Augen.

»Verdammt, du bist für so einen jungen Kerl einfach viel zu scharf!« Sie stieß ein Lachen aus und füllte zwei Shotgläser mit der hellen Flüssigkeit. »Aber glaubt ja nicht, dass ihr die ganze Flasche bekommt. Maximal zwei Drinks, kapiert?«

»Du bist die Beste«, jubelte Jamie. Bex erwiderte nichts und ging nach hinten in die Küche.

Ich hob eine Braue. »Was bitte war denn das? Seit wann flirtest du mit ihr?«

Er zuckte mit den Schultern. »Ach, das ist doch harmlos.«

»Sie ist süß.«

»Ist sie.« Er grinste. »Und nur fünf Jahre älter. Eine Kleinigkeit!«

Ich stieg in sein Lachen ein. Das hier tat gut. Bei ihm zu sein, mit ihm zu scherzen. Ich brauchte das hier nicht nur, ich wollte es auch. Einen Burger essen, Zeit mit meinem besten Freund verbringen. Auf andere Gedanken kommen.

Ich schnappte mir über den Tresen hinweg ein hohes Glas und eine Cola.

Während wir auf unser Essen warteten, lauschte ich Jamies Geplauder und ließ den Blick durchs Lokal schweifen. Brian und Sophie saßen in einer Fensternische. Sie waren in ein Gespräch vertieft, leere Teller standen vor ihnen und unangerührte Getränke. Es lief offensichtlich gut.

Wenig später kam Bex mit zwei gut gefüllten Tellern zu uns. Mir lief das Wasser im Mund zusammen, als ich den fetttriefenden Speck sah, der auf dem Burger lag. Immerhin war mein Hunger zurück, in den ersten Tagen nach Aarons Tod hatte ich kaum einen Bissen runterbekommen.

»Danke, Bex.«

Sie zwinkerte mir zu, ehe sie sich den anderen Gästen widmete. Jamie und ich aßen schweigend, mein Magen knurrte vorwurfsvoll, das hier war praktisch mein Frühstück. Nicht nur Aarons Verlust, auch der ständige Vergleich mit ihm schlug mir auf den Magen.

»Gehst du eigentlich zu Trevors Party?«, fragte Jamie zwischen zwei Bissen.

»Sieht wohl so aus.« Ob ich tatsächlich gehen würde, wusste ich noch nicht. »Wenn ich hingehe, muss ich nicht zu Hause sein, und außerdem will ich Sophie bei ihrem Outfit helfen. Brian geht mit ihr hin.«

»Wenn du willst, begleite ich dich.« Jamie blickte mich mit so viel Wärme und Gutherzigkeit an. Wir kannten uns seit der Unterstufe und waren ebenso lange unzertrennlich. Er war immer für mich da, auch dann, wenn es mit meinen Eltern kompliziert wurde. Schließlich war ich schon immer das schwarze Schaf der Familie gewesen.

Als Aaron mit sechzehn zur Akademie gegangen war, hatte ich gedacht, aus dem Schneider zu sein. Ich hatte gehofft, dass es meinen Eltern reichte, wenn eines ihrer Kinder ein Jäger wurde.

Doch da hatte ich mich verrechnet – pünktlich zu meinem sechzehnten Geburtstag hatte Vater mich zum ersten Training in der Akademie mitgenommen. Aaron und ich hatten nur eine Woche später einen Pakt geschlossen: Ich würde die Ausbildung durchziehen, mit Aarons Hilfe. Er versprach mir, mich zu unterstützen und zu beschützen, und ich ihm im Gegenzug, es zumindest auszuprobieren, das Jägerdasein, als könnte man es wie eine modische Jacke an- und wieder ausziehen, sollte es doch nicht passen. Wir hatten uns für die Zeit nach dem Abschluss sogar jeweils einen Brief geschrieben und diese zusammen in einer Dose hinterm Haus zwischen den Hortensien meiner Mutter vergraben. Würde sie jemals herausfinden, dass wir in ihrem Blumenbeet gebuddelt hatten, wären wir … wäre *ich* einen Kopf kürzer.

Jetzt war ich allerdings das einzige verbliebene Kind und sollte auch nach der Ausbildung in Aarons Fußstapfen treten, ganz gleich, ob ich wollte oder nicht. Und scheiße, sein Tod hatte meine Abneigung gegenüber der Akademie nur verstärkt.

Zwar war ich nicht sicher, was ich nach der Highschool machen wollte, doch alles war besser als die Pläne, die Vater für mich hegte. Wenn ich erst achtzehn war, würde ich endlich eigene Entscheidungen treffen können. Dann konnte er mich nicht mehr zwingen, nicht mehr über mich verfügen, wie er es nun tat. *Sein* Plan sah vor, dass ich nach der Schule meinen Teil zum Kampf gegen die Werwölfe beitrug, dass ich meine Pflicht und Verantwortung gegenüber der Gesellschaft erfüllte. Dabei war es egal, ob an der Front oder als Ausbilderin an einer der anderen Akademien. Doch diese Macht würde und konnte ich ihm nicht gewähren. Nicht mehr.

Ich hatte einen anderen Plan: das letzte Schuljahr beenden und dann weg. Es gab genug Jäger, die Akademie hatte Absolventen und Bewerber satt, niemanden außer meinen Vater interessierte es, ob ausgerechnet ich als Jägerin fungierte oder nicht.

»Erde an Maya!« Jamie tippte mir gegen die Schulter. Er grinste und schob mir einen weiteren Shot zu. »An was auch immer du gedacht hast: ertränke es!«

Meine Eltern würden mich umbringen, wenn sie erfuhren, dass ich Alkohol trank. Trotzdem nahm ich das Glas und stürzte die brennende Flüssigkeit in einem Zug hinunter.

Es war spät, als ich mir ein Taxi rief. Der Tequila vernebelte mir die Sinne, und ich entschied, draußen zu warten, um frische Luft zu tanken. Jamie wollte noch bei Bex bleiben – so viel zum »harmlos«. Während ich auf das Taxi wartete, holte ich meine Sporttasche aus dem Wagen. Das Poloshirt hätte ich gestern schon waschen müssen, es allerdings vergessen.

Etwas schepperte, ich erstarrte und der Dusel war mit einem Schlag fort. Der Parkplatz hatte sich bereits geleert, nur vereinzelte Fahrzeuge standen noch da. Sogar die angrenzende Straße war unbefahren. Die umliegenden Häuser lagen ruhig vor mir, hier und da brannte in einem der Fenster fahles Licht.

»Hallo?«, rief ich in die Stille hinein. »Ist da jemand?«

Anstatt einer Antwort blitzte ein Paar gelber Augen in der Dunkelheit auf. Die Blätter der Rhododendronbüsche raschelten, als nur wenige Schritte entfernt ein tiefschwarzer Wolf auf den Parkplatz trat. Er setzte eine wuchtige Vorderpfote auf den Asphalt. Ich stolperte zurück. Der Wolf, nein, der *Werwolf* blieb stehen. Es musste einer sein, die zu langen Vorderläufe, der leichte Buckel in seinem Rücken … die Größe, die Augen – all das waren Zeichen, dass es sich um einen Werwolf handelte!

In der Theorie hatte ich mich bis zur Erschöpfung mit der gänzlich verwandelten Gestalt eines Werwolfs befasst, in Wahrheit hatte ich jedoch noch nie einen zu Gesicht bekommen. Ich war absolut nicht darauf vorbereitet, was es mit mir machte. Eiskalte Panik schoss durch meinen Körper und lähmte mich. Bilder meines Bruders flammten vor meinem inneren Auge auf. Wie das Wolfsfieber ihn nach dem Biss zerfressen hatte und er den Kampf schließlich verlor …

Ob Aaron dieselbe Angst verspürt hatte wie ich gerade? Oder hatte er selbstbewusst bis zum letzten Atemzug gekämpft?

Würden meine Eltern nun ihr zweites Kind verlieren?

Würden sie dann endlich trauern?

Oder weitermachen wie bisher?

Gelächter drang zu mir, als zwei Männer aus der Bar kamen. Der Wolf richtete sich auf, stieß ein Schnauben aus und sprang auf mich zu. Ich stolperte zurück und fiel. Ich landete auf der Hüfte und hob instinktiv die Arme zum Schutz. Als ob mir das helfen würde! Doch der Schmerz des Angriffs blieb aus.

Mit wild klopfendem Herzen ließ ich die Arme sinken. Der Werwolf war fort. Was zur Hölle war das gewesen? Werwölfe töteten wahllos – das wurde uns in der Akademie eingetrichtert. Sie verschonten niemanden, hatten sich niemals unter Kontrolle, erst recht nicht verwandelt. Selbst halb verwandelt waren sie blutrünstig und kaum zu stoppen.

Wieso also lebte ich noch?

Das Gelächter der Männer riss mich aus der Schockstarre. »Hey!«, rief ich und zwang mich vom kalten Asphalt hoch. Schon von Weitem roch ich ihre Alkoholfahne … und erkannte in einem der beiden ausgerechnet Dax, den Erzfeind meines Bruders. Dennoch, im Restaurant waren Menschen. Bex, Jamie, Sophie. Meine Freunde. Und Dax war ein Jäger, ob betrunken oder nicht, er würde handeln.

»Hier war ein Werwolf«, stieß ich aus. »Er war verwandelt, wir müssen die Akademie informieren!«

»Ein verwandelter Werwolf? So ein richtig großer, ja?« Dax lachte abfällig, als würde er mit einem kleinen Mädchen sprechen, das gerade die Zahnfee gesehen hatte.

»Wenn ich es doch sage«, beharrte ich.

»O Mann, Cavanaugh, du tust echt alles für Aufmerksamkeit, was?« Dax packte mich am Oberarm und drehte mich herum. Er deutete in den Himmel, und ich folgte seinem Fingerzeig. In der schwarzen Nacht brach der Mond durch die Wolkendecke. Doch es war kein Vollmond, sondern bloß eine schmale Sichel. »Wir haben nich' mal Vollmond. Du *kannst* keinem verwandelten Wolf begegnet sein. Wohl nicht aufgepasst im Unterricht, was?«

Ich schluckte schwer, rang den Kloß in meinem Hals nieder. Dax hatte recht. Werwölfe konnten sich nur mithilfe des Vollmonds in ihre Wolfsgestalt verwandeln. Außer es war ein geborener Wolf … aber die waren ausgerottet. Mein Vater selbst hatte eines der letzten Rudel hier in Colorado vernichtet.

Aber … Was hatte ich dann gesehen?

»Es war sicher nur 'n Hund, Kleines«, lallte der Jäger neben Dax. »Wärst du wirklich 'nem Werwolf begegnet, wärst du jetzt tot. Was machst du überhaupt hier? Siehst nicht aus, als dürftest du trinken. Sollen wir Daddy anrufen und sagen, wo du dich rumtreibst?«

Just in diesem Moment erhellten Scheinwerfer den Parkplatz und das Taxi hielt nicht weit von uns entfernt. Meine Gedanken fuhren Achterbahn. Was sollte ich jetzt tun? Sollte ich hierbleiben, allein nach dem Werwolf suchen – falls es einer gewesen war? Es war doch einer, oder? Ich konnte zur Akademie fahren. Oder die Polizei rufen. Oder Vater.

»Ich weiß, was ich gesehen habe …«

»Du solltest heimfahren, Kleine. Ist doch dein Taxi, oder? Falls da wirklich ein Wolf war, ist er längst weg.«

Dax stieß dem anderen gegen die Schulter. Er lallte überdeutlich. »Wir werden uns um das Problem kümmern. Joshua hier is' mein Kumpel, wir werden uns umsehen. Du kanns' beruhigt nach Hause fahren.« Um seine Worte zu unterstreichen, wankte er zum Taxi und zog die hintere Tür auf. Er musste *wirklich* betrunken sein, sonst würde Dax sich nicht so benehmen.

Verunsichert trat ich zum Wagen. »Versprecht ihr, dass ihr die Leute bei Bex warnt?«

»Klaar«, zog er das Wort in die Länge und salutierte.

Ich stieg ins Taxi. Das erste Mal seit geraumer Zeit verspürte ich den Drang, meinen Vater um Hilfe zu bitten. Auf ihn würden die Jäger hören. Ich nickte, wie um mir selbst zu bestätigen, dass der Plan gut war, ehe ich dem Taxifahrer die Adresse nannte. Während der Fahrt schrieb ich Jamie, dass er aufpassen und heimfahren sollte. Sophie schickte ich ebenfalls eine Nachricht, von ihr kam prompt die Antwort, dass sie gerade überglücklich in ihr Bett gefallen sei. Eine Sorge weniger.

Mein Herzschlag blieb die Fahrt über konstant und schnell, auch dann noch, als der Wagen vor unserer Haustür hielt. Ich schmiss dem Fahrer das Geld entgegen und rannte die Auffahrt hinauf. Das Tor stand offen und in der Villa brannte Licht. Mein Vater erwartete mich bereits. In seiner Hand hielt er einen Stapel Papiere, den er zu einer Rolle gewickelt hatte. Wenn er um Beherrschung rang – vor allem dann, wenn sein Zorn ihn überkam –, tat er stets etwas mit den Händen. Hier war es nun das Papier, das er quälend fest mit den Fingern umschloss. Die Adern und Sehnen an seinen Armen traten deutlich hervor, als er eine Faust ballte.

Scheiße.

»Ihr glaubt gar nicht, was gerade passiert ist –«

»Du bist zu spät«, unterbrach er mich. Ich verstummte, als er sich vom Tisch abstieß und zu mir herüberkam. Seine Kiefer mahlten. Die Faust öffnete sich. Er drehte das Papier. Schloss die Finger um die Rolle, zerdrückte sie. Direkt vor mir baute er sich auf und rümpfte die Nase.

»Hast du getrunken?«

»Nein, du musst …«

»Du hast keinerlei Disziplin!« Seine Stimme polterte wie ein Donnergrollen durch den Raum, und ich zuckte vor der Heftigkeit zusammen. »Was haben wir bei dir nur falsch gemacht? Aaron hätte sich nie erlaubt, Alkohol zu trinken. Vor allem nicht mit siebzehn Jahren!«

Ich presste die Lippen zusammen. Natürlich. Es ging wieder einmal darum, was Aaron getan hätte und was nicht. Ich war es so leid.

»Ich bin einem Werwolf begegnet«, sagte ich mit erzwungener Ruhe. »Einem *Werwolf*, Vater, direkt vor *Bex BBQ*!«

»Du warst im *Bex BBQ*?«

»Ja, ich …«

»So viel dazu, dass du nicht getrunken hast!«

»Aber auf dem Parkplatz war wirklich …«

»Ich rieche den Alkohol bis hierher! Sei wenigstens ehrlich, Maya. Wenigstens das.«

»Aber …«

»Es reicht jetzt.«

»Aber …«

»Ich sagte, es reicht! Auf dein Zimmer, und zwar sofort!«

Das vierte »aber« blieb mir im Hals stecken, weil auch ich meinen Stolz hatte. Und weil der Kloß in meiner Kehle dank der aufkommenden Tränen ohnehin so groß war, dass ich keinen weiteren Widerstand hervorbrachte.

»Okay, wenn das so ist. Gute Nacht, Vater.« Ich zischte das letzte Wort so voller Zorn und Verachtung, dass ich von mir selbst entsetzt war. Diese Familie holte tatsächlich das Schlechteste aus mir heraus.

Nachdem ich die Tür meines Zimmers geschlossen hatte, lehnte ich mich dagegen. Hielt mein Vater wirklich so wenig von mir, dass er es nicht einmal für nötig hielt, mich ausreden zu lassen? Dass ich Alkohol getrunken hatte, war ein Schnitt ins eigene Fleisch gewesen, doch er hätte mir wenigstens zuhören müssen! Ich war seine Tochter!

Entschlossen zog ich mein Handy hervor und fragte Jamie, ob ich vorbeikommen könnte. Er antwortete sofort.

J: Bin gerade heimgekommen und hab Zeit. Komm her!

Ich biss mir auf die Unterlippe und tippte die Antwort.

M: Muss schauen, wie ich ungesehen rauskomme.

J: Soll ich dich abholen?

M: Nein, du hast getrunken, alles gut.

Eilig packte ich das Nötigste zusammen und schulterte meine Schultasche. Wie lange ich bei Jamie bleiben konnte, wusste ich nicht. Eine Nacht musste vorerst reichen. Hauptsache, ich kam hier raus.

Ich öffnete die Tür einen Spaltbreit und horchte in den Flur hinein. Das Licht im Erdgeschoss wurde gelöscht und ich hörte die Schritte meines Vaters nahen. Sacht schloss ich die Tür und wartete, bis seine Schritte verklangen, dann schlüpfte ich hinaus und auf Zehenspitzen hinunter. Ich zog meine Jacke über, bewaffnete mich mit einem Pfefferspray aus der obersten Kommodenschublade und verließ das Haus.

Erst als ich auf dem leeren Parkplatz stand, fiel mir ein, dass mein Auto ja noch vor der Bar stand. Mist. Wobei es vermutlich besser war, dass es nicht hier war, denn durch das Gefühlschaos in meinem Inneren wüsste ich nicht, ob ich mich nicht trotz des Alkohols ans Steuer gesetzt hätte. Und das war ein absolutes Tabu.

Kurz überlegte ich, ein Taxi zu rufen, verwarf den Gedanken jedoch. Es könnte meinen Eltern auffallen und würde zudem zu lange dauern. Also musste ich laufen.

Ich drückte mich an der Hauswand entlang, als die Überwachungskamera von der Tür zur Auffahrt schwenkte, und hinüber in den Schutz der Hortensien meiner Mutter. Geduckt schlich ich bis zur Ostseite des Zauns, der unser Grundstück umschloss. Ich warf meine Taschen hinüber, kletterte auf die Gartenbox, in der die Polsterauflagen steckten, und schwang mich selbst auf die andere Seite.

Ich überquerte die leere Straße und blickte mich mehrfach um, das Pfefferspray hatte ich fest in der Hand. Gedanklich rief ich mir in Erinnerung, was wir in der Akademie lernten: *Keine Angst vor der*

Dunkelheit haben, Jäger wissen sich zu verteidigen, immer. Mit oder ohne Waffe.

Ich musste ich es nur oft genug wiederholen, um es selbst zu glauben. Denn in Wahrheit scheute ich den Kampf, mehr noch: Ich hatte eine Scheißangst davor, angegriffen zu werden, denn ich wusste nicht, ob mich der Verlust von Aaron erneut gefangen nehmen würde und meine Jägerinstinkte sich deswegen nicht so schnell und routiniert einschalteten, wie sie es sollten. Falls ich überhaupt Jägerinstinkte besaß. Immerhin war ich heute das erste Mal einem Werwolf begegnet, und es hatte sich angefühlt, als wäre eine Sperre in mir aufgeklappt, die mich lähmte. Wie sollte ich so gegen einen Wolf kämpfen?

Ich atmete erleichtert auf, als Jamies Haus in Sichtweite kam. Unter seinem Fenster befand sich ein Rankgitter, an dem ich hochkletterte. Er hatte mich bereits gehört, öffnete das Fenster und nahm mir die Taschen ab.

»Was ist passiert?«, fragte er.

»Auf dem Parkplatz bin ich einem Werwolf begegnet«, platzte es aus mir heraus.

Jamie riss die Augen auf. »Was? Geht es dir gut?«

Ich nickte, konnte ihn aber kaum ansehen. »Bis auf eine Schürfwunde bin ich glimpflich davongekommen. Er hat mich nicht angegriffen.« Ein Teil von mir wollte ihm erzählen, dass es sich um einen verwandelten Werwolf gehandelt hatte. Doch der andere, größere Teil fürchtete, dass er mir keinen Glauben schenken würde. Jamie war mein bester Freund, doch die Zweifel, die Vaters Ablehnung und der Spott von Dax gesät hatten, saßen zu tief. Ich wollte nicht auch noch von ihm hören, dass es unmöglich sei, ich mich geirrt haben müsse oder Schlimmeres. Also beließ ich es dabei. »Mein Vater hat mich als Lügnerin abgestempelt. Ich werde noch wahnsinnig, wenn ich dortbleibe.«

»Verdammt.« Jamie zog mich in eine Umarmung. Ich schlang die Arme um seine Mitte und verbarg das Gesicht an seiner Brust. Es tat gut, nicht auf Ablehnung zu treffen.

»Du kannst so lange bleiben, wie du möchtest, okay?« Jamie nahm mein Gesicht in die Hände und strich sanft mit den Daumen über meine Wangen, um die Tränen fortzuwischen. Sein Angebot war alles, was ich brauchte. Am liebsten wäre ich nie wieder nach Hause zurückgekehrt. Doch natürlich konnte ich meinen Eltern nicht ewig entkommen. Früher oder später musste ich mich ihnen stellen, auch wenn ich Bauchschmerzen bekam, wenn ich nur an den kläglichen Versuch dachte, mit ihnen zu reden. Ob sie sich überhaupt sorgen würden, wenn sie bemerkten, dass ich nicht zu Hause war? Wohl kaum. Trotzdem konnte ich Jamies Angebot nicht annehmen, denn meine Eltern waren nichts, was sich irgendwann von selbst erledigen würde – sie waren meine Familie, ob ich es wollte oder nicht.

Also schüttelte ich den Kopf, schob Jamies Hände von meinen Wangen. »Ich weiß, danke. Aber ich werde morgen nach der Schule zurückfahren.«

Jamie stieß die Luft hörbar aus. »Wenn du willst, komme ich mit dir.«

»Nein. Da muss ich allein durch. Aber danke. Du bist immer für mich da, ich weiß das wirklich zu schätzen.«

»Dafür gibt es doch Freunde, Maya.« Er schenkte mir ein Lächeln.

»Danke«, flüsterte ich, nahm meine Tasche und floh ins angrenzende Bad, ehe ich sein Angebot doch noch annahm. Ein Blick in den Spiegel zeigte mir, dass meine Mascara dunkle Spuren auf den Wangen hinterlassen hatte. Ich zog ein Abschminktuch hervor und beseitigte das Panda-Make-up. Mein Spiegelbild sah ziemlich fertig aus. Meine Augen waren gerötet und geschwollen von den Tränen, meine Handballen blutverkrustet. Vielleicht sollte ich Vater die Schürfwunden zeigen. Ihm beweisen, dass ich die Wahrheit gesagt hatte.

Doch würde er mir glauben?

Ich verließ das Bad und kroch zu Jamie ins Bett.

»Glaubst du, dass sie irgendwann aufhören, mich mit Aaron zu vergleichen?«, fragte ich nach einer ganzen Weile in die Stille hinein.

»Ich weiß es nicht«, murmelte Jamie schlaftrunken. »Aber ich wünsche es dir.« Er tätschelte meine Hand und drehte mir den Rücken zu, doch allein seine Anwesenheit beruhigte meine Nerven ungemein.

Für diesen kurzen, bittersüßen Moment erlaubte ich mir, meine Sorgen zu vergessen und Jamies Nähe einfach zu genießen. Er gab mir die Sicherheit und die Gewissheit, gemocht zu werden. Und das war alles, was ich gerade brauchte.

3
Maya

Er hat mich nach Hause gebracht und auf die Wange geküsst. Ich weiß, das ist kaum erwähnenswert, aber ich dachte, mir würde das Herz aus der Brust springen!«

Sophie hatte mich auf dem Parkplatz abgefangen und erzählte von ihrem Date mit Brian. Ich hörte nur mit halbem Ohr zu. Die Nacht bei Jamie war erholsamer gewesen als die gesamten letzten zwei Wochen. Ich hatte wie ein Stein geschlafen. Dennoch war mein Gedankenkarussell direkt nach dem Aufwachen angesprungen und drehte sich seither um meine Eltern. Dabei hatten sie vermutlich nicht mal mitbekommen, dass ich gestern Abend geflohen war. Morgens sahen wir einander sowieso nicht.

»Und dann hatten wir in seinem Auto heißen Sex.«

Ich blinzelte ein paarmal. »Sex?«

Sie lachte. »O Mann, hörst du mir eigentlich zu?«

Ich strich mir eine Strähne hinters Ohr, die meinen Zopf verlassen hatte. »Entschuldige. Ich hatte gestern Streit mit meinem Vater und hab heimlich bei Jamie übernachtet.«

Sophie zog die Brauen besorgt zusammen und legte mir eine Hand auf den Arm. »Verdammt, so schlimm? Das tut mir leid … und ich erzähle bloß von Brian.« Sie schüttelte über sich selbst den Kopf.

»Nein, mir tut es leid. Ich bin eine schlechte Freundin, weil ich dir nicht zuhöre. Es freut mich, dass ihr euch nähergekommen seid.«

Sophies Wangen färbten sich in einem sanften Rotton, und ich beneidete sie unwillkürlich um die Gefühle, die sie spürte. Ich hatte viel zu lange nicht mehr dieses Kribbeln im Bauch gespürt, die Schmetterlinge. Liebe – was war das noch gleich?

»Wie auch immer«, lenkte sie das Thema von sich und Brian fort. »Was unternimmst du wegen deiner Eltern?«

Ich zuckte mit den Schultern, während wir zum Haupteingang der *Crescent High* schlenderten.

»Ich weiß es noch nicht. Eigentlich sollte ich mit ihnen reden, aber vielleicht gehe ich ihnen lieber aus dem Weg.« Mein Blick fiel auf eine Traube Schülerinnen und Schülern, die sich vor dem Eingang gebildet hatte. »Was ist da denn los?«

Wir kämpften uns einen Weg durch die Menge, und mein Herz setzte einen Schlag aus, als ich sah, was die Aufmerksamkeit aller auf sich zog: tiefe Kratzspuren an der Wand und der Tür der Schule.

»Verdammt«, murmelte ich. Das hier war der Beweis, dass ich nicht gelogen hatte, oder? Das hier konnte Vater nicht länger ignorieren: die Wölfe *waren* in der Stadt. *Im Zentrum*, hier an der Highschool! Aber warum? Warum wagten sie sich so tief ins Stadtzentrum vor?

Verdammt, das hier war die Highschool! Es war kein Ort, an dem die Jäger nonstop patrouillieren sollten, kein Ort, an dem man sich vor einem Angriff fürchten musste. Sie sollte sicher sein. Doch dieses Gefühl nach Normalität und Sicherheit bekam Risse.

»Und?«, fragte Erica aus der Parallelklasse mit verschränkten Armen. »Du bist doch eine Jägerin, richtig? War es ein Wolf?«

»Sie ist noch in der Ausbildung«, fuhr Sophie spitz dazwischen und erntete dafür einiges an Augenrollen. Ihre gute Laune war wie weggeblasen. Es war kein Geheimnis, dass Sophie die Akademie ablehnte. Während alle dachten, es läge daran, dass sie einen Onkel bei einem Einsatz verloren hatte – so wie ich Aaron –, waren meine Eltern jedoch der wahre Grund. Sie verachtete sie dafür, wie sie mich behandelten.

»Wie auch immer«, quittierte Erica Sophies Zwischenruf genervt. »Eindeutig ein Werwolf, oder?«

»Möglich, ja.«

Als hätten die umstehenden Schülerinnen und Schüler nur auf meine Bestätigung gewartet, begann das Tuscheln.

»Ich wusste es!«

»Pass auf, gleich kommen die Jäger.«

»Ich kann's kaum erwarten, den Abschluss zu haben und selbst auf die Akademie zu gehen!«

»Es ist so aufregend!«

Sophie schnaubte. »Scheißgefährlich ist das.« Sie nickte zu dem Schulleiter, der mit großen Schritten auf uns zugeeilt kam. »Gleich darfst du deinen Vater anrufen. Wie sie es lieben, dass sie durch dich eine direkte Verbindung ins Büro der Akademie haben. Dabei wissen sie nicht mal, wie es wirklich dort abläuft.«

»Ist es das, was ich denke?«, rief Mr. Lancaster atemlos und sichtlich angespannt. Sophie hatte recht: Es war praktisch für die Highschool, dass ich zu den Jägern gehörte.

»Ich rufe meinen Vater an.« Der Direktor nickte, und ich fischte mein Handy aus der Tasche.

»Cavanaugh«, ertönte Vaters Stimme, und ich zwang mich, nicht die Augen zu verdrehen. Er hatte ja wohl gesehen, dass ich anrief. Eine nettere Begrüßung schien ihm dennoch nicht einzufallen.

»Ich bin es. An der Schule waren Wölfe, es gibt Kratzspuren an den Wänden und der Tür.«

»Wurde jemand verletzt?«, fragte er ganz professionell. Am liebsten hätte ich geschrien. Er fragte bloß, ob *jemand* verletzt worden war. Jemand, irgendein Zivilist. Es kümmerte ihn überhaupt nicht, ob ich vielleicht verletzt worden war.

Ich spürte das dumpfe Gefühl in der Brust erstarken, das sein Desinteresse jedes Mal in mir auslöste. Es schürte nicht nur die Wut oder den Schmerz in meinem Inneren, es schürte auch meinen Trotz.

»Nein.«

»Ich schicke ein Team vorbei, sieh nach, ob es Zeugen gibt. Verstanden?«

Ich biss die Zähne aufeinander. »Ja, verstanden.«

»Und Maya?«, sagte er noch, bevor ich auflegen konnte. »Versau es nicht.« Mit diesen Worten beendete er den Anruf, und ich schnaubte, ehe ich das Handy wegsteckte.

»Es kommen Jäger, die sich darum kümmern werden«, berichtete ich Mr. Lancaster. »Mein Vater fragt, ob jemand gesehen haben könnte, was passiert ist?«

Mr. Lancaster fuhr sich nachdenklich übers Kinn. »Vielleicht haben die Überwachungskameras etwas aufgenommen.«

»Gut, die Jäger werden Zugang zu den Aufnahmen haben wollen. Am besten, Sie bereiten alles vor.«

Eine Stimme in mir fragte, wieso ich das tat. Wieso ich nach der Pfeife meines Vaters tanzte und wieso ich ganz die geschäftige, ernste Jägerin gab, anstatt der Teenager zu sein, der ich eigentlich sein wollte. Die Antwort war so ernüchternd wie simpel: weil ich so erzogen worden war.

Es dauerte keine zehn Minuten, bis die ersten Fahrzeuge mit dem Logo der Akademie auf den Schulhof rasten. Mit quietschenden Reifen hielten sie vor dem Eingang, die Türen sprangen auf und bewaffnete Jäger hinaus. Ich verstand schon, warum die umstehenden Schülerinnen und Schüler so begeistert waren, tuschelten und sich wünschten, dazuzugehören. Der Auftritt hätte glatt einen Filmpreis verdient, die Jäger sahen unfassbar cool aus – wie moderne Superhelden. Und ich war eine von ihnen. Nur ganz ohne das cool.

»Bitte gehen Sie in Ihre Klassenräume, die Jäger werden sich um den Vorfall kümmern. Ich versichere Ihnen, dass es keinerlei Grund zur Sorge gibt.« Mr. Lancaster erhob die Stimme, um alle Schüler zu erreichen, und scheuchte uns mit einer Handbewegung in Richtung des Eingangs.

Ein paar stöhnten auf, folgten aber widerwillig dem Befehl. Da die *Moonlight Academy* hier in Crescent Hill als beste der Welt galt, war es nicht verwunderlich, dass so viele Schüler unbedingt Jäger werden wollten, um einen wichtigen Beitrag für den Schutz der Gesellschaft zu leisten. Wie gefährlich dieser Job allerdings sein konnte, ahnten sie nicht.

Als sich die Masse an Schülerinnen und Schülern auflöste, war es mir, als spürte ich einen Blick in meinem Rücken. Doch als ich mich umdrehte, war niemand zu sehen.

»Maya?« Aus der Gruppe von Jägern löste sich jemand und kam auf mich zu. Durch das nur noch kinnlange rabenschwarze Haar erkannte ich sie nicht sofort.

»Felicity? Himmel, seit wann bist du denn wieder hier?«

Ich zog meine Freundin in eine feste Umarmung.

Nachdem sie vor drei Monaten ihre Prüfung zur Jägerin bestanden hatte, war sie mit ihrem Freund nach Paris an die Akademie gegangen. Neben Aaron und Jamie war sie diejenige, die mir am meisten durch die Ausbildung geholfen hatte.

»Sagen wir, ich habe Reißaus genommen und bin in den ersten Flieger Richtung Heimat gestiegen.« Das Lachen, das sie hinzufügte, klang unecht, und ich spürte sofort, dass in der Großstadt am anderen Ende der Welt irgendetwas vorgefallen war.

»Das klingt gar nicht gut, was ist passiert? Und was hast du mit deinen Haaren angestellt?«

Als sie gegangen war, um in Paris von dem berühmtesten Bogenschützen unter den Jägern zu lernen, hatte sie hüftlanges schokoladenbraunes Haar gehabt.

»Das erzähle ich dir ein anderes Mal, okay? Weißt du Genaueres über den Angriff?«

Ich schob mir eine Strähne hinters Ohr. »Nicht mehr als du. Allerdings habe ich gestern einen Werwolf auf dem Parkplatz bei Bex gesehen.«

»Verdammt! Geht es dir gut?«

»Mir ist nichts passiert.« Ich winkte ab, damit sie sich keine Sorgen machte, auch wenn es verdammt guttat, dass sie – anders als mein Vater – direkt nach meinem Wohlergehen fragte. »Aber die Sichtungen scheinen sich zu häufen. Im Radio bringen sie es in Dauerschleife, und von der Ausgangssperre in Denver hast du sicher schon gehört, oder?«

»Hm.« Sie nickte zustimmend. »Ich komme wie gerufen, was? Eine Wolfsjagd ist mir gerade recht, hilft dabei, mich auf etwas anderes zu konzentrieren …«

Ich widersprach ihr nicht. Felicitys Vater war sehr gut mit meinem befreundet und ebenfalls seit Jahren als Trainer in der Akademie tätig. Sie hatte das Jäger-Gen entsprechend in die Wiege gelegt bekommen, doch anders als ich ging sie in dieser Rolle auch vollkommen auf. Sie war eine hervorragende Jägerin und scheute keine Konfrontation, egal ob im Kampf oder in Alltagssituationen. Wenn sie sich also in diesen Fall stürzen wollte, würde ich sie nicht aufhalten.

Der Direktor trat zu uns: »Maya, ich weiß, Sie gehören zu den Jägern, aber auch für Sie beginnt gleich der Unterricht.«

»Natürlich, Mr. Lancaster! Ich bin sofort da.«

Felicity zog mich in eine Umarmung. »Ich komme die Tage vorbei und dann reden wir, ja?« Ich hatte sie wirklich vermisst, was mir erst jetzt, da sie wieder vor mir stand, richtig bewusst wurde. Felicity war ein Stückchen Heimat, das zurückgekehrt war.

»Sei vorsichtig«, verabschiedete ich mich.

Während des Unterrichtes gab es kein anderes Thema als den Angriff. Viele Schülerinnen und Schüler fragten, ob es jetzt eine Sperrstunde geben würde, genau wie in Denver. Die Lehrer hatten alle Hände voll damit zu tun, zu beschwichtigen und die Konzentration auf den Lernstoff zu lenken.

Nachmittags war ich natürlich in der Akademie. Das Team, das den Vorfall in der Schule untersuchte, war noch nicht zurückgekehrt. Enttäuscht absolvierte ich meine Trainingseinheiten; ich hatte gehofft, dabei Zeit mit Felicity verbringen zu können. Ihr Vater, Michael, leitete heute das Training.

»Alle mal herhören!«, rief er von einem Podest aus. Die Anwärter unterbrachen ihr Kampftraining, um sich in einer Traube um ihn zu sammeln. Er sah trotz der vergangenen Ereignisse glücklich aus, was wahrscheinlich an der Rückkehr seiner Tochter lag.

»Ihr habt sicher von dem Angriff bei der *Crescent High* gehört«, begann er und räusperte sich. »Dabei ist ein Schüler verschwunden, Timothy Smith. Es hat höchste Priorität, ihn zu finden und gesund zurückzuholen. Unsere Jäger arbeiten rund um die Uhr daran. Es ist ihre und bald auch eure Aufgabe, die Bürger von Crescent Hill zu verteidigen und zu beschützen. Wir sind die Einzigen, die es mit den Werwölfen aufnehmen können. Trainiert noch härter und seid stets wachsam! Nach dem heutigen Training wird meine kürzlich heimgekehrte Tochter Felicity deshalb mit euch eine außerplanmäßige Theoriestunde abhalten. Danke, ihr könnt weitermachen.«

Eine Theoriestunde mit Felicity? Endlich etwas, auf das ich mich freuen konnte!

»Hey, geht es dir besser?«, flüsterte eine Stimme hinter mir: Jamie. Er war leichenblass.

»Ja, klar. Aber was ist mir dir? Alles okay?«

Er hatte ein beachtliches Veilchen und ließ die Schultern hängen. Normalerweise war Jamie für jeden Scherz zu haben und strahlte 24/7 übers ganze Gesicht. Jetzt hatte er die Augenbrauen missmutig zusammengezogen.

»Ich hatte heute mein Vorbereitungstraining für die Prüfung.« Er verzog das Gesicht. »Es ist nicht gut gelaufen. Dein Vater meinte, dass ich den Abschluss nicht packe.«

Egal was ich von den Jägern und der Ausbildung hielt: Jamie strebte seit Jahren danach, einer von ihnen zu werden. Vaters Aussage musste ihn hart getroffen haben.

»Verdammt, was ist passiert?«

Viel zu schnell schüttelte er den Kopf. »Nicht hier, nicht jetzt.« Er fuhr sich durch die Locken und wechselte das Thema: »Wusstest du, dass Timothy verschwunden ist?«

»Ich hatte keine Ahnung.«

Jamie rieb sich den Nacken. »Kein Wunder, dass dein Vater so angespannt ist. Erinnert verflucht an damals, oder? Ich weiß noch, wie Tante Trudys Mann verschwand und sie vorübergehend zu uns zog. Werde nie vergessen, wie sie jeden Tag deinen Dad angerufen und mit Fragen gelöchert hat. Glaubst du, es geht wieder los? Das mit den Entführungen, meine ich?«

»Hoffentlich nicht.«

Ich selbst konnte mich kaum an die Wochen erinnern, die als schwarzer Sommer in die Geschichte unserer Stadt eingegangen waren. Ich wusste nur noch, dass ich das Haus nicht hatte verlassen dürfen und zu Hause unterrichtet worden war, während mein Vater durch die Straßen zog und Wölfe jagte. Seither gab es die Blutnächte, ein Ritual zur Wolfsbekämpfung, das allmonatlich durchgeführt wurde, um ihre Zahl zu verringern. Nie wieder, das hatte mein Vater der Stadt geschworen, würden die Rudel überhandnehmen und unschuldige Bürger von Crescent Hill verschleppen und töten.

Jamie stöhnte. »Wenn es losgeht, holen Mom und Dad bestimmt wieder Tante Trudy zu uns! Und ich darf dann im Keller schlafen … Das war es dann mit nächtlichen Besuchen.«

Ich gab ihm einen Klaps auf die Schulter. »Ernsthaft? Das macht dir Sorgen?«

»Ich mag Tante Trudy – wohldosiert und fernab im Wald!«

»Und da wird sie auch bleiben. Mein Vater hat alles im Griff.«

»Und wenn nicht?«

Ich zuckte mit der Schulter. »Dann können wir zwei auch nichts daran ändern.«

»Vielleicht doch …« Jamies Augen begannen zu leuchten, und mir schwante Böses.

»Was immer du denkst, Jamie, die Antwort lautet: Nein!«

»Hör doch erst mal zu.«

»Nein.«

»Aber –«

»Auf keinen Fall!«

Er schob die Unterlippe vor und zog die Brauen zusammen. »Na gut, dann mach ich es halt allein.«

Schon wollte er sich abwenden. Scheiße, ich kannte den Trick. So bekam er mich immer. Was blieb mir auch anderes übrig? Wenn Jamie sich etwas in den Kopf setzte, zog er es auch durch.

»Mistkerl!« Ich packte ihn am Arm und hielt ihn zurück. »Erzähl – aber erwarte nicht, dass ich mitmache, klar?«

Wie gern ich ihm sein triumphierendes Grinsen aus dem Gesicht prügeln würde …

Jamie beugte sich vor und flüsterte: »Wir finden heraus, was mit Timothy passiert ist. Wir suchen ihn. In den Bergen.«

»Du willst *was*?« Ich zerrte ihn zur Seite, damit wir Abstand zu den anderen gewannen. »Bist du verrückt geworden?«

»Denk doch mal nach, Maya. Wenn wir herausfinden, was geschehen ist, ob Timothy noch lebt oder ob die Wölfe sich erneut zusammenrotten, wenn wir diese Informationen den Jägern liefern und sie warnen, dann ist es eine Win-win-Situation! Du steigst im

Ansehen deines Vaters, Timothy wird gerettet, und ganz nebenbei bügle ich meinen Fehler aus und bekomme noch eine Chance, den Abschluss zu schaffen. Es ist der perfekte Plan!«

Perfekt war daran gar nichts. »Das ist Wahnsinn.«

Wollte er wirklich allein in die Berge wandern und die Werwölfe ausspionieren? Wir waren keine ausgebildeten Jäger, wir waren Anfänger! Ich hatte noch nie einen Werwolf getötet – scheiße, bis gestern hatte ich nicht einmal einen gesehen! Und jetzt sollten wir in ihr Revier schleichen?

»Wenn du nicht mitkommst, mache ich es allein, Maya. Du weißt, dass mein Abschluss auf der Kippe steht. Wenn wir etwas herausfinden, was Timothy vielleicht retten kann, dann habe ich die Niederlage von heute korrigiert. Dann habe ich wieder eine Chance! Außerdem sage ich ja nicht, dass wir zwei die Wölfe angreifen oder Timothy auf eigene Faust retten sollen. Ich will nur lauschen, ein bisschen spionieren.«

Er sah mir fest in die Augen, und ich wusste, dass er es ernst meinte. Verdammt. Ich fuhr mir verzweifelt mit den Händen übers Gesicht. Er würde gehen. Mit mir oder ohne mich. Was sollte ich tun? Ihn melden? Niemals.

»Okay. Aber wir bleiben in Deckung, und wenn irgendetwas schiefläuft, dann rennen wir, verstanden?«

Jamies Miene hellte sich auf. Dieser verdammte Adrenalinjunkie würde uns ganz sicher den Tod bringen.

»Abgemacht!« Er zog mich in eine Umarmung. »Das wird schon, okay? Bei den ganzen anstehenden Terminen müssen wir nur den richtigen Zeitpunkt finden, um ungesehen zu verschwinden.«

»Vielleicht während des Grillfests am Sonntag«, schlug ich zähneknirschend vor. Morgen fand Trevors Party statt, Freitag war der Tag der offenen Tür in der Akademie und Samstag die Eröffnungsfeier der Moonlight-Week. Bei all diesen Terminen durfte ich auf keinen Fall fehlen, vor allem nicht in der Akademie. Mein Vater würde sofort merken, wenn seine *Vorzeigetochter* nicht brav an seiner Seite stand und lächelte, während er seine geschwollene Rede hielt. So hätte er es jedenfalls gern. Sonntag war dann das Grillfest, und damit unsere einzige Möglichkeit, für ein paar Stunden ungesehen aus der Stadt zu verschwinden. Das Grillfest war – in den Augen meines Vaters – eine lästige Pflichtveranstaltung, bei der er keine große Rede halten konnte. Er würde nur stundenlang am Grill stehen und Bratwürste verteilen. Dabei dürfte ihm nicht auffallen, sollte ich fehlen.

»Dann Sonntag, okay?«

Grimmig nickte ich. So beschissen der Plan auch war, ich würde Jamie unter keinen Umständen allein losziehen lassen. Bis Sonntag war allerdings noch viel Zeit, vielleicht würde er seine Meinung noch ändern. Ich hoffte es inständig.

»Johnson!«, rief Michael nach Jamie. »Sofort herkommen!«

Jamie berührte mich kurz an der Schulter, ehe er zu Michael lief und sich von ihm in einer neuen Aufgabe unterweisen ließ. Er sollte einem Neuling helfen. Ich wandte mich ab und begann mit meinem eigenen Training.

Nachdem alle Anwärter geduscht und sich umgezogen hatten, versammelten wir uns in einem der Klassenräume. Felicity schrieb bereits Stichpunkte an die Tafel. Ich nahm in einer der hinteren Reihen Platz, weil mir nichts von dem, was folgte, neu war. Es waren Wiederholungen, passend zum aktuellen Anlass, unnötig für mich, besonders bei meinem Familienhintergrund, aber ich war neugierig, wie Felicity sich schlagen würde. Außerdem vermisste ich sie.

Als sich alle Anwärter gesetzt hatten, stellte sich Felicity vor, erklärte kurz, woher sie kam, und begann dann mit dem Vortrag. Sie wirkte so entspannt, wie ich es nie vor Publikum war. Ich beneidete sie beinahe um die spürbare Gelassenheit, die sie trotz der Schwere des Themas auf uns ausstrahlte.

»Im Mittelalter wussten die Menschen noch von den Bestien unter uns, sie jagten und töteten sie zu Tausenden. Bis sie als ausgerottet galten und vergessen wurden. Mehr noch: sie waren nichts weiter als alte Schauergeschichten und Legenden. Die Menschheit glaubte tatsächlich, sie sei allein auf dieser Welt. Doch sie irrten! Werwölfe existieren. Sie taten es seit jeher, sie wussten sich nur gut zu verstecken. Vereinzelt können wir aus Polizei- und Zeitungsberichten des späten

19. Jahrhunderts die Anzahl der Wolfsangriffe rekonstruieren. Sie wurden fehlgedeutet als Einzelfälle von übertriebener Gewalt oder Tollwut. Heute wissen wir es besser: Es waren und sind Werwölfe, die unter uns leben, die Leid und Schmerz bringen. Statistiken zufolge gehen sieben von zehn Gewalttaten unter Menschen auf Werwölfe zurück. Bei den Morden liegt die Rate noch höher. Von der Dunkelziffer will ich gar nicht erst anfangen.«

Sie machte eine kurze Kunstpause.

»Ihr seht also, ihre bloße Existenz ist eine Gefahr für uns. Wisst ihr, was vor achtzig Jahren passiert ist? Was der Grund war, wieso die Akademien gegründet wurden?«

Jamie meldete sich. »Die Wölfe hatten sich nicht mehr unter Kontrolle und haben wahllos Menschen angegriffen. Diese Vorfälle häuften sich, und wir waren gezwungen, etwas gegen sie zu unternehmen.«

Felicity nickte. »Wichtig hierbei ist, dass sie nicht urplötzlich aus den Schatten kamen, wir haben ihre Existenz nur vergessen. Zur Zeit des Zweiten Weltkriegs kam es zu einem rasanten Anstieg der geborenen Werwölfe. Heutige Schätzungen gehen davon aus, dass sich ihre Zahl innerhalb eines Jahrzehnts verdreifacht hat. Wie ihr aus den bisherigen Theoriestunden wisst, verfügen Werwölfe über eine verminderte Impulskontrolle. Sie sind aggressiver als Menschen, über die Maßen gewaltbereit und leicht reizbar. Durch ihre rasant steigende Zahl kam es zu einer wahren Explosion an Gewaltverbrechen. Den Höhepunkt der Eskalation erreichten wir in den Achtzigerjahren. Seither ist es uns gelungen, die Werwolfpopulation um rund sechzig Prozent zu reduzieren. Unser Ziel ist es, die ganze Welt von Werwölfen zu befreien. Denn solange sie unter uns sind, werden wir nie ein sicheres Leben führen.«

Ich kannte die Geschichte. Mein Vater hatte sie während meiner Kindheit traditionell jeden Freitagabend erzählt. Andere Eltern zeigten Familienalben, meine holten alte Zeitungsberichte von Massakern hervor. Ich hatte es gehasst und gefürchtet zugleich, weil mich danach immer Albträume geplagt hatten. Aaron war dann bei mir geblieben, um mir die Angst zu nehmen und um mir die Ereignisse mit seinen eigenen Worten zu erklären:

»Du musst es dir so vorstellen, dass die Menschen einen Wolf in ihrem Inneren tragen, Maya. Und der bricht ab und an hervor, weil Wölfe nun mal Tiere sind. Sie können nichts für ihre Natur. Deswegen gibt es die Jäger, verstehst du? Sie sind dazu da, damit die Wölfe niemandem wehtun. Deswegen will ich auch einer werden. Damit dir niemand wehtun kann.«

»Daddy sagt, dass viele Menschen gebissen und getötet wurden.«

Aaron nickte. »Stimmt, aber einige haben sich auch verwandelt. Sie sind nicht alle gestorben.«

»Also wollen die Wölfe nur mehr neue Freunde haben?«

»So in etwa, ja. Nur dürfen sie dabei niemandem wehtun, verstehst du? Doch das tun sie. Deswegen muss es die Jäger geben.«

An unserem ersten Geschichten-Freitag war ich gerade mal sieben Jahre alt gewesen und Aaron neun. Mit seinen Erklärungen war die Wahrheit über unsere Welt erträglicher geworden und die Angst weniger stark. Für mich war es eine Erleichterung gewesen, zu wissen, dass die Gebissenen nicht starben, sondern als Wolf weiterlebten. Aber wie hätte eine Siebenjährige auch den Tod gutheißen sollen? Damals hatte ich die naive Hoffnung gehabt, dass die Wölfe sich bessern würden.

Feli deutete auf den nächsten Punkt an der Tafel. »Es gibt zwei Arten von Werwölfen. Die geborenen und die verwandelten. Wer kann mir den Unterschied nennen?«

Melissa, die Jahrgangsbeste und ewige Streberin, meldete sich sofort. »Geborene sind nicht an den Vollmond gebunden, während sich verwandelte nur mithilfe des Mondes komplett verwandeln können.«

»Richtig. Was ist mit der menschlichen Gestalt der Wölfe? Sind sie auch unverwandelt gefährlich?«

Melissa warf mir einen kühlen Blick über die Schulter zu, als ob sie von der nächtlichen Aktion auf dem Parkplatz des *Bex BBQ* wüsste. »Natürlich. Sie hören ja nicht auf, übernatürlich zu sein, nur weil sie kein Wolf sind. Sie sind schneller, stärker und sehr impulsiv.«

»Sehr gut, Melissa«, lobte Feli. »Ja? Hast du eine Frage?«

Kyle, Jamies Tischnachbar, ein schlaksiger, eher schüchterner Junge mit Brille, von dem niemand so recht wusste, weshalb er Jäger werden wollte, nahm die Hand langsam wieder herunter. »Sind die geborenen Wölfe wirklich ausgerottet?«

»Sind sie. Das letzte Rudel gab es sogar hier in Colorado. Es war Mayas Vater, Robert Cavanaugh, der die Mission geleitet und eigenhändig dafür gesorgt hat, dass jeder einzelne Wolf des Rudels ausgeschaltet wurde. Wir sind ihm zu großem Dank verpflichtet, er hat dem Land und der Menschheit damit einen großen Dienst erwiesen.«

Ich verkniff mir das abfällige Schnauben. Wäre es nach mir gegangen, hätte ich gefragt, ob es noch eine Moral hinter der Akademie gab. Was, wenn manche Wölfe sich gar nichts hatten zuschulden kommen lassen? Wenn sie es schlichtweg nicht verdient hatten, getötet zu werden?

»Und die verwandelten?«, wollte Melissa wissen. »Sind die auch bald ausgerottet?«

»Die ersten Bundesstaaten verkünden, frei von Werwölfen zu sein. Colorado ist davon leider noch weit entfernt. Die Population nimmt zu, die Rocky Mountains bieten ihnen Schutz, weswegen sich die Wölfe aus den anderen Gebieten hierher zurückziehen.«

Keine Ahnung, ob es der Abschreckung oder dem Schüren des Hasses dienen sollte, aber Felicity führte uns alte Videoaufnahmen der Jäger vor. Sie zeigten, wie Werwölfe in einer Kleinstadt wüteten und scheinbar wahllos Menschen angriffen. Als das Kamerabild wackelte und ein Wolf sich direkt auf die filmende Person stürzte, hielt Feli das Video an.

»Unsere Aufgabe ist es, die Menschen in Crescent Hill und auf der ganzen Welt zu schützen, damit so etwas nicht noch einmal passiert.«

Ich ließ den Blick nach draußen schweifen und meine Gedanken gleich mit. Wohin führte uns das alles aktuell nur?

Die Sonne ging bereits unter, als wir aus der Akademie traten. Das Training wurde härter, jetzt, da die Werwölfe in der Stadt gesichtet wurden. Erschöpft schmiss ich meine Tasche auf den Beifahrersitz und startete den Motor. Als die Scheinwerfer ansprangen, konnte ich durch die beschlagene Windschutzscheibe eine Silhouette im Nieselregen erkennen.

Ich streckte die Hand aus, um die Wischer zu aktivieren, da bewegte sich die Person in meine Richtung. Das Herz klopfte mir bis zum Hals, da fand ich den Schalter – doch als der feine Regenfilm weggewischt war, konnte ich niemanden mehr sehen. Mein Verstand musste mir einen Streich gespielt haben.

Trotzdem verriegelte ich die Türen von innen.

»Mann, jetzt wirst du auch noch paranoid«, murmelte ich zu mir selbst und setzte nach hinten auf die Straße.

Als ich zu Hause ankam, brannte noch Licht hinter den Fenstern. Ich warf einen Blick auf die Uhr. Natürlich hatte ich es pünktlich zum Abendessen geschafft, was mich direkt nervte. Hätte das Training nicht länger gehen können?

Als hätte Jamie mein Zögern gespürt, vibrierte mein Handy. Ich zog es heraus, wischte die Benachrichtigung eines neuen Akademie-Newsletters fort und las seine Nachricht:

J: Wenn du dich wieder rausschleichen willst: bei mir ist (noch) Platz.

Immer dann, wenn ich an meinem Leben und den Pflichten zu ersticken drohte, war er für mich da und zeigte mir einen Weg aus dem Chaos. Jamie war einfach der allerbeste Freund, den man haben konnte.

M: Stürze mich ins Abendessen, sende SOS, wenn es eskaliert.

Ich steckte das Handy weg und tat genau das, was ich geschrieben hatte: ich stürzte mich in einen grauenvollen Abend mit meinen Eltern.

»Du kommst gerade rechtzeitig zum Essen«, rief meine Mutter aus der Küche, kaum dass sie die Haustür hörte. Ich ging ins Esszimmer, wo mein Vater bereits am Tisch saß und noch ein paar Unterlagen durchforstete. Wahrscheinlich handelte es sich dabei um Notizen, die er für seinen morgigen Talk mit Bürgermeister McIntyre brauchte.

Er hatte einen offiziellen Fernsehauftritt, den ich mir gewiss nicht ansehen würde.

Mein Vater nahm die Brille ab, als meine Mutter ihm einen gut gefüllten Teller brachte.

»Arbeit vom Tisch, Robert. Wir essen jetzt.«

Wortlos folgte ich ihr in die Küche und half dabei, unsere Teller aufzufüllen, und nahm meinen dann selbst mit zum Tisch. Noch vor dem ersten Bissen richtete sie das Wort an mich.

»Wie war dein Tag, Maya?«

Die Anspannung im Raum stieg, die Luft war zum Schneiden dick. Ein falscher Satz konnte uns in den Abgrund reißen. Deshalb ließ ich mir Zeit, wählte meine Worte sorgsam und entschied mich für etwas Unbedeutendes.

»Gut. Wir haben in der Schule einen Test zurückbekommen. Ich habe ein B.«

Leider sprang mein Vater auf solche Nichtigkeiten niemals an. »Gibt es Gerüchte unter den Schülern über das Verschwinden dieses Jungen?«

Natürlich. Nur das interessierte ihn.

Die Wölfe, die Jagd, seine Arbeit. Nichts sonst.

»Keine Ahnung. Vielleicht redest du lieber mit Dax, er ist doch der zuständige Einsatzleiter, oder? Bestimmt hat er alles zu deiner Zufriedenheit erledigt und jeden Schüler persönlich ausgehorcht.«

Einen Moment herrschte eisige Stille, einzig durchbrochen vom Klirren meiner Gabel, mit der ich eine Kartoffel aufspießte. Dass ich so respektlos auf Dax verwies, war ihm sicher ein Dorn im Auge.

»Und was war das auf dem Parkplatz gestern?«, fragte er, und die Gabel erstarrte mitten in der Luft. Mein Herz setzte einen Schlag aus. Ganz vorsichtig begann ein Funke Hoffnung in meiner Brust zu glimmen. Hoffnung, dass mein Vater mir glaubte, dass er sich vielleicht sogar um mich sorgte.

»Da war ein vollständig verwandelter Werwolf.«

All der Trotz und der Zorn fielen von mir, und ich spürte den naiven Drang, von ihm umarmt zu werden. Nur dieses eine Mal wollte ich, dass er mich wahrnahm, mich sah, so wie er Aaron stets gesehen hatte. Nur einmal.

»Werwölfe verschonen niemanden«, erwiderte er mit einem Hauch Hohn in der Stimme. »Erst recht kein verwandelter. Was immer du dir also zusammenfantasiert hast, wird wohl am Alkohol gelegen haben. Du konntest kaum noch stehen.«

Ich presste die Lippen aufeinander, zog mit einem Ruck das Wundpflaster von meiner Hand und entblößte die großflächige Schürfwunde. »Sieht das auch wie *zusammenfantasiert* aus?«

Die Augen meiner Mutter weiteten sich. »O Gott, Maya! Wieso hast du nichts gesagt?«

»Wollte ich ja! Aber mein eigener Vater hat mich direkt als Lügnerin bezeichnet.«

»Zügle deine Worte, junge Lady.« Seine Antwort war nicht mehr als ein bedrohliches Flüstern.

»Robert, das ist eine ernste Angelegenheit. Unsere Tochter wurde angegriffen!«

»Ich kenne die Wölfe, Lucia. Keiner hat je ein Leben verschont, warum also jetzt?«

Mein Puls raste. »Glaubst du etwa, dass ich mir das selbst zugefügt habe?«

»Du warst betrunken! Vielleicht bist du gestürzt. Eine Wunde beweist überhaupt nichts. Wirklich, seit Aaron tot ist, erkenne ich dich nicht mehr wieder, Maya. Du tust alles, um negativ aufzufallen.«

Ich sprang auf, die Stuhlbeine schrammten über das Parkett, ich wollte etwas sagen, doch meine Stimmbänder versagten mir den Dienst. Ich fühlte mich, als hätte er mir ins Gesicht geschlagen. Tränen sammelten sich in meinen Augen, und ich verließ den Tisch, um in mein Zimmer zu fliehen, denn in seiner Nähe ich konnte definitiv nicht länger atmen.

Wütend rauschte ich die Stufen hoch und stellte erst in meinem Zimmer fest, dass mein Handy noch unten lag. Ich öffnete die Tür einen Spaltbreit und lauschte dem Streit meiner Eltern. Ich konnte nicht jedes Wort verstehen, doch offenbar ging es um mich und den Vergleich mit Aaron. Ich versuchte mit aller Kraft, die Tränen aufzuhalten, doch sie bahnten sich einen Weg über meine Wangen.

Mir kam es so vor, als würde ich seit Aarons Tod nichts anderes mehr tun, als gegen meine Eltern zu kämpfen.

Erschöpft kroch ich in mein Bett und hoffte auf einen traumlosen Schlaf.

Morgens war ich allein. Ich spielte mit dem Gedanken, gar nicht erst aufzustehen und den Tag einfach im Bett zu verbringen. Doch es stand zu viel auf dem Plan, als dass ich blaumachen konnte. Also zwang ich mich hoch, zog mein Lieblingskleid mit Blumenprint an, schminkte mich und hantierte mit dem Lockenstab zu *Physical* von Dua Lipa. Mein Äußeres aufzuhübschen war wie eine Mauer, die ich um mich herum errichtete. Make-up und ein hübsches Kleid waren der Schutzschild, den ich brauchte, um gegen die Welt zu bestehen.

Durch die Musik hob sich meine Laune, und ich schaffte es sogar lächelnd ins Auto, wie mir der Rückspiegel offenbarte.

Ein seltsamer Moment. Es tat weh und gut zugleich.

Doch das Schicksal meinte es nicht gut mit mir. Vielleicht bestrafte es mich dafür, dass ich es gewagt hatte, Freude über so etwas Banales wie einen Song zu empfinden, wo doch mein Bruder nie wieder lachen oder singen würde.

Ich hatte keine Meile geschafft, da polterte es und das Lenkrad ruckte. Ich fuhr rechts ran. Direkt vor ein Plakat der Akademie, auf dem das Gesicht meines Vaters prangte. Mir blieb aber auch nichts erspart.

»Das darf doch nicht wahr sein«, sagte ich und hoffte, dass ich mir das schwimmende Gefühl beim Fahren nur eingebildet hatte. Die Quelle des Polterns war schnell gefunden: der hintere Reifen war platt. Sollte ich jetzt den Pannenservice anrufen und die Schule sausen lassen? Oder sollte ich das Ersatzrad nehmen?

Ich entschied mich für Letzteres.

»Wäre doch gelacht, wenn ich dich nicht gewechselt bekomme.«

Ich öffnete den Kofferraum und suchte nach dem Wagenheber. Ein Kribbeln in meinem Nacken ließ mich herumfahren. Nicht weit entfernt stand ein mir unbekannter Mann am Straßenrand. Er schien älter als ich zu sein, trug Jeans und einen dunklen Pullover mit Knopfleiste. Mein Blick fiel kurz auf die Ketten um seinen Hals, deren Anhänger ich nicht erkennen konnte. Was mich jedoch magisch anzog, war sein Gesicht, seine Augen. Seine markanten Züge, der dunkelblonde Dreitagebart und diese Augen, die mich sogar aus der Entfernung in ihren Bann zogen.

»Brauchst du Hilfe?«, fragte er mit angenehm tiefer Stimme.

»Ich, ehm, ja«, gab ich zu und deutete hinter mich in den Kofferraum. »Ich will das Ersatzrad aufziehen.«

Der Fremde kam ein paar Schritte näher, und nun konnte ich auch die Farbe seiner Augen erkennen: sie waren von einem hellen Bernstein. Er trat neben mir an den Wagen, und ich konnte nichts anderes tun, als ihn anzustarren. Da war so ein Kribbeln in meiner Brust, so ein vertrautes Gefühl. Würde ich an Hokuspokus glauben, hätte ich gesagt, dass es sich anfühlte, als habe meine Seele endlich ihr fehlendes Puzzleteil gefunden. Aber das war völlig verrückt.

Er griff an mir vorbei und streifte meinen Arm, was meine Haut zum Prickeln brachte.

»Hast du einen Wagenheber?«, fragte er mit Blick auf die Ersatzradmulde, und ich atmete tief durch, um wieder klare Gedanken zu fassen.

Verdammt, Maya! Reiß dich zusammen!

»Ja klar. Hier.«

Ich zog links an einer Abdeckung, die sich ganz leicht lösen ließ. Dahinter verbarg sich der Wagenheber. Ich wich zurück, damit er mich nicht noch einmal berühren konnte. Mein Herz klopfte unnatürlich schnell und stark in meiner Brust, und ich hatte nicht die leiseste Ahnung, wieso das so war.

»Ich bin übrigens Maya«, sagte ich, als er sich aufrichtete. Seine Mundwinkel hoben sich ein klein wenig, und diese vollen Lippen verzogen sich zu der Andeutung eines Lächelns, das mein Herz aus dem Takt brachte.

»Ezra«, erwiderte er, ging seiner Aufgabe nach und bockte den Wagen auf, um das Rad abzumontieren. Was genau war das hier bitte schön? Nie zuvor hatte ich so ein intensives Herzrasen erlebt – und den Quatsch von *Liebe auf den ersten Blick* glaubte ich schon mal gar nicht. Wie sollte man sich auch in jemanden verlieben, den man gar nicht kannte? All die Hollywoodfilme waren meiner Meinung nach kompletter Humbug. Meine erste Liebe hatte sich schleichend entwickelt und nicht auf einen Schlag.

Es dauerte nur wenige Minuten, bis Ezra das neue Rad montiert und das platte zurück in die Mulde meines Kofferraums gelegt hatte. Er schloss die Abdeckung und klopfte sich die Hände ab, um den Staub loszuwerden. Dann blickte er mich an.

»Ich denke, du kannst jetzt weiterfahren.«

»Danke. Ich … bist du neu hier?«, fragte ich, um Zeit zu schinden, und strich mir eine Locke hinters Ohr.

Ezra lehnte sich seitlich gegen das Heck und verschränkte locker die Arme vor der Brust. Ich zwang mich, seine Muskeln zu ignorieren. Aber sein Gesicht war auch nicht viel besser für meine Konzentration.

»Ja, ich bin erst gestern angekommen. Schöne Stadt.«

»Wie man es nimmt.«

»Was hat dir denn die Stadt getan?«

»Nichts«, erwiderte ich eine Spur zu schnell. Ich würde einem Fremden sicher nicht mein Leid klagen. »Crescent Hill wird dir bestimmt großartig gefallen.« Sarkasmus, Zeit zu verschwinden. »Woher kommst du?«

Er beäugte mich skeptisch, ließ sich jedoch auf den Themenwechsel ein. »Aktuell aus Phoenix, ich bin viel rumgereist in letzter Zeit.«

»Oh, ganz allein oder in Begleitung?« Die Worte waren raus, ehe ich sie aufhalten konnte.

»Allein.« Er sah mir in die Augen. »Die richtige Begleitung hat sich bisher nicht gefunden.«

Zwischen den Zeilen schwang so viel mehr mit, als er aussprach. War er ihr nur noch nicht begegnet oder wollte er sie gar nicht finden? Sollte mir das sagen, dass er Single war und sich auf jemanden einlassen konnte? Wollte?

»Das kann sich ja noch ändern«, blieb ich vage.

»Da bin ich mir sicher.« Der flirtende Unterton entging mir nicht. »Was ist mir dir? Warst du schon woanders?«

Vielleicht täuschte ich mich, aber ich hatte das Gefühl, dass er mich ebenso wenig gehen lassen wollte wie ich ihn.

»Bis auf einen Kurztrip nach Denver noch nicht, nein.«

»Es gibt wunderschöne Orte. Du solltest mehr von der Welt sehen.«

»Ich habe nicht vor, mein Leben lang in Crescent Hill zu bleiben.« Ich seufzte. Egal wie gern ich noch mit ihm sprechen wollte, ich kam definitiv zu spät zur Schule, wenn ich jetzt nicht ging. »Also, danke für die Hilfe, ich muss jetzt leider wirklich los.«

Er stieß sich von meinem Wagen ab und nickte. »Gern. Wir sehen uns sicher, Maya.« Seine Stimme hatte diesen überaus charmanten, rauchigen Klang, der mir eine Gänsehaut über den Körper jagte. Ich schenkte ihm zum Abschied bloß ein Lächeln, weil ich mir sicher war, irgendetwas Peinliches zu sagen, sollte ich erneut den Mund aufmachen.

Beim Anfahren blinzelte ich übertrieben lange in den Rückspiegel. War es vielleicht doch möglich, eine Art Seelenverwandten zu finden? Ich konnte es mir beim besten Willen nicht vorstellen, doch die Wärme in meiner Brust sagte etwas anderes. Es fühlte sich an, als wäre ein Teil von mir, der seit Aarons Tod allein in der Dunkelheit verloren gewesen war, endlich zu mir zurückgekehrt. Als wäre ich angekommen. Und verdammt, ich vermisste dieses Gefühl von Heimkehr mit jedem Meter mehr, den mein Wagen mich von diesem Ezra fortbrachte.

4
Ezra

Ich sah dem Wagen noch eine ganze Weile hinterher, ohne mich wirklich lösen zu können.

Maya.

Ich kannte diese junge Frau überhaupt nicht, doch als ich sie vor wenigen Tagen das erste Mal an der hiesigen Highschool gesehen hatte, wusste ich, dass ich sie kennenlernen musste. Sie war inmitten der Schülerinnen und Schüler gewesen, die an dem Eingang ihrer Schule Kratzspuren gefunden hatten. Und ich hatte es gespürt.

Die magische Anziehung, die mit nichts auf der Welt vergleichbar war, hatte mich zu ihr geführt. Das Band, das von der Seele selbst geschmiedet wurde und sich nur ein einziges Mal im Leben zeigte.

Ich konnte kaum glauben, dass sie es war. Dass ich es überhaupt je spüren durfte. Manch einer kam in seinem Leben niemals in den Genuss der besonderen Verbindung. Dabei war es genau das, wonach Werwölfe strebten: die wahre Liebe zu finden und das Seelenband zu spüren.

Dieses Band war der Grund, wieso ich nach Crescent Hill gekommen war. Als ich die Verbindung vor wenigen Tagen völlig aus dem Nichts gespürt hatte, war mir gar nichts anderes übrig geblieben, als ihr fast schon willenlos nachzugeben.

Gleichzeitig spürte ich eine tiefe Verwirrung, denn sie war definitiv ein Mensch. Und so wie es an der Highschool ausgesehen hatte, stand sie in direktem Kontakt mit den Jägern. Vermutlich wurde sie sogar selbst ausgebildet. Das hieß, sie war auf lange Sicht mein Feind.

Wieso also spürte ich diese Verbindung zu ihr? Werwölfe konnten sich nicht aussuchen, mit wem sie das Band schmiedeten, es geschah einfach, und keine Macht auf dieser Welt konnte es erklären oder aufhalten. Allerdings geschah das normalerweise nur zwischen Wölfen. Und das war Maya nicht.

Ich fuhr mir durchs Haar und bemerkte, dass ich noch immer an Ort und Stelle stand, obwohl sie bereits eine Weile fort war. Ich riss mich los, schob die Hände in die Taschen meiner Jeans und schlenderte durch die Straßen. In Crescent Hill gab es eine der wohl berühmtesten *Moonlight Academys.* Und genau diese war nun mein Ziel. Wenn sie in Verbindung mit den Jägern stand, war die Akademie eine Möglichkeit, in ihrer Nähe zu sein.

Ich begab mich dafür freiwillig in die Höhle des Löwen. Und war gespannt, ob dieser Löwe es mit einem Wolf aufnehmen konnte.

5
Maya

In letzter Sekunde konnte ich mich unter der herannahenden Faust wegducken und Dax einen gezielten Tritt gegen das Schienbein verpassen. Das Schwergewicht taumelte nicht einmal. Ehe ich reagieren konnte, trat er mir mit einer Heftigkeit die Beine unter dem Körper weg, sodass ich hart auf die Matte prallte und die Luft aus meiner Lunge gepresst wurde. Mein Vater hatte mich gezwungen, gegen Dax anzutreten.

Dax und Aaron waren Konkurrenten gewesen, und es war kein Geheimnis, dass er meinen Bruder gehasst hatte, weil er immer ein klein wenig besser als er selbst gewesen war. Jetzt, da Aaron nicht mehr hier war, hatte er die Möglichkeit ergriffen, mich richtig zu vermöbeln. Und Robert Cavanaugh wusste genau, dass ich keine Chance gegen Dax hatte. Er war ein verdammtes Tier, stemmte Gewichte, die ich nicht einmal mit Jamies Hilfe hochbekam, und trainierte unerlässlich, um der beste Jäger der *Moonlight Academy* zu werden.

Es wäre ein Leichtes, jetzt liegen zu bleiben und mich geschlagen zu geben. Doch die Kämpferin, die in meinem Inneren ruhte, wollte das nicht so hinnehmen. Ich wollte mich nicht der Schmach hingeben, dass ich tatsächlich schwach war. Ich wollte aufstehen und es allen zeigen. Allen voran meinem Vater. Außerdem hatte ich es Aaron versprochen. Wir hatten beide gewusst, dass mein Vater mich nicht in Ruhe lassen würde, bis ich eine Jägerin war. Deswegen hatten wir die Dose hinten im Garten vergraben. Dort lag mein Versprechen an ihn und seines an mich – obwohl ich seines erst erfahren durfte, sobald ich die Ausbildung abgeschlossen hatte. Das war der Deal: Ich versprach ihm durchzuhalten, danach gab er mir sein Versprechen. Was das genau gewesen war, wusste ich bis heute nicht. Denn auch nach seinem Tod hielt ich daran fest.

Gerade noch rechtzeitig drehte mich auf die Seite. Dax' Faust traf mit einem dumpfen Aufprall die Matte, und ich hätte schwören können, dass es knackte. Was hatte er vor? Wollte er mich umbringen? Ich sprang auf die Beine und hielt die Fäuste in Verteidigungshaltung vor mich. Der Gedanke, dass ich heute Abend mit einem blauen Auge zu Trevors Party gehen würde, nervte mich jetzt schon und schürte zugleich meine Wut auf die ganze Akademiesache. Ich war ein Teenager, verdammt! Ein Mädchen! Ich wollte mir die neuesten Kleider kaufen und mich schminken und oberflächlich sein, nicht jemandem Kinnhaken verpassen und mit blauen Flecken aufwarten!

Ich duckte mich unter einem Faustschlag hinweg und schlug fest gegen Dax' Rippen. Er taumelte tatsächlich ein, zwei Schritte zurück, was mir Hoffnung verlieh. Noch einmal boxte ich ihn gegen dieselbe Stelle, er keuchte, packte mich jedoch an meiner Schulter und rammte mir das Knie in den Magen. Achtlos warf er mich zur Seite.

»Beende es, Dax!«, hörte ich die Stimme meines Vaters. Ich wollte aufstehen, weiterkämpfen. Doch der Schmerz, der sich vom Bauch aus durch meinen Körper fraß, fesselte mich an den Boden. Ich sah Dax' hünenhafte Gestalt über mir aufragen, dann raste seine Faust auf meine Schläfe nieder.

Als ich erwachte, befand ich mich auf der Krankenstation. Wegen der grellen Deckenstrahler kniff ich die Lider fest zusammen, kaum dass ich sie aufgeschlagen hatte. Genau an der Stelle, an der Dax mich getroffen hatte, pulsierte ein stechender Schmerz. Mein Verstand begann langsam, aber sicher zu arbeiten, und ich legte gedanklich eine Liste an, was mir alles wehtat. Probehalber streckte ich Arme und Beine. Jeder Muskel brannte, und ich konnte gar nicht sagen, welche Stelle nicht pochte.

»Autsch«, murmelte ich, als meine eigens auferlegte Schonfrist endete. Ich betastete vorsichtig meine Schläfe und zog die Luft ein, als der Schmerz bei der Berührung wie ein Pfeil durch meinen Kopf jagte. »Fuck, dieser Idiot. Was ist nur los mit ihm?«

»Er hat dich ziemlich fertiggemacht, was?« Jamie saß tief versunken im einzigen Besuchersessel und klappte die Zeitschrift zu, in der er geschmökert hatte. Er trug seine Sportkleidung. Hatte er mich hierhergebracht? War er seitdem noch gar nicht zu Hause gewesen?

»Wenn du dich fragst, wie du hergekommen bist – ja, ich habe dich wie der Gentleman, der ich nun mal bin, getragen. Allerdings auf Befehl deines Vaters hin. Er hat schon zweimal nach dir gesehen.«

»Ach, hat er das?« Ich unterdrückte das abfällige Schnauben in letzter Sekunde. Wenn er tatsächlich hergekommen war, dann ganz sicher nicht, weil er sich Sorgen machte. Ich kannte meinen Vater. »Uff. Mir tut alles weh.«

»Kein Wunder, so wie Dax zugeschlagen hat. Aber sieh das Positive: Du brauchst dich heute Abend nicht mehr schminken, weil dein Auge schon in allen Farben schillert.«

»So schlimm, ja?« Trotz der Situation und meines Zustands hob sich dank Jamie meine Laune.

Er legte den Kopf schief. »Was heißt schlimm? Du wirst definitiv die Coolste auf der Party sein. Jeder wird dich um das Veilchen beneiden.«

Ich bezweifelte, dass irgendwer wirklich Neid empfand. Obwohl – wie aus dem Nichts erinnerte ich mich an meine erste Trainingsstunde in der Akademie, bei der ich ebenfalls ein ordentliches Veilchen davongetragen hatte. Ich war damals vollkommen überfordert gewesen und hatte sogar geweint, während Aaron mir feierlich versichert hatte, dass das erste blaue Auge im Kalender festgehalten werden musste:

»Wieso weinst du denn? Wegen des Veilchens? Maya, alle werden zu dir aufsehen, weil du eine der coolen Jägerinnen bist! Außerdem währt es nicht ewig, und du weißt, dass der Schmerz dich nur stärker macht, oder?«

»Oh, Mr. Cavanaugh«, sagte Jamie und sprang auf.

Mein Vater kam ins Zimmer. Er trug einen seiner maßgeschneiderten Anzüge, der sicher für den überaus wichtigen Fernsehauftritt mit Bürgermeister McIntyre war. Die Narbe in seinem Gesicht ließ ihn noch härter aussehen.

»Du hast mich enttäuscht, Maya«, sagte er statt einer Begrüßung, und ich sah ihn fassungslos an.

»Enttäuscht? Dax ist ein Tier! Wie soll ich bitte gegen ihn ankommen? Du weißt, dass er mir überlegen ist, in allem!« Damit meinte ich nicht nur seine Größe und sein Gewicht, sondern auch seine Erfahrung. Er war bereits bei zahllosen Einsätzen gegen Werwölfe dabei gewesen, ich hingegen bei keinem einzigen.

»Und du meinst, in einem Kampf um Leben oder Tod wird dich ein Werwolf verschonen, nur weil er dir überlegen ist? Ich habe mich ganz offensichtlich in dir geirrt, Maya. Du hast nicht das Zeug zur Jägerin.«

Ich sollte froh sein, oder? Das war doch, was ich mir wünschte: dass er mich nicht mehr zu etwas zu formen versuchte, was ich nicht war und nicht sein wollte.

Gab er auf? Gab Robert Cavanaugh es tatsächlich auf, seine Tochter zur perfekten Jägerin zu schulen?

Warum spürte ich dann keine Erleichterung?

Stattdessen legte sich eine Schwere auf meine Brust, die mir die Luft abschnürte. Er hatte sich eine Meinung über mich gebildet, und daran würde sich auch nichts ändern, wenn ich wie ein bockiges Kind quengelte. Ich wusste das. Gott verdammt, ich wusste, dass ich nichts an seiner Haltung ändern konnte, und doch war da dieser dumme Wunsch in mir, es zu tun. Ihm zu gefallen, nur einmal von ihm zu hören, dass er stolz auf mich war und dass er mich liebte.

»Ich werde härter trainieren und beim nächsten Mal nicht versagen.« Die Worte verselbstständigten sich. Sie widersprachen allem, wofür ich stand. Und trotzdem saß ich hier, überzeugte Nichtjägerin, und schwor einen Eid, mich zu verbessern. Nur für ihn.

»Beim nächsten Mal? Du hast den Ernst der Ausbildung nicht verstanden! Werwölfe geben dir keine zweite Chance! Du hast zu funktionieren oder du bist tot.«

»Vater …«

»Ich frage mich, was wir bei dir falsch gemacht haben. Der Tod deines Bruders sollte dich in deinem Auftrag bestärken, stattdessen sitzt du herum und jammerst über Ungerechtigkeiten und zweite Chancen! Aaron hat keine zweite Chance. Du aber hattest schon zu viele.« Die

Enttäuschung war ihm deutlich anzuhören. Der Kloß in meinem Hals schwoll an. Bevor ich ihm antworten konnte, klingelte sein Handy und er zog seine Augenbrauen zusammen, als würde ihm das, was er auf dem Display sah, nicht gefallen. »Ich muss los. Das Gespräch ist noch nicht beendet. Dein Fehlverhalten hat Konsequenzen, gerade weil du meine Tochter bist.«

»Verstanden«, sagte ich leise, was er mit einem Nicken quittierte. Es war die Antwort, die er mich gelehrt hatte, die einzige, die er hören wollte.

»Johnson, bring sie sicher nach Hause.«

»Natürlich, Sir.« Jamie klang ebenso erschlagen, wie ich mich fühlte. Als hätte mein Vater nicht nur mir die Standpauke gehalten, sondern auch ihm.

»Es tut mir so leid, Maya«, flüsterte Jamie, kaum dass Vater fort war, doch ich schüttelte den Kopf, spürte die Tränen hinter den Lidern brennen. Ich würde nicht weinen. Nicht jetzt, nicht wegen meines Vaters. Nie wieder wegen meiner Familie.

»Es ist okay. Wir beide wissen, dass er nicht erst seit heute so über mich denkt.« Meine Stimme verriet, wie verletzt ich war.

Jamie griff nach meiner Hand. »Du bist vielleicht für deinen Vater nicht die weltbeste Jägerin, doch du bist die beste Version von dir, für dich. Das ist alles, was zählt.«

Ich blinzelte die Tränen fort und traf eine Entscheidung. »Kannst du einer Schwester sagen, dass sie mir Schmerzmittel bringen soll? Ich will hier so schnell wie möglich raus.«

»Solltest du dich nicht lieber ausruhen?«

Ich schüttelte den Kopf. »Nein, definitiv nicht. Ich will hier raus, und dann muss ich zu Sophie.«

Verwirrt sah Jamie mich an.

»Die Party«, half ich ihm auf die Sprünge. »Ich habe Sophie versprochen, dass wir gemeinsam hingehen. Brian will sie dort treffen.«

»Willst du nach heute ernsthaft zur Party? Das mit deinem Veilchen-Make-up war eher ein Scherz.«

Ich zuckte mit einer Schulter. Klar, ich hatte Schmerzen, keine Frage. Aber es war nichts gebrochen, also gab es keinen Grund, wieso ich länger bleiben musste als unbedingt nötig. Und ich brauchte

Ablenkung. Würde ich heute Abend brav am Esstisch sitzen und mir erneut von meinem Vater anhören müssen, dass ich auf ganzer Linie versagte, würde ich vermutlich durchdrehen. Ich *brauchte* diese Party, um auf andere Gedanken zu kommen. Um weder an meinen Vater noch an Aaron zu denken. Außerdem hatte ich es Sophie versprochen, und ich hielt meine Versprechen.

»Sag nichts«, gab sich Jamie geschlagen. »Ich kann dich eh nicht umstimmen, richtig?«

»Nein, kannst du nicht.«

Er verdrehte die Augen. »Fein. Dann hole ich mal eine Schwester.«

Jamie lieferte mich zu Hause ab. Bis zum Abend hatte ich noch etwas Zeit, weshalb ich mir ein ausgiebiges Bad gönnte, das meine verhärteten Muskeln entspannte. Gegen die Kopfschmerzen nahm ich eine weitere Tablette und spülte diese gerade mit Kaffee hinunter, als es klingelte.

»Überraschung!« Felicity stand vor der Tür und breitete die Arme aus. »Oh, passt es dir gerade nicht?« Sie deutete meinen Gesichtsausdruck offensichtlich falsch, denn ihr anfängliches Grinsen schwand.

»Doch, natürlich. Komm rein.« Ich trat zur Seite, damit sie eintreten konnte. »Ich habe nur nicht mit dir gerechnet.«

»Ich hätte doch anrufen sollen.« Sie sagte es eher zu sich selbst. »Bist du ganz allein? Wo ist Aaron? Ich habe ihn schon in der Akademie verpasst. Ist er bei einem Einsatz?«

Mein Herz krampfte sich schmerzhaft zusammen.

Ich hatte ihr vergessen zu schreiben. Was hätte ich auch schreiben sollen? Ach übrigens, mein Bruder ist tot? Es allein auszusprechen tat weh, es niederzuschreiben hätte ich nicht über mich gebracht. Und da wir seit längerer Zeit nicht telefoniert hatten, war sie vollkommen ahnungslos.

Es erwischte mich eiskalt.

»Hat dir in der Akademie niemand was gesagt?« Die umliegenden Akademien waren über seinen Tod informiert worden. Ich wusste, dass mein Vater dafür gesorgt hatte, dass es nicht an die große Glocke gehängt wurde, damit es für keinen Trubel in der Öffentlichkeit sorgte. Trotzdem hatte ich erwartet, dass sie zumindest über ihren Vater davon erfahren würde.

»Nein, was denn?«

»Aaron … er ist tot.«

Ich war absolut machtlos gegen die Tränen.

Felicity schlug sich die Hand vor den Mund. »Verdammt, Maya.« In wenigen Schritten war sie bei mir. Ich erlaubte mir nur einen Herzschlag lang, in den Armen meiner Freundin zu verweilen. Denn wenn ich die Mauern erst fallen ließ, würde ich richtig anfangen zu weinen und vermutlich nicht mehr aufhören können. Also schob ich sie sacht von mir und wischte mir fahrig über die Wangen, rang um Fassung.

»Wie?«, fragte Felicity.

»Ein Werwolf. Vor zwei Wochen schon. Tut mir leid, dass ich dir nicht geschrieben habe, ich wusste nicht wie und …«

»Hätte ich es gewusst, wäre ich sofort hergekommen!«

»Du bist ja jetzt hier«, ich drückte ihre Hand, »aber ich will wirklich nicht darüber reden, ja? Sonst kommen meine Kopfschmerzen zurück.«

»Scheiße, stimmt, ich bin hergekommen, weil mir erzählt wurde, was in der Akademie passiert ist.« Als ob ihr jetzt erst mein Veilchen auffallen würde, schob sie meine Haare beiseite und betrachtete es ausgiebig. »Dax war schon immer ein echter Proll. Nächstes Mal vermöble ich ihn, darauf kannst du Gift nehmen.«

»Oh, da bin ich nur zu gern Zuschauer. Magst du einen Kaffee?«

Felicity folgte mir in die Küche. Natürlich bemerkte ich ihren sorgenvollen Blick, doch ich konnte nicht darauf eingehen. Ich musste mit aller Macht verhindern, wieder in diesen alles verschlingenden Abgrund zu fallen. Es musste bergauf gehen. Und ich musste lernen, ohne Aaron zu leben, denn nichts auf dieser Welt konnte ihn mir zurückbringen.

»Wie lange bleibst du in Crescent Hill?«, fragte ich deshalb demonstrativ und reichte ihr eine Tasse.

Felicity saß auf der Tischplatte, die überschlagenen Beine baumelten in der Luft. »Ich denke, ich bleibe länger. Paris sollte eh nur ein Ausflug sein.«

»Was ist dort passiert, Feli? Du und Niall wart so glücklich, als ihr entschieden hattet, zusammen nach Paris zu gehen.«

Sie murmelte irgendetwas, was ich nicht verstand, und nahm einen Schluck Kaffee. »Tja, er war der falsche Kerl. Er ist ein Arsch, ich bin gegangen. So die Kurzfassung.«

»Erzählst du mir auch die lange Geschichte?«

Felicity wiegte den Kopf hin und her, als würde sie das Für und Wider dieses Wunsches abwägen. »Möglich. Dann bitte mit einem *Game-of-Thrones*-Marathon, Pizza und Eis, okay? Das haben wir viel zu lange nicht mehr gemacht.«

»Dazu sage ich bestimmt nicht Nein.«

Sie blieb, bis es dunkel wurde und es Zeit war, zu Sophie aufzubrechen. Ich packte ein paar Klamotten ein, die ihr gefallen würden und partytauglich waren.

»Komm doch mit«, schlug ich Felicity beim Rausgehen vor.

Sie sah mich skeptisch an. »Meinst du nicht, dass Sophie etwas dagegen hat? So gut kenne ich sie schließlich nicht.«

Ich drückte kurz ihre Hand. »Nein, das geht bestimmt in Ordnung. Na komm, lass uns fahren.«

Sophie war am Durchdrehen. Ich saß mit Feli auf ihrem Bett, sie stand vor ihrem geöffneten Kleiderschrank, um sie herum ein Berg aus Kleidern, die sie anprobiert und verworfen hatte. Vom vielen An- und Ausziehen standen ihr bereits die Haare zu Berge. Ich wartete nur noch auf den Vogel, der das Nest auf ihrem Kopf spontan bezog.

Zum Glück war es für Sophie kein Problem, dass ich Feli mitgebracht hatte. Sie war so in ihrer Sorge vertieft, nicht das richtige Outfit zu finden, dass sie wahrscheinlich nicht mal darüber gestolpert wäre, hätte ich meinen Vater mitgebracht.

Das letzte Mal, als wir uns für eine Party fertig gemacht hatten, war im Sommer gewesen.

Es war ein warmer Tag im Juli, die Sonne hatte den ganzen Tag geschienen und Erica aus der Parallelklasse hatte zu ihrem Geburtstag eingeladen. Meinen Eltern erzählte ich, dass ich das Wochenende bei

Sophie schlafen würde, weil wir uns auf ein Referat vorbereiten mussten. Sie kauften mir die Lüge ab, Aaron, der mich an jenem Abend zu ihr fuhr, zweifelte an dem Wahrheitsgehalt.

»Wovon handelt euer Referat denn?«, fragte er.

»Vom ersten Präsidenten Amerikas: George Washingtons glorreicher Aufstieg.« Es war nicht einmal eine Lüge, wir mussten tatsächlich an dem Referat arbeiten und es im Unterricht halten. Dass wir diesen Freitagabend aber nicht dafür opfern wollten, erzählte ich Aaron natürlich nicht.

»Klingt interessant. Geschichte und Politik waren immer meine Lieblingsfächer.«

»Ich weiß. Ein Grund mehr, dich seltsam zu finden, Bruderherz«, feixte ich mit einem unbeschwerten Grinsen. Aaron kniff mich brüderlich in die Seite, was mich quietschen ließ. »Hey!«

»Sei nicht so frech, oder ich erzähle Mom und Dad, dass ihr sicher nicht den ganzen Abend mit George Washington verbringt.«

»Keine Ahnung, was du meinst.«

»Das weißt du ganz genau, Nervensäge.«

Ich streckte ihm sehr erwachsen die Zunge raus. »Danke fürs Fahren. Wir sehen uns Sonntag.«

»Pass auf dich auf, ja? Und wenn irgendetwas ist, rufst du mich an, egal wann. Egal in welcher Dummheit du steckst.« Genau das war Aaron. Er war der Teil Familie, der immer für mich da war, der mir immer half, ob er nun begeistert von meinem Vorhaben war oder nicht.

»Das werde ich. Mach dir keine Gedanken, ja? Wir werden nichts Dummes tun, versprochen.« Ich hatte die Arme ausgestreckt und ihn über die Mittelkonsole des Wagens hinweg umarmt, ehe ich ausgestiegen war und meine Sachen vom Rücksitz genommen hatte.

»Ich habe einfach nichts zum Anziehen«, jammerte Sophie und stemmte die Hände in die Hüften. Die Erinnerung an Aaron wollte nicht verschwinden, wie ein Trugbild hing sie im Raum, obwohl solche Momente längst der Vergangenheit angehörten.

Ich vermisste ihn so sehr. Seine warme Art, sein Lachen, einfach alles von ihm. Und es machte mir Angst, dass ich nicht wusste, ob es jemals besser wurde. Ständig erinnerte etwas an ihn. Sei es wie heute die erste Party nach seinem Tod, die gerade so dumm und kindisch wirkte und zu der ich trotzdem wollte. Vielleicht gerade deswegen. Weil ich nicht nur ihn, sondern auch die unbeschwerte Maya von früher verloren hatte.

Doch ich war noch da.

»Ist alles okay?« Sophie taxierte mich über den Spiegel.

»Immer.« Ich betrachtete ihr aktuelles Outfit. Anders als ich hatte Sophie Kurven, die einem den Kopf verdrehten. Während ich an manchen Tagen wünschte, ein bisschen mehr wie sie zu sein, war meine Freundin oftmals nicht so glücklich über ihre Rundungen. Das war auch der Grund für ihren Schlabberlook. Ich versuchte ständig, ihr Selbstbewusstsein zu stärken, und heute war es unser erklärtes Ziel, ihre Figur mit Klamotten zu betonen, in denen sie sich wohlfühlte.

Feli stand auf und stieg über den Kleiderberg. »Ich bin mir sicher, dass in deinem vollgestopften Schrank aus Nichts-Anzuziehen irgendwo etwas schlummert, was wir pimpen können.« Bestimmend schob sie Sophie zur Seite und durchforstete die einzelnen Oberteile, die noch auf den Kleiderbügeln hingen. Tatsächlich wurde sie fündig: Sie zog eine schwarze Bluse aus der hintersten Ecke hervor. Die Ärmel und auch ein Teil des Dekolletés waren aus transparenter Spitze.

»Hey, du hast gesagt, dass du die weggeschmissen hast!«, rief ich empört. Die Bluse hatten wir vor ewigen Zeiten zusammen gekauft, doch ich hatte sie nie an Sophie gesehen. Als Feli die Bluse wendete, baumelte sogar noch das Preisschild am Kragen.

»So was kann ich nicht anziehen!«

»Sei nicht päpstlicher als der Papst.« Ich verschränkte die Arme vor der Brust, während Feli das Schild entfernte und die Bluse vom Bügel nahm.

»Zieh die an.«

»Ernsthaft?« Ein Seufzen. »Na gut!«, gab sie sich geschlagen, als weder Feli noch ich zurückruderten. »Ich bin gleich wieder da.«

Feli zwinkerte mir zu. »Und du? Gehst du zur Party?«

Ich nickte zögerlich. »Ich habe es Sophie versprochen.«

»Ist vielleicht gar nicht so schlecht. Irgendwann muss es weitergehen, ganz egal, wie hart und unmöglich es scheint.«

»Ich weiß«, erwiderte ich und knetete meine Unterlippe zwischen Zeigefinger und Daumen, um nicht darauf zu kauen. In Gedanken hörte ich die genervte Stimme meiner Mutter und ließ die Hand rasch sinken. Das Kauen war ein nervöser Tick von mir, der sich seit Aarons Tod verschlimmert hatte. Seitdem war ich viel öfter in Situationen, denen ich nicht gewachsen war. Als hätte Aaron einen Teil meiner Selbstsicherheit mitgenommen.

»Wenn ich erst mal dort bin, werde ich sicher Spaß haben.«

»Wo findet die Party denn statt?«

»Außerhalb des Zentrums. In der Jagdhütte von Trevors Eltern.«

Feli verzog das Gesicht. »Da ist und bleibt Crescent Hill wohl immer gleich, was? Die coolen Kids der Highschool feiern in den Wäldern, obwohl sie genau wissen, dass die Werwölfe in den Rocky Mountains leben. Das war schon zu meiner Zeit so.«

»Zu deiner Zeit?« Ich lachte. »Du klingst, als wärst du hundert!«

»Manchmal fühle ich mich auch so.« Feli stimmte in mein Lachen ein und bewarf mich halbherzig mit einem Knäuel Kuschelsocken. »Aber mal ehrlich, dann ist es nicht verkehrt, wenn ich mitkomme. Safety first und so.«

»O ja, große Jägerin von Crescent Hill. Die Highschool wird dir auf ewig zu Dank verpflichtet sein.« Ich faltete die Hände und verbeugte mich in einer albernen Geste.

»Genau wie dir.«

Ich richtete mich auf. »Nun, ich bin eher eine Last für die Akademie.«

Bevor Feli etwas erwidern konnte, kam Sophie zurück.

»Und?«, fragte sie und strich die Bluse am Bauch glatt, als müsste sie etwas kaschieren.

»Die steht dir! Hast du vielleicht noch einen Gürtel?« Feli spähte bereits in die oberste Kommodenschublade. Beim zweiten Fach wurde sie fündig, zog einen schwarzen Ledergürtel heraus und band ihn Sophie um die Taille.

»Brian wird es lieben. Du siehst fantastisch aus«, bestätigte ich. »Der Gürtel passt auch gut dazu.«

»Sehe ich wirklich nicht albern aus?« Sie betrachtete sich von allen Seiten im Spiegel.

»Wenn wir beide das sagen, muss was Wahres dran sein. Fühlst du dich denn wohl?« Ich stellte mich hinter sie.

Sie schien hin und her zu überlegen, bis sie schließlich nickte. »Doch, ich glaube, ja.«

»Perfekt. Dann können wir!«

Die Party war bereits im vollen Gang. Je näher wir dem Treiben kamen, desto intensiver wurde das Gewicht, das auf meine Brust drückte. Dank Dax fühlte ich mich wie durch den Fleischwolf gedreht. Die Schmerztabletten taten zwar ihren Dienst, aber ich war müde und hätte mich am liebsten in mein Bett verkrochen. Außerdem war da dieses Unwohlsein in mir … diese Angst. Einer von uns wurde vermisst, und trotzdem feierten die Schülerinnen und Schüler außerhalb des Stadtzentrums. Der Wald, der Crescent Hill nach Norden hin umgab, war zugegebenermaßen weit genug von den Rocky Mountains entfernt, doch das würde die Werwölfe sicher nicht aufhalten, jetzt, da sie sogar bis ins Stadtzentrum vorgedrungen waren.

Wir sollten nicht hier sein, schoss es mir durch den Kopf. *Keiner von uns.*

»Ist alles okay?«, rief Felicity über die Musik hinweg.

Im selben Moment entdeckte Sophie Brian und winkte ihm zu. »Ist es okay, wenn ich zu ihm gehe? Ich weiß, wir sind zusammen hier, aber …« Sie ließ den Satz in der Luft hängen.

»Wir sind hier, damit du den Abend mit ihm verbringen kannst. Also nur zu. Feli und ich können uns allein bespaßen«, ermunterte ich sie. »Aber sei vorsichtig, ja?«

»Immer.«

Ich merkte ihr an, wie nervös sie war. Sie streckte den Rücken durch und zupfte die Bluse zurecht, ehe sie mutig zu Brian trat.

»Was denkst du, Feli, ist es hier sicher?« Ich sah mich aufmerksam um. Die Jagdhütte von Trevors Eltern war gut beleuchtet. Bänke und Tische standen auf der schmalen Veranda und in einer Reihe vor dem

Gebäude. Lichterketten erhellten die Nacht, ebenso wie Feuertonnen, die zusätzlich Wärme spendeten. Doch egal wie schön der Ort hergerichtet war, egal wie laut die Musik aufgedreht wurde oder wie viel Alkohol floss – es war nicht richtig, jetzt zu feiern.

»Wir sollten die Umgebung im Auge behalten.«

Ich war ganz ihrer Meinung. Hier waren einfach zu viele unachtsame und betrunkene Menschen, die den Beginn des letzten Schuljahres feierten – trotz Timothys Verschwinden. Es schien beinahe, als würde sein unklares Schicksal die Feierwut sogar noch anstacheln; wir alle hatten nur ein Leben, und das wollte voll ausgekostete werden. Unter anderen Umständen hätte ich vielleicht auch so gedacht.

Ich erinnerte mich nur zu gut daran, wie Aaron uns bei der letzten Party abgeholt hatte. Ein stechender Schmerz jagte mir jäh durch die Brust, als ich die Bilder vor mir sah.

Wir hatten aus irgendeinem dämlichen Impuls heraus mit Trevor und seinem Kumpel Ethan die Party verlassen, waren in den Wald hineinspaziert, zu dem Steinkreis, von dem es hieß, es spuke dort. Die Jungs hatten Alkohol mitgenommen und irgendwas zu rauchen – als Ethan den Joint rausholte und sich auf den Felsen zurücklehnte, wurde mir so unwohl, dass ich nach Sophies Hand griff und aufstand. Drogen nahm ich nicht. Himmel, ich rauchte nicht mal Shisha oder eine Zigarette.

»Ist das wirklich nötig?«, fragte ich.

Ethan lachte bloß. »Ziert euch nicht so, Mädels.«

Sophie stieß mir leicht gegen die Schulter. Auch sie wollte hier weg. Ich nickte ihr zu und sagte: »Nein, bei so was machen wir nicht mit, sorry.«

»Maya?« Aarons Stimme hallte zwischen den Stämmen zu uns herüber. Äste knackten, Blätter raschelten – dann brach er durchs Gebüsch und kam mit langen, schnellen Schritten auf uns zu, die Fäuste geballt, die Schultern angespannt. Sein Blick flog zu Ethan, dem Joint, zu Trevors dämlichen Grinsen und zurück zu uns. »Wir gehen jetzt besser.«

Nur das. Keine Standpauke, nicht die Frage, was ich hier machte. Nur die Aufforderung zu gehen. Scheiße. Wir waren echt geliefert.

Ohne zu zögern, folgten Sophie und ich ihm zurück. Er stapfte durch den Wald, bebend, beinahe schon aggressiv.

»Woher wusstest du, wo wir sind?«, fragte ich atemlos. Als keine Antwort kam, verzog ich das Gesicht. »Aaron …«

»Du hast mir versprochen, nichts Dummes zu tun!«

Wir kamen kaum hinterher, ich stolperte über eine hervorstehende Baumwurzel, Sophie fing mich gerade noch ab.

»Es ist doch nichts passiert.«

»Es hätte aber etwas passieren können!« Er fuhr herum. Wir blieben wie angewurzelt stehen. Ich traute mich kaum, in sein Gesicht zu sehen. »Ihr zwei allein, mit Trevor und Ethan. Im Wald. Die beiden betrunken und bekifft!«

»Wir haben nichts von dem Zeug genommen«, beteuerte ich.

»Das weiß ich. Aber ihr wart im Wald, ohne Hilfe. Wenn euch Werwölfe angegriffen hätten, dann wärt ihr beide machtlos gewesen, sagte er wütend. »Oder hast du etwa eine Waffe dabei?«, fügte er schneidend scharf hinzu, als ich den Mund aufmachen wollte, um ihm zu widersprechen.

Nein. Natürlich hatte ich keine dabei.

Enttäuschung und allem voran Sorge trübte sein Gesicht, und das schlechte Gewissen biss sich an mir fest wie eine kleine, blutsaugende Zecke, als er sich abwandte und zu seinem Wagen stapfte. Wortlos waren wir ihm gefolgt.

»Maya?« Es war Jamie, der mich ansprach. Ich blinzelte, um die Erinnerung loszuwerden. »Hey, ist alles okay?«

»Natürlich«, log ich. Auf meiner Wange kribbelte es, und als ich mit den Fingern darüberwischte, fand ich Tränen. Ich hatte nicht mal bemerkt, dass ich weinte.

»Du solltest nach Hause, Maya.« Feli legte mir eine Hand auf die Schulter und drückte sie sanft. Ich war hin- und hergerissen. Die Erinnerungen an Aaron, an die letzte Party, an alles, was danach kam, waren noch zu präsent. Es fühlte sich an, als würde ich mich auf Zwang in das bunte Leben werfen, dabei war ich noch gar nicht bereit, wieder mit Farben zu malen. Doch ich hatte es versprochen.

»Sophie …«, sagte ich.

»Wir sind doch hier, und sie wird es verstehen. Komm schon, lass dich von Jamie nach Hause fahren und ich bleibe hier und passe auf sie auf, okay? Nimm dir die Zeit, die du brauchst. Niemand zwingt dich, hier zu sein.«

»Und die Wölfe?«

Jamie lächelte sanft. »Was willst du in deinem Zustand schon gegen sie ausrichten? Geh nach Hause, leg dich ins Bett und erhol dich«, er beugte sich vor und flüsterte mir ins Ohr, »damit du am Sonntag fit bist.« Er legte eine Hand an meinen Rücken und drückte mich bestimmend fort von der Hütte. Obwohl ich im Zwiespalt steckte, gab ich nach.

»Sag Sophie, dass es mir leidtut, ja?«, bat ich Feli.

»Mach dir keine Gedanken. Sie ist in den besten Händen!«

Das beruhigte mich. »Du hast was gut bei mir.«

Feli winkte ab. »Nun geh schon.«

Ich reichte ihr meinen Autoschlüssel, damit sie Sophie nach Hause fahren konnte. Dann riss ich mich los und folgte Jamie den Waldweg entlang. Die Parkmöglichkeiten vor Ort waren begrenzt, weshalb die Partygäste ihre Fahrzeuge am Ende des Weges auf einem kleinen Parkplatz stehen gelassen hatten. Je weiter wir uns von der Hütte entfernten, desto stiller wurde es. Hier und da zirpte eine Grille, zwischen den Bäumen knackte es leise, doch in der Dunkelheit war nichts zu erkennen.

»Ich kann mir auch ein Taxi rufen.«

»Quatsch. Ich habe nichts getrunken, also kann ich dich fahren.« Jamie warf mir einen kurzen Blick zu. Er zog die Brauen leicht zusammen, als wäre er empört darüber, dass ich es überhaupt in Erwägung zog, sein Angebot auszuschlagen.

Ich schwieg den weiteren Weg. Kies knirschte unter unseren Schuhsohlen, irgendwo erschrak ein Vogel und sein wilder Flügelschlag hallte über den Parkplatz.

»Oh, Mist!« Jamie schob die Hände in die Taschen seiner Jeans und tastete seine Jacke ab. »Ich habe den Schlüssel in der Hütte vergessen. Ich lauf schnell zurück und hole ihn.«

»Jamie …«

»Wenn du jetzt sagst, dass ich dich nicht fahren soll, gibt es Ärger«, drohte er mir, trug aber das typische verschmitzte Grinsen. »Gib mir nur eine Minute, dann bin ich wieder da.«

Und damit war er auch schon den Weg hinauf verschwunden. Ich erwischte mich dabei, wie ich das Unterholz mit Blicken abtastete. So tief im Wald gab es keine Straßenlaternen, einzig und allein das fahle Licht des Mondes erhellte die Sträucher und Äste.

Ich lehnte mich gegen Jamies Wagen und fuhr mir über die Stirn. Mein Kopf pochte, meine Muskeln schrien nach Ruhe. Mittlerweile sehnte ich mein Bett geradezu herbei.

»Das ging ja fix«, sagte ich, als sich Schritte näherten. Doch vor mir stand nicht Jamie mit den Autoschlüsseln.

Vor mir stand ein riesiger rabenschwarzer Wolf. Sein Fell hob sich kaum von der Finsternis ab. Mit seinen gelben Augen fixierte er mich, und ein bedrohliches Knurren brach aus seiner Kehle hervor. Ich wusste sofort, dass es sich um einen Werwolf handelte; sein Körper hatte etwas Groteskes an sich. Seine Vorderläufe wirkten zu lang, sein Rücken war gekrümmt.

Ich fühlte mich auf den Parkplatz bei Bex zurückversetzt. Da war auch ein Wolf gewesen … nein, *genau dieser* Wolf! Ich erkannte ihn wieder. Er war es. Genau wie vor *Bex BBQ*.

Renn!

Was stehst du noch hier herum?

Warne die anderen, renn, verdammt noch mal!

Obwohl die Alarmglocken in meinem Kopf schrillten, breitete sich unter dem taxierenden Blick des Wolfes eine ungewöhnliche Ruhe in mir aus. Die Angst verebbte und machte einem Gefühl der Verbundenheit Platz. Die Gewissheit, dass weder ich noch sonst jemand in Gefahr schwebte, war so real, dass ich einen Schritt auf den Wolf zutrat. Er reckte den Kopf und kam meiner ausgestreckten Hand mit der Nase ein Stück weit entgegen. Er schnüffelte sogar an meinen Fingern.

»Ich habe sie!«, rief Jamie aus einiger Entfernung. Wir zuckten zusammen, der Wolf und ich, ehe er mit seinen langen Beinen in den Wald verschwand und mich völlig perplex zurückließ. Ich konnte nicht erfassen oder gar verstehen, was gerade passiert war. Wieso begegnete ich diesem Wolf schon wieder? Und wieso war er gänzlich verwandelt? Vollmond war erst in ein paar Wochen. Was für einem Geschöpf war ich also gerade begegnet? Was war das für ein Wolf?

6
Maya

Der Freitag begann mit dem Highschool-Unterricht, dem aufgrund der Party kaum jemand folgen konnte. Die halbe Klasse hing in den Seilen. Ein, zwei Schülerinnen trugen noch das verschmierte Make-up des Vorabends. Der Gestank von schalem Bier hing in der Luft, als hätten einige nicht mal ihre Kleidung gewechselt. Die Lehrer nahmen es stoisch hin. Es war nun mal dieser eine Tag im Jahr, der Tag nach Trevors Party. Auch ich war völlig abwesend, was jedoch nicht dem Alkohol zuzuschreiben war, da ich gar nichts getrunken hatte.

Meine Gedanken kreisten die ganze Zeit um diesen Wolf. Ich hatte ihn Jamie gegenüber nicht erwähnt, denn dann hätte ich erklären müssen, wieso er mich nicht angegriffen hatte. Und dass ich in seiner Nähe etwas *gespürt* hatte. Das machte mir am meisten Angst. Ich war eine Jägerin in Ausbildung, ich hätte diesen Wolf, wenn schon nicht töten, so zumindest sofort melden müssen. Stattdessen hatte ich ihn nur angesehen, so wie er mich angesehen hatte. Es war völlig verrückt!

Timothy wurde nach wie vor vermisst, die Wölfe wilderten in der Stadt, und ausgerechnet ich war zweimal einem Exemplar begegnet, das es gar nicht geben dürfte und das allem widersprach, was ich über Werwölfe zu wissen glaubte.

Die Party schien jedenfalls ein voller Erfolg gewesen und – abgesehen von meiner Sichtung – werwolfsfrei geblieben zu sein. Es war alles gut. Niemand sonst wurde vermisst.

Dachte ich zumindest die ersten drei Kurse lang. In der Mittagspause glänzte Sophie allerdings mit Abwesenheit. Ich schrieb ihr und fragte, ob alles in Ordnung sei.

Auch in Geschichte, dem einzigen Kurs, den wir gemeinsam besuchten, war sie nicht da, was meine Sorge schürte. Ich hatte die Party einfach verlassen und mein Versprechen gebrochen, und jetzt war Sophie nicht in der Schule? Was, wenn ihr etwas zugestoßen war?

Als wir endlich das Schulgelände verlassen konnten, hatte ich noch immer keine Antwort. Ich wollte sie gerade anrufen, da entdeckte ich sie auf dem Parkplatz.

»Wo zur Hölle warst du?«, rief ich ihr entgegen. Sie sah gehetzt aus, ihre Wangen waren gerötet.

»Gott, es tut mir so leid! Ich habe verschlafen.«

»Bis jetzt?« Meine Augenbrauen schossen in die Höhe, doch meine süße kleine beste Freundin strich sich nur peinlich berührt eine Strähne hinters Ohr. Wie froh ich war, sie heil und unversehrt zu wissen!

»Na ja, nicht ganz. Also, vielleicht auch mit Brian.«

Mein Mund formte sich zu einem O. »Sag nicht, dass du bei ihm geschlafen hast! Oder sogar mit ihm?«

»Sssh!«, zischte sie. »Nicht so laut bitte.«

Sie sah sich um, doch keiner unserer Mitschüler interessierte sich für uns. Trotzdem hakte sie sich bei mir unter und zog mich vom Haupteingang fort. Wir schlenderten über den Rasen vor der Schule zur alten Eiche, der Wind frischte auf und ließ die Blätter tanzen. In unserem ersten Jahr an der Highschool hatten wir unsere Initialen in die Lehne der Bank geritzt, die rund um den Baum führte. Mittlerweile war das Holz verwittert und unsere Schnitzerei nur noch schwer zu lesen.

»Und?«, hakte ich nach. »Habt ihr?«

»Haben wir. Aber ich muss los, meine Cousine hat doch ihr Baby bekommen, und ich habe ihr versprochen, ihr ein bisschen unter die Arme zu greifen. Gehen wir morgen frühstücken? Dann erzähle ich dir alles!« Sophie strahlte förmlich, und ich gönnte ihr dieses Glück von Herzen.

»Dann will ich aber alles bis ins kleinste Detail wissen, wenn ich schon warten muss.« Ich wackelte anzüglich mit den Augenbrauen. »Jedes. Schmutzige. Detail.«

Sophies Wangen entflammten feuerrot. Ihr war so was einfach unheimlich unangenehm. »Ist ja gut, ist ja gut! Morgen früh, ich hol dich ab.«

»Viel Spaß bei deiner Cousine«, rief ich ihr hinterher. Sie hob die Hand zum Abschied. Kopfschüttelnd beobachtete ich, wie sie in ihren Wagen stieg und davonbrauste, ehe ich zu meinem ging. Ich startete den Motor und erwog für den Bruchteil einer Sekunde, nicht zur Akademie zu fahren. Allerdings war heute der Tag der offenen Tür, und meine Anwesenheit wurde verlangt. Also lenkte ich den Wagen nicht nach Hause oder zu Jamie, sondern zur Akademie.

Als ich ankam, herrschte bereits reges Treiben. Der Parkplatz quoll praktisch über vor SUVs, und etliche Schülerinnen und Schüler drängten mit ihren Eltern begeistert durch den Haupteingang. Hier und da schnappte ich ein paar Fetzen ihrer Unterhaltungen auf. Die Jugendlichen in meinem Alter sahen sich um, ein Strahlen im Gesicht, als wäre die Akademie das Beste, was ihnen passieren konnte.

»Entschuldige, du gehst doch auch zur Akademie, oder?« Ein Mädchen tippte mir auf die Schulter. Ich kannte es von der Schule, sie ging in die Parallelklasse, doch mir fiel ihr Name partout nicht ein.

»Ehm, ja. Genau. Ich bin Maya.«

»Celine«, stellte sie sich vor. »Darf ich dich was über die Ausbildung fragen?« Sie hielt einen Flyer über die Akademie in der Hand, doch offenbar hatte er ihren Wissensdurst nicht gestillt. An der Art, wie sich ihre Augen bei meinem Nicken weiteten, erkannte ich, dass sie sich nichts Besseres vorstellen konnte, als Jägerin zu werden.

»Was willst du denn wissen?«

»Im Flyer steht, die Ausbildung dauert ein Jahr. Kann man die Zeit auch verkürzen? Oder währenddessen schon zu Einsätzen gehen? Ich kann es kaum erwarten!«

Was hatte sie vor? Sich Hals über Kopf in einen Kampf um Leben und Tod zu stürzen? War sie von allen guten Geistern verlassen? Aaron hätte ihr mit Engelsgeduld alle Fragen beantwortet und niemals ein schlechtes Wort über die Akademie verloren. Gut, er hatte das Jägerdasein auch geliebt, ganz im Gegensatz zu mir.

Ich räusperte mich und beschloss, gute Miene zum bösen Spiel zu machen: keine Begeisterung, aber auch keine Kritik.

»In der Ausbildung wirst du nicht an Einsätzen teilnehmen. Sobald du die Prüfung jedoch abgeschlossen hast, wirst du einem Team zugeordnet und dort eingesetzt, wo Jäger gebraucht werden. Verkürzen kannst du leider nicht, tut mir leid. Unser Wissen über die Wölfe ist lückenhaft, deshalb kann jede noch so kleine Information über sie, die hier gelehrt wird, jede Erfahrung, über die hier berichtet wird, über Leben und Tod entscheiden. Außerdem musst du mindestens ein halbes Jahr trainieren, damit du körperlich fit bist und zu kämpfen lernst.«

Gedanklich klopfte ich mir auf die Schulter. Das hätte Aaron jetzt bestimmt auch getan.

»Hm, okay, das habe ich mir schon gedacht.« Celine wirkte enttäuscht, fast so, als hätte ich ihr gerade gesagt, dass die Zahnfee nur ein Mythos sei. Ich konnte mir beim besten Willen nicht erklären, wie jemand so scharf darauf sein konnte, einem Werwolf zu begegnen oder gar gegen ihn zu kämpfen.

Sie hatten Aaron …

Ich rang den Kloß nieder und reckte das Kinn: »Darf ich fragen, wieso du Jägerin werden willst?«

Sie umfasste den Flyer fester, sodass er zerknickte. »Mein Vater war ebenfalls einer. Bei seinem letzten Einsatz wurde er schwer verletzt und verlor ein Bein. Seitdem ist er … anders. Nicht mehr er selbst. Ich will den Wolf finden, der ihm das angetan hat. Ich will gegen diese Bestien kämpfen und verhindern, dass noch mehr Menschen verletzt werden.« Tränen glitzerten in ihren Augen, doch ihre Stimme klang fest und entschlossen.

Ein Teil von mir verstand sie. Doch der Zweifel überwog. War nicht schon genug Blut geflossen? Aaron war tot, die Familie meines Vaters ausradiert. Es gab kaum jemanden in Crescent Hill, der nicht einen Angehörigen an die Wölfe verloren hatte. Oder wie Celines Vater ein Stück seiner selbst. Trotzdem …

»Rache ist nicht alles, Celine.«

Sie legte den Kopf schief. »Ist es nicht, das stimmt. Aber es ist unsere Pflicht, etwas gegen die Wölfe zu tun. Unseren Mitmenschen Sicherheit zu schenken. Die zu schützen, die sich selbst nicht verteidigen können.«

»Celine? Kommst du?« Eine hochgewachsene Frau winkte sie zu sich.

»Das ist meine Mom. Ich versuche ihr schonend beizubringen, dass ich Jägerin werden will. Seit dem Unfall meines Dads möchte sie am liebsten wegziehen, irgendwohin, wo es keine Wölfe gibt. Wie auch immer. Danke für die Infos, wir sehen uns sicherlich bald.« Sie nickte mir zu, ehe sie zu ihrer Mutter aufschloss.

Hatte sie recht? War es unsere – *meine* – Pflicht, etwas gegen die Wölfe zu tun? Ich wusste es nicht. Ich wusste nur, dass ich sie instinktiv um ihre Eltern beneidete. Wie gern hätte ich eine Mutter, die weinte, falls ich zu einem Einsatz aufbrach, und einen Vater, der mich in den Arm nahm und mir sagte, wie stolz er auf mich sei. Aber nichts davon würde je geschehen, weshalb ich diesen Gedanken resolut beiseiteschob und mich mit dem Strom ins Innere tragen ließ.

Im üppigen Eingangsbereich waren mehrere Stehtische aufgebaut, auf denen Flyer für die Akademie selbst und welche mit dem Programm der anstehenden *Moonlight Week* auslagen. Anwärter sowie bereits ausgebildete Jäger fingen die Schülerinnen und Schüler ab und drückten ihnen Infomaterial in die Hände, priesen die Akademie und die Ausbildung an, als würde es nichts Besseres auf dieser Welt geben. Prompt spürte ich ein Würgen in mir aufsteigen, unterdrückte es aber.

Die kommende Woche hatte ich erfolgreich verdrängt – die *Moonlight Week.* Sie wurde alljährlich zu Beginn des Schuljahres veranstaltet. Eine Woche Infoabende, Vorträge und Veranstaltungen, an denen Zivilisten teilnehmen und sich die Arbeit der Jäger genauer ansehen konnten. Das würde fantastisch werden. Nicht.

Das Schlimmste daran war, dass am Ende der Woche die Prüfungen anstanden. Auch meine. Ich war seit über einem Jahr auf der Akademie und konnte mich nicht länger davor drücken, die Ausbildung abzuschließen. Mir graute mit jedem weiteren Tag mehr davor.

Ächzend betrat ich in den großen Saal, in dem bereits einige Menschen versammelt waren. Und mit *einige* meinte ich die ganze Highschool. Mutter hatte sich selbst übertroffen, ihre Werbekampagne war ein krachender Erfolg. Was war ich froh, dass Sophie dieses Leben nicht für sich wollte und immun war gegen die markigen Slogans und schmeichelhaften Versprechen. Sie war mein einziger Halt abseits meiner familiären Bestimmung. Abseits des Lebens als Jägerin.

Mein Vater trat gerade auf das Podest und begann eine seiner berühmten Reden. Er strahlte Erhabenheit und Autorität aus, genau das, was die Leitung der Akademie brauchte. Wäre ich nicht seine Tochter und würde ich nicht alle seine Seiten kennen, hätte ich ihn wohl genauso bewundert wie all die anderen, die nun gebannt an seinen Lippen hingen.

»Als Erstes möchte ich Ihnen allen für Ihr zahlreiches Kommen danken. Ohne Sie, ohne Ihren Wunsch, sich zu einem Jäger oder einer Jägerin ausbilden zu lassen, wäre die *Moonlight Academy* nie so erfolgreich.« Er machte eine kurze Kunstpause. »Ich will Sie heute gar nicht groß mit der Geschichte der Jäger langweilen, lassen Sie mich nur Folgendes sagen: Vor rund achtzig Jahren gründete mein Großvater die Akademie hier in Crescent Hill. Dieses Gebäude hat also schon einiges gesehen und überstanden. Vor sieben Jahren wurde es niedergebrannt, doch die Werwölfe haben es nicht geschafft, die Akademie und uns Jäger gänzlich auszulöschen. Das werden sie nie schaffen, denn wir sind beständig. Möglicherweise zwingen sie uns von Zeit zu Zeit in die Knie, doch wir Jäger haben gelernt, immer wieder aufzustehen.«

Es folgte das übliche Geschwafel, dass es eine Ehre sei, zu einem Jäger ausgebildet zu werden, und dass wir viel für unser Land taten. Für mich waren das alles hochgestochene Lügen, schließlich konnte Robert Cavanaugh nicht einmal seinen väterlichen Pflichten gerecht werden. Aber klar, es war so unfassbar wichtig, das Jägerdasein ernst zu nehmen.

»Außerdem möchte ich Ihnen noch einen Neuzugang der Akademie vorstellen. Begrüßen sie Ezra McLeod, er ist ab sofort einer unserer Trainer.«

Kaum hatte mein Vater diesen Namen ausgesprochen, stellten sich meine Nackenhaare auf und ich starrte zur Bühne. Dort schüttelte gerade der mysteriöse Fremde, der mir bei meiner Reifenpanne geholfen hatte, meinem Vater die Hand. Ein Lächeln lag auf seinen Lippen, als er ans Mikrofon trat.

»Vielen Dank, es ist eine Ehre für mich, Crescent Hill zu dienen. Die Akademie unter der Leitung von Mr. Cavanaugh gilt als die beste Nordamerikas und als Vorbild weltweit. Ich freue mich auf eine gute Zusammenarbeit.«

Seine Stimme ging mir durch Mark und Bein, und als er seinen Blick schweifen ließ, traf er den meinen. Es war völlig befremdlich, dass ich erneut dieses Kribbeln in meinem Inneren spürte. Diese Anziehungskraft, die ich mir einfach nicht erklären konnte. Genau wie bei der verdammten Panne.

Als er leichtfüßig von der Bühne sprang, bahnte ich mir einen Weg durch das Publikum, um der stickigen Halle zu entfliehen. Irgendetwas stimmte mit diesem Ezra nicht, und ich würde herausfinden, was es war.

Ich hatte gerade den Ausgang erreicht, da hörte ich rasche Schritte nahen und drehte mich um. Natürlich kam er mir hinterher. Natürlich war er es.

»Möchtest du schon gehen?«, fragte er sanft, was mein Herz völlig aus dem Takt brachte. Was hatte dieser Mann nur an sich, dass ich so reagierte?

»Ja«, brachte ich mühsam hervor und wandte mich zum Gehen. Doch da spürte ich, wie er mit seinen Fingern mein Handgelenk umschloss. Es kam zu einem elektrischen Schlag, als seine Haut meine berührte, und er zog die Hand zurück, ebenso wie ich. Als hätten wir uns aneinander verbrannt.

»Was bist du?«, fragte ich atemlos. Das konnte nicht normal sein, es musste irgendetwas … anderes sein. Zwischen zwei Menschen gab es keine Blitzschläge. Mit einem Schritt überbrückte Ezra die letzten Zentimeter zwischen uns, und ich stolperte zurück, mit dem Rücken gegen die Wand. Das Ziehen in meiner Brust wuchs, alles in mir schrie danach, ihn noch einmal zu berühren. Er blickte mir in die Augen, Verwirrung spiegelte sich in den bernsteinfarbenen Iriden wider.

»Ich bin nur der neue Trainer«, murmelte er, ehe er sich von der Wand abstieß und Abstand zwischen uns brachte. Ich atmete tief durch, konnte seinen Duft allerdings noch viel zu intensiv wahrnehmen. Seine Nähe brannte auf meiner Haut.

»Sehen wir uns morgen bei der Eröffnungsfeier?«

Ich blinzelte mehrfach. »Eröffnungsfeier?«

»Morgen wird die *Moonlight Week* doch offiziell eröffnet. Und ich frage dich, ob wir uns dort begegnen werden.«

Mein Herz drohte mir aus der Brust zu springen. Vorfreude kribbelte in meinem Inneren und tanzte mit der Gewissheit, dass ich ihn morgen wiedersehen würde. Wieso empfand ich in seiner Nähe nur so? Ich verstand es einfach nicht.

»Ich bin die Tochter der Akademieleitung, ich hab gar keine Wahl, als da zu sein.«

Ein Lächeln erschien auf seinem Gesicht, und ich zwang mich, nicht hinzustarren. Seine Augen, die so warm funkelten wie eine untergehende Sonne, waren nicht viel besser für meine Konzentration.

»Dann sehe ich dich morgen, Maya.«

Es war nicht einfach so dahingesagt, es war ein Versprechen. Und tief in meinem Inneren hoffte ich inständig, dass er es hielt.

Der weitere Tag verlief ruhig. Hier und da sprachen mich ein paar Schülerinnen und Schüler an, und mit jedem Gespräch, das ich führte, mit jeder Lüge, die ich zementierte, zerriss es mich innerlich mehr. Als Tochter des Bürgermeisterkandidaten und der Leitung der *Moonlight Academy* war es – laut meinen Eltern – meine heilige Pflicht, alles in den höchsten Tönen zu loben. Ich durfte den Besuchern also weder sagen, dass die Akademie keine Zukunft bot, noch dass es keine Ehre war, ein Jäger oder eine Jägerin zu sein. Dabei war es genau das, was ich wollte: herausschreien, dass niemand sich ausbilden lassen oder dieser Gefahr stellen sollte.

Mich an den Pakt mit Aaron zu erinnern half mir dabei, diesen Tag zu überstehen. Aaron half mir durchzuhalten. Auch wenn er nicht mehr da war, war ich für ihn stark, und das war ich ihm und mir schuldig.

Wie versprochen, holte mich Sophie am nächsten Morgen um halb neun ab. »Erzähl mir alles!«, forderte ich, kaum dass ich neben ihr im Wagen saß. Sie pustete sich eine Haarsträhne aus dem Gesicht und fädelte sich in den Straßenverkehr ein.

»Was gibt es da schon zu erzählen? Wir haben uns auf der Party gut verstanden, es ist ein bisschen Alkohol geflossen und schließlich sind wir zu ihm gefahren. Dann haben wir ein bisschen unsere eigene Party gefeiert, weil seine Eltern auf Geschäftsreise sind. Sie haben echt guten Wein daheim, wusstest du das?«

»Woher sollte ich?«, erwiderte ich lachend. »Und ehrlich, ich hätte ja nie gedacht, dass du dich betrunken entjungfern lässt.«

»Wir waren ja nicht sturzbetrunken. Und das zwischen mir und ihm ist wirklich ernst.« Sie klang eine Spur gereizt, als würde sie sich rechtfertigen oder verteidigen müssen.

»So war das auch gar nicht gemeint. Ich freue mich für dich, solange du glücklich bist.«

»Bin ich.«

Sophie hatte ihre Prinzipien – sie wollte nur mit einem Mann schlafen, den sie liebte und der sie auch wirklich verdiente. Ich fand diese Ansicht ein bisschen altmodisch und träumerisch, aber was wusste ich schon von der Liebe? War ich nicht selbst kurz davor, mein Herz an einen völlig Fremden zu verschenken?

»Also seid ihr jetzt offiziell ein Paar?«

Sie nickte, während sie den Wagen auf dem Parkplatz eines süßen kleinen Cafés abstellte. Erst dann sah sie zu mir herüber. »Ja, ich schätze schon. Er hat gesagt, dass er sich in mich verliebt hat.«

Ich stieß ein freudiges Quietschen aus und zog meine beste Freundin in eine halsbrecherische Umarmung.

»Ich freue mich so sehr für dich, Sophie!«

»Danke«, sagte sie und strich sich eine Haarsträhne hinters Ohr. »Ich bin ein bisschen unsicher und habe Angst, etwas falsch zu machen, aber es fühlt sich so gut an, mit ihm zusammen zu sein.«

»Du machst nichts falsch, okay? Sei einfach du selbst.«

»Ich versuche es. So, wollen wir endlich was essen? Ich sterbe jedenfalls vor Hunger!« Sie lachte.

Kichernd und quatschend betraten wir das Café.

Die Bedienung wies uns zu einem kleinen Tisch auf der Terrasse, von dem aus wir einen fantastischen Blick auf die Rocky Mountains hatten. Crescent Hill war – oberflächlich betrachtet – ein malerischer Ort. Die Terrasse wurde von einem weißen Palisadenzaun eingefasst, und überall hingen Blumenkästen, die bis zum Platzen mit Astern bepflanzt waren. Der Straßenlärm drang nur gedämpft durch, sodass es eine schöne, ruhige Ecke war. Beinahe idyllisch.

Nachdem wir bestellt hatten, kam ich auf den Abend zu sprechen. »Kommst du zur Eröffnungsfeier?«

»Jep, Brian will sich an der Akademie einschreiben. Er nutzt die *Moonlight Week,* um sich ein genaueres Bild zu machen.«

Ich verzog das Gesicht. Noch jemand, der definitiv den falschen Schritt ging. »Solange du standhaft bleibst.«

»Da musst du dir keine Sorgen machen«, beruhigte sie mich, als der Kaffee und die Pancakes kamen. »Ich will immer noch Lehrerin werden.« Sie lächelte und nahm einen Schluck.

»Entschuldige, du bist doch Maya, richtig?«

Eine Kellnerin tippte mir auf die Schulter. Ihre roten Haare waren zu einem Dutt gebunden, Sommersprossen tanzten auf ihrem Gesicht und ließen sie sehr sympathisch wirken.

»Ehm, ja, die bin ich. Wieso?«

»Das hier wurde für dich abgegeben.« Sie streckte mir ein Paket entgegen, das eine dunkelgrüne Schleife trug.

»Wissen Sie, von wem?«

»O nein, er hat seinen Namen nicht genannt. Aber er sah unverschämt gut aus.« Sie zwinkerte mir zu, ehe sie an einem anderen Tisch die Bestellung aufnahm.

Mein Herzschlag beschleunigte sich. Ein gut aussehender Mann? In meinem Kopf nistete sich eine Vermutung ein, die ich nicht wahrhaben wollte. Es konnte einfach nicht sein. Nervös blickte ich mich zu allen Seiten um, doch natürlich war von dem mysteriösen Mann keine Spur zu sehen.

»Mach schon auf«, drängte Sophie.

»Ich glaube, ich weiß, von wem das ist.«

Bisher hatte ich ihr Ezra verschwiegen, weil mir die Worte fehlten. Aber jetzt konnte ich ihn nicht länger ignorieren.

Ich löste die Schleife und hob den Deckel der Schachtel an. Obenauf lag ein gefalteter Zettel, den ich aufschlug.

Trag es heute Abend.
Ezra

Sophie sog scharf die Luft ein, als ich das Kleid anhob. Es war ein wunderschönes dunkles Tannengrün, das Oberteil des Kleides war herzförmig ausgeschnitten und mit funkelnden Steinen besetzt.

»Das kann ich nicht tragen«, platzte es aus mir heraus.

»Was? Maya, das Kleid ist der absolute Wahnsinn! Du musst es tragen!«

Ich schüttelte den Kopf, auch wenn sich etwas tief in mir danach sehnte, dieses Kleid überzustreifen. Ich malte mir bereits seinen Blick aus, wenn er mich auf der Feier sah, wie er auf mich zukam, ein leichtes Schmunzeln auf den Lippen. Verdammt. Wieso hatte er mir dieses Kleid überhaupt geschickt? Er hätte es mir genauso gut selbst überreichen können, wenn es schon unbedingt sein musste.

»Bevor du jetzt weiter darüber nachdenkst, erzählst du mir bitte, wer dieser Typ ist und warum er dir ein Kleid schickt?« Sophie hatte einen warnenden Ton in der Stimme und schnappte sich den Zettel, den Ezra beigelegt hatte. Sie zog ihre Augenbrauen zusammen. »Wer ist *Ezra*?«

Ich seufzte ergeben und erzählte ihr von ihm. Von der Reifenpanne und davon, dass er mir geholfen hatte. Ich erzählte ihr auch, dass er der neue Trainer der Akademie war und ich die Befürchtung hatte, dass irgendetwas mit ihm nicht stimmte.

»Inwiefern?«

Ich zuckte mit den Schultern. »Keine Ahnung, wenn ich in seiner Nähe bin, dann … es fühlt sich einfach seltsam an.«

»Wie so eine magische Verbindung?«

Sophie hatte definitiv zu viele Serien und Filme gesehen.

Allerdings traf sie mit der Vermutung ins Schwarze.

»Ja«, gab ich mich geschlagen. »Ich spüre ein Ziehen in der Brust. Es ist total seltsam, ich kenne diesen Kerl überhaupt nicht. Aber es fühlt sich an, als hätte ich mein Leben lang nach ihm gesucht, und jetzt ist er hier und ich weiß absolut nicht damit umzugehen.«

»Finde heraus, was diese Verbindung bedeutet«, riet Sophie altklug und nahm einen Schluck ihres Kaffees.

Sollte ich das wirklich tun? Herausfinden, was das zwischen mir und Ezra war? Es hemmte mich, dass die Anziehung zwischen uns so stark war. Von elektrisch aufgeladener Luft und dem überdeutlichen Knistern zwischen zwei Menschen las ich sonst nur in Büchern.

»Was ist, wenn mir das zwischen uns aber gar nicht gefällt? Wenn ich das gar nicht vertiefen *will*?«

»Einen Versuch ist es wert, findest du nicht? Außerdem, was ist dabei, wenn du dieses Kleid trägst? Ich bin mir sicher, dass du nichts Schöneres im Schrank hast, und es ist nur für einen Abend. Nimm dir die Zeit, um herauszufinden, wer Ezra eigentlich ist. Und genieß deine sexy Verbindung zu ihm.« Sie setzte ein kesses Zwinkern hinzu, was mich dazu veranlasste, sie mit einer Heidelbeere abzuwerfen.

»Der Sex hat dich verändert, meine Liebe«, warnte ich mit einem Lachen, doch Sophie quittierte meine Aussage nur mit einem Schulterzucken.

»Und wenn schon. Das sollte dich nicht davon abhalten, diesen Ezra näher kennenzulernen.«

Ich legte den Zettel zurück auf das Kleid und schloss den Deckel, damit ich es nicht mehr sehen musste.

»Ich überlege es mir.«

»Überleg nicht zu lange. Die Feier ist in ein paar Stunden.«

Ich verdrehte die Augen, obwohl ich Sophie recht gab. Ich wollte Ezra kennenlernen und herausfinden, was dieses Herzklopfen zu bedeuten hatte. Mein Magen kribbelte vor Vorfreude, und meine Entscheidung war gefallen.

7

Maya

Dieses Jahr war alles anders.

Es war das erste Jahr ohne Aaron. Das erste Mal, dass ich ohne ihn an meiner Seite die Eröffnungsfeier überstehen musste. Ich war nicht wirklich bereit dafür. Das merkte ich am Zittern meiner Finger, als ich einzelne Strähnen aus meiner Hochsteckfrisur zog, und daran, dass in meinen Augen ungewollt Tränen standen, die ich krampfhaft versuchte zurückzuhalten. Ich merkte es, weil ich mir Zeit ließ, obwohl ich gar keine mehr hatte.

»Maya, bist du immer noch nicht fertig?« Meine Mutter rief schon zum dritten Mal hoch. Ich wusste, dass ich nichts mehr tun konnte, um die Feier hinauszuzögern.

»Gib mir noch eine Minute!«, bat ich in Richtung des Flurs und setzte noch eine goldbesetzte Spange in mein Haar. Die Frisur war perfekt, das Make-up sah ebenfalls gut aus. Ich hatte die Augen etwas dunkler geschminkt, so kam das helle Blau gut zur Geltung. Mein Erscheinungsbild war genau so, wie meine Eltern es erwarteten: makellos.

Dass in meinem Inneren ein Sturm aus Emotionen tobte, zeigte weder mein Spiegelbild noch interessierte es meine Eltern. Zu der Trauer und dem Knoten in meiner Brust gesellte sich noch ein weiteres Gefühl, als ich zum Bett trat und Ezras Kleid aus dem Karton befreite: Aufregung. Sie ließ mein Herz ein paar Takte schneller schlagen und nahm wenigstens einen Teil der Enge.

Das mit kleinen grünen und goldenen Steinen besetzte Oberteil glitzerte, sobald sich das Licht in ihnen brach. Der Rock war aus dunkelgrünem Tüll und fiel in einer sanften A-Linie bis auf den Boden. Es war einfach wunderschön. Und genau deswegen entschied ich, es anzuziehen. Nachdem ich in die hohen Schuhe gestiegen war, prüfte ich mein Aussehen ein letztes Mal. Das Kleid saß wie angegossen, als wäre es eigens für mich geschneidert worden. Ich trug Parfum auf, legte eine Kette um und verließ mein Zimmer.

»Du siehst toll aus, Maya. Ist das Kleid neu?« Meine Mutter hob fragend ein

»Ja e ihr ein aufgesetztes Lächeln. Damit konn mit einem *Kleid*. Was ich trug, war für sie ich mich fühlte. Auch Vater, der zu sei eerenfarbene Krawatte trug, passend zu gte mich skeptisch. Er deutete auf die

n Wagen meines Vaters. Schw d betrachtete die vorbeizie ren scent Hills. Je weiter wir f de mein Herz. Ich blinzelte zu dem leeren r hatten Aaron und ich gemeinsam auf n hatte ständig an seinem neuen, maßgezupft und darüber gescherzt, dass er leiden musste, da er durch das ständige Vater hätte nie geduldet, dass Aaron ßere Eindruck stand über allem.

« Die rte waren raus, ehe ich sie aufhalten nte. die Ten peratur im Wagen um einige Grad, ingegen die An nnung deutlich stieg.

Das tun wir «, erwiderte meine Mutter ruhig. »Aber das darf d cht den Fo s nehmen, Maya.«

ch versuch gar nicht erst, das Schnauben aufzuhalten. »Euer Sohn ist tot! Mein Bruder, Aaron! Wie könnt ihr weitermachen, als wäre nichts gewesen?«

»Es reicht.« Vater hatte diesen autoritären Unterton, den er sich über die Jahre hinweg angeeignet hatte, doch heute ließ ich mich davon nicht kleinkriegen. Dummer Fehler.

»Nein, es reicht nicht! Wann reden wir endlich über ihn? Und darüber, was verdammt noch mal passiert ist! Ihr habt mich ausgesperrt! Ich durfte ihn nicht einmal mehr sehen … Weder als er krank war noch als er … als er …«

»Maya, dein Vater hat recht. Es reicht jetzt, wir sind gleich auf der Feier. Reiß dich zusammen.«

»Aaron ist tot!«

»Das ist uns schmerzlich bewusst, Maya.« Meine Mutter reckte das Kinn, ein untrügliches Zeichen dafür, dass sie gleich verstummen und jeglichen Versuch meinerseits, mit ihr in Kontakt zu treten, rigoros ignorieren würde. »Und dass wir dich ausgeschlossen haben, diente allein deinem Schutz. Niemand sollte einen geliebten Menschen auf diese Art dahinsiechen sehen. Niemand.«

»Aber …«

»Schluss jetzt.«

»Aber Mom …«

»Maya«, sie wandte sich halb im Sitz um, »diese Feier ist extrem wichtig für deinen Vater. Konzentriere dich darauf. Die Vergangenheit lässt sich eh nicht ändern.«

Ein letztes Mal bäumte sich alles in mir auf. »Aber wie? Sag mir, *wie* soll ich denn verdammt noch mal weitermachen, wenn ich mich nicht einmal verabschieden konnte?«

Einen Moment lang herrschte Totenstille, und ich dachte schon, dabei würde es bleiben, als meine Mutter sich doch noch einmal umwandte. Sie sprach, ohne mich dabei anzusehen. »Geh zum Friedhof. Dort kannst du trauern.«

»Also dort, wo mich niemand sieht?«

Die Frage blieb im Innenraum des Autos hängen. Ich wusste, dass ich keine Antwort bekommen würde. Meine Stimme versagte mir den Dienst und brach. Ich blinzelte heftig und drehte das Gesicht zur getönten Scheibe, damit sie nicht sahen, wie sehr ich mit den Tränen zu kämpfen hatte.

Die weitere Fahrt über herrschte eisiges Schweigen. Ich wollte den Abend einfach nur noch hinter mich bringen und nutzte die verbleibende Zeit im Auto, um mich zu fangen. Ganz so, wie man es von mir erwartete.

Mein Vater lenkte den Range Rover auf seinen Parkplatz direkt am Eingang der Akademie und warf meiner Mutter einen bedeutungsschweren Blick zu, den ich zwar nicht deuten konnte, der ihr aber offenbar genug sagte. Als ich die Hand an den Türgriff legte, hielt er mich mit einem Wink auf.

»Du benimmst dich heute Abend, ist das klar? Diese Familie braucht nicht noch einen Zwischenfall.«

Ein Zwischenfall. So nannte er Aarons Tod also? Eisige Schauer jagten mir den Rücken hinunter, und in meinem Inneren regte sich etwas. Es war die Enttäuschung, die in mir aufbrauste wie eine Sturmflut, und der Ärger darüber, dass mein Vater so respektlos über Aaron sprach.

»Verstanden«, würgte ich hervor, weil jedes weitere Wort den Orkan in meinem Innern entfesseln würde, und dann gäbe es kein Zurück mehr. Und davor hatte ich Angst. Also presste ich die Lippen zusammen und nickte meinem Vater zu, der mich grimmig über den Rückspiegel fixierte.

»Gut. Dann wird es heute Abend keine Probleme geben.«

Ich nickte erneut und stieg aus dem Wagen.

Zahllose Gäste drängten sich bereits vor der Akademie. Der Parkplatz war erneut heillos überfüllt, sodass etliche Fahrzeuge am Straßenrand parken mussten. Für die Eröffnungsfeier war ein roter Teppich auf den Stufen und einige Meter davor ausgerollt worden, gesäumt von Laternen, die den Weg zur Doppelflügeltür beleuchteten. Ausnahmslos jeder hier hatte sich in Schale geworfen, feine Anzüge und glitzernde Abendkleider reihten sich aneinander, so weit das Auge reichte.

Und ich mittendrin.

Reporter hielten den Aufmarsch der städtischen Elite mit einem Blitzlichtgewitter fest, das mit jeder Wolkenfront konkurrieren konnte. Morgen würden die Zeitungen und das Internet voll davon sein. Die Eröffnungsfeier der *Moonlight Academy* war das Großereignis der Stadt. Gesprächsfetzen und Gelächter durchdrangen die anbrechende Nacht, Kameras klickten, Blitze zuckten. Meine Eltern posierten für Fotos, bei denen ich ebenfalls herhalten musste. Ich lächelte gezwungenermaßen in die Kamera, bis ich endlich Sophie und somit meine Rettung sah.

Feli hatte ihr die Haare gesteckt. Die zwei schienen sich auf Trevors Party blendend verstanden zu haben. Dass sie sich auch heute zusammen vorbereitet hatten, versetzte mir einen kurzen Stich, für den ich mich sofort schämte. Was konnten die zwei schon dafür, dass meine Eltern darauf bestanden hatten, dass ich mit ihnen fahren musste? Nichts, absolut gar nichts. Deshalb zwang ich mich auch zu einem Lächeln, als Sophie mir entgegeneilte.

»Wow, wer bist du, und was hast du mit meiner besten Freundin gemacht?« Sie zog mich in eine enge Umarmung und hielt mich dann eine Armeslänge von sich, um mein Kleid betrachten zu können. »Der Farbton steht dir so gut!« Sie zögerte. »Aber, sag mal … Hast du geweint? Ist etwas passiert?« Eine Sorgenfalte schob sich auf ihre Stirn.

»Nur eine Diskussion mit meinen Eltern.«

Und Aaron, der nicht hier war, aber doch so präsent, weil ich ihn in jedem Winkel der Eröffnungsfeier sah. Doch wie hatten meine Eltern gesagt? *Ich solle mich zusammenreißen.* Ein einfacher Satz, der mir alles abverlangte.

Ich hakte mich bei ihr unter. »Wie auch immer. Betrinkst du dich nachher mit mir, wenn ich die Brave-Tochter-Pflichten erfüllt habe?«

Sie rümpfte die Nase. »Um Robert Cavanaugh eins auszuwischen?«

»Der kann mich mal.«

»Wem wird eins ausgewischt?«, mischte sich Brian ein, der den Arm um Sophies Taille schlang und sie mir klaute. Sie schmiegte sich an ihn. Die beiden waren ein schönes Paar.

»Hast du auch Lust, dich zu betrinken?«, fragte ich ihn.

Brian grinste. »Verstehe! Es geht um deinen Bald-Bürgermeister-Vater ?«

»Falsch, es geht allein um mich.«

Er lachte. »Mir auch recht. Ich bin dabei!«

Sophie schlug ihn sacht gegen die Schulter. »Hey, du musst doch zeigen, dass du einen guten Einfluss auf uns hast!«

Ich winkte ab. »Das wird heute nicht so ernst gesehen. Ab morgen haben wir einen guten Einfluss aufeinander, okay?« Ich deutete auf den Eingang. »Ich muss jetzt leider rein, die Verantwortung ruft. Wir sehen uns später, ja? Ich bin die, die den Champagner abgreift.«

Ehe die beiden etwas sagen konnten, kehrte ich ihnen den Rücken zu und betrat die Akademie. Die marmorne Eingangshalle platzte fast vor Rosen, die natürlich passend zum Symbol ausgesucht worden waren: blutrot. Auch das Geländer der geschwungenen Treppe ertrank unter Blumengirlanden, und auf dem weißen Empfangstresen türmten sich Gestecke, in die kleine Lichterketten eingearbeitet worden waren. Kellner in feiner Garderobe bedienten die Gäste und leise Musik spielte. Ich hielt nach Jamie Ausschau, konnte ihn allerdings nirgends entdecken.

Eine Kellnerin bot mir ein Glas Champagner an, das ich dankend annahm, ehe ich mich durch den Flur zum Festsaal schob. Die Akademie war das größte Gebäude der Stadt und für jegliche Anlässe ausgestattet, trotzdem wirkte sie beinahe erdrückend eng unter den Massen an Gästen.

Ich nahm einen großen Schluck des prickelnden Getränks und spürte, wie es meine Speiseröhre hinunterfloss. Um den Abend zu überstehen, brauchte ich definitiv mehr davon.

Als ich den Saal endlich erreichte, löste ich mich aus dem Strom der Neuankömmlinge und stellte mich an den Rand, um mir einen Überblick zu verschaffen. Viele Gäste kannte ich, weshalb ich sie mit einem Nicken grüßte, wann immer ihre Aufmerksamkeit mich streifte. Alles, was Rang und Namen besaß, hatte sich herausgeputzt, die Schuhe poliert und Nägel machen lassen. Es war beinahe beängstigend, was für einen Einfluss die Akademie auf die Stadt hatte. Auch Celine und ihre Mutter sah ich in hübschen Abendkleidern an einem der Stehtische mit anderen Gästen plaudern.

Meine Gedanken drifteten zu Aaron, der solche Veranstaltungen geliebt hatte. Er hatte stets neben Vater gestanden und gezeigt, wie stolz er auf die Jäger und die Akademie gewesen war. Diese Eröffnungsfeier ohne ihn zu erleben versetzte mir einen Dämpfer, den ich nicht erwartet hatte. Er war zwar schon drei Wochen fort – doch trotzdem traf mich sein Fehlen manchmal unvorbereitet, als hätte mein Gehirn für einen kurzen Moment vergessen, dass er nicht mehr da war. Als könnte er tatsächlich die Stufen zur Bühne hochspringen und sich strahlend hinter Vater aufstellen. Ich wünschte verzweifelt, es wäre so.

Da spürte ich das vertraute Ziehen in der Brust, es zog mich behutsam aus der Trauer, in die ich zu gleiten drohte. Ganz automatisch fand ich denjenigen, der mir auf so wundersame Art Kraft gab: Ezra.

Er stand mit ein paar Leuten an einem der Stehtische. Obwohl ein hochgewachsener Mann – ich meinte ihn von hinten als unseren Sheriff und Sophies Vater zu erkennen – mit ihm sprach, lag sein Blick auf mir. Er sah an mir herab, als würde er jede Faser von mir in diesem Kleid in sich aufsaugen. Er selbst trug einen schwarzen Anzug mit einem ebenso schwarzen Hemd. Nur die Fliege war von demselben Grün wie mein Kleid. Verdammt. Wir waren perfekt aufeinander abgestimmt.

Dann brach der Blickkontakt, er sagte etwas zum Sheriff und kam durch die Menge auf mich zu. Ich blieb wie angewurzelt stehen, spürte das dumpfe Klopfen meines Herzens und das Prickeln am ganzen Körper. Er löste eine ganze Reihe Emotionen in mir aus, die wohltuend den Schmerz überlagerten.

»Du siehst bezaubernd aus, Maya.« Er griff sanft nach meiner Hand und setzte einen Kuss auf den Handrücken. Diese kleine Geste ließ mein Herz noch sehr viel höherschlagen, und ich fühlte mich wie in seinen Bann gezogen. Alles andere verschwand. Nur er und ich verblieben. Als wäre nur noch wichtig, dass er mich mit seinen bernsteinfarbenen Augen genauso ansah, wie er es jetzt gerade tat. Voller Zuneigung und mit einem Hauch Erstaunen, als hätte er nicht damit gerechnet, dass ich sein Kleid tatsächlich tragen würde.

»Ich? Bezaubernd? Das liegt wohl eher an dem Kleid«, antwortete ich und biss mir prompt auf die Unterlippe. Jetzt fing ich auch noch das Plappern an, Gott, wie peinlich.

Seine Mundwinkel hoben sich. »Ein Kleid allein macht keine schöne Frau. Es ist die Frau an sich, die es zum Strahlen bringt.«

Ich hielt das erste echte Lächeln dieses Abends nicht auf, ich genoss die Leichtigkeit, die es mir schenkte. Ezras Blick trieb mir die Hitze in die Wangen.

»Wenn ich um einen kurzen Moment Ihrer Aufmerksamkeit bitten dürfte«, ertönte da die Stimme meines Vaters vom Podium, und ich zog meine Hand rasch aus Ezras zurück.

»Entschuldige, ich muss zu meiner Familie.« Ich bahnte mir einen Weg zur Bühne. Meine Gedanken fuhren Achterbahn, genau wie meine Gefühle, aber ich verdrängte sie.

»Ich weiß, eine gute Party soll man nicht unterbrechen, dennoch möchte ich ein paar Worte sagen«, begann mein Vater wohlüberlegt. Er hielt ein Champagnerglas in der Hand, die andere hatte er locker in die Tasche der Anzughose gesteckt. Er strahlte eine Selbstsicherheit aus, die niemand sonst in diesem Raum besaß.

»Es ist mir eine Ehre, die diesjährige *Moonlight Week* einzuläuten.« Applaus ertönte. Auch ich beteiligte mich daran, denn das war es, was von mir erwartet wurde. Vor so vieler Leute Augen traute ich mich nicht zu protestieren – nicht mal mit so kleinen Gesten wie nicht zu applaudieren.

»Wie Sie alle wissen, ist es uns ein Bedürfnis, unsere Stadt vor den Kreaturen des Mondes zu schützen. Die *Moonlight Academy* steht weltweit für Sicherheit! Es erfüllt mich mit Stolz, jedes Jahr so viele neue Anwärter und Anwärterinnen ausbilden zu dürfen. Unser Ziel ist es, ein Leben ohne Werwölfe zu ermöglichen. Und ich weiß, dass wir es mit Ihrer Unterstützung schaffen. Dieser Abend gehört also nicht nur der Akademie und ihren fähigen Mitarbeitern, dieser Abend gehört uns allen. Auf Crescent Hill!« Er hob das Glas in die Höhe. Die Menge tat es ihm gleich und wiederholte die Worte:

»Auf Crescent Hill.«

Ich stürzte den restlichen Inhalt meines Glases in einem Zug hinunter. Mein Vater fuhr mit dem Abendprogramm fort und wünschte den Anwesenden viel Spaß und eine ausgelassene Feier, dann setzte die Musik ein und in der Mitte des Saals bildete sich eine Tanzfläche. Ich hielt nach Ezra Ausschau, als Jamie mir auf die Schulter tippte. Im Gegensatz zu den anderen Männern trug er weder Fliege noch Krawatte. Das weiße Hemd unter dem Jackett war oben aufgeknöpft und verlieh ihm den Hauch eines Rebellen. Damit würde er gewiss keine Pluspunkte bei meinem Vater sammeln.

»Wow, Maya. Du siehst atemberaubend aus.«

»Danke, du aber auch«, erwiderte ich. »Was sagst du zu dieser herrlich pompösen Party, gefällt sie dir so gut wie meiner Mutter?« Der Sarkasmus schwang deutlich in meiner Stimme mit.

»Und wie! Ganz hervorragend, Miss Cavanaugh. Und erst die Rede Ihres Vaters! Wäre ich noch kein Anwärter, spätestens jetzt würde ich mich einschreiben!«

Wir prusteten beide los. »Fast hätte ich es dir abgekauft!«

Jamie stand voll und ganz hinter der Akademie. Er war bereit, sein Leben für das Jägerdasein zu geben. Doch er stand nicht hinter meinem Vater, weil er wusste, wie er sich mir gegenüber verhielt und wie er wirklich war. Das, was Vater nach außen trug, war nicht das, was in den privaten vier Wänden geschah.

Ich schnappte mir zwei weitere Gläser Champagner und drückte eines Jamie in die Hand.

»Du willst dich doch nicht betrinken, oder?«

»Ich weiß nicht. Doch, vielleicht schon.«

»Wer will sich betrinken?« Feli trat hinzu.

Jamie deutete schamlos auf mich. »Maya.«

»Pff. Du bist viel zu jung dafür.« Sie griff nach meinem Champagnerglas und kippte den Inhalt selbst hinunter.

»Du bist auch erst neunzehn, Felicity!«

»Ja, aber ich habe jeden Grund dazu, mich zu betrinken.« Ganz wie es in Paris zurzeit Mode war – zumindest Felicitys Worten nach –, trug sie einen enganliegenden schwarzen Anzug. Bei der ebenso schwarzen Bluse hatte sie den obersten Knopf offen gelassen, sodass die silberne Kette um ihren Hals hervorblitzte.

»Wieso? Ist was passiert?«

Felicity hob eine Augenbraue. »Ich habe dir doch erzählt, dass ich praktisch geflohen bin, ja?« Sie machte eine kurze Pause, in der sie den Blick über die tanzende Menge gleiten ließ. »Nun. Der Grund für meine Flucht ruft mich ständig an. Keine Ahnung, was er damit bezwecken will, aber das passt mir so gar nicht.«

»Soll ich das nächste Mal ans Telefon gehen?« Jamie war einfach unverbesserlich.

Feli schüttelte den Kopf. »Nein, mit dem werde ich schon fertig. Trinkst du das eigentlich noch?« Sie deutete auf sein Glas, das er ihr bereitwillig reichte.

»Entschuldigt«, unterbrach uns eine raue Stimme, die mir eine Gänsehaut bescherte. »Dürfte ich Maya entführen?«

»Du bist der neue Trainer, nicht wahr?«, fragte Feli und hielt ihm eine Hand hin. »Felicity, freut mich.«

Wenn Ezra keine Lust auf Small Talk hatte, ließ er es sich nicht anmerken. »Genau der bin ich. Ezra, freut mich sehr.« Er ergriff ihre Hand. Anders als bei mir setzte er allerdings keinen Kuss drauf, sondern schüttelte sie nur. War es verrückt, dass wegen dieser kleinen Geste die Schmetterlinge in meinem Bauch zu tanzen begannen?

»An welcher Akademie warst du vorher?«

»Oh, ich war an mehreren. Zuletzt in Phoenix.«

Ich erinnerte mich daran, dass er bei unserer ersten Begegnung von einer längeren Reise gesprochen hatte. Jetzt war auch ich neugierig: »Hast du schon viele Akademien besucht? Wo wurdest du ausgebildet?«

»Um ehrlich zu sein, bin ich kein Jäger.«

Nun hatte er nicht nur meine und Felis Aufmerksamkeit, sondern auch Jamies. Der hob eine Braue: »Wie kommt es dann, dass Robert Cavanaugh *dich* als Trainer einstellt?«

»Sagen wir, meine Qualitäten und Erfahrungen liegen in anderen Bereichen und sind von großem Wert.«

»Ach ja? Erfahrungen in was?« Jamie verschränkte die Arme vor der Brust und richtete sich zu seiner vollen Größe auf. Ezra überragte ihn dennoch um einen Kopf.

»Erfahrungen mit Werwölfen.« Er wandte sich von Jamie ab, als wäre das Gespräch für ihn beendet, und hielt mir eine Hand hin. »Möchtest du vielleicht tanzen?«

Erst war ich unsicher, ob ich meine Freunde für ihn stehen lassen sollte, doch da legte sich schon wie von selbst meine Hand in seine. Meine Haut prickelte dort, wo er mich berührte, und ich ließ mich bereitwillig von ihm auf die Tanzfläche ziehen. Zugegeben, seine Hand auf meinem unteren Rücken löste eine Hitzewelle nach der anderen in mir aus.

»Was machst du an der Akademie, wenn du kein Jäger bist?«

»Ich bin hier, weil ich jemanden gesucht habe.«

»Jemanden«, wiederholte ich. »Wer ist dieser Jemand?«

»Eine junge Frau. Ich bin dabei, sie kennenzulernen, aber sie scheint sich noch etwas zu zieren.« Er entfernte sich einen Schritt, um mich in einer Drehung herumzuwirbeln, ehe er wieder zu mir trat und seine Hand meinen unteren Rücken fand.

»Vielleicht solltest du ihren Protest respektieren.«

Etwas in seiner Miene veränderte sich. Allerdings währte dieses Etwas nur für den Bruchteil einer Sekunde, sodass ich es mir auch hätte einbilden können. »Das werde ich, wenn ich sicher bin, dass er berechtigt ist. Aber willst du wirklich darüber reden? Brennt dir … nichts anderes auf den Lippen?« Wie aufs Wort senkte er den Blick auf meinen Mund, was mein Herz zum Rasen brachte. Ein wohliger Schauer durchfuhr mich.

»Wieso suchst du ständig meine Nähe?«, fragte ich geradeheraus. Sein Gesicht war meinem so nahe, dass ich seinen Atem auf meiner Haut spürte. Seine Lippen verzog er zu einem belustigten Grinsen. Es war ganz offensichtlich, dass er mich mit der jungen Frau meinte.

»Du bist interessant, Maya. Wieso sollte ich nicht deine Nähe suchen? Du bist anders als die meisten Frauen, die ich kennengelernt habe.«

Ich schnalzte mit der Zunge. »Hat es je bei einer Frau gezogen, sie als etwas Besonderes zu bezeichnen?«

Ezras Augen funkelten, und ich drohte in ihnen zu ertrinken. Warum war dieses Band zwischen uns so stark? Wieso konnte ich mich partout nicht von ihm fernhalten?

»Jede Frau möchte doch etwas Besonderes sein, denkst du nicht?«

Ich wandte den Blick ab. Ja, tief in mir drin wollte ich etwas Besonderes sein, jemand anderes, jemand Wichtiges. So wie es Aaron gewesen war. Eben jemand, zu dem andere aufsahen. Aber ich war nicht so naiv zu glauben, dass ich genau diejenige war, die für Ezra diese Rolle einnahm.

»Ich brauche kein Süßholzgeraspel, Ezra.«

»Was brauchst du dann?«

Zu meinem großen Glück endete das Lied, und ich konnte Abstand zu ihm schaffen.

»Mehr Alkohol«, erwiderte ich und floh förmlich von der Tanzfläche. Dass ich ihn dabei stehen ließ, war mir egal. Ich brauchte die Distanz, musste Herr über meine Gedanken und Gefühle werden. Es war nicht normal, dass ich in seiner Nähe so empfand. Er war bereits jetzt wie eine Sucht, dabei kannte ich ihn verdammt noch mal gar nicht.

Ich stieß am Büfett zu Jamie, Brian und Sophie und nahm mir eine gefüllte Pastete, die ich mir direkt in den Mund schob.

»Schlechter Tanzpartner?«, fragte Brian grinsend, und ich verdrehte die Augen.

»Lass uns nicht über ihn sprechen, bitte. Wo habt ihr Feli gelassen?«

»Sie wollte ihren Vater suchen, soweit ich weiß.«

Mein Blick fiel auf eine Glasschüssel mit Bowle.

»Sagt mir bitte, dass da Wodka drin ist«, murmelte ich, nahm die Kelle und füllte mir ein halbes Glas voll. Doch als ich die süße Flüssigkeit hinunterkippte, spürte ich nicht das gewünschte Brennen in meiner Kehle. »Mist.«

»Ich weiß, woher wir welchen kriegen«, warf Jamie ein.

»Ich komme mit«, bot Brian an, was Jamie mit einem Nicken quittierte. Die beiden Jungs ließen uns stehen. Während wir warteten, schob ich mir noch eine Pastete in den Mund.

Und noch zwei.

Sophie verschränkte die Arme vor der Brust. »Wenn du dich weiter so vollstopfst, wird das nichts mit dem geplanten Racherausch. Spuck's aus: Was ist passiert?«

Ich verdrehte die Augen. »Dieser Ezra treibt mich in den Wahnsinn. Er … er nimmt mein ganzes Denken ein, wenn ich in seiner Nähe bin! Und das will ich nicht. Ich werde mich jetzt offiziell von ihm fernhalten!« Ich schnappte mir ein kleines Schokoküchlein und vertilgte es mit einem Happs. Ich aß zu viel, wenn ich gestresst war. Essen war die beste Medizin, richtiges Seelenfutter, das meine Laune hob. So auch jetzt.

»Willst du darüber reden?«

»Nein.« Die Antwort kam wie aus der Pistole geschossen. »Nein, definitiv nicht. Heute will ich nur vergessen und verdrängen – und dabei wird mir der Alkohol helfen.«

»Du wirst es bereuen, Maya.«

»Morgen vielleicht. Aber nicht heute.«

Wenig später stießen Brian und Jamie wieder dazu und hatten tatsächlich eine Flasche Wodka im Schlepptau. Ungesehen goss Brian den ganzen Inhalt in die Bowle, ließ die Flasche verschwinden und schenkte jedem von uns ein großzügiges Glas ein.

Je weiter der Abend fortschritt, desto spaßiger wurde es. Wir baten die Musiker, etwas Schnelleres zu spielen. Die Menge an Menschen nahm die Musik gern an, und so tanzten viele ausgelassener, als es zu Anfang geplant war. Erneut war ich mittendrin, doch diesmal fühlte ich mich weder fremd noch nicht zugehörig. Ich ließ die Hüften kreisen und sang aus vollem Hals mit. Alles andere – mein Kopf, mein Herz, sogar der Schmerz – war für den Moment verstummt.

Doch irgendwann brauchte ich eine Pause, und als ich die Toiletten aufsuchen wollte, lief ich geradewegs in meine Mutter rein. Zurück in die Realität.

»Mom«, lallte ich.

Sie verengte die Augen zu Schlitzen. »Du hast getrunken!«

»Nur ein ganz klein wenig«, log ich und zeigte mit Daumen und Zeigefinger eine winzige Spanne. Dass es sehr viel mehr gewesen war, musste ich ihr ja nicht auf die Nase binden. Sie merkte es eh.

»Du bist noch nicht volljährig«, zischte sie. »Was willst du damit bezwecken? Du benimmst dich unmöglich, und das zulasten deines Vaters! Er ist derjenige, dem dein Verhalten schadet. Du solltest darauf achten, dass du ihn unterstützt! Aaron hätte sich nie so danebenbenommen.«

Da war er wieder. Der Vergleich mit Aaron.

Zugegeben, ich tat gerade nichts, um im Ansehen meiner Eltern zu steigen. Aber wollte ich das überhaupt noch? Ich war nicht mehr sicher. Wer ständig zu Boden gestoßen wurde, stand irgendwann nicht mehr auf. So war es mit mir und meinen Eltern. Egal was ich versuchte, wie ich mich auch verhielt – sie fanden immer etwas, was ihnen nicht passte.

»Wieso müsst ihr meine Taten eigentlich immer an denen von Aaron messen?«

Jamie kam aus der Herrentoilette getorkelt. »Oh, hallo, Mrs. Cavanaugh. Großartige Feier, nicht wahr?« Er klang, als hätte er Watte im Mund.

Meine Mutter schnaubte. »Von Ihnen, Mr. Johnson, habe ich mehr erwartet. Ich rufe dir jetzt ein Taxi, Maya. Und Sie sehen ebenfalls zu, dass Sie von dieser Party verschwinden.«

Jamie hob kapitulierend die Hände und murmelte eine Entschuldigung. So ein Feigling.

»Ein Taxi wird nicht nötig sein, Mrs. Cavanaugh, ich fahre Maya.« Diese Stimme, die ich unter Tausenden erkennen würde.

Doch diesmal war der Schmerz zu groß.

Ich betrachtete meine Mutter, resigniert und erschöpft zugleich. »Ist es nicht traurig, dass meine eigene Mutter mir nur ein Taxi rufen und ein völlig Fremder mich fahren will? Solltest du dich nicht mehr um mich sorgen?«

War es das, was ich mir insgeheim gewünscht hatte? Dass sie den Alkohol als stummen Hilfeschrei erkennen und endlich, endlich fragen würde, wie es mir ging? Falls ja, war mein Plan kläglich gescheitert, denn sie war alles andere als bekümmert.

Meine Mutter bewahrte die Haltung. »Wenigstens eine von uns muss diese Familie vernünftig repräsentieren, und da du es ja offenbar nicht für nötig hältst, dich zu benehmen, liegt es an mir, Probleme von deinem Vater fernzuhalten.«

Autsch. Der Punkt ging an sie.

Als wäre nichts gewesen, wandte sie sich mit einem Lächeln an Ezra. »Es tut mir leid, dass Sie das mitbekommen. Ich weiß Ihr Angebot zu schätzen, allerdings ist es nicht nötig. Sie müssen sich nicht mit ihr herumplagen.«

»Ich kann sie auch nach Hause bringen, Mrs. Cavanaugh«, warf Jamie halbherzig und aus sicherer Entfernung ein.

»Maya ist ganz gewiss keine Plage.« Ezra tat, als hätte Jamie gar nichts gesagt. »Ich würde ruhiger schlafen, wenn ich sie selbst nach Hause bringen dürfte.«

Beinahe hätte ich gekichert, weil er so hochgestochen sprach und die Situation so absurd war. Meine Mutter, die mich mit Blicken erdolchte, Ezra, der mir half, und Jamie, der offenbar nicht ganz glücklich damit war.

Dem Alkohol war es in die Schuhe zu schieben, dass ich mich an Ezra lehnte, als er beschützend einen Arm um meine Taille legte.

»Sie sind ein wahrer Gentleman, Ezra.« Als ihr Blick von ihm zu mir schwang, kniff sie die Lippen zusammen. »Wir sprechen uns noch, Maya. Benimm dich wenigstens auf dem Heimweg.«

Ich nickte ihr selig zu und Ezra führte mich nach draußen. Seine Nähe berauschte mich, und ich war heilfroh, dass ich frische Luft tanken konnte.

»Hey, wartet!« Jamie stolperte uns hinterher. Er griff nach meinem Arm. »Lässt du dich echt von dem da nach Hause bringen? Du kennst ihn doch gar nicht! Wir können uns ein Taxi teilen.« Der Vorwurf schwang deutlich in seinen Worten mit.

»Wenn du willst, kann ich dich auch mitnehmen«, bot Ezra ihm an. Jamie verzog das Gesicht. Es passte ihm ganz offensichtlich nicht, dass Ezra der Held war. Fehlte nur noch, dass er trotzig mit dem Fuß aufstampfte – zu seinem Gesichtsausdruck hätte es jedenfalls gepasst.

Ich drückte seine Hand. »Komm schon, Jamie, das ist nett. Und du musst kein Geld fürs Taxi opfern.«

»Wenn's sein muss. Dann fahre ich mit.«

Ezra brachte uns zu seinem Wagen. Er hielt mir die Beifahrertür auf, während Jamie hinten einstieg.

Ich suchte Halt am Rahmen und sah ihn an. Ehrliche Dankbarkeit breitete sich in mir aus. Er wusste vermutlich gar nicht, wie sehr er mir geholfen hatte. »Wie kann ich das je wiedergutmachen?«

»Nicht der Rede wert. Steig ein, ich bring euch nach Hause.«

Ich ließ mich auf den Beifahrersitz plumpsen. Jamie schob sich in die Mitte der Rückbank und beugte sich zu uns nach vorn. »Noch mal zu dir«, sagte er an Ezra gewandt. »Wieso bist du kein Jäger? Mich interessiert brennend, woher du deine Erfahrungen mit den Werwölfen hast.«

Ezras Knöchel traten weiß hervor, als er die Finger ums Lenkrad schlang. Doch so schnell, wie er sich verspannt hatte, ließ er auch wieder locker. Als hätte er sich innerlich zur Ruhe gerufen. Ich konnte sein Verhalten nicht deuten. War es wegen Jamie? Oder steckte mehr dahinter?

»Man muss kein Jäger sein, um mit Werwölfen in Berührung gekommen zu sein. Sagen wir also einfach, ich kenne diese Spezies ziemlich gut, okay? Und ich bin kein Jäger, weil ich sie nicht töten will.«

»Wieso hilfst du dann, welche auszubilden?«

Er warf mir einen Seitenblick zu. »Manchmal gibt es Umstände im Leben, die uns zu gewissen Dingen zwingen.«

Oh, wie recht er hatte.

Jamie schwieg, und auch ich hakte nicht weiter nach, weil ich nicht wollte, dass Ezra in eine unangenehme Situation kam. Wir kannten einander kaum, das Kreuzverhör war nicht in Ordnung – weder Jamie noch ich hatten das Recht dazu.

Die restliche Fahrt über hüllte sich Jamie in beleidigtes Schweigen auf der Rückbank, und ich war ehrlich erleichtert, als wir sein Zuhause erreichten.

»Danke fürs Fahren«, brummte er.

»Gern geschehen.«

Er blieb einen Moment zu lang im Wagen. Wenn es ihm nicht gefiel, mich mit Ezra allein zu lassen, sprach er es jedoch nicht aus. Er knallte die Tür ein kleines bisschen zu laut zu. Ezra wartete nicht, bis er die Haustür erreicht hatte, sondern fuhr direkt an. Ich wies ihm den Weg zu mir nach Hause. Viel mehr sprachen wir nicht, obwohl meine Gedanken keine Sekunde stillstanden. Ich hatte so viele Fragen, wollte ihn kennenlernen, irgendetwas sagen. Doch ich beließ es bei dem Drang, es zu wollen, und entschied mich stattdessen für eine Entschuldigung.

»Tut mir leid, dass Jamie dich ausgehorcht hat. Er ist etwas skeptisch, was neue Leute betrifft.«

»Er ist skeptisch, weil wir uns verstehen. Du bedeutest ihm viel, da will er sichergehen, dass du nicht an einen Vollarsch gerätst.«

Ich lachte. »Und? Muss ich mir Sorgen machen?«

»Ganz bestimmt nicht. Ich bin kein Vollarsch.« Nun musste auch er lachen, und der Knoten, der sich heimlich in meiner Brust festgesetzt hatte, löste sich langsam, aber sicher.

Als wir ankamen, wollte ich ihn noch gar nicht gehen lassen.

»Hier wohnst du also?« Ezra beugte sich übers Lenkrad, um einen besseren Blick auf das Gebäude zu erhaschen.

Was er wohl sah?

Die prunkvolle Villa, die sich in den schwarzen Nachthimmel erstreckte? Oder doch den goldenen Käfig? Bewunderte er die blühenden Hortensien, das hohe gusseiserne Tor, durch das man nur mit Erlaubnis oder Code kam? Oder sah er den krankhaften Zwang, dass stets alles von seiner besten Seite gezeigt werden musste? Es schrie nach Luxus, aber nicht nach zu Hause.

»Jep, mein trautes Heim.«

Ezra stieg aus dem Wagen und kam zur Beifahrerseite herum, um mir die Tür zu öffnen. Ich fischte den Schlüssel aus meiner Tasche und stieg aus. Durch die kühle, frische Luft wurde mir schwummrig, ich übersah den Kantstein und knickte auf meinen halsbrecherischen Absätzen um. Ich sah mich schon den Boden küssen, da schlangen sich zwei Arme um meine Taille und Ezra fing mich auf.

»Nicht so schnell, hm?«

Meine Knie fühlten sich an wie Wackelpudding. Er lachte leise und dirigierte mich sacht zum Tor, bei dem ich mit zittrigen Fingern den Code eingab. Im nächsten Moment hatte er mir die Schlüssel auch schon abgenommen, mich hochgehoben und die Auffahrt entlanggetragen. Ich schlang die Arme um seinen Hals und ließ es einfach geschehen, denn gerade wollte ich nirgendwo anders sein als hier.

In seinen Armen.

Ezra verlagerte mein Gewicht und schloss die Haustür auf. Nur kurz blitzte der Gedanke an Aaron auf, doch zum ersten Mal riss es mir nicht den Boden unter den Füßen weg. Ob es am Alkohol lag oder an Ezra, wusste ich nicht. Ich wusste nur, dass der Abend mit Aaron sicher nicht so geendet hätte.

Aber er war nun mal nicht hier. Ezra jedoch war es.

Ehe ich mich's versah, lag ich schon auf dem Bett und Ezra zog mir die Schuhe von den Füßen. Ich zog die Decke bis zum Kinn, als er sich auf die Bettkante setzte und mich ansah.

»Wie kann ein so hübsches junges Mädchen schon so viel Traurigkeit in sich tragen?«, fragte er leise, als hätte er in die Tiefen meiner Seele geblickt.

»Mein Bruder ist tot«, gestand ich ihm stockend. »Er … er hat für die Akademie gelebt, und ich hasse sie. Ich hasse alles hier …«

»Es steht dir frei zu gehen, Maya. Niemand kann dich aufhalten, niemand kann dich in die Rolle deines Bruders zwingen.«

Ein freudloses Lachen kroch meine Kehle hinauf. »Ich bin die einzige Erbin der Cavanaughs.«

»Das ist nur ein Name.«

»Vielleicht«, flüsterte ich.

»Ist das alles, was dich hier hält?«

Ich biss mir auf die Lippe und schüttelte den Kopf. »Die Ausbildung, ich muss sie beenden. Ich bin es ihm schuldig, ich habe es ihm versprochen …« Meine Stimme brach.

»Dann helfe ich dir«, bot er an.

»Nein, ich will von übernatürlichen Wesen keine Hilfe, ich schaffe das allein«, murmelte ich in meine Decke. Bevor ich die Augen schloss, nahm ich noch sein Schmunzeln wahr.

»Du weißt ja gar nicht, was du verpasst.«

Vielleicht war ich schon so weit in den Schlaf gesunken, dass ich mir seine Worte nur einbildete. Und vielleicht bildete ich mir auch ein, dass er sich zu mir hinabbeugte und seine Lippen über meine Schläfe strichen. Aber vielleicht, nur ganz vielleicht war es keine Einbildung und Ezra hatte mich tatsächlich geküsst.

8
Ezra

Auch wenn es das vielleicht nicht sollte, mein Herz raste, als ich von Mayas Bett aufstand. Das Band in meinem Inneren erschauderte wohlig, als ich sie für den Bruchteil einer Sekunde noch ansah, ehe ich aus der Villa der Cavanaughs verschwand.

Es wäre nicht förderlich, wenn Robert mich erwischte, wie ich seine Tochter betrachtete. Er wusste nichts von dem Band, von der besonderen Verbindung, die ich zu ihr empfand. Konnte er auch gar nicht, weil er keine Ahnung davon hatte, was ich tatsächlich war. Würde er es herausfinden, wäre ich ziemlich sicher tot.

Draußen umfing mich kühle Nachtluft, und ich atmete sie tief ein, um meine Gedanken zu ordnen.

»Du bist also der Geborene«, hielt mich eine unbekannte Stimme auf, und ich blieb mitten auf der Straße stehen.

»Und du bist?«, fragte ich den kleinen, aber muskulösen Mann, der ein paar Schritte entfernt stand und mich angesprochen hatte. Seine Haltung zeigte deutlich, dass er für einen Kampf bereit war, falls es so weit kommen sollte: die Beine fest auf dem Boden verankert, die breiten Arme angewinkelt, die Hände zu Fäusten geballt. Ich wusste sofort, dass er ein Werwolf war.

»Was willst du in Crescent Hill?«

Ich schob die Hände in die Taschen meiner Hose, signalisierte, dass von mir keine Gefahr zu erwarten war. Er gab seine Haltung in keiner Weise auf, alles an ihm war feindlich. Ich war in seinem Revier, und das passte ihm gar nicht.

»Ich bin hier, um jemanden zu finden«, antwortete ich schwammig.

»Einige von uns denken, dass du dich uns anschließen und gegen die Jäger vorgehen willst.«

»Wollt ihr das denn?«

»Wir brauchen keinen Alpha.« Er spie die Worte förmlich aus, doch ich bemerkte die Hoffnung, die in seinen Augen aufblitzte.

»Hör zu, ich bin nicht hier, um irgendjemandem Ärger zu machen. Euer Streit geht mich nichts an.«

»Unser *Streit?*« Er schnaubte abfällig. »Die verdammten Jäger haben uns unser Leben geraubt!«

Ich kannte viele Städte und genauso viele Akademien, doch Crescent Hill war seit jeher der bekannteste Ort, wenn es darum ging, die Wölfe mit übertriebener Härte und Brutalität niederzuzwingen. Ihr Ruf eilte der Stadt voraus; selbst in den entlegensten Ecken hatte man von ihr gehört. Jeder wusste von der hohen Erfolgsquote bei den Einsätzen. *Erfolg* – so nannten sie es, wenn sie einen Wolf töteten. Die Werwölfe hingegen führten hier ein Leben, eines, das man so nicht einmal betiteln konnte.

»Das tut mir leid«, wollte ich den Mann beruhigen, wurde jedoch direkt von ihm unterbrochen.

»Leid?« Er lachte verbittert auf. »O ja, mir tut es auch leid. Du sollst ein geborener Werwolf sein, und viele hatten Hoffnung. Doch jetzt, da ich dich sehe, kann ich sagen, dass die Hoffnung nur eine Illusion war. Du hast nicht vor, uns zu helfen. Du bist nur wegen deiner eigenen Interessen hier.«

Er ließ mir keine Chance, zu antworten, sondern verschwand einfach in der Nacht. Das hier würde viel komplizierter werden, als ich gedacht hatte.

9
Maya

Am liebsten wäre ich gestorben. Ich war nicht nur viel zu früh verkatert aufgestanden, trotz schwindelerregender Kopfschmerzen hatte ich auch noch genau vor Augen, wie ich mich am Vortag bei der Eröffnungsfeier benommen hatte. Ich erinnerte mich sehr genau an die selbst gemischte Bowle und leider auch an die Auseinandersetzung mit meiner Mutter. Und an Ezra, der mich nach Hause gebracht hatte. Wie ich aus dem Auto gestiegen und praktisch in seine Arme gefallen war. Und: wie er mich ins Bett getragen hatte.

Meiner Mutter war ich bisher erfolgreich aus dem Weg gegangen. Während sie mit meinem Vater in die Akademie gefahren war, hatte ich mich schon vor Wochen ganz vorbildlich bereit erklärt, beim Aufbau des Grillfestes zu helfen. Definitiv keine schlechte Entscheidung, denn es war ein wunderschöner, sonniger Vormittag und somit der perfekte Tag für das Event, das im Stadtpark stattfand. Vögel zwitscherten in den Ästen, die Sonnenstrahlen brachen durch die bunten Blätter und die Luft war klar und kühl. Ich liebte den Herbst, auch wenn er durchzogen war mit Veranstaltungen und Terminen der Akademie.

Die Vorbereitungen liefen auf Hochtouren, und alle waren bester Laune, obwohl von Timothy immer noch jede Spur fehlte und sein Gesicht von jedem Laternenpfahl prangte. Das konnte die Akademie sehr gut: Dinge totschweigen, bis sie erledigt waren. So wie sich Aarons Tod mit der Beerdigung erledigt hatte.

Hier und da wurden noch Bänke und Stehtische aufgebaut und die letzten herbstlichen Dekorationen aufgehängt. Es gab

Infostände, ein Glücksrad und eine Tombola, bei der als Hauptgewinn ein Probetraining in der Akademie gezogen werden konnte. Ironischerweise hatte im letzten Jahr ausgerechnet Timothy gewonnen. Eine Tatsache, die in manchem Blick unausgesprochen mitschwang, aber nicht einmal hinter hervorgehaltener Hand ausgesprochen wurde. Würde mich nicht wundern, wenn Mutter daraus den nächsten Marketing-Gag zimmerte, im Sinne von: *Ein Training reicht nicht – werde Jäger und sei sicher!* Generell kamen die zahlreichen Vermisstenfälle der Akademie eher gelegen, untermauerten sie doch ihre Notwendigkeit.

»Geht es dir besser?«

Ich wusste, dass er es war, das wohlig warme Gefühl in meinem Inneren verriet seine Anwesenheit sofort. Ich legte den letzten Stapel Servietten auf den Tisch und drehte mich zu ihm um. Er trug einen einfachen weißen Pullover mit offener Knopfleiste am Kragen, der die schwarze Tinte auf seiner Haut, die oberhalb seines Schlüsselbeins endete, nicht ganz verbergen konnte. Ich erwischte mich dabei, dass ich zu gern wissen wollte, was für ein Tattoo sich dort versteckte und wie weit es über seine Schulter und den Oberarm reichte, doch ich zwang meine Aufmerksamkeit zu seinem Gesicht.

»Es geht mir bestens, danke der Nachfrage«, sagte ich und griff nach einem Turm aus Plastikbechern, um ihn auf den Tisch zu stellen. Ich spürte das vertraute Kribbeln, als Ezra sich neben mir an den Tisch lehnte. Ich zwang mich, ihn nicht länger als nötig anzusehen. Die magische Anziehungskraft machte es schon schwer genug, standhaft zu bleiben, und ich war noch nicht bereit, herauszufinden, was das zwischen uns bedeutete. Ich hatte andere Dinge im Kopf, die mich beschäftigten. Auch wenn ich ihn am liebsten hier und jetzt berührt, seine Hand genommen, mich in seine Arme geflüchtet hätte. Doch ich unterdrückte den Drang und ignorierte das vibrierende Band in meinem Inneren, das mich so dringend zu Ezra führen wollte.

»Und? Trainieren wir später zusammen?«

»Machen wir einen Deal: Wir trainieren zusammen, dafür erzählst du mir aber, was du bist.« Nun sah ich ihm direkt in die Augen. Mein Instinkt sagte mir, dass etwas mit ihm nicht stimmte. Das Band, das heftig in meinem Inneren zog, bestärkte diese Vermutung nur noch.

Wieso ich es spürte, war mir vollkommen schleierhaft. *Ich* war definitiv ein Mensch. Hieß also, dass *Ezra* etwas anderes sein musste.

Etwa ein Werwolf?

Oder gab es weitere Wesen in dieser Welt, von denen wir nichts wussten? Ich hatte keine logische Erklärung für das, was ich in seiner Nähe empfand, hatte in keinem einzigen Lehrbuch aus der Akademie jemals etwas über eine besondere Verbindung gelesen. Aber machte ihn das zwangsweise zu etwas anderem? Was, wenn wir nur noch nicht alles über die Werwölfe – oder uns selbst – wussten? Wenn sie – oder wir – mehr Geheimnisse verbargen, als wir bisher entdeckt hatten?

Doch Ezra lachte nur. »Ich bin nur jemand, der neu in der Stadt ist und helfen möchte.« Er hob abwehrend die Hände, doch seine Mundwinkel zuckten amüsiert. Offensichtlich belustigte es ihn, dass ich dachte, er sei kein Mensch.

»Du kannst es so lange leugnen, wie du willst, Ezra«, erwiderte ich. »Ich werde noch früh genug herausfinden, was du bist.«

Als ich gehen wollte, hielt er mich sanft am Handgelenk fest. Elektrische Blitzschläge zuckten über meine Haut und zogen sich durch meinen ganzen Körper, sodass ich die Luft scharf einsog. Ezra ließ augenblicklich los und suchte in meinem Gesicht offenbar nach Antworten, die ich ihm nicht geben konnte. Er musste es auch gespürt haben.

Doch bevor ich ihn zur Rede stellen konnte, rief Jamie nach mir. Ich hob kurz die Hand zum Zeichen, dass ich jeden Moment kommen würde. Ezra Miene verfinsterte sich, als er Jamie fixierte.

»Hast du Gefühle für ihn? Was ist er, dein Freund?« Er versuchte nicht einmal, die Eifersucht zu verbergen.

Vorbei war der magische Moment, die elektrisierende Luft verpuffte und ich stemmte die Hände in die Hüften. »Mein *bester* Freund«, band ich ihm auf die Nase und schritt erhobenen Kinns an ihm vorbei.

An dem Kribbeln im Nacken spürte ich, dass sein Blick mir folgte. Ich wusste nicht, warum genau ich es tat, aber als ich bei Jamie ankam, umarmte ich ihn spontan zur Begrüßung. Als würde ich Ezra eins auswischen wollen, was totaler Quatsch war. Doch das Band in meinem Inneren vibrierte verärgert, und ich spürte den Drang, Jamie loszulassen, was ich auch tatsächlich tat. Verwirrt blinzelte ich meinen besten Freund an, der besorgt die Augenbrauen zusammenzog, während seine Hände noch auf meiner Taille lagen.

»Alles in Ordnung?«

»Ja klar«, sagte ich und trat einen Schritt zurück. Mein Inneres beruhigte sich.

Jamie deutete mit dem Kinn zu Ezra. »Was hast du mit ihm eigentlich zu schaffen? Gestern habt ihr getanzt, heute sehe ich dich schon wieder mit ihm. Was läuft da?«

»Gar nichts«, wiegelte ich ab. »Er geht mir nur auf die Nerven. Hast du Sophie gesehen?« Ich zog ihn in die entgegengesetzte Richtung und weg von Ezra. In mir baute sich der Drang auf, über die Schulter zu blicken, und ich konnte tatsächlich nicht widerstehen. Ezra stand noch an Ort und Stelle – und grinste. Mein Herz machte einen Satz. Diese Verbindung machte mich noch wahnsinnig!

Der Nachmittag war kaum angebrochen, da suchte mich Jamie erneut auf. Wir hatten die letzten Stunden unsere Pflichtdienste abgesessen – er an der Losbude, ich am Getränkestand – und waren jetzt entlassen, um selbst ein bisschen Spaß zu haben. Dass Jamie andere Pläne hegte, hatte ich erfolgreich verdrängt. Er lotste mich hinter den Toilettenwagen und von dort aus zum Parkplatz. Als wir nebeneinander in seinem Auto saßen, musste ich meine Zweifel aussprechen.

»Ich habe kein gutes Gefühl bei der Sache.«

»Betrachte es als Ausflug in den Wald«, scherzte er.

»In den gefährlichen Teil davon«, korrigierte ich.

»Komm schon, Maya. Willst du jetzt echt kneifen? Ich meine, kein Ding, du musst nicht mitkommen. Ich fahr auch allein.«

Und weil ich wusste, dass er genau das tun würde, schnallte ich mich an. »Du kannst mich mal!«

Lachend schlug Jamie den Weg zur Akademie ein. Mit jeder Meile wuchs die Nervosität in meinen Bauch und gesellte sich zu dem Anflug von Angst, der sich in mir eingenistet hatte. Ich hatte wirklich kein gutes Gefühl bei der Sache. Wir waren keine ausgebildeten Jäger und noch lange nicht so weit, es mit den Wölfen aufzunehmen, sollte es tatsächlich zu einer Konfrontation kommen.

Falls uns nicht genau *das* den Arsch retten würde. Schließlich trugen wir noch nicht das Tattoo der Akademie – wir könnten auch einfach Schüler sein, die sich in den Rockys verlaufen hatten. Aber – was hoffte ich da eigentlich? Dass die Wölfe uns verschonten, obwohl wir ganz bewusst in ihr Revier eindrangen? War ich denn bekloppt?

»Oh, oh, nicht dieser Gesichtsausdruck! Du malst dir gerade den schlimmstmöglichen Ausgang aus, hab ich recht? Wollen wir wetten, dass wir nicht mal einem Wolf begegnen? Und wenn, dann bleiben wir einfach in Deckung.«

»Darauf wette ich lieber nicht.«

»Ach, komm schon.« Jamies Augen leuchteten, als wäre das alles ein Heidenspaß. »Zur Not haben wir unsere Waffen dabei und wissen, wie wir uns verteidigen können.«

Dass ich schon zweimal einem Wolf begegnet war und mich ganz und gar nicht verteidigt hatte, sprach ich nicht laut aus. Fieberhaft ging ich im Kopf alle möglichen Szenarien durch. Wenn ich kniff, ging er allein. Kam ich mit, war ich ihm im Fall der Fälle keine Hilfe. Meldete ich ihn, verlor er die Chance auf die Prüfung vollends. Nein, mir blieb nur eine Wahl. Ich zog mein Handy hervor und tippte rasch eine Nachricht, ohne dass Jamie es sah.

Er parkte den Wagen an der Akademie und wir stiegen aus. Im Eingangsbereich grüßten wir die Empfangsdame, die uns kaum Beachtung schenkte, weil das Telefon klingelte.

»Okay, wir rüsten uns aus und brechen dann so schnell wie möglich auf«, sagte Jamie, als wir im Trainingsraum ankamen. Er wollte den Waffenschrank öffnen, der jedoch verschlossen war. »Verdammt!«

»Hast du echt gedacht, dass die Waffenschränke offen sind?« Ich schnaubte ungläubig.

Er schlug mit der Faust dagegen. »Und nun?«

»Abbruch?«, fragte ich hoffnungsvoll.

»Von wegen. Wir ziehen das durch!« Er sah mich fest an. »Das hier ist meine letzte Chance. Du willst keine Jägerin werden, schon klar, für mich aber bedeutet die Ausbildung alles! Deshalb muss ich das tun. Ich muss Timothy finden. Oder zumindest einen Hinweis auf seinen Verbleib.«

Damit hatte er mich. Wenn ich eine Chance auf das Leben hätte, das ich mir wünschte, würde auch ich dumme und sogar gefährliche Dinge tun, um sie zu ergreifen. Deshalb nickte ich nur und sagte: »Ich schau im Büro meines Vaters nach den Schlüsseln.«

Ich ließ den Flur und die Eingangshalle hinter mir, nahm die Treppe, die in einem Bogen nach oben führte, und lief den Gang entlang, der gesäumt war mit Bildern. Sie zeigten die Vergangenheit der Akademie, Erinnerungen an das Feuer und den Wiederaufbau. Dazwischen hingen Fotos der Absolventen, chronologisch nach Jahrgängen sortiert. Ich blieb vor einem Rahmen stehen. Ohne suchen zu müssen, fand ich Aaron, der in der vorderen Reihe stand und stolz das Tattoo auf seinem Unterarm in Richtung Kamera streckte. In der Hand hielt er die Urkunde, die bestätigte, dass er die Prüfung bestanden hatte und ein voll ausgebildeter Jäger war. An diesem Tag hatten wir groß gefeiert, es hatte ein Büfett gegeben und meine Eltern hatten alle wichtigen Leute eingeladen. Aaron war so stolz gewesen, von allen beglückwünscht zu werden, dass nicht einmal ich mit schlechter Laune auf der Party rumgelaufen war.

Ich riss mich los und trat zu der großen Holztür, hinter der das Büro meines Vaters lag. Ich legte meine Hand auf den Scanner und atmete erleichtert auf, als die Tür mit einem Klicken aufglitt. Ich war nicht sicher gewesen, ob ich noch Zugang zu seinem Büro hatte.

Als ich es betrat, fühlte ich mich wie eine Einbrecherin. Alles lag still vor mir, Licht fiel nur von der Trainingshalle hinein, die direkt unterhalb des Büros lag. Eine Fensterfront bot einen Blick in die Halle und somit auf die Anwärter beim Training. Jetzt war sie menschenleer, nicht einmal Jamie war zu sehen. Vielleicht sah er sich anderweitig nach einem Schlüssel um.

Um etwas Zeit zu schinden, zog ich jede einzelne Schublade des Mahagoni-Schreibtisches auf und durchsuchte sie nach einem Schlüsselbund. Ich konnte es kaum fassen, als ich tatsächlich fündig wurde. Obwohl ich zu meinen Eltern nicht das beste Verhältnis hatte, plagte mich das schlechte Gewissen, als ich samt Vaters Schlüsselbund nach unten lief und auf Jamie traf.

»Hast du was?«

Ich hielt meinen Fund hoch und er grinste breit. Für ihn schien das alles aufregend und spaßig zu sein, ich hingegen kämpfte mit diesem überaus schlechten Bauchgefühl und spähte nervös zur Hallentür, während er den Schrank öffnete und eine Armbrust mit Silberpfeilen herausnahm.

»Bereit?«, fragte er.

»Nicht so schnell.« Mit vor der Brust verschränkten Armen stand Felicity ein paar Schritte von uns entfernt. Ich biss mir auf die Lippe, um nicht hörbar vor Erleichterung aufzuatmen. Sie hatte meine Nachricht also gelesen und war gerade noch rechtzeitig gekommen. Dem Himmel sei Dank!

»Oh, Feli. Was machst du denn hier?«, fragte Jamie und schob die Armbrust hinter sich. Ein völlig lächerlicher Versuch, Felicitys Sicht auf die Waffe zu blockieren.

»Na, offensichtlich bin ich gerade zur richtigen Zeit gekommen. Ihr habt nicht ernsthaft vor, in die Rockys zu fahren, oder?« Sie gab ihre abweisende Haltung auf und kam auf uns zu. Ihre Schritte waren zielstrebig, der Rücken gerade. Sie griff an Jamie vorbei nach der Armbrust.

Anstatt zu kuschen, ging er in die Offensive. »Doch, das werden wir. Und du wirst uns nicht aufhalten.« Er reckte das Kinn und hielt den Blickkontakt aufrecht.

»Ich kann euch nicht gehen lassen, das wisst ihr.«

»Dann komm doch mit.«

Mein Blick zuckte zu Feli; sie würde sicher protestieren, doch stattdessen fixierte sie Jamie, als würden sie einen Starr-Contest abhalten und darauf warten, wer von beiden zuerst aufgab.

»Okay.« Felis Stimme war fest. Mir fiel beinahe die Kinnlade herunter. Damit hatte ich nicht gerechnet. »Wenn ihr euch nicht abbringen lasst, komme ich mit. Mit einer erfahrenen Jägerin habt ihr wenigstens eine Chance.«

»Gut. Dann los.«

»Ehm«, stammelte ich.

Jamies Blick brachte mich zum Schweigen. Okay, wir würden also zu dritt fahren. Nicht ganz das, was ich mir erhofft hatte, aber allemal besser als die Alternativen.

Nachdem sich auch Felicity ausgerüstet hatte, fuhren wir los. Die geschwungene Straße führte uns aus der Stadt hinaus, Bäume mit in goldenen Herbstfarben getauchten Blättern säumten links und rechts den Weg. Vor uns erhoben sich die Rocky Mountains majestätisch in den kräftig blauen Himmel.

»Haben wir einen Plan?«, fragte Feli in die aufgekommene Stille.

»Natürlich.« Jamie klang überaus zuversichtlich. »Wir fahren zum Bear Lake und suchen nach einer Fährte. Der folgen wir dann, halten uns bedeckt und finden heraus, wo sie ihr aktuelles Lager aufgeschlagen haben und ob Timothy bei ihnen ist.« Aus seinem Mund klang das, als würden wir bloß zum nächsten Bäcker gehen und Brötchen für das Frühstück kaufen.

»Und du denkst, dass es so einfach ist? Dass sie dir freiwillig sagen, was sie vorhaben?« Feli stieß einen Laut aus, der halb belustigt, halb danach klang, als würde sie Jamie für verrückt halten. Vielleicht war er das auch.

Er umklammerte das Lenkrad fester und starrte aus der Windschutzscheibe, während er der Straße folgte.

»Jetzt mal ernsthaft: Woher willst du wissen, wo die Wölfe sind? Wer sagt dir, dass wir sie am Bear Lake finden?«

»Dort wurden sie zuletzt gesichtet«, sagte Jamie mit zusammengebissenen Zähnen. Seine Kiefermuskeln traten deutlich hervor. »Hörst du keine Nachrichten? Sie bringen es alle halbe Stunde. Die Wanderwege wurden schon vor Wochen gesperrt, weil ein neues Rudel gesichtet wurde.«

Er drehte das Radio lauter, und tatsächlich kam just in dem Moment die Warnung, den Bear Lake weiträumig zu meiden. Feli warf mir einen scharfen Blick über die Schulter zu, verkniff sich aber jeglichen Kommentar. Falls sie die ganze Aktion für puren Wahnsinn hielt, ließ sie es sich nicht anmerken. Seltsamerweise beruhigte mich das. Solange sie entspannt war, konnte es nicht so schlimm um uns stehen, oder?

Jamie nahm eine Abfahrt und lenkte den Wagen in bewaldetes Gebiet. Steine knirschten unter den Rädern, während er sehr viel langsamer als auf der asphaltierten Straße fuhr. Schließlich hielt er an. Felsbrocken blockierten den Weg, zwei Schilder mit Warnungen, dass das von der Akademie gesicherte Wandergebiet hier endete, prangten im Gebüsch.

Als ich ausstieg, war es, als würde ich eine Stimme hören, die meinen Namen rief, doch es war niemand da außer Feli, Jamie und mir. Unsicher schlug ich die Tür zu und trat zum Kofferraum, wo ich die Armbrust und die Silberpfeile von Jamie entgegennahm. Ich schulterte die Waffe, Jamie schloss die Heckklappe und wir marschierten los.

»*Maya*«, flüsterte es. Ich blieb stehen und sah mich um.

»Alles okay?« Feli legte mir eine Hand auf die Schulter.

»Ja, natürlich. Lass uns losgehen.«

Fieberhaft überlegte ich, wieso mir das Flüstern so vertraut vorkam. Diese Stimme, sie klang wie ... Oder wurde ich verrückt? Ich beschloss, die Gedanken beiseitezuschieben und mich voll und ganz auf unsere Mission zu konzentrieren.

Schweigend folgten wir Felicity tiefer in den Wald hinein. Ganz selbstverständlich hatte sie die Führung übernommen – sie war die Jägerin, und wir vertrauten ihr blind.

Es dauerte fast drei Stunden, bis wir durch den Nadelwald brachen und uns am Ufer des Sees wiederfanden, das übersät war mit grauen Felsbrocken und Geröll. Ich blieb stehen, gebannt von der wilden Schönheit der Natur. Am anderen Ufer des Bear Lake reihten sich die Bäume eng aneinander und warfen ihr verschwommenes Spiegelbild auf die sich kräuselnde Wasseroberfläche. Wir hatten einen glasklaren Tag erwischt: Die Hügel- und Berglandschaft versteckte sich nicht zwischen Nebelschleiern, sondern zeigte sich in ihrer ganzen Pracht. Kleine Schneekappen glänzten auf den Gipfeln; wenn der Winter erst anklopfte, würden sie bald gänzlich unter einer weißen Haube begraben liegen. Hier draußen war es kälter als in der Stadt, vor allem, da die schützenden Bäume hinter uns lagen und uns den Wind nicht mehr vom Leib hielten. Zwei Falken zogen einsame Kreise über dem See, ansonsten war es still und verlassen. Ich liebte diese Ruhe. Als würde die Welt auf Pause drücken, um einen tiefen Atemzug der kühlen Oktoberluft zu nehmen und alles Schlechte von sich zu schieben.

Genau das tat auch ich. Die eiskalte Luft brannte in der Nase und schlug beim Ausatmen die Andeutung von weißen Wölkchen.

»Was machst du da? Yoga? Atemübungen?«, fragte Jamie belustigt. Typisch für ihn. Er konnte einfach nicht ernst bleiben.

»Ich war lange nicht mehr hier.« *Lange* war beinahe schon eine Untertreibung. Ich war seit Ewigkeiten nicht mehr hier gewesen, nicht erst seit der See und das Gebiet drum herum zur Sperrzone gehörten. Neben dem Training in der Akademie war schlicht keine Zeit für Wanderungen geblieben – jetzt war es offiziell verboten. Wer sich – wie wir – dennoch über die Warnungen der Jäger hinwegsetzte, handelte auf eigene Verantwortung. Es kam häufig genug vor, dass sich Schüler oder Studenten in die Rocky Mountains wagten und für eine Mutprobe in das Wolfsgebiet eindrangen. Als würde es ihnen einen Kick geben, mit dem Tod zu tanzen.

Wir waren nicht viel besser.

Jamie trat neben mich, schob die Hände in die Taschen seiner Jeans und blickte auf den See hinaus.

»Soll ich euch vielleicht noch Pauken und Trompeten geben, damit die Wölfe uns finden? Ihr seid viel zu sichtbar, das hier ist offenes Gelände! Lasst uns weitergehen, bevor es dunkel wird.«

Wir folgten Feli das Seeufer entlang, ehe es zurück in den Wald ging. Felicity lief gebückt, den Blick fest auf dem Boden und dem Geäst ringsum. Sie suchte nach Spuren, hielt inne und lauschte in den Wald hinein, dabei hatte sie stets eine Hand an der Waffe. Es war erschreckend ernst, mit ihr durch das Unterholz zu streifen.

Da hob sie die Faust und erstarrte. Ich lief prompt gegen Jamie, der mich gerade noch rechtzeitig festhielt.

»Was?«, flüsterte Jamie.

Feli legte den Zeigefinger an ihre Lippen und deutete nach vorn, ehe sie weiterschlich. Jamie und ich sahen einander kurz an; während in seinen Iriden die Aufregung funkelte, braute sich in meinem Inneren die Angst zusammen.

»Sie rekrutieren wieder Jäger«, drang eine Stimme zu uns, und wir tasteten uns geduckt näher heran. Jamie deutete mir, dass ich still sein musste, was ich mit einem Augenrollen beantwortete. Als ob ich in der Gegenwart von Wölfen Tango tanzen würde.

Wir gingen hinter einem umgestürzten Baum in Deckung, von wo aus wir einen Blick auf zwei Männer werfen konnten, die sich über Crescent Hill unterhielten.

»Das ist nicht wichtig«, konterte der zweite. Er klang hoffnungsvoll. »Ich war in der Stadt und habe seine Präsenz deutlich wahrgenommen. Er ist ein verlorener Alpha und sehr viel stärker, als wir es sind. Vielleicht können wir ihn auf unsere Seite ziehen, dem Morden endlich ein Ende setzen. Nach Hause zurückkehren.«

»Was für ein Alpha soll das sein, Marc? Ohne Rudel ist er nur ein Omega, er ist nichts.«

»Du hast seine Anwesenheit nicht gespürt. So etwas habe ich noch nie erlebt.«

»Und was nützt ihm das? Er ist allein!«

»Wir sind ein Rudel.« Der Mann tippte sich energisch mit dem Finger auf die Brust. »Wenn wir einen geborenen Alpha an unserer Seite hätten, könnten wir uns endlich befreien!«

»Befreien?« Der andere Mann lachte verbittert auf. »Wie verblendet bist du eigentlich? Befreien? Ich zeige dir, wie frei du bist!«

»Das reicht«, flüsterte Feli und trat den Rückzug an. Die Stimmung drohte zu kippen, die Männer knurrten, etwas krachte. Es war die einzig richtige Entscheidung, die Aktion jetzt abzubrechen.

Mein Herz raste, als ich rückwärts aus unserem Versteck kroch. Da brach unter Jamies Füßen ein Zweig und ich verharrte in meiner Position, während Feli binnen Sekunden auf den Füßen war.

»Lauft!«, zischte sie und nahm die Wölfe ins Visier.

»Nicht ohne dich, Feli!« Panik fraß sich eiskalt in meine Eingeweide. »Komm schon!«

»Ich verschaffe euch einen Vorsprung.« Feli zog ihre Pistole – da erst erkannten die Wölfe, was wir waren.

»Jäger!«, brüllte der eine, dessen Name nicht genannt worden war, und wich zurück.

»Warn die anderen, ich kümmere mich drum«, knurrte der andere und rannte bereits auf uns zu.

»Bring Maya zum Auto, Jamie!«

Der wartete nicht länger, packte meine Hand und riss mich herum. Wir rannten, so schnell wir konnten, in die Richtung, aus der wir gekommen waren, doch wir kamen nicht weit, ehe sich dumpfe, schwere Schritte näherten. Als es bergab ging, stürzte sich eine Frau auf Jamie und entriss mir seine Hand.

»Jamie!«, kreischte ich, während die beiden den Hügel hinabstürzten. Blut rauschte in meinen Ohren, und für den Bruchteil einer Sekunde war ich vollkommen erstarrt. Dann sprintete ich hinterher, riss mir die Armbrust von der Schulter und schnappte mir einen Silberpfeil aus dem Köcher. Kurz blieb ich stehen, um den Bolzen zu spannen, dann zielte ich auf die Frau. Die beiden waren am Fuß des Hügels angekommen, die Frau saß auf Jamie und holte mit ihren Krallen zum Schlag aus. Ich atmete tief aus, konzentrierte mich, nahm nichts anderes mehr wahr und schoss.

Daneben.

»Maya, tu etwas!« Jamie fing den Schlag der Wölfin ab, rang mit ihr, schaffte es aber nicht, sie abzuschütteln.

Verzweifelt spannte ich die Armbrust erneut. Meine Hände zitterten so sehr, dass ich kaum die Kraft aufbringen konnte, den Bolzen an der Sehne zurückzuziehen. Erst beim zweiten Versuch gelang es mir, und ich richtete die Armbrust neu aus.

Du schaffst das, Maya. Es geht um Jamies Leben.

Ich rief mich zur Ruhe, blinzelte gegen die Tränen und kämpfte gegen die Nervosität, gegen die Angst. Ich ließ zu, dass der Wille, meinen besten Freund zu retten, sich über alles andere stellte.

Ich legte den Finger auf den Abzug.

Und drückte ab.

Der Bolzen traf die Frau in die Schulter. Sie brüllte markerschütternd auf, hielt sich den blutenden Arm und verschwand im Unterholz. Ich ließ die Armbrust sinken und rannte zu Jamie. »Scheiße, geht es dir gut?«

Er nickte. »Alles okay, sie hat mich nicht erwischt.«

Mir fiel ein Stein vom Herzen.

»Fehlt nur noch Feli …« Ich wandte mich zum Hang, doch Jamie hielt mich auf.

»Sie hat gesagt, dass ich dich zum Auto bringen soll, und das werde ich tun.«

»Wir können sie nicht allein lassen!«

Es knackte im Gebüsch, etwas kam den Hang hinab. Ich hob die Armbrust, doch zwischen den Ästen kam Felicity zum Vorschein.

»Oh, Gott sei Dank!« Ich ließ die Waffe los und fiel Feli um den Hals. Als ich sie eine Armeslänge von mir hielt, bemerkte ich das Blut auf ihrem Shirt.

»Was? Bist du verletzt?«

»Alles gut«, beruhigte sie mich. »Das ist nicht mein Blut. Lasst uns so schnell wie möglich verschwinden, bevor noch mehr kommen.«

Als wir den See erreichten, brach gerade die Abenddämmerung herein und die untergehende Sonne färbte den Himmel blutrot. Zwischen den Bäumen wurde es zunehmend dunkler. Seitenstechen erschwerte mir das Atmen, doch Felicity ließ nicht zu, dass wir langsamer wurden. Sie trieb uns vorwärts, vorbei am See und durch den Wald. Selbst als wir Jamies Wagen erreichten, gönnte sie uns keine Pause, riss den Kofferraum auf und warf die Waffen hinein. Erst als Jamie den Wagen über den Waldweg lenkte, fiel die Anspannung von uns ab.

»Geht es euch beiden wirklich gut?«, fragte ich.

Jamie schnaubte. »Du bist ja schlimmer als meine Mom!«

Skeptisch musterte ich ihn, doch er mied meinen Blick.

Feli horchte auf. »Wurdet ihr angegriffen?«

»Ja, eine Wölfin hat uns eingeholt.« Die Erkenntnis sickerte erst jetzt in meinen Verstand. Jetzt, da ich zur Ruhe kam und das Adrenalin langsam, aber sicher meinen Körper verließ. Wir hätten sterben können. Eine Wölfin war auf uns losgegangen. Dass wir unverletzt aus dieser Sache rausgekommen waren, glich einem Wunder.

»Scheiße!« Jamie schlug auf das Lenkrad ein und ich zuckte zusammen. So wütend hatte ich ihn noch nie erlebt. »Es hat absolut gar nichts gebracht! Wir haben Timothy nicht gefunden, keine wertvollen Informationen erhalten. Das alles war sinnlos! Absolut sinnlos!«

»Jamie …«

»Nein, Maya! Du kannst dir diesen Fehltritt erlauben, weil du Robert Cavanaughs Tochter bist. Du hast unzählige Freikarten, aber für mich war es das! Ich kann einpacken.«

»Das ist jetzt nicht dein beschissener Ernst, oder?« Felis Kiefer mahlten, als sie mir das Profil zuwandte. »Als ob das gerade wichtig wäre. Deinetwegen ist es doch erst so weit gekommen! Ist dir nicht klar, wie glimpflich wir davongekommen sind? Wir hätten sterben können!«

Schlagartig wurde es still im Wagen. Ich traute mich nicht einmal zu atmen, denn Felis Anschiss legte Steine auf meinen Brustkorb.

»Es ist aber nichts passiert.«

»Nichts passiert?« Ihre Stimme hob sich, und Jamie zuckte unter der Heftigkeit zusammen. »Ich habe heute einen Wolf getötet, was nicht angeordnet war und nicht hätte sein müssen. Wenn das Rudel die Stadt als Vergeltungsmaßnahme angreift, geht das ganz allein auf unser Konto!«

Ich starrte auf meine Hände und zupfte an einem Hautfetzen an meinem Fingernagel herum. Felicity hatte recht. Sollte es zu einem Angriff kommen, wäre das unsere Schuld. Und das nur, weil Jamie unbedingt den Abschluss wollte – und weil ich nicht stark genug gewesen war, ihn davon abzuhalten.

»Felicity …« Jamie versuchte die Wogen zu glätten, er schlug diesen ruhigen Unterton an, der sich anfühlte wie eine Tasse heiße Schokolade.

Aber Felicity schien immun dagegen. »Halt einfach die Klappe, Jamie. Und du auch, Maya. Alle beide! Ich will heute kein Wort mehr von euch hören!«

Als wir an der Akademie hielten, stieg Feli wortlos aus. Mit hängenden Schultern huschten Jamie und ich durch den Hintereingang und brachten die Waffen ungesehen zurück. Ich legte den Schlüsselbund in die Schublade meines Vaters und verschloss die Tür fest. Schließlich brachte mich Jamie zurück zum Grillfest, da dort mein Wagen stand. Die Feier war noch in vollem Gang, denn erst nach Sonnenuntergang sollte das Feuerwerk gezündet werden. Mein Vater liebte den großen Auftritt, und was könnte da besser passen als ein riesiges Feuerwerk, das die ganze Stadt erhellte?

»Ich mache mir Sorgen um Feli. Vielleicht sollten wir zurück …« Ich prüfte, ob ich eine Nachricht von ihr hatte, wurde allerdings enttäuscht.

»Mach dir keinen Kopf, Maya, ihr geht es gut. Sie *ist* ja eine Jägerin, ganz im Gegensatz zu mir, der ich nie dazugehören werde …«

»Jamie …«

»Lass gut sein, Maya. Ich hole uns mal etwas zu trinken, ja?« Er ließ mich stehen. Meine Gedanken kreisten unaufhörlich. Ich sorgte mich um Felicity, weil sie so zornig davongebraust war, aber auch um Jamie, der so niedergeschlagen, ja, beinahe verbittert wirkte. Sein Plan war gescheitert – mehr noch, er war vollkommen eskaliert.

»Wo warst du?«

Ezra stellte sich neben mich.

»Hier, wo sonst?«, antwortete ich tonlos.

Er legte eine Hand an meine Schulter und zwang mich, ihn anzusehen. Ich spürte das typische Ziehen in meiner Brust, das wohlig warme Gefühl seiner Nähe …

Da traf es mich wie ein Schlag.

Er war es gewesen, der mich in den Rockys gerufen hatte!

Er hatte meinen Namen gesagt.

Ich weitete die Augen und Ezra ließ mich los.

»Du warst das«, flüsterte ich. Zwischen uns war kaum Platz, und das Herzklopfen, das mir diese Nähe bescherte, war kaum auszuhalten. Trotzdem versuchte ich einen kühlen Kopf zu bewahren. »Was bist du? Wieso konnte ich deine Stimme *in meinem Kopf* hören?«

Es war Ezra, der einen Schritt zurücktrat und die Nähe zwischen uns brach. Ich war mir so sicher, dass er etwas Übernatürliches war. Jetzt mehr denn je. Doch er schüttelte nur den Kopf und hob kapitulierend die Hände: »Du weißt doch, ich bin nur der neue Trainer an eurer Akademie.«

Ich wusste, dass er log. Doch Jamie stieß zu uns und Ezra nutzte den Moment, um zu verschwinden. Ich sah ihm hinterher. Alles in mir schrie danach, ihm zu folgen. Herauszufinden, was genau er war, wieso ich dieses Band zwischen uns spürte. Ich hatte so viele Fragen, dass mir wortwörtlich der Kopf schwirrte.

»Erde an Maya!«

Jamie hielt mir einen Plastikbecher mit Limonade direkt vor die Nase, den ich dankend annahm. Er folgte meinem Blick zu Ezra, dem ich noch immer hinterherstarrte.

»Sorry, ich war in Gedanken«, murmelte ich.

Das Feuerwerk startete und übertönte gnädigerweise Jamies Kommentar zu Ezra und mir. Die Besucher des Festes blickten in den nachtschwarzen Himmel, der von den Lichtern erhellt wurde.

»Was ist das zwischen dir und diesem Ezra? Ist er nicht viel zu alt für dich?« Jamie gab nicht auf.

Ich nahm einen großen Schluck Limonade, um nicht sofort antworten zu müssen. Dann stieß ich ein belustigtes Schnauben aus. Es war besser, alles ins Lächerliche zu ziehen, statt Jamie die Wahrheit zu sagen. Nur Sophie wusste darüber Bescheid, und ich wollte, dass das so blieb. Was hätte ich auch sagen sollen? Dass ich eine übernatürliche Verbindung zu Ezra verspürte? Ja, das war in der Situation, in der wir beide Mist gebaut hatten und die Wölfe womöglich auf Rache aus waren, garantiert das Richtige.

Ich stieß ihn mit dem Ellbogen an. »Eifersüchtig?«

Er zuckte mit den Schultern. »Ich sehe euch bloß ständig zusammen. Auf der Eröffnungsfeier habt ihr sogar miteinander getanzt. Als guter Freund bin ich eben wachsam.«

»Es war ein Tanz, den Rest der Feier war ich bei euch. Ich finde ihn nett, das ist alles und definitiv nicht verboten.«

Jamie hob skeptisch die Augenbrauen. »Das kannst du Tante Trudy erzählen, die glaubt dir das vielleicht.«

Wir lachten. Dann wurde es still zwischen uns. Jamie hatte den Blick zum Feuerwerk gerichtet, doch er wirkte nicht mehr so, als wäre er noch hier. Seine Gedanken waren ganz weit weg, und der Schatten, der sich auf sein Gesicht legte, drückte wie ein Gewicht auf meine Schultern.

»Soll ich mit meinem Vater reden?«, bot ich leise an.

Jamie verneinte. »Ich will kein Vitamin B. Wenn ich den Abschluss schaffe, dann aus eigener Kraft. Ich lass mir was anderes einfallen.«

»Jamie …«

»Nein, Maya«, schnitt er mir das Wort ab. »Ich will nicht darüber reden! Lassen wir das einfach.«

Ich presste die Lippen aufeinander und schwieg. Er wusste genauso gut wie ich, dass wir darüber sprechen mussten. Die Anspannung zwischen uns war viel zu deutlich spürbar, als dass wir es hätten auf sich beruhen lassen können. Aber so war Jamie manchmal, er wollte die Dinge auf seine Art regeln.

»Ich suche dich schon den ganzen Tag, Maya.«

Meine Mutter. O nein.

»Entschuldige, ich hatte viel zu tun. Schließlich sind wir ja hier, um für die Akademie zu werben, nicht wahr?«

Meine Mutter zog eine perfekt gezupfte Augenbraue in die Höhe. »Ich hoffe, dass du auch genau das getan hast. Jamie, deine Eltern wollen dich sprechen. Und du bleibst jetzt bei mir, verstanden?« Als Jamie gegangen war, richtete sie das Wort an mich. »Wo warst du tatsächlich?«

Ich tat unwissend. »Na hier. Auf dem Grillfest und kurz in der Akademie, um mehr Flyer zu besorgen.«

Ihre Augenbrauen waren leicht zusammengezogen, der Mund zusammengekniffen. Ich kannte diesen Ausdruck, sie glaubte mir nicht. Mehr noch: Sie wusste, dass ich log. Trotzdem gab ich nicht nach. Ich konnte ihr ja schlecht erzählen, was wir tatsächlich getan hatten.

»Du warst also in der Akademie, ja?«

»Um Flyer zu holen«, wiederholte ich.

»Und dazu musstest du in das Büro deines Vaters?«

Mein erster Instinkt war, es zu leugnen. Mich zu verteidigen, mich zu rechtfertigen. Doch ich musste schlauer sein. Meine Mutter war zu clever, sie warf nicht einfach irgendwelche Beschuldigungen in den Raum, ohne einen handfesten Beweis zu haben.

»Woher weißt du, dass ich dort war? Gab es ein Update in der Sicherheitssoftware, von dem ich noch nichts weiß?«

»Es gibt einiges, was du nicht weißt, Maya. Was hast du in dem Büro gemacht?«

»Ich wollte sehen, ob er noch mehr Kartons mit Werbematerial dort aufbewahrt.« Ich zwang mich, den Blickkontakt aufrechtzuerhalten, um nicht noch unglaubwürdiger zu wirken.

Ihre Mundwinkel zuckten. »Du bist schlau, aber nicht so schlau, dass ich nicht herausfinde, was du tatsächlich dort gemacht hast. Ich kann nur hoffen, dass du weder deinem Vater noch der Akademie geschadet hast.«

»Das habe ich nicht«, sagte ich fest. »Und das werde ich auch nicht.« Ich hoffte inständig, dass sie es mir abkaufte, denn so langsam wurde ich wirklich nervös. Meine Handflächen waren feucht und ich spürte meinen Herzschlag überdeutlich.

»Es ist spät, Maya. Fahr nach Hause, du hast morgen Schule.« Sie wandte sich ab und ich atmete auf.

»Soll ich dich mitnehmen oder fährst du mit Vater?«

»Ich fahre mit ihm.«

Ich hielt mich nicht groß mit Verabschiedungen auf, sondern ging auf direktem Weg zum Parkplatz. Dabei achtete ich darauf, nicht allzu fluchtartig zu wirken, damit meine Mutter nicht noch mehr Verdacht schöpfte.

Als ich in meinem Wagen saß, lehnte ich die Stirn gegen das Lenkrad. Meine Nerven waren bis zum Zerreißen gespannt, und ich brauchte dringend eine Pause. Zu den ganzen Ereignissen von heute gesellte sich auch noch die ziemlich penetrante Frage, warum ich ausgerechnet Ezras Stimme gehört hatte.

Es gab so viele ungeklärte Dinge in Bezug auf ihn, und ich verstand nicht, wie mein Leben mit seinem Auftauchen noch komplizierter hatte werden können.

10
Maya

In der Nacht wurde ich von Träumen geplagt. Zwar waren es keine Albträume, doch sie ließen mich mehrmals aufschrecken, was an meinen Kräften zehrte.

Es war immer derselbe Traum: Ich war allein in den Wäldern und wurde von Werwölfen gejagt. Dann war da Ezra, seine bernsteinfarbenen Augen glühten und die Wölfe drehten ab, ließen uns allein. Doch immer wenn ich zu ihm wollte, verschwamm das Bild und ich wachte auf. Bis ich schließlich genug hatte, das Licht anschaltete und Jamie eine Nachricht schickte, ob auch er von unserem gemeinsamen Ausflug träumte. Als keine Antwort kam, beschloss ich, aufzustehen und mich schon für die Schule fertig zu machen.

Natürlich war ich viel zu früh auf dem Parkplatz des Schulgeländes. Ich blieb in meinem Wagen sitzen, hörte Musik und trank meinen Kaffee to go. Während die Sonne dem Horizont entstieg, ließ ich meinen Gedanken freien Lauf. Ich dachte über die Werwölfe nach, über die Jäger und ja, vielleicht auch über Ezra, obwohl ich das eigentlich nicht wollte. Tief in meinem Inneren wusste ich, dass er etwas verbarg und dass seine Ankunft in Crescent Hill vielleicht nicht so zufällig war, wie er es vorgab. Dass ihn ein großes Geheimnis umgab, das ich unbedingt lüften wollte, stand fest. Ich musste wissen, warum ich diese Anziehung verspürte und wieso ich seine Stimme gehört hatte.

Viel drängender aber war Jamies Problem. Die Prüfungen standen bevor, und wenn wir keine Lösung fanden, war er raus. Wie paradox die Welt doch war: ich bekam das geschenkt, was er sich verzweifelt wünschte; er hingegen besaß die Freiheit, die mir verwehrt wurde. Er konnte alles werden, warum bloß wollte er ausgerechnet ein Jäger sein?

Da klopfte es an die Scheibe und ich schreckte zusammen. Mit pochendem Herzen blickte ich Sophie an, die mir grinsend winkte. »Überpünktlich heute, was?« Sie zog die Tür auf und mich in eine stürmische Umarmung.

»Ja, ich konnte nicht schlafen.« Weil mich Werwölfe bis in meine Träume verfolgt hatten und ich ihnen dort nicht entkommen war. Aber das sagte ich nicht.

»Wo wart ihr gestern eigentlich? Ich hab euch beim Grillfest verschwinden sehen, Jamie und dich. Sah höchst geheimnisvoll aus, wie ihr hinter den Toilettenwagen gehuscht seid.« Sophie hob neugierig eine Braue.

Ich rang nach Worten. Meine Mutter anzulügen war das eine. Gegenüber Sophie war ich aber immer ehrlich gewesen – und wollte es auch weiter sein. »Ehm.« Kurz erwog ich, eine Ausrede zu nutzen, verwarf den Gedanken jedoch. Sophie wusste, wann ich log. Also gab ich nach. »Wir waren in den Rockys und haben Werwölfe belauscht.«

»Ihr habt was?!«, rief sie empört aus.

»Ssh«, ermahnte ich sie und sprach leiser weiter. »Es war Jamies Idee. Wir wollten Timothy finden.«

»Und ist euer Plan geglückt? Habt ihr ihn gefunden?«

Ich neigte den Kopf. »Nein, natürlich nicht.« Ich seufzte. »Aber wir haben erfahren, dass ein neuer Werwolf nach Crescent Hill gekommen ist. Ein Alpha.«

»In die Stadt? Mitten unter uns?«

Ihre Augen wurden kugelrund.

Ich wollte ihr schon sagen, dass die Info vielleicht falsch sei, doch dann hatte ich Ezra vor Augen. All die merkwürdigen Dinge, die Anziehung, dass ich seine Stimme hören konnte. War er etwa der Alpha? Aber wieso sollte er dann in der Akademie arbeiten? Das ergab keinen Sinn.

»Keine Ahnung«, entschied ich mich zu antworten, als die Schulglocke läutete. »Komm, wir müssen rein.«

Von Jamies Not erzählte ich ihr nichts, dafür blieb einfach keine Zeit. Ich hoffte, ihn am Nachmittag in der Akademie zu treffen. Es brannte mir unter den Nägeln, mit ihm zu reden, eine Möglichkeit zu finden, seinen Abschluss zu retten. Auch wenn es nicht mein Traum war, wusste ich doch, wie viel ihm das Jägerdasein bedeutete, und ich würde ihn dabei unterstützen, so gut ich konnte.

Als ich nach dem Unterricht bei ihm anrief, ging bloß die Mailbox dran. »Hey, Jamie. Lass uns wegen gestern noch einmal reden, ja? Wir können gemeinsam etwas überlegen. Ruf mich zurück.«

Seufzend stieg ich ins Auto und tippte mit den Fingern gegen das Lenkrad. Der Gedanke, dass er allein nach einer Lösung suchte, wurmte mich. Nicht dass er erneut in die Rockys fuhr oder noch Dümmeres tat. Ich musste ihn sprechen.

Aber meine Hoffnung, ihn in der Akademie zu sehen, war umsonst, denn als ich ankam, stand sein Wagen nicht auf dem Parkplatz. Ich versuchte mir einzureden, dass er vielleicht zu Fuß oder mit dem Fahrrad gekommen sei, zog mich in Windeseile um und ging in die Halle. Doch auch dort war er nirgends. Hoffentlich tat er nichts, was er im Nachhinein bereuen würde – so wie ich unseren Ausflug in die Rockys.

Ich beschloss, nach dem Training zu ihm zu fahren.

Als ich die Halle nach Jamie absuchte, traf mein Blick auf Ezras. Er schien meine Anwesenheit ebenso zu spüren wie ich die seine. Kurz lag sein Fokus ganz auf mir, ehe er weiter mit Dax trainierte. Ich riss mich von ihm los und ging zu einem der Boxsäcke, bandagierte mir die Hände und begann, auf meinen leblosen Gegner einzuprügeln.

Es dauerte nicht lange, da kam Ezra zu mir, stellte sich hinter den Boxsack und hielt ihn fest. Natürlich verbarg er dabei nicht sein Schmunzeln, als er am Boxsack vorbeispähte, um mich anzusehen. Ich konzentrierte mich auf mein Ziel und versuchte ihn zu ignorieren, was mir nur semi-gut gelang. Als ich stärker zuschlug, spannte er seine Oberarme an, um das Gewicht des Boxsacks zu halten.

»Du bist gut, ich mag starke Frauen«, sagte er mit einem spitzbübischen Lächeln, das mir sofort Herzklopfen bescherte. Ich spürte, wie die Hitze in meine Wangen schoss. Er hatte kein einziges Mal damit hinterm Berg gehalten, dass er mich mochte. Während er also hinausposaunte, dass er sich zu mir hingezogen fühlte, wollte ich dieses Gefühl, das ich ihm gegenüber verspürte, einfach nur in der hintersten Ecke meines Seins verstauen. Wenn sich mein Verdacht bestätigte und er tatsächlich ein Werwolf war, dann durften diese Gefühle so oder so keine Rolle spielen. Ich war eine Cavanaugh – und bald eine Jägerin, ob ich wollte oder nicht. Nicht nur, dass er unser Todfeind war, mein Vater würde ausrasten, sollte ich eine Beziehung mit einem Werwolf eingehen.

Ezra ließ den Boxsack los und legte seine Hände von hinten an meinen oberen Bauch und Rücken.

»Du brauchst mehr Spannung, dann hast du auch mehr Kraft«, raunte er in mein Ohr, und alles, woran ich denken konnte, war seine Nähe. Der Daumen seiner rechten Hand war so weit oben positioniert, dass er sicher meinen rasenden Herzschlag fühlen konnte.

Ich traute mich kaum, zu ihm zu blicken, doch da war ein Drang in mir, dem ich nicht widerstehen konnte. Es war einfach, mir *vorzunehmen*, mich von ihm fernzuhalten, aber gegen die Anziehungskraft war ich praktisch machtlos. Ich drehte den Kopf zu ihm, spürte seinen Atem auf meiner Haut und war von seinen Lippen nur wenige Zentimeter entfernt. Sein Mund war leicht geöffnet, und ich stellte mir vor, wie es sein musste, ihn zu küssen. Seine Augen funkelten schelmisch, sie zeigten dieselbe Sehnsucht, die ich auch in mir trug.

Erst als die Halle von Zivilisten geflutet wurde, konnte ich mich von Ezra entfernen und auf Abstand gehen. Das Band in meinem Innern wollte sich jedoch nicht beruhigen, es vibrierte sacht, als würde es mir sagen wollen, wie sehr es seine Nähe brauchte.

Ich verschränkte die Arme vor der Brust und lauschte der Stimme meines Vaters, der die Zivilisten willkommen hieß. Es waren Schülerinnen und Schüler, die am heutigen Training teilnehmen durften, um zu sehen, wie die Akademie ausbildete und was sie lernen würden. Unter ihnen waren auch einige aus meiner Klasse, die ich aus der Ferne grüßte, als sie mich entdeckten.

Es war Michael, der den Neuankömmlingen die Basics des Trainings erklärte. Während die Schüler an seinen Lippen hingen, schlug ich gegen meinen Boxsack und ignorierte den sengenden Blick von Ezra. Diese Momente zwischen uns waren nervenzehrend. Ich wollte mich nicht nach ihm und seiner Berührung sehnen, ich wollte nicht darüber nachdenken, wie es wäre, ihn zu küssen. Obwohl sein Mund wirklich dazu einlud. Während ich mir also vorstellte, dass ich Ezra und nicht einen Boxsack verprügelte, wurden die Schülerinnen und Schüler in der Akademie herumgeführt. Ein Mädchen aus meinem Jahrgang blieb neben mir stehen, und ich hielt meinen Gegner fest, um nicht unhöflich und abgelenkt zu wirken.

»Du bist Maya, nicht wahr?« Sie lächelte mich schüchtern an.

»Ja, die bin ich. Und du bist?«

»Evelyn. Alle nennen mich Evie.«

»Schön, dich kennenzulernen, Evie. Willst du nach dem Abschluss an die Akademie?«

»Eigentlich schon, aber ich glaube nicht, dass ich das Zeug dazu habe.«

Jetzt bloß nicht zustimmen, erst recht nicht unter den wachsamen Augen meines Vaters. »Wieso denkst du das?«

Sie senkte den Blick. »Mein Bruder ist Dax, weißt du? Und ich bin so gar nicht wie er, weder stark noch mutig. Viele Dinge jagen mir Angst ein. Werwölfe ganz besonders. Der bloße Gedanke an sie ist angsteinflößend.«

Mir klappte der Mund auf. »Du bist Dax' Schwester?«

Evie zog die Ärmel ihres Pullovers über die Hände, als wäre ihr das Thema unangenehm. »Ja, ich weiß, man kann es kaum glauben. Er ist stark und selbstbewusst –«

»Und ein totaler Arsch«, sagte ich unverblümt, was sie zum Lachen brachte.

»Das auch, ja.«

Ich wollte gerade noch etwas über Dax sagen, da erklang das Geräusch von berstendem Glas.

»Wölfe!«, schrie jemand. Eine Traube Schüler drängte vom Flur ins Innere der Trainingshalle, dicht gefolgt von zwei hochgewachsenen Männern. Das Aussehen der beiden veränderte sich schlagartig. Scharfe Krallen wuchsen aus dem Nagelbett ihrer Finger, die Kiefer veränderten sich und mit ihnen die Eckzähne, die bedrohlich anschwollen. Es gab keinen Vollmond, weshalb sie sich nur zum Teil verwandeln konnten.

»Versteck dich in den Umkleiden dort drüben!«, rief ich Evie zu und schubste sie in Richtung des Ganges, der zu den Umkleiden führte. Ich selbst rannte zur Waffenwand und riss zwei Silberdolche aus ihrer Halterung. Adrenalin flutete meinen Körper und brachte mein Herz zum Rasen.

Ich verschaffte mir einen Überblick über die Szenerie. Weitere Werwölfe stürmten die Halle, die Augen übernatürlich gelb leuchtend, an den Fingerspitzen messerscharfe Krallen, mit denen sie nach den Jägern schlugen. Als wäre die Kleidung weiche Butter, schnitten sie durch sie hindurch bis in die Haut. Schmerzensschreie erklangen. Befehle wurden gebrüllt.

Gleich zwei Wölfe kamen auf mich zu. Ich nahm meine Verteidigungsposition ein und duckte mich unter dem ersten Hieb weg. Schon war der zweite da und schlug ebenfalls zu. Ich taumelte zurück und rollte zur Seite weg. So ging es eine Weile, sie attackierten, ich wich aus, die Klingen fest, aber nutzlos in den Händen. Ich wusste, dass ich zum Angriff übergehen und die Akademie verteidigen musste, doch ich konnte nicht. Allein die Vorstellung, wie die Klingen in ihre Haut schnitten, verursachte mir Übelkeit. Ich wirbelte erneut herum, da erwischte mich einer der beiden und warf mich zu Boden. Die Luft wurde aus meiner Lunge gepresst, Sternchen tanzten vor meinen Augen.

Ich kämpfte mit der Bewusstlosigkeit.

Wenn ich liegen blieb, würde ich sterben. Also rappelte ich mich auf die Knie und hielt die Dolche drohend vor mich. Ein dunkles Knurren vibrierte in der Brust des Wolfes, doch als sie sich auf mich stürzen wollten, war Ezra da. Mit einem schnellen Hieb gegen den Kehlkopf schaltete er den ersten aus. Er wirbelte herum, riss den anderen zu Boden und schlitzte auch ihm mit einem gezielten Streich die Halsschlagader auf. Seine Augen blitzten in einem geisterhaften Gelb auf, als er sich zu mir herumdrehte.

Ich wusste nicht, was hier geschah. Sollte ich Angst vor ihm haben? Sollte ich weglaufen, schreien, die Jäger auf ihn hetzen? Ich hatte keine Ahnung.

Mit zitternden Fingern umklammerte ich die Dolche, obwohl ich tief im Inneren wusste, dass ich mich vor ihm nicht zu fürchten brauchte.

»Was bist du?«, flüsterte ich, die Stimme brüchig und entsetzt.

Ezra schüttelte den Kopf. »Nichts weiter als eine alte Gutenachtgeschichte.«

Ich versuchte, den Kloß in meinem Hals hinunterzuschlucken. »Die Wahrheit, Ezra, sag mir die Wahrheit.«

In einer geschmeidigen Bewegung stand er plötzlich direkt vor mir. Ich nahm seine Wärme, seinen Duft wahr, konnte seinen Atem auf meiner Haut spüren, als er sich vorbeugte und mir in die Augen sah.

»Ich bin ein Werwolf«, raunte er, während seine Augen erneut in diesem warmen Goldton aufleuchteten. »Ein geborener.«

Mein ganzes Weltbild geriet ins Wanken. Seit ich denken konnte, wurde mir eingetrichtert, dass es keine geborenen Werwölfe mehr gab, nur noch die verwandelten. Geborene waren weitaus stärker als verwandelte, sie brauchten den Vollmond nicht, um sich in einen richtigen Wolf zu verwandeln.

Meine Gedanken rasten, ich erinnerte mich an den riesigen schwarzen Wolf vom Wald – auch bei ihm hatte ich das Band gespürt. Ezra, er war es gewesen. Er war der Wolf gewesen!

»Das kann nicht sein«, hauchte ich fassungslos. Ich nahm nicht mal mehr wahr, dass die Jäger die Wölfe vertrieben.

Ezras Mundwinkel hoben sich ein klein wenig. »Ich lüge dich nicht an, Maya. Und ich bin nicht hier, um Unruhe in dieser Stadt zu stiften.«

Er entfernte sich von mir, und ich konnte ihm nur hinterherblicken. Selbst als er bereits aus der Halle verschwunden war, stand ich wie versteinert da.

»Maya, geht es dir gut?« Michael legte eine Hand auf meine Schulter.

»Ja, alles gut«, log ich. »Es geht mir gut.«

Es dauerte nicht lange, bis die Polizei und der Rettungsdienst da waren. Die Polizisten, die in ihrer Ausbildung einen Crash-Grundkurs in Sachen Werwölfe bekamen, sprachen direkt mit meinem Vater, der sich allerdings nicht erklären konnte, wie die Wölfe hier hereingekommen waren.

Ich fühlte mich selbst dann noch abwesend, als eine Sanitäterin die Kratzer an meiner Schulter säuberte und verband. Ich hatte nicht einmal gemerkt, dass einer der Wölfe mich erwischt hatte. Die Wunde war so oberflächlich, dass ich keine Schmerzen empfand.

»Es wird gut verheilen, Maya.«

Ich blinzelte die Sanitäterin an. Erst da sickerte in meinen Verstand, dass es sich bei ihr um Jamies Mutter handelte. Sie lächelte mitfühlend.

»Es hat dich ganz schön mitgenommen, hm? Muss dich schrecklich an deinen Bruder erinnern. Hier, nimm ein Bonbon, das hilft mir immer, wenn ich mir Sorgen um Jamie mache.« Sie reichte mir ein Salbeibonbon und schob sich selbst eines in den Mund.

»Entschuldigen Sie, Mrs. Johnson, ich bin mit meinen Gedanken ganz woanders …«

»Das verstehe ich, Liebes. Fahr am besten bald nach Hause.« Sie tätschelte meine Schulter, ehe sie sich um weitere Verletzte kümmerte. Ich sah ihr hinterher, realisierte jedoch kaum, was vor meinen Augen geschah.

Alles, woran ich denken konnte, war Ezras Geständnis, dass er ein geborener Werwolf war. Ich hatte geahnt, dass er etwas Übernatürliches sein musste – schließlich war die Anziehungskraft ganz sicher nicht natürlich. Aber was sagte das *über mich* aus? Ich war eine Jägerin, die Tochter des größten Jägers aller Zeiten, eine Cavanaugh, und ich war dabei, mich in einen Werwolf zu verlieben.

Mein Vater ging durch die Reihen und sprach mit den besorgten Eltern. »Bist du verletzt?«, fragte er, als er bei mir ankam.

Ich schüttelte den Kopf. »Mir geht es gut.«

»Fahr nach Hause, Maya. Es war ein langer Tag.«

Ich hoffte so sehr, Sorge im Blick meines Vaters zu sehen, doch er hatte sich bereits abgewandt, als wäre ich nichts weiter als irgendein Besucher der Akademie. Wobei, nein, für die nahm er sich deutlich mehr Zeit als für mich.

»Wir sehen uns später«, murmelte ich ihm kaum hörbar hinterher, ging in die Umkleide, zog mich um und verschwand aus dem Gebäude. Doch anstatt nach Hause zu fahren, lenkte ich meinen Wagen zu Jamies Haus. Ich musste unbedingt mit ihm sprechen, immerhin waren wir schuld am Angriff, waren wir es doch gewesen, die in die Rockys gegangen waren und einen Wolf getötet hatten.

Verfluchte Scheiße aber auch.

Als ich klingelte, öffnete Jamies Vater, der einen Stapel frischer Kasacks in der Hand hielt. Vermutlich waren die für seine Schicht im Krankenhaus. Er war wie seine Frau Rettungssanitäter und ein sehr herzlicher Mann. Doch jetzt zog er die Stirn besorgt in Falten.

»Hi, Mr. Johnson. Ist Jamie da?«

»Ich fürchte, dass du nicht zu ihm kannst, Maya. Er hat starkes Fieber und schläft, es geht ihm nicht gut. Er meldet sich bei dir, sobald es ihm besser geht, ja?«

Jamies Vater war ein hochgewachsener Mann mit den gleichen schwarzen Locken wie sein Sohn, warmen schokoladenbraunen Augen und einem Händchen für fantastisches Gebäck. Als wir jünger waren, hatte er immer Cookies oder andere Leckereien gebacken, mit denen wir uns dann vollstopften. Auch jetzt roch es nach warmen Zimttörtchen, Jamies Lieblingsgebäck. Wenn es das gab, musste es ihm wirklich schlecht gehen.

»Wünschen Sie ihm gute Besserung von mir, ja?«

Jamies Vater schenkte mir ein sanftes Lächeln. »Natürlich. Bis bald, Maya.«

Die Tür fiel ins Schloss, und ich starrte den dunkelgrünen Lack an, mit dem die Holztür gestrichen worden war. Ich warf einen Blick über die Schulter zu meinem Wagen, dann überlegte ich nicht länger und lief um das Haus herum, um zu Jamies Balkon zu klettern. Als ich oben ankam, sah ich bereits durch die Glastür, dass er in seinem Bett lag und schlief, was die Sorge in meinem Inneren nur schürte. Wie konnte ihn eine Grippe nur so schnell überwältigen?

Ich schob die Schiebetür einen Spalt auf und schlüpfte hinein.

»Jamie?«, flüsterte ich, erhielt jedoch keine Antwort. Schweiß stand auf seiner Stirn, der Pullover klebte an seinem Oberkörper, und als ich mich auf die Bettkante setzte, bemerkte ich auch, wie blass er war. Er sah gar nicht gut aus, und das, was ich an seinem Handgelenk entdeckte, ließ mich den Atem anhalten. Wie in Zeitlupe hob ich seinen Arm ein klein wenig an. Mit den Fingern schob ich vorsichtig den Ärmel hoch und entblößte die Wunde.

Mehr ein Biss als eine Wunde.

Mein Herz blieb stehen, die Welt hörte auf, sich zu drehen. Das war keine gewöhnliche Fleischwunde. Das Fieber sprach für sich, ebenso die dunklen Äderchen rund um den Biss, die das Gift zeigten, das sich durch seine Blutbahn fraß. Ich hatte eine solche Wunde schon einmal gesehen.

Bei Aaron.

Jamie war von einem Werwolf gebissen worden.

Und ich war mir sicher, dass er sterben würde.

11
Maya

Vielleicht hätte ich meinen Vater anrufen sollen. Oder Feli. Irgendjemanden von den Jägern, der mir helfen konnte. Doch ich war mir sicher, dass sie Jamie töten würden, noch bevor er am Wolfsfieber sterben konnte. Die Sicherheit der Stadt stand über allem, und ein Biss stellte nun mal eine unzumutbare Gefahr dar. Vielleicht rief ich deswegen meine Mutter an, sobald ich die Hausfassade hinuntergeklettert war.

»Wozu willst du die Adresse von Mr. McLeod haben?«, fragte sie mit diesem genervten Unterton, den sie immer dann anschlug, wenn sie mir zu verstehen geben wollte, dass ich ihre kostbare Zeit über Gebühr beanspruchte. »Siehst du ihn nicht morgen früh beim Training?«

»Es gab einen Angriff auf die Akademie.«

»Ich hörte davon.« Sie zögerte. Ob ihr wohl auffiel, dass sie sich nicht nach meinem Zustand erkundigt hatte? »Soweit ich weiß, gab es nur ein paar Verletzte, nichts Ernstes«, fügte sie kühl hinzu, als müsste das als Erklärung für ihr Versäumnis reichen. »Mr. McLeod war auch da, nehme ich an?«

»Das war er«, presste ich durch zusammengebissene Zähne hervor. »Mom, es kann wirklich nicht bis morgen warten. Ich muss ihn sprechen. Hast du nun seine Adresse oder nicht?«

»Natürlich.« Sie seufzte. »Ich suche sie raus und schicke sie dir. Denk aber bitte ans Abendbrot und sei um Himmels willen pünktlich! Der Tag war gewiss anstrengend genug für deinen Vater, da braucht er so spät keine Aufregung mehr.«

Zähneknirschend legte ich auf.

Kurz darauf ploppte auch schon die Nachricht mit der Adresse auf. Immerhin hielt sie Wort.

Vielleicht war es ein Fehler, Ezra aufzusuchen. Aber er war ein Werwolf, sogar ein geborener. Wenn es also jemanden gab, der wusste, wie Jamie das Fieber überleben konnte, dann er. Ich war ganz sicher nicht bereit, meinen besten Freund zu begraben. Nicht jetzt. Und auch nicht in ein paar Jahren.

Ich ließ das Viertel hinter mir und folgte der Stimme des Navis bis zu Ezras Adresse. Er wohnte in einem roten Backsteingebäude mit der Nummer 13. Ich sprang förmlich aus meinem Wagen, das Band in meinem Inneren vibrierte nervös.

Nervös, ihn wiederzusehen.

Nervös, weil er ein Werwolf war.

Und am Rande des Wahnsinns, weil Jamie verletzt war und vielleicht nicht überlebte. Ich stieß einen gedanklichen Fluch aus und suchte das Klingelschild, auf dem Ezras Name stand.

»Ja?« Durch den Lautsprecher klang er blechern.

»Hier ist Maya«, rief ich in die Anlage und sah hoch, als ich ein leises Summen vernahm. Eine Überwachungskamera schwenkte auf mich zu, dann erklang der Ton, der mir zeigte, dass ich eintreten konnte. Ich verlor keine Zeit und hastete ins oberste Stockwerk. Dort erwartete mich Ezra bereits. Er lehnte am Türrahmen, die Arme verschränkt, ein Lächeln auf den Lippen. Das Band in mir erbebte erneut stark und riss mein Herz in seinem Takt mit, sodass ich fürchtete, jeden Augenblick an einem Infarkt zu sterben.

»Wir müssen reden.« Anstatt ihn zu begrüßen oder darauf zu warten, dass er mich hereinbat, schob ich mich an ihm vorbei. Seine Wohnung war winzig, aber heimelig, die Decken gerade hoch genug, dass er im Raum stehen konnte. Durch die rustikalen Holzbalken und die mit Steinen verkleideten Wände wirkte es beinahe wie eine Höhle. Es war das komplette Gegenteil von der protzigen Villa, in der ich lebte.

Ein einladendes Ledersofa nahm den Großraum der Wohnfläche ein, ihm gegenüber befand sich ein Kamin; ich konnte mir gut vorstellen, dass es ziemlich kuschlig werden konnte, wenn man hier in den kalten Wintertagen zusammensaß. Ich sah mich schon an Ezra geschmiegt dasitzen, eingehüllt in eine warme Decke und in den Händen eine heiße Tasse Kakao.

»Du willst reden?«, raunte er mir ins Ohr, und ich bekam sofort eine Gänsehaut.

Ich verschränkte die Arme vor der Brust. »Ich brauche deine Hilfe.«

Meine Worte amüsierten ihn offenbar. »Du weißt jetzt, was ich bin und kommst trotzdem hierher, in meine Wohnung, und verlangst meine Hilfe?«

»Du tust mir nichts«, konterte ich. Keine Ahnung, wo diese Gewissheit herkam, aber sie war da.

»Bist du dir sicher?«, flüsterte er und hob die Hand, um mit zwei Fingern federleicht über meine Schläfe zu fahren. Seine Berührung setzte meine Haut in Flammen, und ich brauchte all meine Willenskraft, um nicht den Kopf in seine Handfläche zu schmiegen.

»Jamie wurde gebissen«, platzte ich heraus. »Du musst mir sagen, wie ich ihn retten kann.«

Ezra nahm seine Hand von meinem Gesicht und runzelte die Stirn. »Du bist die Jägerin, nicht ich.« Er ging zur Küchenzeile und setzte sich auf einen der Barhocker.

»Du bist ein geborener Werwolf, Ezra. Wenn jemand weiß, wie das Wolfsfieber überlebt werden kann, dann ja wohl du! Ich habe meinen Bruder daran verloren, ich kann nicht auch noch Jamie verlieren. Bitte hilf mir!«

»Du kannst es nicht aufhalten«, gab er nach. Er betrachtete nachdenklich seine Hände, die in seinem Schoß lagen, ehe er wieder hochsah. »Entweder er stirbt an dem Fieber oder er verwandelt sich in einen Wolf. Und dann musst du ihn töten, weil du eine Jägerin bist.«

Musste ich nicht. Und würde ich nicht.

Wenn das die Wahl war, vor der ich stand, war die Antwort sonnenklar. Jamie musste überleben, um jeden Preis.

»Kannst du es?«, fragte ich atemlos. »Ihn verwandeln?«

Niemand, den ich kannte, hatte das Wolfsfieber bislang überlebt. Wurde ein Mensch von einem Wolf gebissen, starb er daran. Oberhalb der Eckzähne besaßen Werwölfe eine Art Drüse, die bei einem Biss automatisch ein Gift absonderte, gegen das wir machtlos waren.

Ich erinnerte mich nur zu gut an das Bild- und Videomaterial, das wir zu Beginn der Ausbildung in der Akademie bekommen hatten. Es zeigte, wie das Zahnfleisch eines Werwolfs aufgeschnitten und der Kiefer obduziert wurde. Mir war damals davon so schlecht geworden, dass ich den Rest des Tages auf der Toilette verbracht hatte.

»Ja«, antwortete Ezra schlicht. »Ich kann ihn verwandeln. Aber bist du sicher, dass du das willst?«

»Seit Jahren forschen wir an einem Heilmittel. Erfolglos! Wenn das also die einzige Chance ist, wie er überleben kann, bin ich bereit, sie zu ergreifen.«

»Also willst du, dass ich es tue?«

Ich rang mit mir. »Ja. Ja, ich will, dass du ihn rettest. Deshalb bin ich hier, nur du kannst das tun. Mein Vater würde ihn töten, sollte er von dem Biss erfahren. Es gibt also nur dich. Nur du kannst ihm helfen.«

Ich durfte nicht an die Konsequenzen denken. Alles, was mich einnahm, war die Gewissheit, dass ich meinen besten Freund verlieren würde, wenn ich jetzt nicht handelte.

»Du kennst den Preis?«

Ich kannte ihn. Jamie würde mich hassen, aber wenigstens leben. »Tu es. Für mich, bitte.«

Ein Hauch Fassungslosigkeit huschte über Ezras Gesicht. Er stand von seinem Barhocker auf und kam zu mir herüber.

»Du meinst es tatsächlich ernst, oder?«

Die Panik brach über mir zusammen wie eine Flutwelle, die nur darauf gewartet hatte, mich zu verschlingen. Ich spürte die ersten Tränen aufsteigen. »Ich habe keine andere Wahl, er stirbt sonst! Ich kann ihn nicht verlieren. Bitte, Ezra. Bitte verwandle ihn.« Einen Herzschlag lang sahen wir einander einfach nur an. Ich wusste nicht, was Ezra wahrnahm, ob er vielleicht die pure Verzweiflung in meinen Augen entdeckte. Ich hatte keine Kraft, irgendetwas zu verstecken.

»Okay«, erwiderte er leise. »Ich tue es. Für dich.«

Mir fiel ein Stein vom Herzen, und ich griff in meiner Erleichterung nach seiner Hand. »Danke.«

»Dank mir erst, wenn es funktioniert hat.«

Er nahm seine Jacke und folgte mir zu meinem Wagen.

Die Fahrt über war ich mehr als nervös. Ich trommelte mit den Fingern gegen das Lenkrad und presste die Kiefer fest aufeinander. Es gab nur zwei Möglichkeiten. Entweder Jamie starb oder er verwandelte sich in einen Werwolf. Und ehrlich gesagt war ich nicht sicher, wie er reagieren würde, wenn Letzteres eintraf, schließlich war er der geborene Jäger.

Als wir ankamen, lagen meine Nerven blank.

»Hier lang, sein Dad lässt mich nicht zu ihm, wir müssen heimlich rein.« Ezra ließ mir den Vortritt, und so kletterte ich an dem Rankgitter zu Jamies Balkon hoch und schob die Tür auf. Ezra folgte mir und sah auf den fiebernden Jamie. Gefühlt war er in der letzten Stunde noch blasser geworden, was mir einen Knoten im Magen bescherte. Ich beobachtete angespannt, wie Ezra sich neben Jamie setzte und in sein eigenes Handgelenk biss. Dabei flammten deutlich die gelben Iriden seiner Augen auf, die sein Werwolfdasein entblößten. Es war seltsam, zu wissen, was Ezra war und doch nichts zu tun. Als Jägerin sollte ich ihn meinem Vater melden, es war schließlich meine Pflicht, die Stadt zu beschützen. Doch die siebzehnjährige Schülerin, die ich nun einmal war, machte sich ausschließlich Sorgen um ihren besten Freund – und war obendrein verliebt in den Feind. Also sah ich bloß wortlos zu, wie Ezra sein Handgelenk an Jamies Lippen führte und ihn dazu brachte, von seinem Blut zu trinken. Es musste echt eklig warm und klebrig sein.

Schließlich stand Ezra vom Bett auf und griff nach einem Papiertaschentuch aus der Box, die auf dem Nachtschrank stand. Er machte mir Platz, sodass ich mich zu Jamie setzen konnte. Behutsam fuhr ich ihm über seine Wange. Er glühte.

»Und jetzt?«, fragte ich Ezra, der sich das Blut vom Handgelenk wischte.

»Nun warten wir. Es kann zu spät gewesen sein. Die nächsten Stunden sind entscheidend.«

Ich nickte nur.

Zusammen blieben wir bei Jamie. Er zog die Stirn in Falten, als hätte er Schmerzen, doch er erwachte nicht aus seinem Fiebertraum. Draußen hörten wir das Knallen einer Autotür und den darauffolgenden Motorstart. Jamies Dad brach zu seiner Nachtschicht im Krankenhaus auf. Ich atmete erleichtert aus und traute mich erst jetzt, ins angrenzende Badezimmer zu gehen und einen kalten Lappen zu holen, um diesen auf Jamies Stirn zu legen.

»Wie ist es möglich, dass du ein geborener Werwolf bist?«, fragte ich in die Stille hinein. Die Sonne war mittlerweile untergegangen und die Nacht hüllte das Zimmer in Dunkelheit. Wir hätten eine Lampe anschalten können, doch ehrlich gesagt war mir nicht nach Helligkeit. Ich konnte Ezras Züge nur erkennen, weil er am Fenster stand und durch die Straßenlaternen ein wenig Licht ins Innere drang.

»Ich stamme von einer uralten Familie ab«, sagte er und wandte sich von der Nachbarschaft ab, um mich anzusehen.

»Ich kenne Legenden von geborenen Werwölfen, aber es hieß, dass sie ausgestorben sind. Es ist nicht so leicht, als … als Wolf geboren zu werden, oder?« Ich stockte bei meiner Wortwahl. Etwas in mir wollte *»Monster«* sagen, doch ich zügelte mich, weil ich in Ezra bislang kein Monster entdeckt hatte.

Seine Lippen verzog er zu einem spöttischen Grinsen, als wüsste er, was ich eigentlich hatte sagen wollen. Er ließ die Schultern kreisen und setzte sich auf die Armlehne von Jamies Lesesessel.

»Nur geborene Wölfe können das Gen weitergeben. Verwandelte nicht. Egal wie viele Kinder sie zeugen, keines von ihnen wird ein Werwolf sein.«

»Aber verwandelte können Menschen auch verwandeln? Oder ist das auch nur geborenen vorbehalten?«

»Fragst du mich das, weil es dich interessiert oder weil du deinem Vater die neuesten Erkenntnisse liefern willst?«

Das Band in meinem Inneren zuckte empört. So fiel auch mein Schnauben aus. »Du solltest bereits wissen, dass wir nicht das beste Verhältnis haben. Ich renne nicht zu ihm und erzähle ihm brühwarm alles über dich.«

»Auch nicht, wenn es eigentlich das ist, was man von dir erwartet?«

»Man erwartet viel von mir«, konterte ich. »Und ich habe keine dieser Erwartungen erfüllt.«

»Meine Erwartungen übertriffst du alle.«

Ich wollte etwas Spöttisches erwidern, doch in diesem Augenblick hustete Jamie und schlug schließlich die Augen auf. Er blinzelte heftig, als wüsste er nicht, wo er war.

»Ssh«, beruhigte ich ihn. »Es ist alles gut, du bist bei dir zu Hause, in deinem Zimmer. Ich bin bei dir.« Meine Stimme war kaum mehr als ein Flüstern, sie klang erstickt durch die Tränen der Erleichterung.

»Was ist passiert?«, wollte er wissen und setzte sich langsam auf. Er sah mich an, dann huschte die Erkenntnis über seine Züge. Er riss den Ärmel seines Pullovers hoch: binnen Sekunden verblassten die Verfärbungen auf seinem Arm und der Werwolfbiss schloss sich, verheilte. Was blieb, war glatte, unversehrte Haut.

Jamie keuchte – und starrte mich an.

Bei seinem Gesichtsausdruck wurde mir schlecht. Die Erleichterung zog sich zurück und versteckte sich hinter der Angst, die sich langsam, aber sicher in mir ausbreitete.

»Was ist passiert?«, wiederholte er mit zusammengebissenen Zähnen. Ich schluckte schwer, rang um Worte.

»Du verwandelst dich.« Ezra klang gleichgültig.

Jamie starrte ihn an, dann war er auch schon aufgestanden. Er hatte sich viel schneller bewegt, als es ein Mensch hätte tun können. »Unmöglich! Ich kann mich nicht verwandeln!«

»Jamie, bitte … lass es mich erklären.« Ich stand auf und hob beschwichtigend die Hände. Panik flackerte in seinen Augen, Unverständnis, Verzweiflung. Ich konnte mir gar nicht vorstellen, in was für einem Chaos er sich gerade befinden musste. Werwölfe, das wusste ich aus dem Unterricht, fühlten intensiver – deshalb waren sie ja auch so gefährlich.

»Maya, wir haben keine Zeit«, ging Ezra dazwischen.

Ich schluckte den Kloß in meinem Hals hinunter. »Du musst mit Ezra gehen, okay? Er wird dir alles erklären.«

»Wieso? Was will er mir erklären? Was zum Teufel passiert mit mir?« Jamies Augen, die mir gegenüber immer mit Wärme und Zuneigung gefüllt waren, leuchtend gelb im fahlen Licht der Straßenlaterne.

»Du bist ein Werwolf, Jamie«, erwiderte ich mit erstickter Stimme.

Er stolperte zurück, die Augen geweitet, das Gesicht verzogen. In diesem Moment konnte ich in ihm lesen wie in einem offenen Buch. Die Erkenntnis brach zu ihm durch.

»Das kann nicht sein«, flüsterte er fassungslos und entfernte sich noch weiter von mir. »Ich bin ein Monster?«

»Hör zu, es wird alles gut. Ezra hilft dir!«

Er stieß einen erstickten Schrei aus, ehe er mich kraftvoll von sich schubste. Ich prallte gegen seinen Nachtschrank, die kleine Lampe fiel zu Boden und zerbrach.

»Ich musste dich retten«, rief ich.

»Das war nicht deine Entscheidung!« Er brüllte jetzt. »Ich bin ein verdammtes Monster! Du hast ein Monster aus mir gemacht!«

»Sie hat es für dich getan, damit du leben kannst.« Ezra trat schützend vor mich. Jamies Blick glühte. Der Hass darin traf mich unvorbereitet, obwohl ich ihn erwartet hatte.

»Verschwinde«, zischte er, und ich blinzelte mehrfach.

»Jamie«, flüsterte ich. »Jamie, bitte …« Ich wollte auf ihn zugehen, seine Hand nehmen, doch Ezra hielt mich zurück.

»Nicht jetzt, Maya.«

»Verschwinde!«, brüllte Jamie. »Verdammt noch mal, verschwinde endlich! Ich will dich nie wieder sehen!«

Einen Atemzug lang zögerte ich, dann klaubte ich meine Tasche und meinen Autoschlüssel vom Boden und verschwand hinaus auf den Flur. Blindlings stolperte ich die Treppen hinab und durch die Haustür hinaus. Ich brauchte mehrere Anläufe, um den Schlüssel ins Zündschloss zu stecken, da mir die Tränen die Sicht nahmen. Zitternd lehnte ich die Stirn gegen das Lenkrad und ließ dem Schmerz freien Lauf.

Jamie hasste mich. Nichts anderes hatte ich erwartet, und trotzdem traf es mich bis ins Mark.

Als ich zu Hause ankam, wollte ich einfach nur noch ins Bett. Doch der Tag endete so schlimm, wie er begonnen hatte: Ich öffnete die Haustür und lief prompt in die Arme meines Vaters.

»Wo bist du gewesen?«, fragte er und klang dabei beinahe besorgt. Ich wollte an ihm vorbeigehen, doch er packte mich am Arm und hielt mich auf. »Wir haben dich beim Abendessen erwartet. Denk ja nicht, dass du jetzt noch etwas bekommst! Also los: Wo warst du? Und spar dir deine Lügen, klar?«

Vermutlich hätte ich mich einfach entschuldigen sollen und die Sache wäre erledigt gewesen. Doch ich hielt es nicht mehr aus, all die Verachtung und Unterstellungen. Deshalb brachte ich bloß ein verbittertes Lachen zustande. »Sag bloß, du hast dir Sorgen um mich gemacht. Das wäre ja mal was ganz Neues.«

Ich riss meinen Arm los. Er hielt mich nicht noch einmal auf. Ich rannte hoch und schmiss die Tür zu.

Was für ein Tag.

Der Angriff, Jamies Verwandlung, und als wäre das alles nicht genug, musste ich auch noch diese Anziehungskraft zu Ezra ignorieren. So langsam zerrte das an meinen Kräften.

Ich stieß mich ab, streifte meine Schuhe von den Füßen und ging ins angrenzende Bad, um mir eine heiße Dusche zu gönnen. Danach fühlte ich mich besser. Ich türmte mein Haar in einem Handtuchturban zusammen, schlang ein weiteres Handtuch um meinen Körper und trat zurück in mein Zimmer.

Und bekam fast einen Herzinfarkt.

»Was machst du denn hier?!«, zischte ich gedämpft, als ich Ezra sah, der seelenruhig auf meinem Bett lag und in dem Buch las, das eben noch auf dem kleinen Nachtschrank gelegen hatte. Ich konnte kaum glauben, dass er tatsächlich in mein Zimmer eingebrochen war. Und ich stand vor ihm. Nur bedeckt von einem verdammten Handtuch!

Ezra löste den Blick von den Buchseiten und konnte das Grinsen nicht verstecken. Natürlich musste er mich von oben bis unten mustern und die Hände hinterm Kopf verschränken. Verdammt. Er sah unverschämt gut aus, wie er da in meinem Bett lag. Ein Anblick, an den ich mich gewöhnen konnte.

»Was tust du hier? Wieso bist du nicht bei Jamie? Ist er auch da?«

»Er ist in Sicherheit.«

»Du wolltest ihm beistehen!«

»Gerade mich will er jetzt nicht sehen. Er brauchte einen Moment für sich allein«, sagte Ezra und schlug das Buch zu. »Aber keine Sorge, er hat meine Nummer und weiß, wo er mich findet.«

»Deine Nummer? Ezra! Er ist gerade erst ein Wolf und du … du solltest nicht hier sein, meine Eltern sind unten. Also, was willst du?«

»Nach dir sehen, du warst so aufgelöst vorhin.« Seine Worte waren so einfach und schlicht, und trotzdem lösten sie eine ganze Reihe von wohligen Schauern aus. Er sorgte sich um mich. Und alles in mir verlangte danach, dass er genau das tat. Dass er sich sorgte und dass ich in seinen Gedanken war, so wie er in meinen.

Doch statt bei seinen Worten zu einer Pfütze zu schmelzen, wie es mein Inneres eigentlich wollte, hielt ich der Versuchung stand. Ich konnte nicht leugnen, dass ich ihm dankbar war, weil er Jamie gerettet hatte. Dennoch … er war ein Werwolf. Selbst wenn ich mich nicht gegen die Anziehung wehrte, würde es niemals funktionieren. Wir durften einander nichts bedeuten. Deswegen griff ich nach meinen Schlafsachen, die am Fußende des Bettes lagen.

»Es geht mir gut«, log ich und floh zurück ins Bad, wo ich mich in Windeseile anzog. Dann nahm ich den Turban vom Kopf und schloss kurz die Augen. Mir fiel erst jetzt auf, wie ich ausgesehen hatte und dass ich so garantiert nicht vor ihm hatte stehen wollen. Ich verbarg das Gesicht in den Händen und strich mir dann bis hinauf in die Haare. Ich spürte seine Anwesenheit, und als ich mich umdrehte, prallte ich gegen seinen Körper.

Ezra strich mir eine feuchte Haarsträhne aus dem Gesicht. Mit den Fingern liebkoste er meine Haut.

»Wie geht es dir wirklich?«, fragte er und sah mir dabei in die Augen. Ich drohte mich in seinen zu verlieren, sie zogen mich in ihren Bann, als wären unsere Schicksale miteinander verbunden. Als würden wir nur dafür leben, dass wir den jeweils anderen trafen.

Ich öffnete die Lippen, hatte das Gefühl, dass meine Kehle vollkommen ausgetrocknet war. »Sag mir lieber, dass es Jamie wirklich gut geht.« Ich schob mich an ihm vorbei ins Schlafzimmer. Ich musste dringend den Kopf frei bekommen, und das konnte ich in seiner unmittelbaren Nähe einfach nicht. Sein Seufzen verfolgte mich, er jedoch blieb im Türrahmen stehen.

»Bisher sieht es gut aus, die Verwandlung ist geglückt.«

»Und was ist mit … seinen Emotionen?«

Ezra lächelte. »Er wird nicht plötzlich zum Mörder, nur weil er tiefer empfindet, Maya. Er braucht nur ein bisschen Raum, um sich mit seiner neuen Existenz anzufreunden, das ist alles. Vertrau ihm einfach. Er ist immer noch er selbst. Okay?«

Ich nickte. »Danke, dass du ihn gerettet hast«, brachte ich stockend hervor. Er war ein Werwolf, eigentlich sollte ich ihm nicht dankbar sein, sondern ihn umbringen. Ihn bekämpfen. Unsere Verbindung bekämpfen. Aber die Vernunft stand hier nicht an erster Stelle.

Ezra kam zu mir herüber. Er legte zwei Finger an mein Kinn und hob es sacht an, damit ich ihn ansah.

»Ich tat es nur für dich.« Die Worte waren leise und mein Herzschlag lauter als alles andere in diesem Raum.

»Du solltest gehen.«

»Lass mich bleiben. Nur noch ein, zwei Stunden, damit du nicht allein bist.« Er deutete auf den Fernseher, der gegenüber vom Bett an der Wand hing. »Wir sehen uns einen Film an, ja? Und dann gehe ich. Versprochen.«

Ich widersprach nicht. Ganz egal wie verboten es war, dass wir Zeit miteinander verbrachten oder uns vielleicht sogar näherkamen. Ich wollte ihn nicht fortschicken. Er war der Einzige, mit dem ich über all das reden oder schweigen konnte, was in den vergangenen Stunden passiert war.

Wahllos startete ich einen Film, nachdem wir es uns auf dem Bett gemütlich gemacht hatten. Ich ließ bewusst Platz zwischen uns, doch dieses Mal zwang Ezra mir seine Nähe nicht auf. Er respektierte meinen Freiraum, vielleicht weil er wusste, dass ich die Nähe zulassen würde, wenn ich so weit war. Er akzeptierte auch, dass ich schwieg.

»Es ist so klar, dass Tony Stark sich opfert«, kommentierte Ezra, als Iron Man die Atombombe in *The Avengers* in das Dimensionsloch brachte.

»Warum ist das klar?«

»Weil er derjenige ist, der die wenigsten Sympathien am Anfang bekommt. Es ist ziemlich tragisch, findest du nicht? Er ist arrogant, ein Multimillionär, gut aussehend und Iron Man. Er hat praktisch alles, was man sich nur wünschen kann. Trotzdem oder gerade deswegen halten die anderen Avengers nicht viel von ihm, bis er beweist, dass er mehr als das Gehabe ist.«

»Du hast dir viele Gedanken um Tony gemacht, hm?«

Er nickte, ohne den Blick vom Fernseher zu lösen. »Ich mag Superhelden. Und du musst zugeben, dass Iron Man der allerbeste ist.«

»Er ist schon cool. Aber er schlägt Spider Man nicht.«

Ezra pausierte den Film, ehe er sich fassungslos aufrichtete. »Du stellst ernsthaft Spider Man über Tony Stark?«

»Ohne mit der Wimper zu zucken.«

»Das trifft mich, ehrlich. Ich glaube, ich muss meine Wahl noch mal überdenken.« Er machte Anstalten, aufzustehen, was mich herzlich zum Lachen brachte. Wie leicht es war, in seiner Gegenwart den Albtraum des Tages zu vergessen. Er tat mir gut und war genau das, was ich brauchte. Deswegen wurde aus dem einen Film auch eine ganze Filmenacht, und erst als mir beim dritten Marvel-Teil die Augen zufielen, beschloss Ezra zu gehen.

»Schlaf gut«, flüsterte er. »Wenn irgendetwas ist, bin ich sofort bei dir, ja?« Er beugte sich vor und setzte einen Kuss auf meine Stirn.

Dieser Moment fühlte sich an wie eine kleine Ewigkeit, und ich spürte kaum, wie seine Finger meine Haut verließen, doch als ich die Augen wieder öffnete, war er nicht mehr da. Ein kalter Windzug wehte durchs Fenster herein und ließ mich frösteln. Ich stand auf, schloss das Fenster und sah nach draußen, aber der Werwolf war fort.

Nur das Klopfen meines Herzens war geblieben.

12
Ezra

Nachdem Jamie Maya rausgeschmissen hatte, war er vollends durchgedreht. Er verstand einfach nicht, dass sie ihm das Leben gerettet hatte. Gut, ich mochte nicht wissen, wie es war, als Jäger zum Werwolf zu werden, doch ich wusste, dass er dankbar sein sollte, überhaupt noch zu leben.

Aber das Verhalten passte zu Jamie. So wie ich ihn bisher kennengelernt hatte, war er ein ungestümer Junge, der sich von seinen Gefühlen leiten ließ. Gefühle, die als Werwolf noch stärker waren.

Meine Gedanken verselbstständigten sich und kehrten zu Maya zurück. Die Überraschung in ihrem Gesicht, als sie mich auf ihrem Bett hatte liegen sehen; ihre Wangen, die diese wunderbare rosa Farbe angenommen hatten. Ich würde mir ihr Bild ein Leben lang zurück ins Gedächtnis rufen können.

Ein Teil von mir wollte, dass sie zu unserer Verbindung stand. Obwohl sie ein Mensch war. Obwohl sie die Tochter von Robert Cavanaugh war. Wir waren zum Scheitern verurteilt, das wusste ich, und doch konnte ich das Band in meinem Inneren nicht ignorieren. Es musste etwas bedeuten, dass ich es ausgerechnet bei ihr empfand.

Als ich eine Bewegung aus dem Augenwinkel wahrnahm, wandte ich mich um. Die *Moonlight Academy* ragte in der Dunkelheit der Nacht in den Himmel empor. Davor stand eine Silhouette, und als ich ein paar Schritte darauf zuging, erkannte ich Jamie. Maya zuliebe würde ich ihm helfen.

Immer und immer wieder.

»Was machst du hier?«, fragte ich.

Jamie stieß ein Schnauben aus und funkelte mich mit seinen Werwolf-Iriden zorngelb an. Sie standen im krassen Kontrast zu seiner dunklen Haut.

Hinter seiner ganzen Wut spürte ich deutlich die Verzweiflung und Ohnmacht, weil sich sein Leben so schlagartig verändert hatte und er nichts dagegen tun konnte.

»Ich wollte nichts lieber als ein Jäger werden! Ihr hättet mich besser sterben lassen sollen, als … als das!« Er atmete schwer. Die Fäuste waren geballt.

Er hatte seine Emotionen überhaupt nicht unter Kontrolle, was es mir umso leichter machte, zu wissen, was in ihm vorging. Ich musste nur einen Weg finden, wie er all diese Gefühle hinter sich lassen und mit seiner neuen Existenz Frieden finden konnte.

»Du bist Mayas bester Freund und ihr wichtig, verstehst du das nicht? Sie hat richtig gehandelt.«

»Richtig gehandelt?«, spie er meine Worte aus, als wären sie Gift in seinem Mund. »Einen Scheiß hat sie! Es lag nicht an ihr, diese Entscheidung zu treffen.«

»Für sie gab es keine andere Möglichkeit, Jamie. Nachdem sie ihren Bruder begraben musste, hätte sie es nicht verkraftet, dich auch noch zu verlieren.«

»War ja klar, dass du auf ihrer Seite bist, so wie du ihr hinterherrennst.«

Ich zuckte mit den Schultern und schob die Hände in die Taschen meiner Jeans. »Darüber brauchst du dir nicht den Kopf zu zerbrechen. Komm jetzt, wir sollten weg von der Akademie, du weißt schon, die Kameras.« Ich nickte zum Zaun und den neugierigen Linsen, die uns gewiss schon aufgezeichnet hatten. Je nachdem, wie Jamie sich in den nächsten Tagen und Wochen verhielt, konnte das zum echten Problem werden. Für uns alle.

»Hör auf, mir zu sagen, was ich zu tun habe!«

Das Seufzen, das sich in mir aufbauen wollte, zwang ich hinunter. Egal wie sehr mich sein Verhalten anstrengte, ich durfte nicht zulassen, dass er sich selbst ans Messer lieferte, nur weil er nicht aufpasste. Dann würde sein Wunsch zu sterben schon sehr bald in Erfüllung gehen.

»Ich bin nicht dein Feind, ich bin hier, um dir zu helfen. Du bist jetzt, was du bist, Jamie, wir können nichts mehr daran ändern. Aber ich kann und werde dir helfen, damit klarzukommen, okay?«

Seine Gefühle waren so intensiv und stark, dass ich von ihnen überflutet wurde. Machtlosigkeit brach über ihm zusammen, und mit dem Kommen dieser Emotion sackten seine Schultern in sich zusammen. Er war eine tickende Zeitbombe. Ich konnte die Wut in ihm brodeln spüren. Es war nur eine Frage der Zeit, bis er explodierte.

»Wo soll ich denn hin?«, fragte er gepresst. »Ich kann nicht nach Hause, was, wenn ich meiner Mutter etwas antue?«

»Komm mit zu mir.« Was blieb auch anderes übrig?

Ich hatte damit gerechnet, dass er das Angebot ausschlagen und es ein Kampf werden würde, ihn von der Akademie fortzubekommen. Doch er überraschte mich, indem er mich anstandslos begleitete. Er lernte schneller als erwartet.

In meiner Wohnung angekommen, gab ich ihm eine Decke für die Couch.

»Du kannst hier schlafen.«

Er ließ sich auf die weichen Polster fallen und fuhr sich erschöpft über das Gesicht. »Wie bist du damit klargekommen, als du verwandelt wurdest?«

Stimmt. Er wusste nicht, was ich tatsächlich war. Und ich vertraute ihm nicht genug, um ihm die Wahrheit zu erzählen, dass ich nie ein Mensch gewesen, sondern mit den verstärkten Emotionen und Kräften eines Werwolfs geboren worden war.

Also zuckte ich bloß mit den Schultern und versuchte es mit einer Halblüge: »Ich bin schon sehr lange ein Werwolf.«

Er legte seine Hände in den Schoß. Sie zitterten, als das erste leise Schluchzen aus ihm herausbrach. Unbeholfen fasste ich ihn an der Schulter. Tröstend. Absolut nicht wissend, wie ich mit ihm oder seinem Verlust umgehen sollte.

»Sie werden mich umbringen. Ich muss in die Rockys, oder? Ich muss mich genauso verstecken wie die anderen Wölfe, richtig?«

»Ja und nein. Das Rudel in den Rockys kann dir helfen, du wirst sehen, dass uns der schlechte Ruf vorauseilt, wir aber längst im 21. Jahrhundert angekommen sind. Wir sind menschlich, mitfühlend und Herr über unsere Instinkte, wir sind nicht wie unsere Vorfahren, die tatsächlich eine ernst zu nehmende Gefahr für die Zivilisation darstellten. Du wirst lernen, dich zu beherrschen, und ein normales Leben führen können. In Zukunft, das hoffe ich, werden wir Werwölfe friedlich neben den Menschen leben, Jamie. Vereint und in Freundschaft.«

Er legte sich auf die Couch. Es kam keine Antwort mehr von ihm, ich erwartete auch keine. Was ich gesagt hatte, stellte sein bisheriges Weltbild komplett infrage. Wir Wölfe waren nicht länger der Feind, wir waren halb menschliche Wesen, die hofften, als Teil der Gemeinschaft akzeptiert zu werden.

Ich schaltete das Licht im Wohnzimmer aus und ging in mein Schlafzimmer. Dank Maya war ich in eine Situation geraten, die mir vielleicht schaden könnte, und doch hätte ich es wieder getan. Für sie. Jamie musste dringend damit zurechtkommen, dass er nun ein Werwolf war. Ich konnte es mir nicht leisten, dass er mich und sich verriet.

Denn ich musste herausfinden, ob Maya und ich nicht doch eine Chance hatten. Es war vermutlich dumm, dem nachzugehen, doch wenn sich die Seelenverbindung schon mal zeigte, wollte ich sie nicht ignorieren. Egal wie viel dagegensprach.

Ich ließ mich rückwärts auf das Bett fallen und stieß ein Seufzen aus.

Das alles hatte ich mir irgendwie nicht so kompliziert vorgestellt.

13

Maya

Es war ein Morgen wie jeder andere. Theoretisch. Denn das erdrückende Gefühl in meiner Brust war stärker als sonst. Die Sorge um Jamie, die Angst, ihn zu verlieren, war jede Sekunde omnipräsent. Also ließ ich mir Zeit. Ich wollte den Tag noch nicht starten, wollte mich nicht den Problemen stellen. Ich ging sogar mit meinem Kaffee auf die Terrasse und blickte zu den nebelverhangenen Rockys hinüber, die sich in einiger Entfernung zum Himmel streckten, ein ganz und gar untypisches Verhalten für mich, konnte ich doch normalerweise nicht schnell genug aus dem elterlichen Heim verschwinden. Heute aber war ein so schöner Morgen, die Luft so klar und kühl, dass ich bewusst innehielt. Die Sonne versprach einen goldenen Herbsttag, auch wenn er von all den Sorgen überschattet wurde, die in meinem Hinterkopf gärten.

Als ich in der Küche meinen Thermobecher mit Kaffee auffüllte, fiel mein Blick auf den Kalender. Ich überflog die Eintragungen meines Vaters, spürte einen Stich im Herzen und vergoss etwas heißen Kaffee.

In dem Kästchen für heute war ein Wort in einer anderen, unsauberen Handschrift eingetragen worden. Ich erkannte sie sofort, würde sie mein ganzes Leben lang wiedererkennen, auch wenn sie keine neuen Buchstaben mehr hervorbringen würde. Meine Finger strichen über das Wort *Vortrag,* das Aaron geschrieben hatte. Innerhalb der *Moonlight Week* organisierte die Akademie etliche Infoabende, damit die Zivilisten den Alltag der Jäger kennenlernen und besser verstehen konnten. Vor zwei Jahren hatte Aaron das erste Mal einen Vortrag gehalten. Er war so begeistert gewesen und mit ganzem Herzblut an die Sache herangegangen.

Und ich? Ich hatte sie erfolgreich gemieden, doch dieses Jahr war auch ich das erste Mal dabei. Aaron hatte versprochen, mich zu unterstützen und neben mir auf die Bühne zu gehen. Mein Herz zog sich schmerzlich zusammen, als mein Verstand realisierte, dass ich diesen Vortrag heute allein halten musste. Dass ich ohne Aaron auf der Bühne stehen und reden würde, obwohl er das doch so viel besser gekonnt hatte als ich. Aaron war der geborene Jäger und Redner gewesen, er hatte seine Begeisterung für die Akademie so einfach mit anderen teilen können. Bei ihm hatte alles leicht ausgesehen, als würde es ihm nicht viel schwererfallen als Atmen.

Ich hingegen wusste nicht mal, wo meine Karteikarten lagen, die Aaron und ich schon vor Wochen beschrieben hatten. Verflucht, ich konnte mich nicht einmal daran erinnern, zu welchem Thema wir uns vorbereitet hatten! Es war alles weg, verschwunden mit Aaron. Und meine Eltern hatten mit keinem Wort nachgefragt, ob ich bereit sei, Hilfe brauchte oder mich überhaupt in der Lage fühlte, den Vortrag zu halten. Scheiße, natürlich nicht! Wie auch? In ihrer Weltsicht hatte sich nichts geändert. Pflicht blieb Pflicht und Programm blieb Programm. Ich musste heute zur Akademie und diesen Vortrag halten.

Tief in meinem Inneren kämpfte der Drang, Aaron stolz zu machen, gegen die Angst und den Schmerz, allein zu sein. Nicht nur auf der Bühne, sondern in jeglicher Hinsicht.

Mein großer Bruder hatte mich trotz seiner Loyalität den Jägern gegenüber immer verstanden. Er hatte akzeptiert, dass das Leben einer Jägerin nichts für mich war, er hatte mir so oft gesagt, dass es in Ordnung sei. Dass ich nicht jemand sein müsse, der ich nicht sein wolle. Er hingegen war gern der Erbe der Cavanaughs gewesen, der den Ruf unserer Familie aufrechterhielt und sein Leben für das hehre Ziel riskierte.

Er hatte den höchsten Preis gezahlt.

Ich sah noch die Bilder vor meinen Augen, wie das Wolfsfieber ihn dahinraffte. Der Biss an seiner Schulter war schwer entzündet gewesen. Das Gift hatte sich rasend schnell durch seinen ganzen Körper gefressen, hatte ihm alles an Kraft geraubt. Wahnvorstellungen und

Fieberträume hatten ihn heimgesucht. Zum Schluss war ich nicht mehr zu ihm vorgelassen worden, ich hatte nicht gesehen, wie er zugrunde gegangen war, aber ich hatte es gehört und gefühlt.

Mit ihm war ein Teil von mir gestorben.

Hätte ich Ezra da schon gekannt, hätte ich Aaron retten können. So wie ich Jamie gerettet hatte.

Jamie.

Er hasste mich.

Dennoch würde ich wieder so handeln. Denn: Wie hätte ich ihn sterben lassen können, wenn ich das Mittel der Heilung besaß? Er war nicht nur wichtig für mich, sondern auch für seine Mutter und seinen Vater. Die beiden sahen im Krankenhaus und bei ihren Einsätzen bereits genug Menschen sterben. Früher oder später verstand er hoffentlich, dass er ihnen großes Leid ersparte, indem am Leben festhielt.

In Gedanken versunken machte ich mich auf den Weg zur Schule, und erst auf dem Parkplatz, als ich aus dem Wagen stieg und einen Schluck Kaffee nahm, merkte ich, dass ich die Milch ganz vergessen hatte. Angewidert verzog ich das Gesicht, gerade als Sophie auf mich zukam.

»Alles in Ordnung bei dir?« Sie zog besorgt ihre Augenbrauen zusammen.

»Keine Milch.« Ich hielt den Thermobecher in die Höhe.

»Das meinte ich nicht. Du siehst schrecklich aus.«

»Heute Abend ist der Vortrag, den ich mit Aaron gehalten hätte«, erklärte ich kurz angebunden und folgte ihr in das Schulgebäude. Zerknirscht sah sie mich an, doch ich winkte ab, bevor sie etwas erwidern konnte. »Lass uns nicht darüber sprechen, ja?«

Auf den Fluren drängten sich die Schülerinnen und Schüler, der Grund wurde ziemlich schnell sichtbar. Ein paar Jäger waren da und hängten Flyer an die Schwarzen Bretter, legten Broschüren aus und bewarben die Akademie und den anstehenden Abend.

Na großartig.

»O Mann, muss das echt sein?«, murmelte Sophie und verdrehte die Augen, als sie ihren Spind von einem Flyer befreite und ihre Bücher herausholte.

»Du kennst die Werbemaßnahmen doch.«

»Ich weiß. Trotzdem würde ich gern mal akademiefrei zur Schule gehen. Jäger hier, Jäger da.« Sie presste die Lippen aufeinander und zog die Augenbrauen zusammen. Ein Schatten legte sich auf ihre Miene. Da war doch was im Argen.

»Sophie, was ist los?«

Sie stieß ein Seufzen aus. »Brian und ich haben uns gestritten. Jetzt schon.« In ihren Augen stand Trauer, aber auch Wut. »Unsere Meinungen über die Akademie gehen einfach vollkommen auseinander. Für ihn gibt es keine andere Option, als sich nach der Schule ausbilden zu lassen. Ich hingegen will nicht einmal in Crescent Hill bleiben, sondern irgendwo außerhalb ans College gehen. Es ist echt scheiße, wenn man am Anfang einer Beziehung steht und das Ende schon sehen kann.«

»Hey, nur weil euch nach der Highschool eventuell eine räumliche Trennung bevorsteht, heißt das nicht, dass ihr nicht mehr zusammen sein könnt. Viele Fernbeziehungen halten nach der Schule.«

»Möglich, wir werden es sehen.« Sie frühstückte mich mit einem halbherzigen Lächeln ab, als es zum Unterricht klingelte. »Auf geht's.«

Der Tag konnte einfach in die Mülltonne. In Mathe war ich so unkonzentriert, dass ich nicht einmal die einfachste Aufgabe an der Tafel lösen konnte, in Geschichte fielen mir keinerlei Daten mehr ein und in Chemie schrieben wir einen Überraschungstest, bei dem ich froh war, meinen Namen richtig zu schreiben. Mein Kopf war wie leer gefegt, und ich konnte mich absolut nicht konzentrieren. Als es zum Ende der Stunde klingelte, setzte ich wahllos ein paar Kreuze beim Test und sammelte meine Sachen ein. Ich gab den Zettel vorn ab und unsere Lehrerin, Mrs. Cambridge, sah mit hochgezogener Augenbraue auf die erste Seite.

»Miss Cavanaugh, Sie wissen, dass bald die Abschlussprüfungen anstehen, nicht wahr?« Ihre feuerroten Haare waren in einem strengen Dutt nach hinten gebunden.

»Ja, natürlich«, erwiderte ich. Wie hätte ich auch vergessen können, dass ich im Senior-Year der Highschool war, wo ich doch tausend andere Dinge im Kopf hatte? Jamies Verwandlung, der anstehende Vortrag, die Abschlussprüfungen der Akademie am Wochenende und oh, die Anziehung zu Ezra, einem geborenen Werwolf und der damit wohl schlimmsten Kreatur auf unserem Planeten. Hatte ich was vergessen? Ach ja, die Blutnacht, die beim nächsten Vollmond stattfand und vor der ich mich jetzt schon fürchtete, weil es die erste sein würde, an der ich als waschechte Jägerin teilnehmen musste. Und dann kam Mrs. Cambridge mit einem verdammten Überraschungstest in Chemie!

»Gut. Sie können Ihre Note verbessern, dann werde ich Ihrer Familie nichts von diesem Test erzählen. Schreiben Sie einen Aufsatz über die chemische Zusammensetzung des Wolfsgiftes, das sollte Ihnen nicht allzu schwerfallen, und dann ist diese Katastrophe vergessen.«

»Wann soll ich den Text abgeben?«

»Ich möchte ihn Montagmorgen in meinem Fach haben.«

»Natürlich, Mrs. Cambridge«, erwiderte ich zähneknirschend und floh aus dem Klassenzimmer. Na super. Chemie interessierte mich null, und jetzt auch noch das!

»Was hat so lange gedauert?« Sophie wartete auf dem Flur auf mich. Er war menschenleer. Es war die letzte Stunde gewesen, und die meisten Schülerinnen und Schüler hatten das Gebäude bereits fluchtartig verlassen. Ich hätte mich nur zu gern zu ihnen gezählt.

»Sie lässt mich einen Aufsatz schreiben, weil ich den Test in den Sand gesetzt habe. Ansonsten erzählt sie meinen Eltern von der schlechten Note.«

Sophie sah mich mitfühlend an. »Wenn du möchtest, helfe ich dir bei der Recherche.«

»Du bist die Beste!«

»Hey, ich habe gesagt, ich helfe dir, ich werde dir nicht wieder den ganzen Aufsatz schreiben!« Sie schob mich von sich, als ich den Arm um sie legte.

»Darüber sprechen wir noch mal, ja?«, erwiderte ich mit einem Zwinkern.

Ein Hupen ertönte, und wir beide sahen zum Parkplatz. Brian lehnte sich gegen die Fahrertür seines Wagens, bei der das Fenster offen stand. Ihre Mundwinkel hoben sich und ihre Augen strahlten so warm. Vielleicht hatte sie nach dem Streit nicht damit gerechnet, dass er sie von der Schule abholte. Es freute mich, dass sie so glücklich mit Brian war. Gleichzeitig erinnerte es mich daran, dass ich niemanden so ansah. Und nicht so angesehen wurde.

Mein Verstand spielte mir einen Streich und ließ das Bild von Ezra aufblitzen. Ich schob die Gedanken an ihn beiseite. Okay, doch. Vielleicht blickte mich jemand auf diese Art an, aber dieser Jemand durfte keine Option sein. Niemals.

»Ich muss los. Wir sehen uns beim Vortrag, ja? Wenn du Hilfe brauchst, melde dich.« Sophie eilte zu Brian. Er schloss sie in seine Arme und küsste sie. Wie gern hätte auch ich eine einfache, kopfverdrehende Highschool-Liebesgeschichte.

Mein Weg führte mich nach Hause, wo ich die Karteikarten suchte und zu meinem großen Glück auch fand. Beim Anblick von Aarons Handschrift kämpfte ich mit den Tränen. Es war so unfair, dass er nicht mehr hier war.

Niemand hatte ihn vor diesem verdammten Werwolf retten können. Niemand hatte den Biss verhindert. Und niemand hatte etwas gegen das Wolfsfieber tun können.

So mächtig die Akademie auch war, so sehr sie unser aller Leben auch bestimmte, so machtlos war sie gegen das Gift der Wölfe, an das ich nicht nur meinen Bruder verloren hatte, sondern über das ich auch noch einen Aufsatz schreiben musste. So weit hatte Mrs. Cambridge wohl nicht gedacht.

In der Akademie herrschte bereits reges Treiben. Die Jäger-Anwärter bereiteten den Infoabend vor, bauten die Sitzreihen auf und verteilten Broschüren mit dem Abendprogramm auf den Stühlen. Es war laut und stickig und wurde mir schnell zu viel. Fluchtartig verließ ich die große Halle, in der ich später sprechen musste, und beschloss, die Bibliothek aufzusuchen, um mich in Ruhe vorzubereiten. Dort hatten wir das erste halbe Jahr der Ausbildung verbracht, in den uralten Wälzern geblättert und alles über Werwölfe gelernt, was es zu lernen gab. Wir kannten sämtliche Legenden der Vorzeit und alle Geschichten der Moderne. Zusätzlich hatten wir Unterricht darin erhalten, wie wir

Silberkugeln gossen oder Pfeilspitzen versilberten; die richtige Praxis aber war erst im zweiten Halbjahr losgegangen, in dem wir so gut wie nur noch trainiert hatten. Krafttraining, Kampftraining, Waffentraining. All das gehörte zur Ausbildung.

Bevor ich die Bibliothek erreichte, näherten sich Schritte und ich hörte die Stimme meines Vaters. Schnell schob ich mich durch den Spalt einer offenen Tür.

»Sie kamen nicht zurück, Robert. Irgendetwas geht in den Bergen vor sich, es ist zu gefährlich!« Ich spähte vorsichtig durch den Türspalt und sah Michael, der an die Vernunft meines Vaters appellierte. Tja, dass er da auf Granit stieß, hätte ich ihm prophezeien können.

»Die Akademie darf sich keinen weiteren Skandal leisten.«

»Wir haben ein ganzes Team verloren! Die Säuberung in den Bergen ist fehlgeschlagen, wir wissen nicht, auf was wir uns dort einlassen. Ich sage dir, wir müssen die Blutnacht absagen!«

»Es ist noch etwas Zeit. Bis dahin werden wir das Areal gesichert haben. Diese Nacht ist zu wichtig, nicht nur für die Akademie, auch für die Stadt, Michael, und für die anstehende Wahl. Gerade jetzt dürfen keine Zweifel aufkommen, weder an den Wölfen nach an unserer Stärke. Verstanden?« Damit beendete er die Diskussion und verließ den Flur. Michael stieß einen Fluch aus, ehe er ihm leise murmelnd folgte.

Ich blieb verwirrt zurück, lehnte mich gegen die Wand und versuchte zu verstehen, was ich da eben gehört hatte. Die Blutnacht, mein Albtraum, fand jeden Vollmond statt. Kurz davor fingen die Jäger einen Werwolf und sperrten ihn ein. Während der Blutnacht brachten sie ihn in einem Silberkäfig in die Rockys. Dort wurde der Wolf brutal gefoltert, sein Jaulen und Brüllen hallte meist bis in die Stadt hinab. Die voll verwandelten Werwölfe wurden auf diese Art von ihrem Artgenossen angelockt und die Jäger warteten gut versteckt, um so viele wie möglich zu töten. Dabei floss jeden Monat eine Menge Blut – das der Wölfe. Wir hingegen hatten kaum Verletzte zu verzeichnen, doch wenn bereits jetzt, vor der Blutnacht, ein ganzes Team aus erfahrenen Jägern nicht zurückgekehrt war, dann würde es sicher Probleme geben.

Mein Magen zog sich schmerzhaft zusammen, und ich wollte mich am liebsten übergeben. Das alles war nichts für mich. Ich war nicht stark genug dafür, weder physisch noch mental.

Dennoch riss ich mich zusammen und schlüpfte aus dem Abstellraum. Ich sah in die Richtung, in die mein Vater verschwunden war, weshalb ich nicht merkte, wie ich geradewegs auf jemanden zusteuerte. Erst als ich sicher war, dass mein Vater den Flur verlassen hatte, wandte ich mich um und stieß ein erschrecktes Quietschen aus. Ezra stand direkt vor mir. Ich blieb abrupt stehen und legte die Hand auf mein Herz, das wie wild pochte.

»Verdammt!«, keuchte ich. »Wieso musst du mich so erschrecken?«

Ezras Mundwinkel zuckte, was die Belustigung in seinen Augen unterstrich. Das Band in meinem Inneren erschauderte wohlig und wollte mich zu ihm zerren, sich mit ihm verbinden und ihn nie wieder loslassen. Ich hatte keine Ahnung, wie lange ich mich dieser übernatürlichen Verbindung noch widersetzen konnte, doch ich war fest entschlossen, es zu bekämpfen. Er war ein Wolf, ich eine Jägerin. Ich wiederholte es in Gedanken, rief es mir wie ein Mantra in Erinnerung. Für das, was auch immer zwischen uns war, gab es in dieser Welt – und meiner Situation – keinen Platz.

Ezra runzelte die Stirn. »Stimmt etwas nicht?« Sorge schwang in seinen Worten mit.

»Mein bester Freund ist wütend auf mich«, improvisierte ich rasch. Auch wenn es als Ausrede diente, um Ezra nicht brühwarm von der anstehenden Blutnacht zu erzählen, war es keine Lüge. Jamie *war* wütend auf mich – und das machte mich in der Tat ziemlich fertig.

»Gib ihm Zeit. Er wird sich fangen. Das alles ist aktuell nur sehr viel für ihn.«

»Meinst du denn, er schafft es?«

»Was?«

»Damit umzugehen. Was … was ich ihm angetan habe.«

»Wird er. Mach dir keinen Kopf.« Er machte Anstalten, mir näher zu kommen, überlegte es sich dann jedoch anders und hielt den Abstand aufrecht. Zu unser beider Glück, denn Felicity tauchte hinter mir auf.

»Ah, Ezra, hier bist du.« Sie wies zur Halle. »Wir brauchen deine Hilfe beim Aufbau der Bühne.«

Er nickte, ohne mich aus den Augen zu lassen. »Ich bin sofort da.«

»Wir brauchen dich jetzt!«

»Geht es dir gut?«, fragte ich sie. Seit wir in den Rockys gewesen waren, hatte ich sie nicht mehr gesehen. Dass sie sich nun in die Arbeit stürzte, als wäre nichts gewesen, beruhigte mich einerseits. Andererseits wirkte sie nicht, als würde sie viel mit mir reden wollen. Ob sie noch wütend war?

»Alles bestens«, wimmelte sie mich ab und schritt erhobenen Hauptes zurück zur Halle. »Beeil dich, Ezra.«

Er verzog das Gesicht. »Ich sollte sie wohl besser nicht warten lassen.«

»Besser nicht.«

Als ich endlich die Bibliothek betrat, hatte ich einen Entschluss gefasst. Statt mich mit dem Vortrag zu beschäftigen, stöberte ich durch die teilweise uralten Bücher und zog sie reihenweise aus den Regalen. Keines jedoch zeigte mir, was ich finden wollte: Hinweise über ein magisches Band zwischen Menschen und Wölfen.

»Vielleicht finde ich unten etwas«, murmelte ich zu mir selbst, brach meine Zelte in der Bibliothek ab und nahm den Fahrstuhl in den Keller. Dort wurden all die Dinge aufbewahrt, für die in den oberen Räumlichkeiten der Akademie kein Platz blieb. Ich hatte Vater mehr als einmal die Angestellten hinabschicken sehen, um Kartons verschwinden zu lassen. Vielleicht war ja etwas darunter, was so absurd gefährlich war wie geheimes Wissen über eine magische Verbindung zwischen den Arten. *Falls* es Infos darüber gab, so würde Vater sie gewiss hier verstecken. Ich ging die Abstellkammern durch, in denen verstaubte Kisten an den Wänden gestapelt standen. Vielleicht gaben die etwas Brauchbares her.

Ich hatte gerade den ersten Karton geöffnet, da hörte ich, wie sich der Fahrstuhl in Bewegung setzte. Verwirrt runzelte ich die Stirn, dann öffneten sich auch schon die Türen und mein Vater trat heraus.

»Was machst du hier?«, fuhr er mich an.

»Ich … ähm, ich recherchiere … wegen des Vortrags.«

»Nicht hier, Maya.« Er winkte mich ungeduldig zu sich. »Das ist das Archiv, hier gibt es nichts Interessantes für dich, verstanden? Die Bibliothek hat alles, was du brauchst.«

»Aber in den Kisten –«

»Ist nichts. Gerümpel. Geh nach oben und lerne dort.«

Ich presste die Lippen aufeinander. Wie seltsam, dass er mich nicht hierhaben wollte. Sollte ich möglicherweise recht haben und er verbarg bestimmte Dinge, die niemand finden sollte? Was versteckte sich hier zwischen den Spinnweben und dem Staub? Wusste er mehr, als er vorgab zu wissen? Über uns und die Wölfe?

Ehe ich den Zorn meines Vaters auf mich zog, verschwand ich in den Aufzug und kehrte in die Bibliothek zurück. Dort ging ich die Karteikarten für den Vortrag durch; zu meinem Glück – oder Unglück – kannte ich dank der Geschichten-Freitage sämtliche Details auswendig. Ich las sie trotzdem durch – allein schon deshalb, weil auf jeder zweiten Karte Aarons Handschrift war. Manchmal hatte er sogar einen kleinen Smiley dazu gemalt oder in Klammern etwas ausführlicher erklärt. Es war beinahe, als würde er neben mir sitzen und zu mir sprechen. Auf der letzten Karteikarte entdeckte ich einen gemalten Pfeil in der unteren rechten Ecke. Überrascht drehte ich sie um.

Geschafft! Ich weiß, dass du die Akademie nicht magst, aber ich bin stolz auf dich, dass du es durchgezogen hast. Und egal wie du dich entscheidest, ich stehe immer hinter dir. – A

Tränen sammelten sich in meinen Augen. Aaron hatte stets gewusst, wie es um mich gestanden hatte. Er war der Einzige gewesen, der mich wirklich gekannt und hinter die Fassade geblickt hatte. Seine Worte beschwerten und beflügelten mein Herz gleichermaßen. Weil er nicht mehr da war, um hinter mir zu stehen, und weil er gleichzeitig schon immer hinter mir gestanden hatte. Selbst jetzt, nach seinem Tod, ließ er mich wissen, dass er mich akzeptierte, wie ich war.

Gott, ich vermisste ihn mehr denn je.

Aaron wäre es gewesen, mit dem ich über die Verbindung zu Ezra gesprochen hätte. Er war der Einzige in meiner Familie, mit dem ich überhaupt hatte reden können. Sein Verlust schmerzte in diesem Augenblick noch mehr als ohnehin schon.

Am liebsten wäre ich davongelaufen und hätte den Vortrag sausen lassen. Doch ich wischte mir die Tränen fort und stand auf, um zu den Umkleiden zu gehen. Dort wartete bereits das Poloshirt mit dem Wappen der Akademie auf mich, und ich riss mich zusammen, zog es an und warf einen Blick in den Spiegel. Meine Wangen waren gerötet, meine Wimpern klebten aneinander. Ich nahm meine Make-up-Tasche, puderte mein Gesicht und trug neue Mascara auf. Dann folgte ich den Besuchern in den Saal. Ich hoffte, dass ich Aaron gerecht wurde und dass ich seiner Seele irgendwie Ausdruck verleihen konnte.

Es waren unheimlich viele Schülerinnen und Schüler anwesend. In der Menge saß Sophie, die mir zuwinkte. Ich erwiderte den Gruß mit Steinen im Magen. Dann trat ich hinter meinen Vater auf die Bühne.

»Herzlich willkommen zum ersten Infoabend der *Moonlight Week.* Wie es aussieht, haben wir noch mehr Besucher als letztes Jahr. Ich schätze, wenn das so weitergeht, werden wir bald anbauen müssen.« Die Leute lachten sogar über diesen überaus schlechten Scherz. »Heute liegt es jedoch nicht an mir, euch die Akademie und ihre Geschichte näherzubringen, sondern an meiner Tochter Maya.« Er drehte sich mit einem Lächeln zu mir um und streckte den Arm nach mir aus.

Ich zwang mich zur Ruhe und trat ans Mikro.

»Danke, Direktor Cavanaugh.«

Ich nickte ihm kurz zu. Er hasste es, wenn ich ihn in der Öffentlichkeit Dad oder Vater nannte, weil das angeblich seinem Ruf als respektvoller Person schadete. Ich war der Meinung, dass es seinem Ruf als Vater schadete, dass ich ihn nicht so ansprechen durfte, aber gut. Meine Meinung war noch nie von Interesse gewesen.

»Auch ich möchte mich bedanken, dass ihr so zahlreich erschienen seid. Als Erstes werde ich euch ein bisschen mit den Fakten und den Basics der Akademie nerven. Im Anschluss könnt ihr dann eure Fragen stellen, die ihr zu unserer Tätigkeit als Jäger und zur Akademie im Allgemeinen habt.« Ich machte eine kurze Atempause und sah auf meine Karte. *Begrüßung :)* stand dort, und ich schob sie nach hinten.

»Gregory Cavanaugh, mein Urgroßvater, war nicht nur der Gründer der hiesigen *Moonlight Academy*, er war auch der erste Jäger in der Geschichte von Crescent Hill. Er baute die Akademie auf, kämpfte gegen die Werwölfe, die unsere Stadt damals überfielen, und rettete zahlreichen Menschen das Leben …« Ich kämpfte gegen den Kloß an, der in meiner Kehle wuchs. Er war sicher so groß wie ein Tennisball. Vor meinem geistigen Auge sah ich Aaron, wie er genau vor einem Jahr an dieser Stelle gestanden und seinen Vortrag gehalten hatte. Lächelnd und feierlich, die Stimme inbrünstig. Er hatte ein Talent dafür, Menschen von etwas zu überzeugen, was ihm am Herzen lag.

Ich nicht.

Ich war in keinerlei Hinsicht wie mein Bruder.

Stumm starrte ich auf meine Karten und kämpfte mit den Erinnerungen und dem Loch in meinem Herzen.

Jemand trat an meine Seite, ich spürte warme Finger an meiner Hand, die mir zaghaft die Karteikarten abnahmen. Jemand legte den Arm um meine Mitte und beugte sich zum Mikro.

»Die Akademie in Crescent Hill war die erste ihrer Art. Aufgrund der rasch wachsenden Werwolfs-Populationen im ganzen Land sandten wir unsere Jäger aus, um die einzelnen Bundesstaaten zu unterstützen und zu beschützen. Es dauerte Jahre, ehe sich die Lage in den USA beruhigte. Unterdessen wurden überall auf der Welt Akademien gegründet. Unsere Ausbilder halfen dabei, Jäger nach Gregory Cavanaughs Vorbild auszubilden und zu schulen. Mittlerweile sind die Akademien in allen Winkeln der Erde vertreten, in Nord- und Südamerika, Europa, Asien und bald sogar in Afrika und Australien. Die Ausbildung zum Jäger ist ein Privileg, das wir jedem Menschen bieten, der gewillt ist, seine Mitmenschen zu beschützen. Vielen Dank für eure Aufmerksamkeit!«, kürzte Ezra meinen Vortrag ab und brachte mich von der Bühne.

Ich ließ mich von ihm führen, schlang die Arme um meinen Oberkörper und versuchte mein Herz daran zu hindern, zu zerbrechen. Aarons Position einzunehmen war schwerer als gedacht. Ich drohte unter dem Druck zusammenzubrechen, konnte die Last, die auf meinen Schultern lag, kaum noch halten. Es war, als wäre ich mit jedem Schritt ein klein wenig gebeugter gegangen, ohne es zu merken. Jetzt war ich fast am Boden und drohte zu fallen.

»Ist alles okay?«, fragte Ezra leise, als er mich in einen leeren Raum geführt und auf einen Stuhl gedrückt hatte. Er kniete vor mir nieder, griff nach meiner Hand und suchte meinen Blick. Ich presste die Lippen aufeinander und kämpfte gegen die Tränen; es war mir zum Instinkt geworden, keine Schwäche zu zeigen, niemals öffentlich zu weinen, erst recht nicht in der Akademie.

Doch in diesem Augenblick, in dem Ezra und ich weit entfernt von der Menschenmenge in diesem dunklen Büro saßen und die Stimme meines Vaters nur gedämpft zu uns drang, ließ ich zu, dass meine Dämme brachen und die Flut an Trauer und Verzweiflung die Mauern einriss.

»Ich kann das nicht mehr«, flüsterte ich und wischte die Tränen weg, doch es kamen neue nach. »Ich will raus aus dieser Stadt, fort von meinen Eltern und am liebsten nie wieder zurückblicken. Ich kann das einfach nicht mehr. Sie lassen mich nicht trauern, sie zwingen mich in eine Rolle, der ich nicht gewachsen bin.« Die Verzweiflung füllte meine Brust aus und brachte Kälte mit sich. Ich entzog Ezra meine Hand, um die Arme um meinen Oberkörper zu schlingen. Noch nie zuvor hatte ich so stark das Gefühl gehabt zu zerbersten.

»Wenn es das ist, was du willst, dann bringe ich dich fort«, flüsterte Ezra. Durch die Schlitze der Innenjalousien drang Licht, das direkt auf sein Gesicht fiel. Er meinte es ernst. Er wollte mit mir gehen, fort von hier.

Und in diesem Moment wollte ich es auch.

Wollte mit Ezra fortlaufen und nie wieder zurückblicken. Ich wollte die Welt sehen, Städte besuchen, die ich nur aus Erzählungen kannte. Ich wollte die Freiheit spüren, nach der ich mich sehnte, eine Freiheit, bei der ich sein konnte, wer immer ich sein wollte …

Doch ich wusste, dass das nicht ging. In Crescent Hill gab es zu viele Baustellen, die ich nicht zurücklassen konnte. Sonst wäre es nur eine Flucht und keine wirkliche Freiheit. Außerdem war da das Versprechen, das ich Aaron gegeben hatte: die Ausbildung zu beenden. Es waren nur noch wenige Wochen, die ich durchhalten musste, ehe ich die Prüfung ablegen und unsere Dose ausgraben konnte; bis ich endlich erfuhr, was Aaron mir vor Monaten versprochen hatte.

Ich konnte nicht gehen, auch wenn ich es wollte.

»Nein«, erwiderte ich und schüttelte den Kopf, um mich zu fassen. »Ich kann hier nicht weg. Es gibt so vieles, was ich noch erledigen muss. Wenn ich nur an Jamie denke …« Ich verstummte und griff meinerseits nach Ezras Hand. Sie fühlte sich warm an, und das Band in meinem Inneren dankte es mir, dass ich nicht länger den Abstand wahrte.

»Ich bin eine Cavanaugh.« Ich sagte es mehr zu mir selbst als zu Ezra, auch wenn ich ihm dabei in die Augen sah. Ich wiederholte es wie ein Mantra. »Ich bin eine Cavanaugh.« Aaron hatte es stets gesagt: *Du bist eine Cavanaugh, Maya, und stärker, als du denkst; du kannst alles schaffen, auch das Unmögliche. Eine Cavanaugh zu sein bedeutet nicht, dass du Wölfe jagst, es bedeutet, dass du von einer Familie abstammst, die niemals aufgibt, die kämpft und aufsteht, egal wie hart es auch wird. Du bist eine Kämpferin, Maya.*

»Ich bin eine Cavanaugh«, flüsterte ich.

»Was soll das heißen?«, fragte Ezra.

Ich lächelte ihn sanft an. »Dass ich bleiben muss.«

»Ist etwa wichtiger, was andere von dir – oder deinem Namen – erwarten, als das, was gut für dich ist?«

Aus seinem Mund klang das so einfach. Als könnte ich hier und jetzt entscheiden, nicht mehr Teil der Akademie – oder meiner Familie – zu sein. Er hatte ja keine Ahnung, wie sehr ich unter der Macht meines Vaters stand, wie schwer es war, gegen diese antrainierten Fesseln aufzubegehren – dass ich es längst tat! Tag für Tag und Abend für Abend, dem ich ihm am Tisch gegenübersaß und seinen Zorn auf mich niederprasseln ließ. Wie konnte ich da gestehen, dass ein Teil von mir immer noch hoffte, seinen Stolz und seine Liebe zu erringen? Selbst ein Funke würde reichen.

Wie erbärmlich das klang – und doch war es wahr. Ich liebte meine Eltern und hasste sie gleichermaßen, sehnte mir ihre Umarmung herbei und wollte zugleich unabhängig und weit, weit weg von ihnen sein.

Ich seufzte. »Es ist nicht nur mein Vater, Ezra. Ich habe ein Versprechen gegeben, das ich halten muss.«

»Du bleibst also?«

»Bis alles geklärt ist, ja.«

Ein Grinsen blitzte auf. »Bittest du etwa um Geduld?«

»Eventuell.« Ich lachte. »Ja, ich denke, das tue ich.«

»Damit kann ich leben.« Er hob meine Hand an seine Lippen, um einen flüchtigen Kuss darauf zu hauchen. »Bald gehen wir fort von hier, Miss Cavanaugh.«

»Vielleicht«, sagte ich, doch davon ließ er sich nicht beeindrucken. Er strahlte über beide Ohren, selbst als ich ihm die Hand entzog und aufstand. Ich würde zurückgehen, mich meinem Vater, seiner Verachtung und den Erwartungen stellen, doch mit Ezra an meiner Seite und den Gedanken an ein gemeinsames Morgen erschien mir der Weg leichter.

»Maya«, hielt Ezra mich auf. »Du bist die stärkste Person, die ich kenne.« Zu wissen, dass wenigstens Ezra mich respektierte, löste ein warmes Vibrieren in meinem Inneren aus, das mir genau den Trost spendete, den ich brauchte.

»Danke«, erwiderte ich. Ich hoffte, dass er wusste, dass es für mehr als nur diese Situation war, und öffnete die Tür, um mich dem Rest des Infoabends zu stellen.

Die nächsten Stunden mischte ich mich unter die Leute, beantwortete diverse Fragen und gab mich betont höflich und ausgeglichen. Ich spielte meine Rolle perfekt, zwang mich zu lächeln und ließ mir selbst keine weitere Atempause.

Gegen zehn Uhr verließen die letzten Leute die Akademie und ich war völlig erschöpft. Ich hatte Ezra nicht mehr gesehen, und auch für Sophie hatte ich kaum Zeit gehabt. Jetzt lief ich über den Parkplatz zu meinem Wagen und wollte nur noch ins Bett.

»Maya.« Es war mein Vater, im schwarzen Anzug und dem Wappen der Akademie als Ansteckpin am Revers. »Du hättest so gut sein können heute Abend.«

Perplex blinzelte ich. »Wie bitte?«

»Du hast mich schon verstanden. Dein Vortrag war gut, aber Ezra hat ihn für dich abgekürzt und dich vor aller Leute Augen fortgebracht. Du hattest deine Emotionen nicht im Griff.«

Mir fehlten die Worte.

»Ich habe dir schon so viele Chancen gegeben, Maya.«

Mein Blick glitt zu Boden, wo er haften blieb. »Es … es war wegen Aaron. Er hätte heute an meiner Seite stehen sollen …«

»Wenn du nur akzeptieren könntest, dass Aaron nicht zurückkommt, dann könntest du endlich deinen Platz in der Akademie und dieser Familie einnehmen. Stattdessen lässt du dich von der Trauer blockieren. Du bist schwach, und meine Geduld neigt sich dem Ende.«

Anders als sonst schwang kein Ärger in seiner Stimme mit. Sein Tonfall war ruhig, beinahe schon zu ruhig, was mir mehr Sorgen machte, als wenn er mich angeschrien hätte. Auch dass er sich umdrehte und wortlos zu seinem Wagen stiefelte, erleichterte mich keineswegs. Ich selbst stieg mechanisch in meinen Wagen und schloss die Augen.

Ich hatte wohl nicht halb so gut geschauspielert, wie ich gehofft hatte.

14
Maya

Die nächsten Tage waren seltsam. Einerseits verliefen sie ineinander, weil ich wegen der *Moonlight Week* viel in der Akademie zu tun hatte, andererseits waren sie zäh wie Kaugummi, weil Ezra und Jamie spurlos verschwunden waren. Ich fand auch keine Gelegenheit, Sophie einzuweihen, ihr zu erzählen, was ich aus Jamie gemacht hatte. Mir schwirrte der Kopf von all den Dingen auf meiner imaginären Liste, und doch hatte ich das Gefühl, keinen Punkt abhaken zu können. Zu all dem gesellte sich noch die Abschlussprüfung, die in wenigen Tagen stattfand.

Ich war nicht bereit, aber ich war eine Cavanaugh – und obwohl dieser Nachname in meinen Ohren zwar mehr nach einem Fluch als nach einem Segen klang, gaben mir Aarons Worte Mut. Als Erbin des Gründers der Akademie erwarteten alle von mir, dass ich an der Prüfung teilnahm – zudem hatte ich es Aaron versprochen. Also musste ich da durch.

Gedankenverloren verließ ich das Haus und ging zu meinem Wagen. Ein Hupen riss mich zurück in die Realität, und als ich den Kopf hob, stand ein dunkler Wagen gegenüber der Villa. Im ersten Moment erkannte ich nicht, wessen Fahrzeug es war, doch dann surrte das Band in meinem Inneren und erschauderte wohlig.

»Das ist doch nicht sein Ernst …« Ich murmelte mir die Worte selbst zu, ging zum gusseisernen Tor und öffnete dieses, als Ezra ausstieg und den Unterarm lässig auf die Wagentür stützte.

»Guten Morgen«, rief er mir zu. »Ich dachte, ich fahre dich zur Schule.«

Seine Worte veranlassten mein dummes Herz dazu, einen Satz zu machen. Vielleicht hing ich bereits zu sehr an diesen kleinen Aufmerksamkeiten und Gesten von ihm. Aus dem Nichts da zu sein, sich um mich zu sorgen – das alles waren Dinge, die ich dank meiner Eltern nicht für selbstverständlich nahm.

»Du weißt, dass ich einen eigenen Wagen habe?«

Er nahm die Sonnenbrille ab. »Ja, natürlich. Aber es ist viel spaßiger, wenn wir gemeinsam fahren. Komm schon, steig ein. Oder willst du zu spät kommen?«

Ich gab nach und lief über die Straße zu Ezra. Je näher ich ihm kam, desto heftiger tanzten die Schmetterlinge in meinem Bauch.

»Wo warst du die letzten Tage?«, platzte es aus mir heraus, als ich neben ihm auf dem Beifahrersitz saß und die Tür zuzog.

Ezra hatte eine Hand am Lenkrad, den Ellbogen stützte er auf den Rahmen des offenen Fensters. Das Band, das ein Eigenleben entwickelte, zog mich in seine Richtung.

»Hast du mich vermisst?«, fragte er. Seine Augenbrauen zuckten anzüglich in die Höhe, das Grinsen war nicht aus seinem Gesicht zu wischen. Er wandte sich mir an einer roten Ampel zu, und ich spürte, wie meine Wangen ebenso erröteten. Ich brauchte alle Willenskraft, die ich aufbringen konnte, um ihn nicht verliebt anzuschmachten.

»Das wünschst du dir wohl, was?«

»Tue ich bereits. Ist das so falsch?«

»Du weißt, dass ich bald eine gefürchtete Jägerin sein werde, sei also vorsichtig mit deinen Wünschen«, zog ich ihn auf.

Die Ampel sprang auf Grün und Ezra fuhr weiter. »Ist es das, was du willst? Eine Jägerin sein und mich ans offene Messer liefern?«

Nein, protestierte mein Verstand sofort. Ich war absolut und zu hundert Prozent sicher, dass ich ihn niemals verraten konnte. Er war mir wichtig, ob ich wollte oder nicht.

»Sei nicht albern. Ich liefere Jamie ja auch nicht aus.«

»Also setzt du ihn und mich auf eine Stufe?« Er schmunzelte. Ich nahm diese Anspielung gern an, um das Thema auf Jamie und seinen Zustand zu lenken.

»So kann man das jetzt nicht nennen. Aber ganz ehrlich, wo wart ihr? Jamie habe ich seit Tagen nicht gesehen.«

»Ich habe ihn in die Rockys gebracht. Er braucht ein Rudel, das ihm zeigt, was es heißt, ein Werwolf zu sein. Dort ist er gut aufgehoben, keine Sorge. Die Wölfe leben friedlich. Außerdem war er gestern in der Stadt, um ein paar Sachen zu holen.«

Mir musste die Sorge im Gesicht stehen, wenn er meine Zweifel postwendend beiseitewischen wollte. »Und du glaubst, dass sie ihm helfen? Sie kennen ihn sicher als Jäger … Was, wenn sie ihn umbringen?«

»Werden sie nicht. Vertrau mir. Ich habe dir gesagt, dass ich ihm helfe, und das tue ich.« Er stieß ein Seufzen aus und hielt den Wagen an, als wir an der Schule ankamen. »Im Gegenzug möchte ich nur ein Versprechen von dir.« Er sah direkt in meine Augen, und auch wenn ich es wollen würde, hätte ich mich nicht abwenden können.

»Und das wäre?«

»Wenn die Sache mit deinem Freund geklärt ist, schenkst du mir endlich mehr deiner ungeteilten Aufmerksamkeit.« Er lehnte den Kopf leicht gegen die Lehne des Fahrersitzes. Ich spürte die Hitze, die seine Worte in mir auslösten. Das Band in meinem Inneren surrte zufrieden. Natürlich wollte ein Teil von mir nur ihn beachten, bei ihm sein, ihn küssen …

»Nein«, sagte ich rasch und wandte mich ab.

Ezra griff nach meiner Hand, was ein elektrisches Kribbeln durch meinen ganzen Körper jagte. »Du gestehst es dir nur noch nicht ein.« Seine Stimme war rau und sanft, und ich fragte mich, ob sie genauso klang, wenn er gerade aufgestanden war. Meine Gedanken flogen zu dem Moment, als er in meinem Bett gelegen hatte, und zurück zu seinem Mund. Wie es wohl war, ihn zu küssen? Mich ihm vollkommen hinzugeben und morgens neben ihm aufzuwachen?

Ich riss meine Hand weg und stieß die Beifahrertür auf. »Danke fürs Herfahren«, brachte ich mühsam hervor, stieg aus und floh über den Schulhof.

Verdammt. Dieser Werwolf brachte mich noch um den Verstand! Mit wild klopfendem Herzen und Brei im Kopf lief ich zum Haupteingang und über die Korridore zu meinem Spind. Wie sollte ich mich so aufs Lernen konzentrieren?

»Maya!« Sophie klopfte so heftig gegen die Spindtür, dass sie mir aus der Hand flog. Sie sah abgehetzt aus. Bevor ich meine Bücher einsammeln konnte, hatte sie mich am Arm gepackt und in ein leer stehendes Klassenzimmer gezerrt.

»Hey, was ist denn passiert?«

»Wann hattest du vor, mir zu erzählen, dass Jamie ein Werwolf ist?«, zischte sie.

Ich schluckte. »Ehm … Woher weißt du das?«

»Jamie hat es mir gestern erzählt! Wieso sagst du mir das nicht?« Sie stemmte die Fäuste in die Hüften, die Augenbrauen zusammengezogen. Es war gar nicht meine Absicht gewesen, es ihr zu verheimlichen – ich hatte nur noch nicht den passenden Moment gefunden, um es zu erzählen. Jetzt blieb mir keine andere Wahl, und ich brachte sie auf den neuesten Stand.

Sophies Miene wurde sanfter.

»Trotzdem – du hättest ihm diese Entscheidung nicht abnehmen dürfen«, sagte sie leise, und ich nickte.

»Ich weiß.« Meine Stimme brach. »Ich konnte ihn einfach nicht sterben lassen. Nicht so. Nicht jetzt. Nicht nach Aaron …«

Sophie zog mich in eine Umarmung. »Nicht weinen, Maya. Ich versteh dich ja – und auch Jamie wird es einsehen.«

Ich wischte mir mit dem Handrücken über die Wangen und zuckte mit den Schultern. »Meinst du? Ich habe ihn ein paar Tage nicht gesehen, ich weiß nicht einmal, wie es ihm gerade geht, ob er noch wütend ist, ob er Schmerzen hat … Ezra hat ihn in die Rockys gebracht.«

»Ezra weiß von Jamie?« Sophie wich einen Schritt zurück, Sorge und Fassungslosigkeit im Gesicht.

Ich hatte in dem Trubel völlig vergessen, dass Sophie sein Geheimnis noch nicht kannte. Also hatte ich ihr nicht nur verschwiegen, was mit Jamie geschehen war, sondern auch, dass Ezra ein Werwolf war. Konnte und durfte ich ihr das überhaupt sagen? Immerhin war es nicht mein Geheimnis, und je mehr Mitwisser es gab, desto gefährlicher wurde die Situation für Ezra – und für Jamie. Trotzdem würde ich ihr mein Leben und auch Ezras bedingungslos anvertrauen.

»Warte.« Sie hob die Hand, als sie eins und eins zusammenzählte. »Jamie meinte, ein Freund hätte ihn zu dem gemacht, was er jetzt ist. Heißt das, Ezra ist ein Werwolf?«

Nervös ballte ich die Fäuste. »Können wir das nach der Schule besprechen? Es ist alles irgendwie kompliziert.«

Sophie verschränkte die Arme vor der Brust. »Seit wann verheimlichen wir uns so wichtige Dinge, Maya?«

»Ich habe es nicht verheimlicht«, verteidigte ich mich. »Ich wollte es dir sagen, aber es gab keine ruhige Minute!«

»Dann sollten wir uns dringend die Zeit nehmen. Weißt du, was? Lass uns die Schule schwänzen. Wir fahren zur Hütte am See und du erzählst mir alles in Ruhe, okay?«

Die Hütte am See gehörte meinem Grandpa. Sie lag in einer der Sicherheitszonen in den Rocky Mountains, die von den Jägern regelmäßig kontrolliert wurden, sodass Wanderer und Touristen bei Ausflügen nicht gefährdet waren.

»Bist du dir sicher?«

»Bin ich.«

»Okay«, gab ich nach. »Aber wir müssen am Abend zurück sein, damit ich zur Akademie kann. Heute findet mein Probetraining für die Prüfung statt. Auch wenn ich gut darauf verzichten könnte …«

Wir versteckten uns im Toilettenraum und verließen die Schule, als der Unterricht begann. Ungesehen liefen wir über den Flur und zu ihrem Wagen. Beim letzten Schwänzen waren wir noch in der Unterstufe gewesen. Jamie, der zwei Jahrgänge über uns gewesen war, hatte uns erwischt und sich spontan angeschlossen. Zu dritt waren wir aus der Schule geflohen und hatten uns einen schönen Tag in der Stadt gemacht, ein Eis gegessen und gequatscht. Das war einer der besten Tage gewesen, auch wenn wir alle drei den Ärger unseres Lebens bekommen hatten.

Nachdem Sophie kurz beim Supermarkt gehalten und uns etwas zu essen besorgt hatte, fuhren wir die Strecke zum See. Sophie drehte die Musik auf, und ich ließ das Fenster runter, um mir den Fahrtwind ins Gesicht wehen zu lassen. Sie hatte recht: Dieser Ausflug tat mir unheimlich gut, obwohl wir noch nicht einmal am Ziel angekommen waren. Während wir zu *California Girls* von Katie Perry sangen, konnte ich die Sorgen beinahe vergessen. Ein seltsames Gefühl blieb trotzdem. Erst als wir ankamen und aus dem Wagen stiegen, holten sie mich ein. Im angrenzenden Wald hinter der Hütte knackte es, und ich hielt mitten in der Bewegung inne, die Beifahrertür noch in der Hand.

»Hast du noch jemanden eingeladen?«, fragte ich Sophie, die unsere Vorräte in die Hütte trug.

»Nur du und ich«, sagte sie fröhlich.

Ich behielt die Umgebung im Auge, doch alles blieb ruhig. Vielleicht war es nur ein Reh gewesen, das im Unterholz äste, davon gab es hier einige. Großvater hatte sie regelmäßig gefüttert. »Ich dachte, ich hätte etwas gehört«, murmelte ich vor mich hin.

Sophie kam zurück und schmiss die Heckklappe zu. »Was hast du gehört?«

»Ein Tier, denke ich.«

»Gibt es hier nicht Rehe?«

»Es klang irgendwie anders.«

»Inwiefern?«

»Größer.«

Sophie sah sich um. »Wenn du ein ungutes Gefühl hast …« Sie ließ den Satz in der Luft hängen. Wir wussten beide, woran ich dachte, aber das war unmöglich. Das Gebiet war sauber, die Jäger überwachten es strengstens. Wobei – auch die Schule hätte frei von Wölfen sein sollen.

»Nein«, sagte ich trotzdem. Ich wollte diesen Tag genießen, diese kurze Auszeit, die nur Sophie und mir gehörte. »Lass uns frühstücken, ja?«

Während des Essens vermieden wir die Themen, wegen denen wir eigentlich hergekommen waren. Wir schwelgten in Erinnerungen an frühere Sommer, in denen wir fast ausschließlich in dieser Hütte gelebt hatten. Es war so seltsam, dass wir jetzt bereits im letzten Schuljahr waren und bald aufs College gehen würden. Und es tat verdammt gut, einfach mal über normale Dinge zu reden, anstatt sich über übernatürliche Sachen den Kopf zu zerbrechen.

Dennoch kam irgendwann der Moment der Wahrheit.

»Erzählst du mir jetzt von Ezra?«

»Was willst du wissen?«

»Hm. Alles? Ich meine, er ist ein Werwolf, oder? Wie kann es sein, dass er dann in der Akademie arbeitet? Wieso hält er sich in deiner Nähe auf? Er könnte dich jede Sekunde, die ihr zusammen seid, umbringen!«

»Ich weiß, dass es verrückt klingt, aber ich vertraue ihm. Wirklich. Er würde mir niemals etwas tun.«

»Und das weißt du so genau, weil …?«

»Du erinnerst dich an die magische Verbindung, die ich zu ihm spüre?« Kaum hatte ich es ausgesprochen, nahm ich mir vor, erneut in den Keller der Akademie einzudringen, um mehr darüber hinauszufinden. Irgendwo musste etwas darüber geschrieben stehen. Irgendjemand musste doch schon einmal dieses Band gespürt haben. Unmöglich konnte ich die Erste sein.

Sophie schob sich ein Stück des Croissants in den Mund und nickte. »Eure Seelenverwandtschaft«, sagte sie schmatzend.

»So weit würde ich nicht gehen, aber ja, sie ist der Grund, warum ich ihm bedingungslos vertraue. Ich weiß noch nicht, was diese Verbindung zu bedeuten hat, aber ich werde es herausfinden.«

Sophie sah nicht überzeugt aus. »Was, wenn dich dein Gefühl täuscht? Ezra ist und bleibt ein Werwolf, und die ganze Welt ist praktisch darauf ausgelegt, Werwölfe zu töten, weil sie böse sind, oder? Wie kannst du da so sicher sein, dass er anders ist?«

Ich wusste, dass sie recht hatte. Seit Generationen wurde uns eingetrichtert, dass Wölfe gefährlich waren. Sie griffen uns Menschen an, verloren die Kontrolle über sich …

Auf der anderen Seite war da Ezra.

Ezra, der sich nichts hatte zuschulden kommen lassen.

Ezra, der unter den Menschen lebte, als wäre er einer von ihnen.

Ezra, der bisher der Einzige war, der das Loch in meiner Brust füllen konnte.

Wie hätte ich da Angst vor ihm haben können, wenn das Band in meinem Inneren jedes Mal wohlig erschauderte, wenn ich ihn sah? Wenn mein Herz endlich wieder kräftig schlug und die Schmetterlinge im Bauch Purzelbäume schlugen? Wenn die Welt dank ihm wieder mit Farben malte, anstatt schwarz-weiß zu bleiben?

»Ich verstehe deine Bedenken«, lenkte ich ein. »Hilft es dir, wenn ich verspreche, vorsichtig zu sein? Ich gestehe, die Tatsache, dass Ezra bisher kein blutrünstiges Tier war, lässt mich an allem zweifeln – nur nicht an ihm.«

»Wenn Vollmond ist und du zur Blutnacht in die Rockys musst, dann wird auch er dort sein, und vielleicht ist er dann nicht er selbst. Es liegt in seiner Natur.«

War das tatsächlich so? War es die Natur und das Wesen der Werwölfe, bösartig zu sein? Zu töten? Ich konnte nicht leugnen, dass die Geschichte für sich sprach. Was die Wölfe getan hatten, war schrecklich. Aber was, wenn sie gelernt hatten, sich zu kontrollieren? Wenn sie nicht mehr die Schauergestalten aus den Legenden von früher waren? So wie auch wir Menschen uns weiterentwickelt und uns selbst Gesetze und Regeln auferlegt hatten. Wobei …

Waren es nicht sogar die Jäger, die monatlich in die Berge zogen, einen Wolf gefangen nahmen und andere anlockten, um sie zu töten? Waren nicht wir diejenigen, die einer anderen Spezies eine Falle stellte, um sie auszurotten?

Waren etwa wir die Monster?

»Du vertraust mir doch, oder?«

»Immer«, antwortete sie, ohne nachzudenken. »Allerdings vertraue ich den Wölfen absolut nicht.«

Ich atmete tief aus. »Trotzdem. Ezra ist anders. Meinst du, du kannst das akzeptieren? Es zumindest zu versuchen?«

Sophie ließ sich mit ihrer Antwort Zeit. Schließlich nickte sie, was mir einen kleinen Teil der Last von meinen Schultern nahm. »Ich akzeptiere es. Akzeptier du aber bitte meine Sorgen. Ich will einfach nicht, dass dir etwas passiert.«

»Ich bin vorsichtig, versprochen.«

Sie hielt mir den kleinen Finger hin, wie in alten Zeiten, wenn wir einander etwas schworen. Ich hakte meinen ein.

»Versprochen.«

Irgendwann am frühen Nachmittag nutzte ich aus, dass Sophie einen Anruf bekam, um frische Luft zu tanken. Die Sonne ließ den See glitzern, die Bäume am gegenüberliegenden Ufer spiegelten sich auf der glatten Oberfläche. Es roch feucht und frisch. Irgendwo quakte ein

Frosch, und hin und wieder platschte es, wenn ein Fisch hoch genug kam. Ansonsten war es still und friedlich.

Ich erwischte mich dabei, wie ich für einen Moment wünschte, Ezra wäre hier. Ich wollte mit ihm reden, ihn nach dem Band fragen, mehr über ihn und die Verbindung wissen, die ich zu ihm spürte. Ich wollte ihn fragen, ob er genauso empfand wie ich.

Sophie trat zu mir auf den Steg.

»Ich muss los.« Sie seufzte. »Meine Cousine braucht Hilfe mit dem Baby, ihr Mann ist von der Leiter gestürzt und will keinen Notarzt rufen, weil es *ja nur die fünfte Sprosse war.*« Sie senkte die Stimme, um den Mann ihrer Cousine zu imitieren.

»Ist er schlimm verletzt?«

Sophie schüttelte den Kopf. »Nein, definitiv nicht, sein Knöchel ist zwar blau und geschwollen, aber er kann noch laufen. Tara möchte dennoch, dass ein Arzt draufschaut.«

Ich nickte gedankenverloren. »Am liebsten würde ich bleiben«, gab ich mit einem Seufzen zu, folgte Sophie aber zu ihrem Wagen. Ich warf einen letzten sehnsüchtigen Blick zur Hütte, ehe ich einstieg und die Blase verließ, die mich vor Crescent Hill und allem, was dort war, beschützt hatte.

Sophie brachte mich nach Hause. Es schien eine gefühlte Ewigkeit her zu sein, dass Ezra mich zur Schule gefahren hatte, dabei waren es nur einige Stunden gewesen, die wir uns ausgeklinkt hatten.

Als die Tür der Villa ins Schloss fiel, war es gespenstisch ruhig. Meine Eltern waren natürlich noch nicht zurück. Normalerweise hätte ich jetzt meine Trainingssachen holen und direkt zur Akademie fahren müssen. Doch mit dem Betreten der Villa sank mein Energielevel schlagartig gen Nullpunkt. Ich warf den Schlüssel in die Schale auf der Kommode, streifte meine Schuhe ab und ließ den dunklen Flur hinter mir, um mir in der Küche einen Kaffee zu kochen. Der half beständig, um meine Geister zu beleben.

Mit dem dampfenden Becher bewaffnet trottete ich hoch in mein Zimmer. Ich schaltete den Fernseher an, suchte meine Lieblingsserie raus und ging ins angrenzende Bad, um mich kurz frisch zu machen. Als ich wiederkam, stand Ezra neben meinem Fenster und sah hinaus.

»Das sollte keine neue Angewohnheit von dir werden«, stellte ich nüchtern fest, was ihm ein Schmunzeln entlockte.

»Du warst nicht in der Schule.«

»Sehr gut erkannt, Watson. Wie kommst du hier eigentlich ständig rein?«

»Reicht es, wenn ich sage, ich hab meine Mittel?«

»Nein.«

»Hm. Deine Fenster sind leicht von außen zu öffnen.« Er deutete mit der Hand zum Fenstergriff.

»Und hochklettern kannst du, weil du ein Werwolf bist?«

»Ich bin beeindruckt, Sherlock.«

Es war so leicht, mit ihm zu reden. Schon dieses winzige Gespräch nahm etwas von dem Gewicht, das auf meinen Brustkorb drückte, und ersetzte es durch wohlige Wärme.

»Was machst du hier, Ezra?«

»Du warst nicht in der Schule«, wiederholte er. »Ich wollte nachsehen, ob etwas passiert ist.«

Ich hob eine Braue. »Also hast du dir Sorgen gemacht.«

»Bei allem, was gerade los ist in deinem Leben, kannst du mir das nicht verübeln, oder? Also: Wie geht's dir?«

»Gut«, log ich.

Er war so schnell, dass ich seine Bewegung kaum wahrnahm. Plötzlich stand er direkt vor mir, suchte in meinen Augen nach der Wahrheit. »Und jetzt noch mal ehrlich.«

»Nicht so gut«, gestand ich.

Wortlos griff er nach meinen Händen und zog mich zum Bett. Es war verrückt, wie sehr ich ihm vertraute, es fühlte sich zu keiner Sekunde seltsam an. Nicht, als er sich auf mein Bett setzte und neben sich klopfte, und auch nicht, als ich mich einfach neben ihn legte und den Kopf an seine Brust lehnte. Er hielt mich bloß in den Armen, während wir beide halbherzig eine Serie ansahen. Doch ich ließ es zu.

Ließ zu, dass wir einander so unfassbar nah waren, dass das Band in meinem Innern vor Freude zuckte. Ich hatte keine Kraft, gegen diese Verbindung anzukämpfen. Ich wollte es auch nicht. Die Wärme, die das Band ausstrahlte, füllte mich vollkommen aus. Ezras Nähe linderte meinen Schmerz, als wären wir dazu geschaffen, einander zu finden. Er roch nicht länger nach Aftershave und Erde, nein, er roch nach zu Hause.

Doch irgendwann wurde es dunkel, und mit der Nacht und dem Aufgang des Halbmonds brach die Realität über mich herein.

»Du musst gehen.« Meine Zunge war träge geworden. Mein Blick traf auf den von Ezra, doch ich wandte mich ab, als ich mich aufsetzte.

»Wieso?«

Es war eine einfache Frage, die mich allerdings ziemlich aus der Bahn warf. Wieso konnten wir nicht noch etwas länger auf Pause drücken und die Welt dort draußen ignorieren? Es war so verlockend, mich zu ihm zu legen, meinen Kopf auf seine Brust zu betten und seinem Herzschlag zu lauschen.

Aber es ging nicht.

Die Welt drehte sich, auch wenn wir die Flucht ergriffen. Irgendwann würde die Realität uns einholen, in Form meiner Eltern, die aus der Akademie heimkamen und mir die Hölle heiß machen würden, weil ich das Training verpasst hatte.

»Du kannst nicht bleiben, Ezra. Meine Eltern …«

»Ist mir egal, was die wollen. Lass uns abhauen! Wir können gehen, wohin du möchtest. Noch einen Moment länger nicht die Welt retten.« Er klang rau, fast so, als wäre auch er träge von den letzten Stunden im Bett.

»Meine Abschlussprüfung ist morgen.«

Die Prüfung, das Licht am Ende des Tunnels, auch wenn ich mich schrecklich davor fürchtete. Doch wenn ich sie erst hinter mir hatte, würde ich endlich wissen, was Aaron mir versprochen hatte. Was sein Wunsch, ganz tief in seinem Herzen, für mich gewesen war, denn das hatte er gesagt, als wir die Dose vergraben hatten, dass sie seinen Wunsch für mich enthielt. Es würden die letzten Worte sein, die er jemals an mich richten würde. Ich sehnte sie herbei und fürchtete mich gleichermaßen davor, zu erfahren, was er mir noch zu sagen hatte. Er würde es nicht mehr erklären können. Es wären nur Worte, schwarz auf weiß.

Aber sie waren alles für mich.

»Willst du, dass ich an deiner Seite bin?«

Ging es hier noch um die anstehende Prüfung? Oder hing da mehr zwischen den Worten? Ging es um uns?

Wenn ich nur daran dachte, was die Akademie als Prüfung veranstaltete, wurde mir schlecht. Ezra sollte nicht dabei sein, wenn ein Werwolf in seiner menschlichen Gestalt angekettet wurde. Wenn sich die Prüflinge auf ihn stürzten und er sich nicht einmal verteidigen konnte. Es war so barbarisch, wie ich es nur aus Gladiatoren-Filmen kannte, und hatte absolut nichts Heldenhaftes an sich. Wir wurden vorgeführt und gefeiert, als hätten wir etwas Großes vollbracht. Dabei war es schlicht Mord.

»Wenn es dir hilft, dass ich dabei bin, werde ich es sein«, bestärkte er sein Angebot, als wüsste er um meinen Zwiespalt. Wie konnte ich ihn darum bitten?

»Wieso?«, fragte ich mit belegter Zunge. »Wieso willst du dir das antun?«

»Liegt das nicht auf der Hand?« Er berührte wie selbstverständlich meine Wange. Seine Iriden veränderten sich, hatten jetzt nicht mehr die Farbe von sonnendurchflutetem Bernstein, sondern von flüssigem Gold. Mein Herz schlug kräftig gegen meinen Brustkorb, als würde es hinausspringen wollen. Die Luft um uns herum lud sich elektrisch auf, es knisterte heftig zwischen uns.

Ich traute meiner Stimme nicht, brachte nur ein Kopfschütteln zustande. Meine Kehle wurde trocken. Ich verzehrte mich nach ihm. Jede Pore meines Körpers verriet mich in seiner Nähe. Ruckartig ergriff ich die Flucht ans andere Ende des Zimmers, doch er ließ es nicht zu.

Viel zu schnell war er bei mir. »Du kannst nicht leugnen, dass du etwas in meiner Nähe empfindest.«

»Du bist ein Werwolf und ich eine Jägerin, Ezra, ich *kann* nichts für dich empfinden. Wir sind Feinde.« Würde ich laut zugeben, wie sehr ich ihm bereits verfallen war, gäbe es kein Zurück mehr. Dann wurden wir, was die Geschichte nicht vorsah. Himmel, jeder wusste doch, wie Julia und Romeo geendet hatten! Wie konnte ich dieses Risiko eingehen? Wie konnte ich Ezra dieser Gefahr aussetzen?

Ezra schien davon unbeeindruckt. »Sag nicht, dass du das Band nicht spürst.«

Ging es ihm also genauso? Spürte auch er das Ziehen und Surren des Bandes, wenn wir beieinander waren? War es für ihn genauso schwer, sich von mir fernzuhalten?

»Du spürst es?«, fragte ich atemlos. Gleich mehrere Emotionen stürmten auf mich ein. Allem voran Erleichterung: Ich war nicht allein mit diesem Gefühl! Es beruhte auf Gegenseitigkeit, es war *real.*

»Ich spüre es«, bestätigte er. »Und es ist ein Kampf, dem Drang zu widerstehen, dich endlich zu küssen.«

»Dann tu es nicht länger.«

Ich tat es nicht mehr, konnte nicht mehr standhalten, egal was die Konsequenz sein würde. Ich griff in sein Shirt, zog ihn bestimmend zu mir und küsste ihn. Seine Lippen trafen auf meine, und es war wie ein Feuerwerk. Die Verbundenheit zu ihm verfestigte sich, das Band in unserem Inneren verflocht sich mit dem jeweils anderen.

Er umfasste meine Taille, zog mich näher heran. Ich schlang meine Arme um seinen Hals, griff in seinen Nacken und presste meinen Körper gegen seinen. War der Kuss zunächst sanft und fragend, entwickelte er so schnell pure Leidenschaft, dass mir schwindelig wurde. Ich spürte sein Herz im selben Takt mit meinem schlagen. Ich öffnete die Lippen und unsere Zungen prallten aufeinander, ich spürte die Hitze, die sich in jeder Faser meines Körpers ausbreitete.

Das war nicht nur ein lapidarer Kuss, nicht nur ein Aufeinandertreffen von Mündern. Es war, als würde Ezra meine Seele berühren, als würden wir die Verbindung zwischen uns besiegeln, sodass niemand mehr imstande sein würde, sie zu trennen. *Uns* zu trennen.

Ezra löste sich von mir, hielt mich aber weiterhin fest. Ich traute meinen butterweichen Knien absolut nicht.

»Endlich«, flüsterte er.

Ich strich mit dem Daumen über seine Wange und nickte. »Du weißt, dass wir das unmöglich offiziell machen können, richtig? Wenn mein Vater davon erfährt, wird er dich auf Herz und Nieren prüfen, und wenn er dann herausfindet, was du bist …« Ich ließ den restlichen Satz in der Luft hängen. Doch Ezra verstand mich auch so und nickte.

»Dann tötet er mich, ich weiß.« Er setzte einen Kuss auf meine Stirn, gerade als die Haustür unten zuschlug.

Die Realität kehrte zurück. Meine Eltern!

»Du musst gehen! Sie dürfen dich nicht sehen.«

»Bis morgen bei der Prüfung, okay? Ich werde da sein.«

Mir wollte sich der Magen umdrehen, wenn ich nur daran dachte. Doch das war zweitranging – Ezra musste hier weg! Meine Eltern würden ohnehin nicht gut auf mich zu sprechen sein, wenn sie erfuhren, dass ich zusätzlich zum Training auch noch die Schule geschwänzt hatte.

»Bitte geh jetzt!«

Schritte kamen die Treppe empor, und ich drängte Ezra zum Fenster raus. Bevor jemand mein Zimmer betreten konnte, war ich aus der Tür. Ausgerechnet mein Vater kam mir entgegen.

»Wo warst du den ganzen Tag? Hier etwa?« Er versuchte nicht mal, seinen Zorn zu verbergen. Die Finger um das Geländer gekrallt, traten seine Knöchel weiß hervor.

»Nein, ich war unterwegs.«

»Du schwänzt die Schule und das Training bei der Akademie, weil du *unterwegs* warst?«

Mist. Das war ein Eigentor.

»Es war das letzte Training vor deiner Abschlussprüfung!« Die Ader an seiner Schläfe pochte. »Du bist eine Cavanaugh, *du allein* musst den Werwolf töten. Niemand sonst darf dir zuvorkommen, hast du das verstanden?«

»Muss ich das?« Die Worte platzten aus mir heraus, ehe ich über sie nachdenken oder sie aufhalten konnte. Es musste gesagt werden. »Ehrlich gesagt, bin ich nicht mehr so sicher, ob das, was wir tun, noch richtig ist. Was, wenn die Wölfe sich geändert haben? Wenn sie nicht mehr die Bestien von früher sind? Hast du das schon mal in Erwägung gezogen?«

Ich konnte schlecht auf Ezra verweisen, ohne ihn in Gefahr zu bringen, doch *ich* hatte ihn kennengelernt, und er war garantiert kein Monster. *Wir* waren es. *Wir* töteten wahllos und ohne Gnade. Nicht die Wölfe, sondern die Jäger.

Mein Vater stolperte eine Stufe zurück, als hätte ich ihn geschlagen. »Dass du es wagst, so etwas auch nur zu denken.«

»Es muss einen anderen Weg geben! Diplomatie oder Gespräche, irgendwas. Wenn wir einander zuhören und voneinander lernen könnten, vielleicht …«

»Sie haben meine Eltern und meine Geschwister getötet!« Er zischte jetzt, kalkweiß vor Zorn und Entsetzen. So hatte ich ihn noch nie erlebt. »Sie sind immer und zu jeder Sekunde eine Bedrohung! Es ist unsere Pflicht – meine und deine –, sie auszurotten. Aaron hätte das niemals in Zweifel gezogen, er hätte niemals derart wirres Zeug geredet!«

Ich war es so leid.

»Ich bin *nicht* Aaron! Und ich will es auch nicht sein.«

Ohne seine Erwiderung abzuwarten, stapfte ich zurück in mein Zimmer und schmetterte die Tür zu. Er folgte mir nicht.

Gut so.

Ich griff nach meinem Handy und rief mit zitternden Fingern Sophie an. Sie nahm nach dem ersten Klingeln ab.

»Bist du noch bei deiner Cousine?«

»Ich bin zu Hause. Was ist passiert?«

»Mein Vater … wir haben gestritten. Ich muss weg.«

»Schon wieder? Soll ich dich abholen?«

»Nein, ich fahre selbst. Gib mir zwanzig Minuten.«

»Fahr vorsichtig, okay?«

Ich beendete den Anruf, versuchte das Zittern unter Kontrolle zu bringen und packte einige Sachen, ehe ich die Treppen nach unten ging. Ich hörte schon von Weitem, dass meine Eltern stritten.

»Wo willst du hin?«, fragte mein Vater, als er mich erblickte.

»Das geht dich nichts an«, keifte ich und riss die Haustür auf. Ich war so schnell draußen, dass er gar keine Chance hatte, mich aufzuhalten. So schnell ich konnte, lief ich zu meinem Wagen, sprang hinein und raste aus unserer Einfahrt. Ich wollte nur noch weg von hier, weg von dieser Familie, die wie Gift für mich war.

15
Maya

Es war so weit, die Prüfungen hatten begonnen. Meine Hände waren eiskalt und schwitzig. Das Poloshirt der Jäger kratzte auf meiner Haut und saß so eng, als wollte es mir die Luft zum Atmen rauben. Der Warteraum war kalt und steril. Weiße Wände, weiße Tische und Bänke. Ich saß auf einer davon und zwang die Panikattacke nieder, die sich in mir aufbaute.

Gleich würde ich meine Prüfung ablegen. Ich hatte überlegt, mich davor zu drücken, einfach bei Sophie im Bett zu bleiben und zu warten, bis der Tag vorbei war, doch mein Vater höchstpersönlich hatte mich abgeholt und zur Akademie geschleift. Als hätte er geahnt, dass er kurz davor stand, mich vollends zu verlieren. Jetzt starrte ich auf das Fenster mir gegenüber und überlegte, ob ich noch genug Zeit hatte, um hinauszuklettern, bevor mein Name aufgerufen wurde.

»Grab sie erst aus, wenn du die Prüfung abgelegt hast und eine vollwertige Jägerin bist, okay? Wenn ich dich eher hier hinten sehe, rede ich nie wieder ein Wort mit dir.« Aarons Stimme hallte in meinem Kopf wider und erinnerte mich an unser Versprechen.

Doch gerade zweifelte ich sogar daran. An dem Wert, an das Gewicht dieses Versprechens. Heute Abend würden die Anwärter einem Wolf in seiner Menschengestalt entgegentreten. *Wir* würden ihn töten müssen. War diese Dose es wert, dass ich zur Mörderin wurde? Ich wollte kein Blut an meinen Händen kleben haben, ich konnte es einfach nicht. Das alles war barbarisch. Aber mir fiel kein Ausweg ein, kein Fluchtplan. Als wären alle anderen Türen verschlossen, als könnte ich nur diesen einen Weg geradeaus gehen. Wie kam ich da raus?

»Cavanaugh, Maya«, ertönte eine blecherne Stimme durch den Lautsprecher, und ich hob den Kopf. Ich war nur noch mit zwei anderen in dem Raum. Fünfzehn waren es gewesen.

Mit rasendem Herz erhob ich mich und trat auf den Flur hinaus. In dem angrenzenden Saal blendete mich das Licht, doch ich unterdrückte die Nervosität, die meinen Magen rebellieren ließ. Mir war speiübel.

Als ich eintrat, wurde es schlagartig still. In der Mitte des Saals standen Tische, an denen die Prüfer saßen. Unter ihnen mein Vater, der mich mit eisiger Miene betrachtete. Ich presste die Lippen aufeinander und suchte mit einem Blick die Tribüne ab, die hinter den Prüfern lag. Offenbar war die ganze Akademie versammelt. Ich sah Schüler, die gerade erst angefangen hatten, aber auch Trainer und Lehrer. Ich fand Ezra, und er nickte mir kurz zu, zeigte mir, dass er bei mir war.

Ich stellte mich an die aufgebaute Werkbank. Meine Finger zitterten, doch ich zwang mich zur Konzentration. Die erste Aufgabe bestand darin, eine Silberkugel zu gießen. Im ersten Halbjahr hatten wir das wöchentlich geprobt, sodass ich es mittlerweile im Schlaf gekonnt hätte. Zudem hatte mein Vater Aaron und mich früh in die Welt der Wölfe entführt und uns auf alles vorbereitet. Nur nicht auf ein übernatürliches Band, das es mir unmöglich machte, dem geborenen Werwolf zu widerstehen. Ich zwang mich, nicht zu Ezra zu schielen, während ich die Temperatur des Schmelzofens prüfte und den Tiegel bereitstellte. Ich wählte zwei alte Silberlöffel aus und zerkleinerte sie routiniert und möglichst schnell. Daraus würde ich mindestens drei Kugeln gießen können, vielleicht sogar vier. Die vertrauten Handgriffe führten dazu, dass sich mein Puls beruhigte. Ich blendete den Saal aus, konzentrierte mich ganz auf die Hitze und den nächsten Schritt. Nachdem ich das flüssige Silber sorgsam umgefüllt und zum Abkühlen beiseitegestellt hatte, führte mich Michael zu einem Schreibtisch. Er gab mir ein Tablet für den theoretischen Test.

Frage: Welche Schritte führen im Nahkampf zuverlässig zum Tod eines Werwolfs? Nenne drei.

Schlagartig kehrte die Nervosität zurück.

Falls ich die Fragen absichtlich falsch beantwortete, musste ich dann heute Abend in der Arena kämpfen? Oder wurde ich ausgeschlossen, wenn ich durchfiel? Ich dachte an den Werwolf, der angekettet und eingesperrt darauf wartete zu sterben. Hatte er Angst? Fürchtete er sich vor uns? Waren nicht *wir* die wahren Monster?

»Maya?«

Ich fühlte mich wie in Watte gepackt. Alles schien so weit weg zu sein, das Blut rauschte in meinen Ohren. Ich hätte schwören können, dass ich jeden Moment ohnmächtig wurde.

»Maya, du musst jetzt mit dem Test anfangen«, forderte Michael mich auf, und ich starrte auf das Tablet.

»Du bist eine Schande für diese Familie«, hallten die Worte meines Vaters in meinem Kopf wider. Eine Schande, so nannte er mich. Weil er dachte, dass ich es nicht draufhatte. Dabei verstand er nicht, dass es keineswegs am Können scheiterte, sondern am Wollen. Doch wie sollte ich ihm beweisen, dass er falschlag, wenn er den Fehler allein bei mir suchte? Nein, ich würde ihm beweisen müssen, dass ich sehr wohl das Zeug zur Jägerin hatte, dass ich aber, anders als er, auch über ein Gewissen verfügte. Über Anstand und Reue. Fähigkeiten, die ihm vollkommen abgingen.

Ich wischte mir die Hände an der Jeans ab, dann nahm ich den Stift in die Hand. Mein Blick flog zu meinem Vater. Keinerlei Emotionen standen ihm ins Gesicht geschrieben. Kalt wie eh und je. Mehr ein lebendes Mahnmal denn ein Mensch.

Entschlossen begann ich, die Fragen zu bearbeiten. Ich wusste jede Antwort. Ich war mit dem Wissen um die Wölfe aufgewachsen, ich konnte nicht falschliegen. Binnen weniger Minuten hatte ich mich durch den Test gearbeitet, sämtliche Schwachstellen der Wölfe genannt und zahllose Arten ihres Todes erläutert. Ich legte den Stift zur Seite. Michael, der hinter mir gestanden und darauf geachtet hatte, dass ich nicht schummelte, griff nach dem Tablet und wertete den Test aus.

Ich schloss die Augen, hörte den Applaus und das Jubeln aufbranden, als die Testergebnisse angezeigt wurden.

»Einhundert Punkte, herzlichen Glückwunsch, Maya.«

Doch das Erfolgsgefühl blieb aus, ich spürte nur eine Leere, die mich zu ersticken drohte.

Anstatt mich feiern zu lassen, stand ich wortlos auf und verließ den Saal. Meine Gedanken kreisten einzig und allein darum, dass ich in wenigen Stunden einem Werwolf gegenüberstand. Das machte mir Angst. Nicht nur, weil ich verletzt werden konnte, sondern weil ich mich davor fürchtete, dass der Wolf starb. Doch wie sollte ich aus dieser Sache herauskommen? Selbst wenn ich nicht anwesend war, würden die anderen Prüflinge in die Arena gehen und den Wolf töten.

Ich presste die Lippen aufeinander und beschleunigte meine Schritte, bis ich anfing zu rennen. Durch die marmornen Flure der Akademie zum Ausgang hinaus und weiter, immer weiter, bis ich genügend Abstand zwischen mich und die Akademie gebracht hatte. Ich stützte mich gegen einen Baum. Mein Herz schlug rasend schnell gegen meine Brust, und ich zerrte an der Knopfleiste des Poloshirts. Es war zu eng, es schnürte mir den Atem ab.

»Hey, es ist alles in Ordnung.« Ich spürte eine Hand an meinem Rücken, richtete mich auf und warf mich in Ezras Arme. Er hielt mich einfach fest.

»Ich habe Angst«, flüsterte ich erstickt. Ezra sah mich an. Zaghaft nahm er mein Gesicht in die Hände.

»Wir können immer noch fliehen.«

Ich schüttelte den Kopf. »Das Versprechen …«

Ezra schnaubte. »Dein Bruder würde mit Sicherheit nicht wollen, dass du gegen deine Prinzipien handelst. Du willst nicht kämpfen und keine Jägerin sein. Oder?« Er fragte es hoffnungsvoll, so als müsste er sich vergewissern, dass ich nicht sein Feind war.

»Ja«, flüsterte ich. »Ich will keine Jägerin sein und erst recht will ich niemanden töten. Die Vorstellung war mir schon immer ein Graus, jetzt aber, da ich dich kenne, kann ich es noch weniger. Denn das könntest du sein, der dort getötet wird.« Ich schluckte gegen den Kloß in meinem Hals an, doch es brachte nichts. Ezra streichelte über meine Wange.

»So sehr magst du mich also, ja?«

»Verfluchter Wolf!«

Er lachte. »Ich bin dein Wolf.«

»Und jetzt?«, fragte ich. »Was soll ich tun?«

Seufzend zog er mich in die Arme und legte sein Kinn auf meinen Scheitel. Mit den Händen zog er Kreise auf meinem Rücken. »Das musst du entscheiden. Wenn du gehen willst, lasse ich alles stehen und liegen und komme mit dir. Aber«, er zögerte, »du kannst nicht gehen.«

Stimmt. Ich konnte nicht. Noch nicht.

Er drückte mich fest, dann schob er mich von sich. »Hör zu, Maya. Dieser Wolf wird sterben. Ob du nun dabei bist oder nicht. Daran können wir nichts ändern, auch wenn wir es wollten. Für die Akademie ist er das Monster, und solange sie nur das in ihm sehen, hat er keine Chancen.«

»Sie müssen ihn sehen«, flüstere ich. »Sie müssen sehen, wie er wirklich ist! Wie ihr alle seid! Keine Monster, sondern Menschen.«

»Und wie willst du das schaffen?«

»Keine Ahnung«, gab ich zu. »Aber die einzige Chance auf Veränderung besteht darin, dass ich sie von innen heraus bewirke. Irgendwie. Wenn ich nur mit dem Wolf sprechen könnte, bevor er in die Arena geführt wird, vielleicht könnte ich ihn überzeugen, dass wir zusammenarbeiten.«

Ezras Blick hellte sich auf. »Und dann?«

»Ihr seid keine Monster«, sagte ich fest. »Wir sind es.«

Wir kehrten gerade rechtzeitig zurück, als die Prüflinge in den Saal gerufen und die Ergebnisse verkündet wurden – von den fünfzehn Prüflingen hatten es nur acht geschafft. Für die sieben Prüflinge, die durchgefallen waren, gab es einen Nachholtermin. Verfehlten sie die Ergebnisse erneut, mussten sie auf das nächste Jahr warten. So wie Jamie. Er war gar nicht erst zu den Prüfungen zugelassen worden. Angesichts dessen, dass er nun ein Wolf war, das geringere Übel.

Ich hatte das Gefühl, in einem Albtraum gefangen zu sein und die Welt nur entfernt wahrzunehmen. Alles klang gedämpft, das Jubeln der Zuschauer, die Rede meines Vaters, selbst die Glückwünsche, die mir von überall zu meiner Bestleistung entgegengebracht wurden. Als wir endlich nach draußen durften, atmete ich auf. Ich brauchte nur fünf Minuten für mich allein. Ich musste zu dem Wolf gelangen, musste mit ihm sprechen. Sonst war alles vergebens.

Doch Michael ließ uns keinen Moment aus den Augen. Er führte uns zur Rückseite der Arena. Die Zuschauer hingegen strömten auf die Tribüne, um durch das Panzerglas das Geschehen im Innern zu verfolgen.

Mir war kotzübel, als wir den Warteraum erreichten; das war die Chance, die vielleicht letzte überhaupt, um meinen Plan in die Tat umzusetzen.

»Ich muss kurz auf Toilette«, bat ich und Michael nickte.

»Mach schnell«, sagte er. »Es geht gleich los.«

Eilig huschte ich zur Damentoilette gegenüber und trat ein. Ich zählte bis zehn, zog dann die Tür einen Spaltbreit auf und spähte hinaus. Jetzt oder nie.

Bevor ich entwischen konnte, hielt mich jemand an der Schulter fest. Ich blickte meinem Vater in die stahlgrauen Augen, die Aarons – und meinen – so ähnlich waren. Es war seltsam, dass wir äußerliche Gemeinsamkeiten hatten und doch so grundverschieden waren. Ich sah aus wie seine Tochter, doch ich fühlte mich nicht so.

»Sei nur dieses eine Mal eine Cavanaugh.«

Entgegen aller Vernunft nickte ich ihm zu. Er übte einen schwachen Druck auf meine Schulter aus, wahrscheinlich um mir zu zeigen, dass er alles von mir erwartete, und dirigierte mich zurück zum Warteraum. Mist.

Michael stand vor der Waffenwand, die Dolche, Armbrüste und vieles mehr zeigte. »Da bist du ja, Maya. Gerade noch rechtzeitig. Ihr alle wisst, was jetzt auf euch zukommt. Ihr werdet euch eine Waffe aussuchen und in die Arena gebracht. Der Werwolf, gegen den ihr kämpft, wird versuchen, euch zu töten, kommt ihm zuvor! Alles ist erlaubt, ihr könnt im Team kämpfen, euch einen Plan überlegen oder es allein versuchen. Tragt bitte eure gewählte Waffe in die Liste ein, darüber ermitteln wir später den Wolfstöter. Habt ihr das verstanden?« Die Prüflinge bejahten und wurden an die Waffenwand gelassen.

Es war zu spät. Das einzige Zeitfenster, in dem ich unbemerkt hätte verschwinden können, war verstrichen. Ich musste jetzt rein, in die Arena, ohne mit dem Wolf gesprochen zu haben und ohne Plan B. Mein Körper schaltete komplett auf Autopilot um. Ich folgte den anderen, nahm zwei Silberdolche aus den Halterungen und wog das Gewicht kurz ab. Sie waren perfekt ausbalanciert, und ich hatte mit ihnen schon oft trainiert.

Aus der Arena drang eine männliche Stimme. Es glich einer Show, der Moderator heizte der Menge ein und Jubel und Geschrei ertönte. Crescent Hill war barbarisch, das wurde mir in diesem Moment erst richtig klar. Ich hatte die Prüfungen schon immer gehasst, hatte auch nicht mit angesehen, wie Aaron hier gekämpft hatte. Jetzt selbst in diesen Gängen zu stehen und gleich gegen einen Werwolf kämpfen zu müssen, bescherte mir Übelkeit.

Offenbar nicht nur mir. Kurz vor der Tür würgte einer der Prüflinge und erbrach sich in eine Vase. Ich hörte nur die Würgegeräusche und zwang meinen Magen, sich zu beruhigen.

Dann öffnete sich das Tor und die Flutlichter nahmen mir die Sicht, als wir hinaustraten. Die Menge jubelte und rief unsere Namen, einige von den Prüflingen hoben feierlich ihre Waffen und präsentierten sich. Sie waren stolz, dass sie nun hier standen.

Nur Melissa nicht. Sie stand bloß zwei Schritte von mir entfernt und betrachtete mich nachdenklich. Skepsis lag in ihrem Blick, ihre Augenbrauen waren leicht zusammengezogen, als würde sie über etwas rätseln, was mich betraf. Anders als die anderen wirkte sie nicht so, als wäre sie gern hier.

Ein weiteres Rolltor fuhr hoch. Es blieb ein paar Sekunden ruhig, dann ertönte ein Knurren und der Werwolf preschte aus der Dunkelheit hervor. Ich trat unweigerlich ein paar Schritte zurück, doch auch so hätte der Wolf mich unmöglich erreicht. Er war angekettet, und sosehr er auch an den Fesseln zerrte, sie hielten ihn zurück. Natürlich war er nicht gänzlich verwandelt. Seine menschliche Gestalt war nur etwas verändert, der Kiefer stand hervor und seine spitzen Eckzähne waren sichtbar. Mich traf beinahe der Schlag, als ich die Gestalt, halb Mann, halb Wolf, als eine derer erkannte, die wir in den Rocky Mountains belauscht hatten.

Ich nahm einen Schatten hinter dem Wolf wahr, doch ich konnte mich kaum darauf konzentrieren.

»Lasst den Kampf beginnen!«, rief der Moderator ins Mikro, und die Ketten gaben ein weiteres Stück nach. Sie erhöhten den Bewegungsradius, zwangen uns zurück – oder in die Offensive. Der Wolf stürzte vor, um einen von uns zu erwischen. Er schlug mit der Pranke nach uns, knurrte und brüllte, doch er kam nicht an uns heran. Noch nicht. Ich hielt die Dolche erhoben, war aber wie festgefroren.

Wie sollte ich hier und jetzt unter aller Augen mit dem Wolf kommunizieren? Wie konnte ich ihm verständlich machen, dass er nur dann eine Chance aufs Überleben hatte, wenn er nicht kämpfte, sondern seine menschliche Seite zeigte?

Ich versuchte seinen Blick aufzufangen, blinzelte ihm zu. Und tatsächlich, er fixierte mich. Doch etwas stimmte nicht.

Ich hatte Ezras Augen bereits glühen gesehen, doch er war immer er selbst gewesen. Dieser Mann jedoch hatte nichts mehr mit einem Menschen gemein, auch wenn sein Körperbau noch dem unseren glich. Er knurrte und geiferte und zeigte seine Zähne.

Was sollte ich tun?

Die Ketten gaben erneut nach, der Wolf nutzte den Schwung und riss sich los. Panische Schreie erklangen aus dem Publikum. Da katapultierte der Wolf bereits einen der Prüflinge mit einem Prankenhieb zur Seite und stürzte sich auf mich. Ich wich aus – in letzter Sekunde.

Scheiße. Scheiße, scheiße, scheiße!

Pure Angst schoss durch meinen Körper, und alles in mir schrie zur Flucht, doch die Tore waren fest verschlossen, wir saßen in der Falle. War das Teil der Prüfung? War das die Art meines Vaters, mich herauszufordern? Mir zu beweisen, dass es hierbei um Leben und Tod ging? Dass es kein Spiel war?

Der Wolf erklomm eine Wand, doch die Drähte standen unter Strom und beförderten ihn zurück zum Boden. Ein animalisches Knurren drang aus seiner Kehle. Er stürzte sich auf Melissa. Sie holte aus, traf ihn mit dem Messer am Bein. Er heulte markerschütternd auf, drehte sich um und stürzte erneut auf sie zu.

Ich riss sie im letzten Moment beiseite.

»Alles okay?«, fragte ich atemlos, und sie nickte.

»Das hätte gar nicht passieren dürfen«, flüsterte sie. »Die Fesseln – er dürfte gar nicht …« Schreie ertönten, der Wolf trieb drei Prüflinge in eine Ecke. »Hey!«, brüllte Melissa, nahm einen meiner Dolche und warf ihn auf den Wolf. Die Spitze drang direkt in seinen Oberschenkel ein. Er jaulte schmerzerfüllt auf; die Prüflinge nutzten die Chance und formierten sich neu. Der Wolf aber zog den Silberdolch aus seinem Fleisch und fixierte uns.

»O fuck«, flüsterte ich und umklammerte den verbliebenen Dolch fester. Dann stürzte er los. Melissa reagierte umgehend, während ich vor Angst erstarrte. Sie zog mich hinter eine Holzwand, von denen einige in der Arena standen. Falls wir mit dem Wolf Verstecken spielen wollten. Hier waren wir nicht nur abgeschirmt von den Blicken der Zuschauer, sondern auch kurzzeitig vor dem des Wolfes – doch dieser gab nicht auf. Er raste vor Zorn.

Melissa riss mir den verbliebenen Dolch aus der Hand und ließ ihr eigenes Messer fallen, gerade als der Wolf über das Holz sprang. Er erwischte sie mit den Krallen am Arm, doch sie schaffte es, ihm die Klinge ins Herz zu rammen. Das helle Gelb in seinen Augen erlosch, die wölfischen Halbverwandlungen gingen zurück und es blieb die Menschengestalt, die schließlich zu Boden fiel und uns mit sich riss.

Melissa zog mich mit ihren blutverschmierten Händen hoch. »Du hast ihn getötet, Maya.«

Erschrocken richtete ich meinen Blick auf sie. »Nein«, keuchte ich. Sie hatte ihn getötet. Sie war es gewesen, nicht ich. Ich hatte kein Leben genommen!

Doch in ihrem Gesicht stand Dringlichkeit. »Denk nicht darüber nach, vertrau mir einfach.«

Schon zerrte sie mich mit aus unserer Deckung. Die anderen Prüflinge kamen zögernd näher.

»Es war Maya! Sie hat uns gerettet und den Wolf getötet!« Melissa klang feierlich, als sie an meiner Seite ins Scheinwerferlicht trat.

Ehe ich wusste, wie mir geschah, brachen die anderen Prüflinge in Jubel aus. Es war mein Vater, der die Arena betrat und die Waffe überprüfte, die aus dem Herzen des Wolfes hervorragte. Zweifellos war es mein Dolch. Doch ich hatte ihn nicht geführt.

Er zog ihn aus dem Leichnam heraus und hielt ihn in die Höhe. »Der Dolch von Maya Cavanaugh«, bestätigte er.

Blitzlichtgewitter flutete die Arena, mein Vater war da und legte einen Arm um meine Schulter. Stolz blickte er zu der jubelnden Masse. Wie betäubt ließ ich es geschehen, dass wir fotografiert wurden, dass er nach meinem Handgelenk griff und meinen Arm in einer siegreichen Geste nach oben riss.

Dabei war ich es nicht gewesen. Ich hatte den Wolf nicht getötet. Wieso hatte Melissa das behauptet? Wieso hatte sie gelogen? Sie hätte genauso gut ihr Messer nutzen können, der Dolch war nicht nötig gewesen. Er war keine bessere Waffe. Wieso verzichtete sie auf den Ruhm?

»Sei froh, dass du ihn getötet hast.« Vater flüsterte mir die Worte nur zu, doch sie verloren ihre Kraft dadurch keineswegs. Er nahm das Mikro, das der Moderator ihm hinhielt, und wandte sich dem Publikum zu.

»Liebe Bürgerinnen und Bürger von Crescent Hill!« Seine Stimme war laut und feierlich. »Die Prüfungen sind abgeschlossen, und ich darf verkünden, dass eine weitere Bestie eliminiert wurde!«

Die Menge über uns, die wir durch die doppelt verglasten Scheiben sahen, jubelte meinem Vater zu.

»Es erfüllt mich mit großem Stolz, dass es meiner Tochter, Maya Cavanaugh, gelungen ist, den Werwolf zu töten. Sie wird uns auch in der Blutnacht begleiten und unsere Stadt mit ihrem Leben beschützen!«

Die Menge tobte. Ich hörte meinen Namen, wurde hochgehoben und den Menschen präsentiert. Vielleicht hätte ich mitspielen und allen zeigen sollen, wie stolz ich auf mich war. Doch ich konnte es nicht. Ich konnte nicht so tun, als wäre ich es gewesen, als würde ich diese grausame Tat ebenso feiern wie die übrigen Bürger, wie mein Vater.

Das, was geschehen war, war mir ein Rätsel. Aber irgendetwas in meinem Inneren sagte mir, dass Melissa ihre Gründe gehabt hatte. Und ich musste definitiv herausfinden, welche es waren.

16

Ezra

Ich wünschte, ich hätte dem Wolf helfen können. Es war barbarisch, ein Lebewesen anzuketten und eine Horde Prüflinge auf es loszulassen, damit sie es umbrachten. Es war so barbarisch, dass ich nicht dableiben konnte. Nicht einmal Maya zuliebe.

Doch gerade als ich die Arena verlassen hatte, hörte ich die Jubelschreie in der Nacht widerhallen.

Er war tot.

Sie hatten den Werwolf getötet.

Und während die Jäger feierten, dass eine weitere *Bestie* hingerichtet worden war, hatte irgendwo in den Rockys jemand einen Freund, eine geliebte Person oder ein Familienmitglied verloren. Crescent Hill war der Ursprung der Jäger, doch ich hätte nicht erwartet, dass es solche Zustände gab. Ich war dem Band in meinem Inneren gefolgt, und es hatte mich zu Maya geführt. Nie würde ich das wieder aufgeben – doch es war dringend notwendig, dass wir etwas in dieser Stadt änderten. Dass die Wölfe endlich eine Chance bekamen, so gesehen zu werden, wie sie nun mal waren.

Schneller als gedacht war ich in meinen Wagen gestiegen und losgefahren. Die Straßen waren menschenleer, und ich trat ordentlich aufs Gas, als ich das Auto in Richtung der Rockys lenkte. Es dauerte eine halbe Stunde, bis ich dort angekommen war, wo ich hinwollte.

Die Wohnwagensiedlung der Wölfe lag still und düster vor mir, einzig meine Scheinwerfer erhellten die Szenerie. Ungefähr ein Dutzend Caravans standen versteckt zwischen Bäumen und Dickicht.

Selbst gespannte Wäscheleinen hingen von Ast zu Ast für die Kleidung, die das Rudel in einem nahe liegenden Fluss wusch. Es waren Zustände, wie ich sie bisher nirgends erlebt hatte. Mit meinem Rudel war ich von Kleinstadt zu Kleinstadt gezogen. Wir hatten uns frei und unerkannt unter den Menschen bewegt – bis wir den Jägern zum Opfer gefallen waren. Es war seltsam ironisch, dass wir in manchen Städten beinahe normal leben konnten, es in anderen Regionen aber schier unmöglich war.

Ich stieg aus. Die Wohnwagen lagen totenstill vor mir.

»Ich bin es«, rief ich in den Wald. Kurz darauf regte sich etwas, und die ersten Silhouetten traten zwischen den Bäumen hervor.

»Marc?«

Ich schüttelte den Kopf, als Zeichen, dass er es nicht geschafft hatte. Eine Frau schluchzte, ging in die Knie und wurde von einem Mann gestützt.

»Es tut mir leid«, murmelte ich. Das tat es wirklich. Ich wünschte, ich hätte etwas tun können.

Das Klingeln meines Handys war ohrenbetäubend laut in der Stille der Nacht. Ich nahm den Anruf an. »Melissa?«

»Es hat funktioniert«, sagte sie am anderen Ende der Leitung. »Ich hab's so aussehen lassen, als hätte Maya ihn getötet.«

»Wie hat ihr Vater reagiert?«

»Er ist geplatzt vor Stolz. Es sollte fürs Erste keine Probleme mehr geben, wenn sie so tut, als wäre sie eine Jägerin.«

Es war nicht meine Idee gewesen, Maya heimlich zur Siegerin zu küren. Ich hätte ihr sofort von dem Plan erzählt, allerdings wollten das Rudel und Melissa abwarten, sehen, wie sich die Lage entwickelte. Sie trauten Maya noch nicht, doch wir brauchten dringend mehr Jäger auf unserer Seite, um die Wölfe hier endlich zu befreien und ihnen ein normales Leben zu ermöglichen.

Maya war Teil dieses Plans. Sie wusste es nur noch nicht.

17
Maya

Heißes Wasser strömte über meinen Körper, konnte die Kälte in meinem Inneren allerdings nicht auslöschen. Ich wusste nicht, wie lange ich bereits hier ausharrte. Seit ich das Blut abgewaschen hatte, stand ich einfach nur da, hielt meinen Oberkörper mit den Armen umschlungen und ließ das heiße Wasser über meinen Rücken laufen.

Mein Körper bebte, und ich umklammerte mich fester, kniff die Lider zusammen, doch die Bilder in meinem Kopf wollten nicht verschwinden. Ich sagte mir immer und immer wieder, dass nicht ich den Werwolf getötet hatte. Es war Melissa gewesen, doch wegen ihr klebte sein Blut auch an meinen Händen. Außerdem war ich in der Arena gewesen – ich hatte meinen Teil zu seinem Tod so oder so beigetragen.

Irgendwann drehte ich das Wasser ab, schlang ein Handtuch um mich und stieg aus der Duschkabine. Ich war ganz allein in der Umkleide der Akademie, alle anderen waren bereits auf der Feier, die zu Ehren der neuen Jägerinnen und Jäger veranstaltet wurde. Nachdem ich über den Spiegel gewischt hatte, blickte ich mir selbst entgegen. Seit Aarons Tod hatte ich mir dabei zusehen können, wie ich Tag für Tag unter dem Verlust erbleicht war – jetzt war mein Blick vollends leer. Ich hasste diesen Anblick, denn er zeigte mir, dass mich diese verdammte Akademie gebrochen hatte.

Zu der Trauer und der Verzweiflung gesellte sich etwas, auf das ich schon lange gewartet hatte.

Wut.

Sie brodelte in mir, wärmte mein Inneres auf und brachte das Blut in meinen Adern zum Kochen. Ich war gezwungen worden, dabei zu helfen, ein Leben zu beenden. Und wofür? Für das Ansehen meines Vaters. Weil er den Wolf als Feind brauchte, um seine eigene Machtposition zu zementieren. Solange es die Wölfe gab, brauchte Crescent Hill ihn, den großen Jäger. Vielleicht lag allein darin die Lösung des Rätsels. Vielleicht war er nichts weiter als ein verbitterter, ohnmächtiger alter Mann, der über seine Zeit hinaus herrschte.

Das Band in meinem Inneren rief nach Ezra, sehnte sich nach seiner schützenden Umarmung.

Du warst nicht unbeteiligt an einem Mord, wirst sogar dafür gefeiert, ihn selbst getötet zu haben, Maya. Du glaubst doch nicht ernsthaft, dass er dich jetzt noch ansehen kann, flüsterte eine Stimme in meinem Kopf, und ich presste die Lippen aufeinander. Das war nicht er, der zu mir sprach. Das war mein eigenes Gewissen. Meine größte Angst.

Bevor ich mich weiter reinsteigern konnte, entfernte ich die verdächtigen Mascara-Überbleibsel und sah kurz auf das Kleid, das meine Mutter mir gebracht hatte. Es war ein dunkelblaues Cocktailkleid, das Oberteil bestand aus feiner Spitze, bestickt mit silbernen Applikationen. Natürlich prangte über dem Herzen die Mondsichel der Akademie. Sie wollten mich auf der Feier präsentieren, die erfolgreiche Wolfstöterin, die Erbin der Cavanaughs, die erste Tochter der Stadt. Himmel, wie ich mich davor sträubte. Aber ich musste mich dem stellen. Also zog ich das verdammte Kleid an.

Meine Schritte hallten von den Wänden wider, als ich mich dem Saal der Akademie näherte, aus dem bereits laute Musik drang. Das flaue Gefühl in meinem Magen nahm mit jedem Schritt zu, trotzdem zwang ich mich weiterzugehen. Ausgerechnet Dax war es, der mich am Eingang zum Saal abfing.

»Hey, Maya«, hielt er mich auf. Er trug ein schlichtes weißes Hemd, dessen Ärmel er hochgekrempelt hatte. Selbst mit seinen feinen Klamotten konnte er nicht verbergen, dass er ein grobschlächtiger Schrank war. »Ich wollte dir nur sagen, dass das heute Abend echt megamäßig von dir war. Du hast den Wolf getötet. Glückwunsch.«

Ich räusperte mich. »Danke.«

Mehr brachte ich nicht heraus. Und das eine mickrige Wort war sogar die größte Lüge, die mir hätte über die Lippen kommen können. Ich wollte mich nicht bedanken. Nicht für die Art von Komplimenten. Selbst wenn ich es gewesen wäre.

Ich bahnte mir einen Weg durch die Menge. Erwachsene standen an den aufgebauten Stehtischen und tranken Champagner, ich entdeckte Celine unter den Anwärtern. Sie unterhielt sich mit Melissa, mit der ich unbedingt reden musste. Was waren ihre Gründe, mir den Sieg zuzuschieben? Ich verstand es nicht, doch ich bekam auch keine Möglichkeit, zu ihr zu gelangen.

Immer wieder kamen allerlei Leute auf mich zu, die mich zur bestandenen Prüfung beglückwünschten. Mir raste das Herz, und ich griff nach einem Glas Champagner, der mir natürlich nicht dabei half, die Bilder aus meinem Kopf zu streichen.

»Du siehst nicht glücklich aus.« Felicity.

»Sollte ich das denn sein?«

»Hm, es ist eine große Sache, der Prüfling zu sein, der den Werwolf getötet hat.« Sie nippte an ihrem Glas. Das schwarze Kleid, das sie trug, glitzerte festlich, doch in ihrem Gesicht stand ein Hauch Sorge.

»So fühlt es sich nicht an.« Ganz im Gegenteil sogar. Ich fühlte mich elendig, traute mich kaum, ein Wort darüber zu verlieren, aus Angst, dass ich die Wahrheit über die Prüfung sagte. Feli war meine Freundin, aber sie war Jägerin durch und durch – und damit standen wir auf unterschiedlichen Seiten. Verdammt, war das kompliziert.

»Vielleicht ist das alles ein bisschen viel für dich.«

»Wie bist du damit umgegangen?« In ihrem Jahrgang war Felicity es gewesen, die den Werwolf getötet hatte. Ich war – wie auch bei Aaron – nicht dabei gewesen, doch ich hatte natürlich davon gehört.

»Ob du es glaubst oder nicht, ich habe danach erst mal geheult. Ein Leben zu nehmen sollte niemals leicht sein, egal was für eines. Ich würde dir gern sagen, dass es mit der Zeit einfacher wird und man als Jägerin abschaltet, aber so funktioniert es nicht. Es wird dich immer und immer wieder einen Teil deiner Seele kosten, auch wenn es vollkommen notwendig ist.«

War das das Schicksal der Jäger? Dass wir nicht nur unser Leben aufs Spiel setzten, sondern auch unsere Seele? War das nicht Zeichen genug, dass wir etwas ändern mussten?

»Ist es das wirklich wert?«

»Was sollen wir deiner Meinung nach denn tun? Nichts gegen die Werwölfe unternehmen?«

»Mit ihnen reden? Sie verstehen? Wenn sie in ihrer menschlichen Gestalt sind, unterscheiden sie sich nur in ihrer Kraft von uns. Wieso zieht niemand in Erwägung, dass wir in Frieden leben können? Dass sie vielleicht sogar unter uns leben, ohne dass wir es bemerken?«

Felis Augen weiteten sich. Sie griff nach meinem Oberarm und zerrte mich an die Seite des Saals, weg von den neugierigen Ohren anderer Besucher.

»Hörst du dich selbst reden, Maya? Wie kannst du als Tochter von Robert Cavanaugh an der Boshaftigkeit der Wölfe zweifeln?«

Da waren sie wieder: Die Erwartungen an mich, weil ich einen Namen trug, der nicht zu mir passte. Am liebsten hätte ich Feli alles gesagt. Hätte mir alles von der Seele geredet, ihr erzählt, dass Jamie ein Werwolf war und Ezra ebenso. Ich wollte ihr die Augen öffnen, ihr zeigen, dass es ganz offensichtlich sehr viel mehr Facetten in dieser Welt gab und wir uns nur auf diese eine versteiften, weil die Akademie es uns so vorgab.

Wir mussten hinter die marmorne Fassade blicken, über den Horizont der Akademie hinaus. Keine Ahnung, wieso mir das in diesem Moment endlich in aller Klarheit bewusst wurde. Als hätte sich der Schleier gehoben, der mir die ganze Zeit über die Sicht bedeckt hatte. Und es fühlte sich gut an, sich davon zu lösen.

»Ich frage mich einfach, ob es nicht mehr gibt, als uns gelehrt wird. Die Akademie ist unsere einzige Informationsquelle, und wir glauben ihr jedes Wort.«

»Du solltest nach Hause gehen und dich ausruhen, Maya. Ich verstehe, dass dich das, was in der Arena passiert ist, mitnimmt, aber es darf dich nicht an allem zweifeln lassen. Die Akademie tut das Richtige.«

»Ja, vermutlich hast du recht«, lenkte ich ein, obwohl ich nicht ihrer Meinung war. Gerädert fuhr ich mir über die Stirn, um meinen

Worten mehr Ausdruck zu verleihen. »Würdest du meinen Eltern sagen, dass ich gefahren bin?«

Feli nickte. »Natürlich.« Sie legte eine Hand auf meine Schulter. Tröstend. Doch in ihren dunklen Augen stand sehr viel mehr als das. Sie fragte sich, ob meine Zweifel ernst gemeint waren.

Tatsächlich fuhr ich nach Hause. Aber nicht, um mich ins Bett zu verkriechen und mich meinem Selbstmitleid hinzugeben. Ich verschloss die Bilder der Prüfung in der hintersten Ecke meines Verstands, ließ sie nicht mehr hervorkommen.

Ich war jetzt eine Jägerin. Ich hatte die Prüfung bestanden. Doch zwischen all dem Gedankenchaos, das in mir herrschte, stach etwas heraus: Aarons Versprechen an mich. Die Dose, die wir vergraben hatten. Ich wollte – nein, ich *musste* – seinen Brief lesen. Wissen, was er sich für mich gewünscht hatte.

Zu Hause zog ich mich um, schnappte mir im Gartenschuppen eine Schaufel und ging zum Hortensienbeet meiner Mutter. Ich grub in der feuchten Erde, bis ich auf etwas Metallenes stieß. Mein Herzschlag beschleunigte sich augenblicklich, als ich die Zeitkapsel freilegte. Sie war verblasst und zerkratzt, der Rahmen verzogen, sodass es schwer war, den Deckel aufzubekommen. Mit zitternden Fingern zog ich den Brief hervor, den Aaron mir vor Ewigkeiten geschrieben hatte.

Schwesterchen,
wenn du diesen Brief liest, hast du es geschafft. Du bist eine vollwertige Jägerin. Hier sollte ich dir vermutlich sagen, wie stolz ich auf dich bin. Stolz, dass du durchgehalten hast und dich von Vater nicht hast unterkriegen lassen.
Ich weiß nicht, wie unsere Zukunft aussieht. Vielleicht sind wir zerstritten, vielleicht bin ich gar nicht mehr in Crescent Hill. Und das ist auch das, was ich dir wünsche. Du hast durchgehalten, du hast nicht aufgegeben, obwohl Vater es dir sicher nicht leicht gemacht hat. Jetzt will ich nur eine Sache von dir: Lauf.
Lass die Stadt und das Jägerdasein hinter dir. Ich habe das auch getan. Vater darf es nie erfahren, aber ich weiß, dass ich dir vertrauen kann, Maya. Die Wölfe sind längst nicht mehr

so böse, wie die Akademie es uns lehrt. Ich habe sie kennengelernt. Sie sind ganz normale Menschen. Wir können mit ihnen zusammenleben, davon bin ich überzeugt.
Ich würde dich niemals bitten, es mir gleichzutun. Es ist gefährlich, zweigleisig zu fahren. Du bist stark, aber Vater ist stärker. Ihm vorzuspielen, dass ich auf seiner Seite bin, ist nicht nur einmal beinahe aufgeflogen.
Aber wie auch immer du dich entscheidest: Ich stehe hinter dir. Ganz egal, ob du Crescent Hill nach deinem Abschluss verlässt, ob du eine Jägerin sein willst oder ob du meinen Weg gehst. Ich bin da und unterstütze dich. Bedingungslos.

In Liebe
Aaron

Meine Welt geriet ins Wanken. Es war alles eine Lüge gewesen? Aaron war gar nicht mit Leib und Seele Jäger gewesen? Ich las seine Worte immer und immer wieder, ging sie noch einmal durch und dann ein weiteres Mal. Doch die Bedeutung dahinter blieb dieselbe, und ich fühlte mich mit einem Schlag vollkommen leer.

Wie konnte ich nichts davon bemerkt haben? Wie konnte ich behaupten, dass ich meinen großen Bruder gekannt hatte, wenn ich ihm die Liebe zu den Jägern so bedingungslos abgekauft hatte? Er hatte nicht nur mich getäuscht, sondern die ganze Familie, vermutlich die gesamte Akademie.

Oder hatte er Verbündete? Gab es mehr Menschen unter den Jägern, die den Wölfen heimlich halfen? Mit einem Schlag standen so viele Fragen im Raum, dass ich nicht mehr wusste, was ich denken sollte. Da war auch Wut in meinem Bauch. Wut darüber, dass er mir nie etwas gesagt hatte. Er hatte gewusst, dass ich keine Jägerin werden wollte. Er hätte mich mit ins Boot holen können, er hätte mit mir reden müssen!

Er wollte dich nur schützen. Du weißt, dass er nie etwas getan hätte, was dich in Gefahr brächte. Wenn er die Entscheidung also dir überlässt, hat er seine Gründe und will nur das Beste für dich, sagte mir meine innere Stimme.

Ich schloss die Augen. Das alles traf mich vollkommen unvorbereitet. Aaron war kein Vollblutjäger gewesen, er hatte die Wölfe kennengelernt, das war etwas, was ich niemals erwartet hätte. Und es warf so viele Fragen auf, auf die ich von Aaron selbst keine Antwort mehr bekommen konnte. Er hatte sicher niemals damit gerechnet, dass ihn ein Wolfsbiss umbringen würde.

Was mich zur nächsten Frage brachte: Wieso hatte ein Werwolf ihn gebissen, wenn er doch auf ihrer Seite war? Warum hatten sie ihn umgebracht? Oder war es nur ein Unfall gewesen? Ich wusste es nicht. Ich wusste so verdammt wenig.

Allerdings wurde mir eine Sache klar: Ich wollte es auch.

Ich wollte den Werwölfen helfen. Mit der Wahrheit über Aaron mehr denn je. Es war nicht mehr nur ein kleiner Funke, der in meinem Inneren glühte. Es war ein ausgewachsenes Feuer, das mich überrollte und mit sich riss. Doch es verbrannte mich nicht – es stärkte mich. Als würde es mich auf die bevorstehende Zeit vorbereiten wollen.

Zudem gesellte sich ein völlig neues Gefühl. Eines, das ich bisher nicht gekannt hatte. Es war die Gewissheit, dass Aarons Fußstapfen endlich welche waren, in die ich treten konnte. Die mir nicht zu groß waren, die passten.

Vielleicht war ich endlich bereit.

Vielleicht war das der berühmte Tropfen, der das Fass nun zum Überlaufen brachte.

Die nächsten Tage saß ich an der Aufgabe für Chemie, die ich hatte schleifen lassen. Ich konnte mich absolut nicht darauf konzentrieren, weil meine Gedanken stets um Aaron und die Wölfe kreisten. Trotzdem schaffte ich es, einen halbwegs soliden Aufsatz zu verfassen.

Irgendwann am Abend schrieb Ezra, dass er mich bei Bex treffen wolle, da wir reden mussten. Sofort baute sich ein beengendes Gefühl in meiner Brust auf, doch ich sah es auch als Chance. Vielleicht konnte er mir mehr über mögliche Jäger verraten, die auf der Seite der Wölfe waren. Ich fuhr sofort los.

Bei Bex herrschte wie immer reges Treiben. Ich sah mich um und fand Ezra in einer der hinteren Sitzecken. Er unterhielt sich mit jemandem. Als ich näher kam, erkannte ich ihm gegenüber Melissa.

»Oh, Maya!« Sie winkte mich zu sich und rutschte auf der Bank zur Seite, um mir Platz zu machen.

»Ich wusste nicht, dass du auch hier bist.«

»Nun, Ezra dachte, dass es sinnvoll sei, wenn wir gemeinsam mit dir reden.«

»Ach, dachte er das?« Ich fixierte ihn misstrauisch.

»Es gibt möglicherweise ein paar … Fragen, auf die du Antworten haben möchtest. Oder?«

»Zuerst habe ich eine Frage.« Ich sah Melissa an. »Wie gut kanntest du Aaron?«

»Du meinst, ob ich wusste, dass er die Wölfe heimlich gewarnt und unterstützt hat? Ja, das wusste ich. Er war nicht der einzige Jäger, der etwas verändern wollte.«

Mein Herz krampfte sich ein bisschen zusammen. Hatte Aaron mir so wenig vertraut, dass er Melissa einweihte, aber nicht mich?

»Er wollte dich nur schützen. Aaron war immer besorgt um dich. Er wollte nicht, dass du in etwas gerätst, was dich in Gefahr bringen könnte. Sich zum Jäger ausbilden zu lassen und zu versuchen, aus der Akademie Infos an die Wölfe weiterzuleiten birgt immer ein gewisses Risiko.« In Melissas Stimme und Mimik lag so viel mehr, als sie sagte. Die Trauer stand ihr ins Gesicht geschrieben, sie wirkte nicht länger wie die toughe Jägerin, die einen Wolf getötet hatte. Sie war zerbrechlich und voller Schmerz.

»Du standest ihm nahe, oder?«

»Ja. Ich mochte ihn sehr. Aaron war ein toller Mann, dem das Wohl anderer sehr viel wert war. Er hat für Frieden in dieser Welt gekämpft und war der Überzeugung, dass es nicht nur Schwarz und Weiß gab, wie die Akademie uns lehrt.«

Mir kamen die Worte so vertraut vor, denn es war genau das, was ich empfand. Spätestens als ich Ezra kennengelernt und herausgefunden hatte, dass er ein Wolf war.

»Das ist eine Seite von ihm, die er mir nie gezeigt hat«, gestand ich. »Er hat mich in dem Glauben gelassen, dass die Akademie alles für ihn sei und er voll dahinterstehe. Hätte ich seinen Brief nicht selbst gelesen, würde ich dir vermutlich nicht glauben.«

»Ein Brief?«

Ich zögerte einen kurzen Moment, ehe ich von der Zeitkapsel erzählte. Ezra vertraute ich, bei Melissa war ich unschlüssig. Doch wenn er sie akzeptierte, würde ich es auch versuchen.

»Jetzt frage ich mich allerdings, wieso ich eine Jägerin werden sollte, wenn er selbst nicht dazugehören wollte«, schloss ich meine Erzählung.

Melissa warf Ezra einen Blick zu, den ich nicht deuten konnte. Er beugte sich vor und griff über den Tisch hinweg nach meiner Hand. »Nun, deswegen wollten wir mit dir reden. Das hat auch damit zu tun, wieso Melissa den Wolf in der Arena getötet und es dir angehängt hat.«

Ich wusste nicht, was ich davon halten sollte, dass Ezra offenbar beteiligt gewesen war, mich in diese ganze Sache hineinzuziehen. Konnte ich das schon als Verrat werten? War das ein Vertrauensbruch? Egal, das waren viel zu viele Informationen und viel zu viele offene Fragen. Zu erfahren, wer Aaron eigentlich war und was seine Intentionen gewesen waren, hatte jetzt Priorität.

»Aaron war unsere wichtigste Informationsquelle, weil er eng mit deinem Vater zusammengearbeitet hat. Durch ihn konnten sich die Wölfe verstecken, wenn ein Angriff anstand oder eine weitere Mission zur Säuberung der Rockys.«

»Wenn die Wölfe Frieden wollen, warum gab es dann in letzter Zeit so viele Angriffe? Die Schule, Denver, ganz zu schweigen von Timothy, der noch immer vermisst wird.«

Als eine Kellnerin unsere Getränke brachte, verstummte ich.

Melissa schob mir eine Cola zu. »Ich hoffe, es ist okay, dass ich dir etwas mitbestellt habe?«

Mehr als ein Nicken brachte ich nicht zustande.

Kaum waren wir wieder allein, übernahm Ezra das Wort: »Der Angriff an der Schule war keiner. Timothy ist auch nicht entführt worden. Er hatte Pech und ist in einen Streit zwischen zwei Wölfe geraten. Dabei ist er gebissen worden. Er hat sich verwandelt und hatte niemanden an seiner Seite, der ihm half. Er hat die Schule selbst demoliert, das war praktisch ein Hilferuf. Er wusste nicht, wem er vertrauen kann. Ich hab ihn aufgegabelt und in die Rockys gebracht.

Das war mein zweiter Abend hier in Crescent Hill.« Ezra setzte ein Lachen hinzu, das allerdings nicht wirklich belustigt klang. Eher so, als würde er die Stimmung auflockern wollen. Doch die Atmosphäre sprach für sich: Ich fühlte mich angespannt, war einerseits neugierig, andererseits wusste ich nicht, ob ich bereit war, die ganze Wahrheit zu erfahren. Ich wusste nicht, ob ich mit der Schuld leben konnte, die meine Familie auf sich geladen hatte.

»Was passierte dann?«, fragte ich. »Wo ist Timothy jetzt? Die Jäger konnten ihn nicht finden.«

»Er ist bei dem Rudel. Sie helfen ihm, sich zu kontrollieren, und bereiten ihn auf den ersten Vollmond vor. Genau wie Jamie. Er ist ebenfalls in den Rockys.«

Jamie. Mein Herzschlag stockte. »Wie macht er sich?«

»Gut. Er lernt damit umzugehen, auch wenn es ihm noch schwerfällt, sein Denken komplett umzustellen. Er war ein Jäger durch und durch, so wie die Akademie es wollte. Dass die Wölfe auch nur normale Bürger sind, ist für ihn ein ziemlicher Kulturschock.«

»Schön und gut, dass Jamie sich anpasst, aber wir haben wirklich Wichtigeres zu besprechen.« Melissa rutschte auf der Bank weiter vor und stützte die Unterarme auf den Tisch. »Wir brauchen deine Hilfe, Maya.«

»Du solltest ihr mehr Zeit lassen, Melissa«, warnte Ezra. »Sie hat viel zu verarbeiten.«

»Gerade du solltest wissen, dass wir keine Zeit haben. Außerdem bin ich genau deswegen hier: Weil du sie schützen willst und ich das große Ganze im Auge behalte.«

Verwirrt runzelte ich die Stirn. »Können wir Klartext sprechen? Wieso bin ich hier? Was wollt ihr von mir?«

»Wir wollen, dass du Aarons Rolle übernimmst.«

»Melissa!«

»Nein, lass sie bitte aussprechen.«

Melissa nickte mir entschlossen zu. »Wir brauchen jemanden, der an deinen Vater herankommt. Es ist viel verlangt, das weiß ich. Das wissen *wir*. Aber seit Aaron nicht mehr da ist, haben wir einige gute Leute verloren, die es sicher nicht verdient haben zu sterben. Wir brauchen jemanden bei den Jägern, der in die Machenschaften deines Vaters eingebunden ist.«

»Mit anderen Worten: ihr wollt, dass ich mich bei meinem Vater einschleime und so tue, als wäre ich eine gute Jägerin.«

»Genau das. Der Grundstein ist mit der Prüfung gesetzt. Jeder denkt, du hättest den Wolf getötet, dein Vater ist stolz auf dich. Wenn du dich nicht ganz so dumm anstellst, wie ich es denke, dann wird er sich davon überzeugen lassen, dass du endlich an dem Punkt angekommen bist, an dem er dich haben wollte.«

War ich dem gewachsen? War das nicht genau das Gegenteil von dem, was ich eigentlich wollte? Ich hatte ständig nur darauf hingearbeitet, die Prüfung abzuschließen, zu wissen, was Aaron sich für mich gewünscht hatte, und dann wollte ich verschwinden. Den Schulabschluss machen, Crescent Hill den Rücken kehren und nie wieder zurückkommen. Meinem Vater entfliehen. Keine Jägerin sein.

Aber es ging nicht mehr länger nur um mich. Diese Sache hier war sehr viel größer, als ich je geahnt hatte. Ezra, Melissa – und Aaron – wollten Crescent Hill verändern. Sie wollten den Werwölfen die Freiheit schenken, die sie verdienten.

Wenn ich ein Teil davon sein konnte, dass das Töten bald ein Ende hatte, musste ich nicht länger darüber nachdenken. Ich war bereit, meine Pflicht zu erfüllen – nur ganz anders, als Vater das von mir verlangte.

»Okay«, entschied ich mich dann. »Ich bin dabei.«

18
Maya

In der Schule lief es ausnahmsweise mal gut für mich. Der Chemie-Aufsatz war abgegeben, wir schrieben keinen Überraschungstest und ich wurde nicht mal nach vorn an die Tafel gerufen.

Das war auch besser so, ehrlich gesagt. Meine Gedanken waren ein einziger Wirrwarr aus all den Dingen, die geschehen waren. Doch ich hielt an meiner Entscheidung, den Wölfen zu helfen, fest. Es würde mir einiges abverlangen, meinem Vater etwas vorzuspielen – und zwar so richtig. Er musste mir nicht nur glauben, sondern auch vertrauen.

Ich musste vollkommen überzeugen.

Nach der Schule wartete er auf dem Parkplatz, was mich wunderte. Sofort überkam mich die Angst, mir würde auf die Stirn geschrieben stehen, dass ich mich mit den Wölfen verbündet hatte. Falls er es nicht längst wusste. Er wusste alles. Immer.

Als er mich entdeckte, bemerkte ich, dass er noch telefonierte. Dennoch gab er mir ein Zeichen.

»Malcolm, Sie wissen, wie wichtig dieser Teil der Forschung ist, und Sie haben selbst gesehen, dass es genau das ausgelöst hat, was wir erwartet haben. Wir stehen so kurz vor dem Durchbruch, geben Sie jetzt nicht auf. Davon hängt alles ab, verstehen Sie? Ich muss Schluss machen, wir sehen uns später im Labor.«

Mein Vater beendete das Telefonat, als ich zu ihm stieß.

Ich runzelte die Stirn. »Worum ging es?«

Er winkte ab und steckte das Smartphone in die Innentasche seines Jacketts. »Geschäftliches, du wirst bald eingeweiht. Jetzt bringe ich dich erst mal zum Tätowierer.«

Mir entgleisten beinahe die Gesichtszüge. »Zum Tätowierer?«, wiederholte ich geschockt.

»Du bist eine Jägerin, Maya, also bekommst du das Tattoo.« Der genervte Unterton ließ eher darauf schließen, dass er mit einer Fünfjährigen sprach statt mit einer Erwachsenen.

Unter keinen Umständen konnte ich zulassen, dass ich tätowiert wurde. Das Zeichen der Jäger durfte nicht meinen Unterarm verschandeln.

»Klar«, fügte ich schnell hinzu. »Sag mir nur zu welchem Tätowierer und ich fahre allein. Das Telefonat klang, als wäre es dringend. Kümmere dich ruhig darum.«

Es verlangte einiges von mir, seinem abschätzenden Blick standzuhalten. Seine Mundwinkel zuckten. War das die Andeutung eines Lächelns? War das der Stolz, den ich mir die ganze Zeit über gewünscht hatte? Es gefiel ihm, dass ich angeblich den Wolf getötet hatte, die Anspannung zwischen uns schien deutlich geringer.

Aber das war nicht, was ich wirklich wollte. Nicht mehr. Der Wunsch, ihm zu gefallen, etwas in seinen Augen richtig zu machen, war einfach fort. Er war gestorben mit dem Wolf in der Arena. Dennoch würde ich diese Rolle eine Weile weiterspielen müssen.

»Ich sende dir die Adresse aufs Handy. Sag ihm, wer du bist. Ich habe dich bereits angekündigt.«

»Na klar. Wir sehen uns dann später.«

Er beäugte mich noch einen Atemzug lang, als wäre er unentschlossen, dann stieg er in seinen Wagen, tippte etwas auf seinem Handy und fuhr schließlich fort.

Verdammt!

Was sollte ich jetzt machen? Ich konnte unmöglich dorthin! Verzweifelt nahm ich mein Handy aus der Tasche und rief Melissa an. Sie nahm nach dem zweiten Klingeln ab.

»Du musst mir helfen.«

»Was ist passiert?«

»Mein Vater hat einen Tattoo-Termin für mich gemacht.«

»Jetzt schon? Es war absehbar, dass es so kommt, aber so früh habe ich damit nicht gerechnet.«

»Was mache ich denn jetzt? Melissa, das Ding ist für die Ewigkeit, ich kann mir das nicht stechen lassen!«

»Wo bist du?«

»Noch an der Schule.«

»Okay, bleib einfach da. Ich schicke jemanden, der dir hilft.« Sie beendete den Anruf.

Mein Herz schlug viel zu schnell, und ich legte eine Hand darauf und atmete tief durch, um mich etwas zu beruhigen. Wer sollte mir schon helfen?

Ich lief vor der Rundbank im Schulhof auf und ab. Bei jedem Wagen, der in der Nähe hielt, zuckte ich zusammen.

»Hey, Cavanaugh.«

Ich fuhr herum. *»Du?«* Fassungslos starrte ich Dax an. Was wollte der denn hier? »Seit wann hängst du bei der Highschool ab?«

»Melissa schickt mich.«

Beinahe wäre mir ein hysterisches Lachen herausgerutscht. Dax sollte für die Werwölfe sein? Der Dax, der Aaron gehasst hatte?

»Du willst mich doch verarschen, oder?«

Konnte ich ihm wirklich trauen?

Dax schob die Hände in die Taschen seiner Jeans und zuckte mit den Schultern. Als wäre ihm egal, was ich dachte. »Soll ich dir mit dem Tattoo nun helfen oder nicht?«

»Wieso sollte ich dir vertrauen? Du hast alles getan, damit Aaron und ich dich hassen.«

»Dein Bruder und ich waren Freunde. Aber lass uns das nicht hier draußen besprechen, okay? Komm mit.« Er lief zum Haupteingang der Schule, während ich zögerte. Sollte ich mitgehen? Er musste die Wahrheit sagen, sonst hätte er nichts von Melissa und dem Tattoo gewusst. Dennoch schrieb ich ihr eine Nachricht, kurz darauf erhielt ich ihre Antwort.

Melissa: Hättest du gewusst, dass ich Dax schicke, wärst du sicher nicht dortgeblieben, oder?

Da hatte sie absolut recht.

Melissa: Er wird dir helfen, vertrau mir. Er ist schon lange dabei.

Es beruhigte mich nicht wirklich, dass Dax auf der Seite der Wölfe war. Er hatte nicht nur Aaron terrorisiert, er hatte auch mir das Leben schwer gemacht. Er hatte mich beim Training verprügelt. Und offensichtlich hatte er der ganzen Akademie etwas vorgelogen – gut, das hatte Aaron auch.

Eigentlich durfte ich mich gar nicht mehr wundern, wenn jemand in meinem Umfeld ein Geheimnis verbarg. Das dumpfe Gefühl in meiner Brust blieb allerdings, als ich Dax in einen leeren Klassenraum folgte. Ich mochte ihn nicht. Daran würde sich nichts ändern.

»Bringen wir es einfach hinter uns, ja?« Ich zog meine Jacke aus und krempelte den Ärmel meines Pullovers hoch.

Dax holte eine Federtasche aus seinem Rucksack. Bei dem Anblick hätte ich beinahe gelacht. Es war absurd, hier mit ihm zu sein.

»Setz dich, leg den Arm auf den Tisch.«

Ich tat, wie mir geheißen. Er setzte sich mir gegenüber und verteilte einige Stifte auf der Tischplatte.

»Das ist also dein großartiger Plan? Mir das Tattoo aufmalen? Mit Filzstiften?«

»Zum einen sind sie wasserfest, zum anderen bin ich geübt darin, Tattoos echt aussehen zu lassen.« Er zog seinen Hemdsärmel hoch und entblößte sein Tattoo. Natürlich kannte ich es. »Das ist nicht echt. Ich habe es nie stechen lassen.«

»Du kannst mir viel erzählen. Wieso sollte ich dir auch nur ein Wort glauben?«

»Musst du nicht. Aber Aaron tat es.«

Ich biss die Zähne aufeinander. »Und wieso hast du ihn dann ständig terrorisiert? Ihr wart die größten Rivalen in der Akademie, du hast ihn dafür gehasst, dass er besser war als du.«

»Eigentlich waren wir beste Freunde.« Er nahm eine Pumpflasche aus seinem Rucksack und sprühte mir eine nach Desinfektionsmittel riechende Flüssigkeit auf den Arm. Während er es abwischte und meine Haut säuberte, betrachtete ich ihn.

»Wieso willst du den Wölfen helfen?«

»Weil mein Bruder einer ist. Er wollte schon früh mehr über die Werwölfe lernen, als in der Akademie gelehrt wurde. Sein Wunsch, selbst einer zu werden, war stark. Ich habe versucht, ihn zu verstehen, und er hat mir seine Welt gezeigt.« Er zuckte mit den Schultern, als wäre das nicht weiter erwähnenswert. »Du hast Ezra kennengelernt, richtig? Und Jamie ist auch ein Werwolf. Wie böse können sie also sein, wenn du Freunde unter ihnen hast?«

»Mir brauchst du das nicht zu erzählen. Ich habe mich schon immer gefragt, wieso wir es nicht auf friedliche Art und Weise versuchen.«

Dax nickte, während er mit einem schwarzen Fineliner die Outlines des Tattoos zeichnete. Der Stift kitzelte auf meiner Haut.

»Was ist mit deiner Schwester? Weiß sie davon?«

»Evie?« Er lachte kurz auf. »Nein. Ich will nicht, dass sie irgendwas mit der Akademie zu tun hat.«

»Sie war bei einem Probetraining. Als die Akademie angegriffen wurde.«

»Du hast sie in Sicherheit gebracht, richtig? Ich habe mich noch nicht dafür bedankt.« Dax nahm den konzentrierten Blick nicht von meinem Arm. So normal mit ihm zu sprechen war seltsam.

»Das hätte ich für jeden getan, es lag sicher nicht an dir.«

»Touché. Ich war bisher nicht sehr nett zu dir. Aber ich musste den Schein wahren, weiterhin so tun, als wäre ich der hirnlose Proll, der Werwölfe umbringen und der Beste sein will.«

»Das hast du sehr überzeugend gespielt.«

»Ich weiß. Tut mir leid, dass ich dich verprügelt habe.«

»Bist du wirklich der Dax aus der Akademie? Ein Danke und eine Entschuldigung innerhalb weniger Minuten aus deinem Mund zu hören, ist absolut neu.«

Er hob den Kopf und grinste mich an. »Gewöhn dich besser nicht dran, Cavanaugh. Wenn wir gemeinsam in der Akademie sind, dann läuft das wieder anders.«

»Klingt gleich glaubwürdiger.«

Stille kehrte zwischen uns ein, während er an dem Tattoo arbeitete. Ich sah ihm dabei zu und hing meinen Gedanken nach. Es dauerte eine ganze Weile, bis Dax fertig war.

»So.« Er richtete sich auf und dehnte den Nacken nach rechts und links. Es knackte leise in seinem Rücken, er setzte die Kappe zurück auf den Stift. »Betrachte es als dein verfrühtes Geburtstagsgeschenk.«

Ich warf einen Blick auf meinen Unterarm. Das Symbol der Akademie prangte auf meiner Haut, um die Outlines herum hatte er es leicht rötlich bemalt, sodass es täuschend echt aussah. Als wäre die Haut wirklich gereizt vom Tätowieren.

»Er wird keinen Unterschied merken, oder?«

»Ich hab Aaron auch eines aufgemalt. Wir müssen es von Zeit zu Zeit etwas auffrischen, aber das kriegen wir hin. Ansonsten kannst du ganz normal duschen, drüberwischen und alles, was du willst, damit tun. Dein Vater wird es sich sicherlich nicht allzu genau ansehen.«

»Danke, Dax.« Ich meinte es aufrichtig.

»Dafür nicht, Cavanaugh.«

Wie gewohnt war ich am Morgen allein, obwohl es mein Geburtstag war. Bis auf eine Happy-Birthday-Nachricht von Sophie erwartete mich absolut nichts. Man sollte meinen, dass ich mich daran gewöhnt hatte, weil meine Eltern nie viel dafür übriggehabt hatten, doch heute war der Stich in meinem Herzen intensiver als sonst.

Ich tippte ihr meinen Dank, ehe ich mich aus dem Bett hievte und für den Tag fertig machte. Als ich meinen ersten Kaffee trank, klingelte es an der Tür.

»Happy Birthday!«, flötete Sophie mir in voller Geburtstagsmontur leibhaftig entgegen. »Lust auf Frühstück? Ich habe alles dabei, Brötchen, Orangensaft, sogar frisches Obst!«

»Wow, das …«

»Nicht der Rede wert.« Die pinken Glitzerballons passten kaum durch die Tür, als sie an mir vorbei in die Küche rauschte.

»Setz dich, trink deinen Kaffee und gib mir eine Sekunde«, verlangte sie und verwandelte die sterile Designerküche binnen weniger Minuten in ein waschechtes Zuhause. Es brauchte nicht viel, bloß einen warmherzigen, plappernden Menschen, den Duft von frischen Brötchen und einen Strauß bunter Astern. Meine Lieblingsblumen.

»Danke.«

»Ich weiß doch, dass deine Eltern nichts von Geburtstagen halten.« Sie zuckte mit den Schultern, als wäre es keine große Sache. Dabei war es für mich überaus wertvoll, sie an meiner Seite zu haben.

Wie verbrachten beinahe den ganzen Tag zusammen. Am frühen Nachmittag verabschiedete sie sich, weil sie ihrer Cousine ein paar Stunden helfen musste. Dafür versprach sie, dass wir am Abend zu Bex gingen. Ich freute mich schon drauf.

Kaum war Sophie weg, klingelte es erneut an der Tür.

»Hast du was vergessen?«, fragte ich, als ich die Tür schwungvoll aufriss, doch vor mir stand nicht Sophie, sondern Jamie. »Du?«

»Hi, Maya. Happy Birthday.« Er lächelte gezwungen und nestelte an seinen Fingern. »Darf ich reinkommen?«

Ich wusste nicht so recht, wie ich mich verhalten sollte, hatte kein Gefühl dafür, ob er immer noch wütend auf mich war und eine Entschuldigung erwartete – oder ob er selbst erst etwas sagen wollte. Schweigend betrat ich das Wohnzimmer. Sein Blick fiel auf die Luftballons, die unter der Decke hingen.

»Die sind nicht von deinen Eltern, oder?«

»Nein, Sophie war hier.«

Es kehrte erneut Stille ein, die Anspannung zwischen uns war kaum auszuhalten. Ich hatte keine Ahnung, wie ich mit ihm umgehen sollte. War für unsere Freundschaft zu viel passiert? Waren wir hierfür stark genug? Oder war es der Anfang vom Ende? Ich beschloss, einen Vorstoß zu wagen.

»Es ist schön, dich zu sehen. Wie geht es dir?«

»Ganz gut. Ich gewöhne mich langsam an mein neues Leben, auch wenn ich es vermisse, in einem Haus zu wohnen.« Er setzte ein Lachen hinzu, das mich nicht wirklich überzeugte. »Drei Wochen mit Tante Trudy auf engstem Raum sind nichts gegen die Verhältnisse in den Rockys … Na ja, ich darf nicht drüber reden. Du weißt schon, die Sicherheit und so …«

»Vielleicht hat der Spuk ja bald ein Ende und du kannst in die Stadt zurückkehren.«

Er horchte auf. »Wie meinst du das?«

Ich zögerte nur für den Bruchteil einer Sekunde. Das hier war Jamie. Mein bester Freund. Der mich in jeder erdenklichen Lebenslage begleitet hatte. Ganz gleich, was zwischen uns stand, ich hatte ihm immer alles erzählen können.

Also tat ich das auch. Von der Prüfung, Aarons Brief, Dax' und Melissas Geheimnis. Ich ließ nichts aus von all den Dingen, die in den letzten Tagen passiert waren. Jamie setzte sich an den Esstisch und fuhr sich überfordert über das Gesicht.

»Ich hatte ja keine Ahnung.« Fassungslos schüttelte er den Kopf. Dann richtete er sich schlagartig auf und griff nach meinen Händen. »Aber wenn es funktioniert, dann kann ich zurück nach Hause, richtig? Dann muss ich mich nicht weiter verstecken.«

»Dann muss sich niemand mehr verstecken, Jamie.«

Es tat gut, mit Jamie zu sprechen, mit ihm, der genauso ahnungslos gewesen war wie ich und für den das alles auch neu war. Unser beider Welt hatte sich über Nacht gewandelt. Seine Eltern dachten, er sei nach dem verbockten Abschluss für ein paar Wochen in die nächste Stadt gereist. Um den Kopf frei zu kriegen und die Prioritäten neu zu ordnen. Von Ezra wusste ich, dass sie täglich telefonierten, um jeden Zweifel, etwas wäre nicht in Ordnung, zu zerstreuen. Dabei war nichts in Ordnung. Und nichts war mehr wie vorher. Umso schöner war es, dass wir – trotz allem – ganz normal miteinander sprechen und sogar lachen konnten.

Als ich ihm erzählte, wie Dax mein Tattoo *gestochen* hatte, schüttelte er ungläubig den Kopf. »Ich habe ihn nie beim Rudel gesehen. Melissa auch nicht. Ich kann kaum glauben, dass er auf unserer Seite ist.«

Unsere Seite – wie schön das klang.

Es gab also noch ein *uns*. Ein *Jamie und Maya*.

»Da gibt es nur zwei Möglichkeiten«, sagte ich und zählte sie an den Fingern ab. »Entweder sie waren echt gut darin, sich bedeckt zu halten, oder du gehst einfach blind durchs Leben.«

»Eher Letzteres«, antwortete er nach kurzer Bedenkzeit, und wir beide mussten lachen. Ich hatte ihn furchtbar vermisst.

»Ich gehe jetzt besser. Ich will beim Rudel sein, bevor es dunkel ist.«

Ich wollte ihn noch nicht gehen lassen, deshalb sagte ich: »Du könntest auch mit zu Bex kommen, Sophie und ich treffen uns dort.«

Diesmal wirkte er zerknirscht. »Nimm's mir nicht übel, aber ich meide noch große Menschenansammlungen. Die Gefühlswelt eines Werwolfs ist echt intensiv. Ich muss einiges lernen.«

»Natürlich, das verstehe ich. Danke, dass du hier warst.«

Ich brachte ihn zur Tür. Davor blieb er stehen, zögerte und umarmte mich dann doch. Ich drückte mich an ihn und war unendlich dankbar, dass es zwischen uns mehr oder weniger normal war.

»Wir schaffen das, okay?«, flüsterte ich. »Halte noch ein bisschen durch. Den Wölfen wird es bald besser gehen, da bin ich mir sicher.«

Er nickte, Tränen standen in seinen Augen. »Wir sehen uns, Maya.« Mit diesen Worten öffnete er die Tür und verschwand in den anbrechenden Abend.

Mein Herz war ein bisschen schwerer als zuvor, auch wenn ich froh war, dass wir endlich hatten reden können. Mit einem Seufzen schloss ich die Tür, um mich fertig zu machen.

Sophie holte mich pünktlich ab. Es waren nicht nur wir beide, die sich bei Bex trafen, Brian und Feli kamen ebenfalls dazu. Ich freute mich besonders über Felicity. Heute schien sie sogar recht ausgelassen und gut gelaunt zu sein, lachte und erzählte Geschichten von der Akademie. Als hätte es den Ausflug in die Rockys und meine Zweifel nach der Prüfung nie gegeben. Bex brachte uns sogar Cupcakes mit Wunderkerzen drauf und gratulierte mir mit einer Flasche Sekt zum Geburtstag. Es war ein nahezu perfekter Abend.

Mit Ezra und Jamie wäre er genau das gewesen. Aber sie waren beim Rudel in den Rocky Mountains.

Es war nicht allzu spät, als wir beschlossen zu gehen. Kaum betraten wir den Parkplatz, fiel das Scheinwerferlicht eines herannahenden Fahrzeuges auf uns. Der Wagen hielt direkt und Ezra ließ das Fenster der Fahrerseite herunter.

»Hat jemand ein Taxi für das Geburtstagskind bestellt?« Sein Blick klebte an mir, und mein Herz machte einen Hüpfer.

»Eigentlich nicht.« Feli verschränkte die Arme vor der Brust, skeptisch zog sie eine Augenbraue hoch.

Doch davon ließ ich mich nicht beeindrucken. »Ich würde mich wahnsinnig freuen, wenn du mich nach Hause fährst.« Er war die Kirsche auf der Sahnetorte. »Also, ich danke euch für den schönen Abend. Dank euch war es ein wirklich toller Geburtstag.« Ich umarmte meine Freunde, ehe ich zu Ezra ins Auto stieg.

»Zu dir oder zu mir?«, fragte er und lehnte den Kopf gegen den Sitz.

»Zu dir.« Da brauchte ich nicht zu überlegen. Wenn ich die Möglichkeit hatte, meinen Eltern noch ein wenig aus dem Weg zu gehen, dann ergriff ich sie. Und wie konnte mein Geburtstag besser ausklingen als mit dem Mann, zu dem mich ein mystisches Seelenband hinzog?

»Jamie war heute bei mir«, füllte ich die Stille, als Ezra den Wagen auf die Straße lenkte. Er hob die Brauen, doch ich ließ ihn nicht zu Wort kommen. »Es tat gut, mit ihm zu reden. Ich habe ihm von dem Plan erzählt, dass einige Jäger für die Wölfe kämpfen. Und dass ich es auch tue.«

»Du solltest vorsichtig mit dieser Information sein. Je mehr Leute davon wissen, desto gefährlicher wird es.«

»Aber es ist Jamie, Ezra. Ich vertraue ihm. Und es betrifft ihn genauso wie die anderen Wölfe.«

»Jamie macht sich als Werwolf besser, als ich gedacht habe, aber er ist trotzdem noch lange nicht am Ziel. Was, wenn er irgendetwas anstellt, wenn er sich nicht kontrollieren kann? Zurzeit ist er emotional nicht belastbar.«

»Er hat dich und das Rudel. Und die Aussicht, eventuell wieder in die Stadt zurückkehren zu können, hat ihm Hoffnung gegeben.«

»Die gibt jedem Werwolf im Umkreis Hoffnung.« Er parkte den Wagen vor seiner Wohnung. »In dem Rudel sind gute Leute. Väter, Ehefrauen, Töchter und Söhne, die zuvor in der Stadt gelebt haben. Einige von ihnen waren Jägerinnen und Jäger, die gezwungen waren, in die Berge zu fliehen. Ihre Familien leben noch immer hier, doch die denken, ihre Liebsten seien gestorben. Ich fühle mich verpflichtet, ihnen zu helfen. Familien und Liebende wieder zusammenzubringen.«

»Ich will dir dabei helfen«, flüsterte ich und griff nach seiner Hand. Er drückte meine sanft.

»Das bedeutet mir viel, weißt du das eigentlich? Ich hatte Angst, dass du wütend sein könntest, weil ich dir nichts von Melissas Plan erzählt habe. Ich habe dich belogen, dir große Dinge verheimlicht. Ich hätte es verstanden, wenn du wütend oder enttäuscht gewesen wärst.«

»Ich hätte es schon gern gewusst, aber ich verstehe es. Ich war blind gewesen, hatte so stark den Drang, meinem Vater zu gefallen. Mittlerweile weiß ich nicht einmal mehr, wieso ich das unbedingt wollte. Aber vielleicht spielt das auch keine Rolle mehr. Vielleicht musste ich einfach diesen Weg gehen. Auf genau diese Art. Die Ausbildung abschließen, Aarons Brief lesen, erfahren, dass er gegen die Jäger war. Mit dir und Melissa zu reden hat mir nur den letzten Anstoß gegeben, mich für das Richtige einzusetzen. Und das ist nicht die Akademie.«

»Ich bin froh, dass du es so siehst.« Er beugte sich über die Mittelkonsole hinweg zu mir. Seine Lippen trafen auf meine, ein Prickeln ging durch meinen Körper, als das Band erschauderte. Ganz automatisch tastete es sich hervor, traf auf Ezra. Wie ein Puzzleteil setzte es sich mit ihm zusammen, die Lücke in meinem Inneren wurde gefüllt. Die Leere, das große schwarze Loch, das Aarons Tod in meine Brust gerissen hatte, war endlich gestopft.

»Lass uns nach oben gehen.« Seine Stimme war nicht mehr als ein Flüstern.

Ich nickte, löste den Sicherheitsgurt und folgte ihm in seine Wohnung.

19
Maya

In Ezras Wohnung kam sofort das heimelige, cozy Gefühl auf, das ich bei mir zu Hause vermisste. Die dunklen Holzbalken, die Ledercouch und der Duft nach Herbst, der durch eines der gekippten Fachwerkhausfenster drang, rundeten das gemütliche Ambiente ab.

»Möchtest du etwas trinken? Tee? Kakao?«

»Kakao wäre perfekt.«

»Kommt sofort. Mach es dir gemütlich, ich bin gleich bei dir.« Er ging zur offenen Küchenzeile rüber und werkelte herum, während ich durch seine Regale stöberte.

Aus den Augenwinkeln nahm ich eine Bewegung wahr. Kurz darauf spürte ich etwas Kaltes am Hals und Ezra hinter mir.

»Happy Birthday«, flüsterte er mir ins Ohr, während er die Kette verschloss. Ich tastete nach dem Anhänger, konnte nicht genau sagen, was es sein sollte.

»Es ist eine Mondsichel. Damit du mich nicht vergisst und auch nicht, dass wir alle in Frieden leben sollten.«

Ich drehte mich zu ihm um, die Hand an der Kette, den Blick nur auf ihn gerichtet.

»Als ob ich dich vergessen könnte!«

»Das wäre auch ziemlich inakzeptabel, findest du nicht? Das Band wäre enttäuscht.«

»Ach, das Band hat da also ein Mitspracherecht?«

»Natürlich. Es ist wie ein nerviges kleines Ding in deinem Inneren, das sehr genau weiß, was du willst.«

Ich lachte. »Das beschreibt es ziemlich gut.« Schließlich hatte es mich schon mehrfach in den Wahnsinn getrieben, als ich noch nicht wusste, was das für eine Anziehung war, die ich Ezra gegenüber verspürte. Seit ich mich nicht mehr gegen ihn sträubte, war es ruhiger geworden. Zufriedener.

»Weißt du auch, was ich will?«

Mit den Fingerspitzen fuhr er über meinen Hals, runter zu den Schlüsselbeinen. Meine Haut prickelte, dort, wo er mich berührte.

»Möglich.« Ein Flüstern, sein Atem ganz nah an meinem Gesicht. Ich überwand die letzten Zentimeter zwischen uns und küsste ihn. Er legte seine Hände an meine Taille, zog mich enger an seinen Körper. Ich knöpfte sein Hemd auf, wusste, was ich wollte. Dass ich *ihn* wollte. Es war nicht mehr nur das Band, das mich zu ihm drängte, ich war es.

Ich konnte nicht genug von ihm bekommen, von der Stärke, die er mir schenkte, von dem Gefühl, wieder vollständig zu sein und nicht mehr nur halb ich selbst.

»Nicht hier«, murmelte er, löste sich und griff nach meiner Hand, um mich in den hinteren Teil der Wohnung zu bringen. Sein Schlafzimmer war ebenso klein und eng wie der Rest der Wohnung.

Mein Herz klopfte stark in meiner Brust, als sich unsere Lippen wieder fanden. Wir kamen am Bett an, er beugte sich über mich, stützte sich ab, um mich nicht mit seinem Gewicht zu erdrücken. Ich knöpfte sein Hemd auf, strich über seine glatte, trainierte Brust. Seine Finger schob er unter mein Shirt. Es gab absolut keine Zweifel, dass ich das hier wollte. Mit Ezra zusammen zu sein war so leicht wie atmen. Als ich seine Hose öffnete, hielt er meine Hände sanft fest und sah mir in die Augen.

»Bist du dir sicher?«

»Bin ich. Du dir nicht?«

Er schnaubte, als würde er die Frage nicht verstehen. »Ich war mir nie sicherer. Nur will ich dich zu nichts drängen, wozu du noch nicht bereit bist.«

Ich richtete mich auf, sodass mein Gesicht nur wenige Zentimeter von seinem entfernt war. »Glaub mir bitte, wenn ich sage, dass ich das hier will. Dich. Uns.«

Um meine Worte zu unterstreichen, küsste ich ihn erneut. Ich legte eine Hand in seinen Nacken und zog ihn mit mir zurück in die weichen Kissen. Die letzten Kleidungsstücke fielen zu Boden, seine Hände und Lippen waren überall, er erkundete meinen Körper, streichelte empfindliche Stellen und ließ mich alles andere vergessen.

Er öffnete die Schublade seines Nachtschranks, zog ein Kondom hervor und erlöste uns beide, als er endlich in mich eindrang.

Die Küsse zuvor hatten unsere Seelen verbunden, doch es war kein Vergleich zu dem, was ich jetzt empfand. Als würden wir einen Pakt fürs Leben eingehen, als würden wir ein Band schmieden, das niemand je zerstören konnte.

Und ich liebte es mit jedem Kuss, jeder Berührung mehr.

Am nächsten Morgen fuhr Ezra mich nach Hause. Wir hatten lange geschlafen und gemeinsam gefrühstückt, doch mittlerweile war die ruhige Glückseligkeit in meiner Brust wie weggeblasen. Die Angst wegen der anstehenden Blutnacht war mit einem Schlag omnipräsent.

»Wir können nicht mehr weglaufen, richtig?« Ich setzte ein Lachen hinzu, um nicht ganz so verzweifelt zu klingen, doch es war vergebene Liebesmüh.

»Nicht mehr, nein. Nicht, wenn wir den Wölfen helfen wollen.«

»Ich weiß. Es ist nur … die Blutnacht.«

»Keine Angst. Ich werde auf dich achtgeben, aber ich muss auch das Rudel verteidigen.«

Bisher hatten wir das Thema gemieden. Ich hatte einfach nicht mit ihm darüber sprechen wollen. Mir war klar, dass ich so tun musste, als wäre ich eine waschechte Jägerin, während er alles versuchen würde, damit es auf seiner Seite keine Verluste gab. Die Blutnacht zeigte nur einmal mehr, dass unsere Beziehung unter keinem günstigen Stern stand. Er war ein Wolf, ich eine Jägerin. Wir standen auf verschiedenen Seiten, nicht nur heute Nacht, sondern auch in allen folgenden, sollten wir keinen Weg finden, die Wölfe und Jäger miteinander zu versöhnen.

»Das Wichtigste ist, dass dich niemand sieht. Wenn die Jäger herausfinden, dass du ein Werwolf bist … sie würden dich jagen und umbringen.«

Er verzog das Gesicht. »Ich passe schon auf mich auf.«

Ich atmete tief durch. »Gibt es eine Chance, dass du das Rudel überzeugen kannst, einfach fernzubleiben? Wenn sie nicht kommen, kann auch niemand getötet werden.«

»Es ist Vollmond. Wenn Wölfe erst einmal verwandelt sind, dann folgen sie ihren Instinkten, und diese führen sie direkt zu den Jägern. Wir denken nicht wie Menschen, Maya. In dem Punkt hat die Akademie recht: in unserer Wolfsgestalt sind wir Tiere. Und wenn einer von uns in Gefahr ist, dann wird das Rudel alles tun, um ihn zu befreien. Erst recht, wenn seine Schreie durch die Nacht hallen. Sie können dem Ruf nicht widerstehen.«

»Und du?«

»Bei geborenen Wölfen ist es anders. Da wir uns immer verwandeln können, ist der Übergang fließend. Ich bin ich. Immer. Doch was nützt es, wenn ich allein widerstehe?«

»Und wenn sich die anderen festketten?«

Ezra lächelte sanft. »Du vergisst, wie stark Wölfe sind.«

»Mist.«

Er streichelte meine Wange. »Ich weiß, wie dringend du eine Lösung suchst. Wie sehr es dir widerstrebt, Teil der Blutnacht zu sein – und ich wünschte, du müsstest es nicht tun. Aber noch sind wir machtlos. Noch ist dein Vater zu stark. Veränderungen geschehen meist langsam. Zu langsam für manche.« Er stieß ein gequältes Seufzen aus. »Scheiße, auch ich wünschte, wir könnten den Wolf retten, den sie töten werden. Aber ich weiß nicht wie …«

»Aber ich!«

Es war plötzlich glasklar. War nicht genau das meine Aufgabe? Von innen heraus zu wirken, um die Wölfe zu retten? Wann, wenn nicht jetzt, wurde ich gebraucht? Ich war eine Jägerin, die Tochter der Akademieleitung und Teil der Blutnacht. Ich allein konnte den Käfig öffnen und den gefangenen Wolf befreien. Dann musste er nur noch fliehen und die anderen mit ihm. Ich weihte Ezra in alles ein.

Er zögerte, doch seine Augen glühten. »Und was, wenn dein Vater dich erwischt?«

»Was soll er schon tun? Mich töten?« Ich lachte, dabei war das gar nicht so abwegig. Ezra sah das anscheinend genauso, denn er zog die Stirn kraus. »Ich pass auf mich auf, okay?«

Er setzte einen Kuss auf meinen Handrücken. »Wir stehen das durch, gemeinsam.«

»Lass dich nur nicht umbringen, okay?«

»Niemals.«

Ich presste meine Lippen auf seine. Verzweifelt und voller Angst. Er erwiderte den Kuss nicht weniger emotional, meine Tränen mischten sich dazu, weil es sich plötzlich nach Abschied anfühlte. Abrupt löste ich mich, öffnete die Beifahrertür und floh aus dem Wagen. Es zerriss mir das Herz, nicht zu wissen, was uns heute Abend erwartete. Ob wir nach dieser Nacht noch einmal die Gelegenheit haben würden, einander nah zu sein. Unsere Zukunft stand auf der Kippe, und mir blieb nichts anderes übrig, als zu hoffen, dass es irgendwie gut ausging. Für uns beide, für das Rudel. Und auch für die Jäger, denn ich war nicht bereit, irgendjemanden zu begraben.

Zu Hause herrschte Totenstille. Meine Eltern waren in der Akademie, um alles für die Blutnacht vorzubereiten, und ich – ich stand allein in diesem Sarkophag von einem Zuhause, das diesen Namen nicht verdiente und in dem der Tod allgegenwärtig war. Trotzdem fühlte ich mich freier, leichter. Wegen Ezra und der Hoffnung auf ein gemeinsames Morgen, und wegen Aaron und der Klarheit, die ich durch ihn erfahren hatte. Diese zwei Männer gaben mir den Mut, nicht aufzugeben.

Selbst als ich die große Schatulle auf meinem Bett fand und die Karte mit der Schrift meines Vaters las, hielt ich dem Schmerz stand – weil ich um ihr Vertrauen in mich wusste.

Für heute Nacht. Töte damit.

Ich zog an der Schleife und hob den Deckel der Schatulle an. Zwei Silberdolche blitzten mir entgegen, funkelten im fahlen Sonnenlicht, das durch die Scheiben fiel. Mein Geburtstagsgeschenk – und zugleich ein Befehl. Er wollte, dass ich mordete, dass ich Leben stahl, wie er es seit Jahren tat. Doch ich war nicht wie er.

Ich war Maya Cavanaugh.

Eine trauernde Schwester und treue Freundin.

Ein Mensch mit Moral und der Hoffnung auf Wandel.

Ich würde kämpfen. Gegen den Hass, die Rache und den Zorn.

Ich war anders – und stolz darauf.

Es wurde bereits dunkel, als ich zur Akademie fuhr. Ich fühlte mich fest entschlossen. Heute lag es an mir, etwas zu ändern. Doch erst musste ich die perfekte Tochter spielen, die Vater erwartete. Ich konnte das, ich hatte es jahrelang geübt. Trotzdem blieb ich einen Moment im Wagen sitzen und hörte die ersten Klänge des Songs *Savage Love* von Jason Derulo.

Erst wollte ich weiterschalten, doch dann ließ ich es laufen, hörte genau auf die Klänge, auf den Beat und auf den Text. Ezra blitzte vor meinem inneren Auge auf, und ich verstand, wie es war, sich zu verlieben. Denn genau das tat ich in diesem Moment.

Er war wie bei diesem Song. Beim ersten Hören hatte ich ihn nicht einmal besonders gemocht, nach dem zweiten und dritten Mal aber bekam ich den Beat nicht mehr aus dem Kopf, nahm das warme Gefühl, das der Song tief im Herzen auslöste, in mir auf und speicherte es ab, hörte auf die Lyrics, die Bedeutung hinter den Worten und die Melodie.

So war es, sich zu verlieben. Es war nicht schlagartig da gewesen, es war schleichend gekommen, je öfter ich Ezra gesehen hatte.

Ich erinnerte mich an die Reifenpanne, daran, als ich das erste Mal in Ezras Augen geblickt hatte. Als ich das Kleid, das er mir geschenkt hatte, auf der Eröffnungsfeier getragen hatte. Wir hatten getanzt. Das war praktisch der Moment gewesen, in dem ich auf *repeat* gedrückt und mir den Song einprägt hatte, in dem ich zuließ, dass er mich gefangen nahm und ausfüllte.

Vielleicht war es vorherbestimmt gewesen, dass Ezra und ich uns trafen. Wir hatten keine Wahl gehabt, das Band hatte uns zueinandergeführt.

Und wenn schon, so war ich doch glücklich. Ezra war alles, wonach ich je gesucht hatte. Er war es, der die Leere in mir füllen konnte, die Aarons Tod hinterlassen hatte.

Als der Song endete, verließ ich meinen Wagen und mit ihm meine sichere Blase. Schlagartig stieg meine Nervosität und mein Herz begann zu rasen, weil ich Angst vor dem hatte, was mir jetzt bevorstand. Das Schauspiel. Die Blutnacht. Und der gefangene Wolf.

Ich fühlte mich, als hätte ich auf Autopilot geschaltet, als ich mich mechanisch mit Waffen ausrüstete und den anderen Jägern anschloss. Wir fuhren in gepanzerten Wagen bis zum Rand der Safe Zone. Absperrungen und Schilder verwiesen darauf, dass es ab hier nicht mehr sicher war, dass niemand die Sperrzone der Wölfe betreten durfte. Finster und unheilvoll bäumte sich der Wald um uns herum auf, eine Eule warnte uns mit ihren Rufen, doch natürlich hörte niemand auf sie. Wir waren Jäger. Wir waren die, die gefürchtet wurden.

»Cavanaugh.«

Ich blieb stehen und sah mich nach demjenigen um, der nach mir gerufen hatte. Es war Dax, der mit schnellen Schritten aufschloss.

»Ist alles okay?« Seine Stimme war gedämpft, und er sprach auch erst, als die anderen Jäger schon ein Stück weit gegangen waren.

»Blöde Frage, meinst du nicht?«

Er zeigte auf meinen Arm. »Hat dein Vater irgendetwas gemerkt?«

Ich schüttelte den Kopf. »Nein, er wollte das Tattoo nicht einmal sehen.«

»Vielleicht gar kein schlechtes Zeichen. Dann vertraut er dir.«

»Oder er hat einfach andere Dinge im Kopf und mein Tattoo ist sein kleinstes Problem.«

»Ich versuche nur das Positive zu sehen.«

»Schlechtes Timing.« Ich war angespannt. Da waren Dax' Witze oder Aufmunterungen das Letzte, auf das ich mich konzentrieren konnte, auch wenn die Ablenkung nett gemeint war.

»Sehe ich ein, sorry. Aber wir kriegen das schon hin.« Er seufzte tief. »Dein Wolflover hat mich in deinen Plan eingeweiht. Du willst den Wolf echt befreien?« Ich nickte, er pfiff leise durch die Zähne.

»Respekt, Cavanaugh, so viel Mumm hätte ich dir gar nicht zugetraut. Dein Bruder wäre stolz auf dich, wenn er wüsste, was wir vorhaben.«

»Wir?«

»Denkst du etwa, ich lass dich das allein durchziehen? Bei aller Ehre, aber dann hättest du keine Chance. Nein, dein Wolflover …«

»Nenn ihn nicht so!«, fauchte ich dazwischen.

Dax lachte. »Alles klar. Dein Lover«, ich verdrehte die Augen, doch er fuhr unbeeindruckt fort, »hat einen Plan. Einen etwas ausgereifteren als *Ich-befreie-den-Wolf-im-Alleingang*.« Er äffte meine Stimme nach. Scheiße, ich hasste ihn nach wie vor. Er war einfach ätzend, ob verbündet oder nicht.

»Und wie lautet der Plan?«, presste ich hervor, während wir den anderen Jägern mit Abstand durchs Gebüsch folgten. Ezra vertraute Dax offensichtlich genug, um ihn als Boten zu nutzen, also würde auch ich das tun.

»Normalerweise kitzelt dein Daddy die Schreie höchstpersönlich aus dem Wolf heraus.« Dax stockte, das schien wohl selbst für ihn zu morbid. »Wie auch immer. Heute ist alles anders. Spiel einfach mit.«

»Maya?« Es war Feli, die nach mir rief. Sie lief weiter vorn, hatte aber über die Schulter geblickt und mich neben Dax gesehen, von dem sie natürlich nicht wusste, dass er inzwischen nicht mehr mein Todfeind war. »Alles okay?«

Ich gab ihr ein Handzeichen, das sie beruhigen sollte, doch ihr Stirnrunzeln vertiefte sich nur noch mehr.

Dax verstand den Wink. »Pass aber auf dich auf«, murmelte er. »Es ist Vollmond. Die Wölfe wissen zwar, dass ein paar von uns auf ihrer Seite sind, aber wenn sie verwandelt sind, können sie nicht klar denken und uns schon gar nicht unterscheiden. Es gibt ein geheimes Zeichen. Du musst mit der Zunge schnalzen; ihr Gehör ist so fein, das hören sie selbst über den Kampflärm.« Zu meiner Überraschung legte er sogar eine Hand auf meine Schulter und drückte sie kurz. »Wir schaffen das schon.« Mit den Worten erhöhte er sein Tempo und schloss zu den anderen Jägern auf.

Auch Feli schien beruhigt und drehte sich wieder um.

Wir stiegen immer höher in die Berge. Der Mond versteckte sich hinter einer dicken Wolkendecke, was aber nicht hieß, dass die Wölfe nicht seine Kraft spürten; vollständig verwandeln konnten sie sich aber erst in seinem Schein. Schon von Weitem hörte ich das Wummern von Rotorblättern.

Wir erreichten den Aussichtspunkt, der ein Stück über der Baumgrenze lag, gerade als der Helikopter eine Kiste zu Boden ließ und ein Jäger den massiven Eisenhaken löste. Einige Schritte vor uns ragte eine graue Steinwand auf, westlich lag dichter Nadelwald und hinter uns das Gestrüpp, durch das wir den Bergrücken erklommen hatten. Für den Bruchteil eines Atemzugs stand der Helikopter in der Luft, wirbelte einen eigenen kleinen Sturm auf, ehe er wieder aufstieg und über den Bäumen verschwand. Als er fort war, war es geisterhaft ruhig hier oben. Nicht einmal der Wind traute sich zu pfeifen.

Einige Jäger holten Fackeln aus ihrem Gepäck und stießen diese in den Boden. Mein Vater zündete eine an und gab sie an Michael weiter, der rundherum die Feuerschalen und Fackeln entzündete, sodass unsere Umgebung beleuchtet wurde. Inmitten des Halbkreises aus Licht stand die vernagelte Kiste. Sie war mindestens zwei Meter hoch und ebenso breit. Mein Magen verknotete sich, denn ich ahnte bereits, was sich darin verbarg.

»Wir sind heute hier, um die Kreaturen des Mondes zu eliminieren! Es sind Monster, die unsere Stadt umzingeln, die getötet werden müssen, damit unsere Bürgerinnen und Bürger in Sicherheit sind.« Mein Vater stellte sich auf einen Felsen und Michael blieb an der Kiste stehen, bereit, die Ösen zu lösen, um die Holzabdeckungen herunterzulassen und zu zeigen, was sich darunter verbarg.

»Wir sind hier«, fuhr mein Vater fort und erhob seine Stimme. »Um Werwölfe zu töten!« Die Jäger jubelten ihm zu, er gab Michael das Zeichen und dieser zog kräftig an den Metallhaken, sodass die Verkleidung mit einem lauten Poltern zu Boden krachte und einen Silberkäfig entblößte. Im Inneren waren zwei Personen gefangen, die sich vor Schmerzen krümmten. Ich erkannte eine Frau und – Timothy. Der Schüler, der verschwunden war.

Mein Vater trat zu mir herüber. »Wir führen Crescent Hill in eine neue Zukunft. Eine, die keine Werwölfe beinhaltet!« Er griff nach meinem Handgelenk und riss meinen Arm in die Höhe. Die Flammen spiegelten sich in seinen Augen und schenkten ihm einen Hauch

Wahnsinn. »Die Zukunft liegt in der Hand meiner Tochter! Durch sie werden diese Kreaturen heute ihr Ende finden, auf dass sie wissen, dass nicht ich es bin, der sie jagt, sondern mein Blut! Es wird weiterbestehen, selbst wenn ich falle!«

Tosender Applaus folgte.

Feli schrie meinen Namen: »Tu es, Maya. Töte den Wolf.«

Vater reichte mir einen Schlüssel und wies zum Käfig, als würde er mir den Vorzug lassen. Mit zitternder Hand zog ich einen der Dolche, die Vater mir genau hierfür geschenkt hatte. War das etwas Ezras Plan? Hatte er dafür gesorgt, dass Vater mir die Ehre der Wolfstötung überließ? Denn nur so kam ich an den Käfig heran, nur so konnte ich die Tür öffnen. Doch wie sollte ich das tun, wenn alle Blicke auf mir lagen? Ich sah zu der Frau, die schmerzerfüllt aufschrie. Ihre Füße warfen Blasen, ihre Haut glühte rot. Ein Käfig aus Silber, in dem jeder Schritt schmerzte und jede Berührung mit den Stäben wie Feuer durch ihre Körper schoss.

»Tu es!«, brüllte Feli.

»Tu es!«, brüllte auch Dax.

Seine Stimme war es, die mich aus der Trance riss. Ich musste zumindest vortäuschen, dass ich Vaters Befehl ausführen würde. Ich stolperte vorwärts, den Dolch fest umklammert. Da durchbrach ein Heulen die Lichtung, erst eins, dann zahllose. Ein ganzer Chor aus Wölfen verkündete seine Nähe. Kläffen und Bellen, Knurren und Geifern, die Nacht war erfüllt von ihrem Konzert.

Sie waren da.

Und sie waren viele.

Und sie würden nicht eher gehen, bis sie die ihren befreit hatten. Dutzende gelber Augenpaare kristallisierten sich zwischen den finsteren Bäumen heraus. Wir waren umzingelt.

Mein Leben lang hatte ich eingetrichtert bekommen, dass Werwölfe böse seien. Nie war ich bereiter gewesen, es zu glauben, als jetzt, da ich ihre Anwesenheit rund um den Bergrücken spürte. Ihre Blicke, die auf mir ruhten und mich fixierten … Himmel, ich konnte kaum noch atmen!

Keine Sekunde später stürzten die Wölfe knurrend aus dem Wald hervor und griffen an.

Das Getrappel der Pfoten, das Sirren der Pfeile, die Schreie, das Ächzen, und dazwischen Dax, der meinen Namen schrie. »Tu es, Maya! Jetzt!«

Doch ich war wie erstarrt … Mein Atem ging flach und viel zu schnell, mein Blick flog über die Wölfe, darüber, wie sie Jäger rissen, über ihre gewaltigen Pfoten und glühenden Augen – und zu ihm, dem größten von allen. Rabenschwarz stach er hervor, ich wusste sofort, dass er es war. Er knurrte, die anderen Werwölfe duckten sich, als er, der geborene Wolf, an ihnen vorbeischritt.

Lauf, Maya, hörte ich ihn in Gedanken.

Und endlich, endlich gelang es mir, die Erstarrung abzuschütteln, mich aus ihr herauszuschälen und einen Schritt zu wagen. Die Frau im Käfig schrie auf, Timothy schluchzte – und ich rannte los. Ein sandfarbener Wolf kreuzte meinen Weg und fletschte gefährlich die Zähne.

»Ich bin nicht dein Feind«, keuchte ich.

Doch er verstand nicht und stürzte auf mich zu. Das Zeichen! Schnell schnalzte ich mit der Zunge, etwas im Blick des Wolfes veränderte sich – und statt mich zu Boden zu reißen, setzte er über mich hinweg und verschwand im Kampfgetümmel. Ich zwang mich hoch, vorwärts, hin zum Käfig. Meine Finger zitterten, als ich den Schlüssel umständlich ins Schloss steckte. Es knirschte und knackte, dann sprang die Tür auf und die Wölfin hinaus. Sie verwandelte sich noch im Sprung. Jetzt, da sie nicht mehr von Silber umgeben war, leuchteten ihre Augen gelb auf, ihr Kiefer zog sich in die Länge, die Zähne schossen hervor. Es ging alles so unfassbar schnell.

Ich wollte ausweichen, doch sie war bereits über mir. Ich stolperte, fiel rückwärts zu Boden und verlor den Dolch aus der Hand. Im nächsten Moment spürte ich die Zähne in meinem Unterarm. Ich schrie auf.

Gleichzeitig stieß Ezra ein ohrenbetäubendes Heulen aus, das die Wölfe in die Knie zwang. Er war das Echo meines Schmerzes und jagte die Wölfe tatsächlich in die Flucht.

Mit ihnen Timothy und die Frau.

Ich jedoch lag am Boden und konnte nur auf den Biss starren, auf die Wunde, die blutete, und auf das Gift, das sich rasend schnell in meinem Körper ausbreiten würde. Mit wild klopfendem Herzen zog ich den Ärmel meiner Jacke über die Bissspuren, damit keiner der Jäger sie sehen konnte.

Um mich herum lagen leblose Körper, von denen ich nicht sagen konnte, ob es Jäger oder Wölfe waren. Verwundete Jäger, die nicht fassen konnten, mit welcher Übermacht die Wölfe über uns hergefallen waren, versuchten irgendwie zu verstehen, was passiert war. Mein Vater brüllte Anweisungen, Dax und ein Trupp erfahrener Jäger hetzte den Wölfen hinterher. Feli stand wie paralysiert neben ihrem Vater. Michael. Er war tot. Genau wie mindestens drei andere, die zwischen den gefallenen Wölfen lagen.

Die Blutnacht war vorbei, kaum dass sie begonnen hatte, doch das Pochen der Wunde an meinem Arm prophezeite mir, dass mein ganz persönlicher Albtraum gerade erst begonnen hatte.

20
Ezra

Es war viel zu viel Blut geflossen.

Wir zogen uns zurück, rannten durch die Wälder und jaulten vor Schmerz, weil wir so viele von uns verloren hatten. Erst als der Vollmond an Kraft verlor und die Jäger unsere Fährte aufgaben, kehrten wir in den Schutz der Wohnwagensiedlung zurück. Erschöpft und blutverkrustet sanken die meisten direkt dort zu Boden, wo sie sich zurückverwandelten. Timothy und die Frau wurden in einen Wohnwagen gebracht und ärztlich versorgt. Immerhin hatten wir sie retten können, dabei aber mindestens vier von uns verloren. Ein hoher Preis.

»Das muss aufhören«, sagte ich in die Stille hinein.

Der Himmel färbte sich bereits grau, die Nacht verging.

»Warst du es nicht, der zum Angriff gedrängt hat?«, fauchte Nick, der inoffizielle Alpha der Wölfe. »Es war doch dein Plan, für genügend Ablenkung zu sorgen, damit dein Mädchen unsere Leute befreien kann.«

»Und es hat geklappt«, hielt ich dagegen.

Nick schnaubte. »Warum hältst du dann große Reden? Als ob wir die Wahl hätten! Es liegt nicht an uns, das Blutvergießen zu beenden. Wir reagieren nur. Wir verteidigen uns. Wir kämpfen ums nackte Überleben.«

»Ich weiß. Gerade deshalb muss es ja aufhören.«

»Und wie?«

»Es ist ein Kreislauf«, erklärte ich mit erzwungener Ruhe. »Mit jedem Jäger, den ihr tötet – und sei es aus Notwehr –, gibt es neue

Hinterbliebene, die Rache schwören. Mit jedem Toten in ihren Reihen wächst der Hass auf uns. Heute«, ich sah sie der Reihe nach an, »haben sechs Jäger ihr Leben verloren. Sechs Familien sind zerstört.«

»Und vier Wölfe«, schrie einer.

»Sechs Jägerfamilien«, blieb ich hart, »für die *wir* der Feind sind.«

»Das sind wir sowieso«, sagte Nick.

»Dabei hatte ich euch gebeten, euch befohlen, sie zu bekämpfen, aber nicht tödlich zu verwunden. Das ist das Opfer, das wir bringen müssen, damit es endlich Frieden geben kann. Erst wenn wir Gnade zeigen, haben sie die Chance, unsere wahre Natur zu erkennen.«

»Befohlen?«, echote Nick. »Du vergisst, dass du nicht unser Alpha bist. Du bist gar nichts!«

Auf seine Worte folgte Stille, tiefer noch als die des Waldes, der angesichts von so viel Blut verstummt schien.

»Nein«, sagte ich langsam, »aber ich bin eure beste Chance auf Frieden.«

Es knackte und raschelte. Melissa kam mit erhobenen Händen durch das Gestrüpp.

»Ich bin es nur.« An ihrem Shirt klebte Blut, ihre Wange war von einem langen Kratzer entstellt. »Wir haben ein Problem.«

»Welches denn noch?«

»Jamie. Er ist weg.«

21
Maya

Die letzten Stunden hatte ich dabei geholfen, Verletzte zu versorgen und in den Helikopter zu verfrachten, der sie aus dem Wald in die umliegenden Kliniken brachte. Jamies Mutter war mit einem der ersten Flüge gekommen, um vor Ort zu helfen. Wir hatten nur wenige Worte gewechselt, dabei hatte sie betont, wie froh sie sei, dass Jamie gerade eine Auszeit in Denver nahm. Ich hatte es nicht geschafft, ihr in die Augen zu sehen.

Feli hingegen war keinen Schritt von der Leiche ihres Vaters gewichen. Ihr Blick, mit dem sie mich auf Abstand gehalten hatte, als ich sie zu trösten versuchte, wirkte noch nach. Der Hass darin war so tief gewesen, dass er mich an meinen Vater erinnerte.

Vater selbst hatte sich mit keinem Sterbenswort anmerken lassen, was er über die Katastrophe dachte. Er gab Befehle, hielt Kontakt zu Dax und koordinierte die Bergungsaktion. Das hier war seine Welt. In ihr blühte er auf. Der Tod sechs seiner Leute, darunter sein engster Mitarbeiter und Vertrauter, schien ihn vollkommen kaltzulassen.

Als wir im Morgengrauen nach Hause kamen, ging ich ohne ein Wort hoch in mein Zimmer. Erst hier, in der Sicherheit meiner vier Wände, zog ich die Jacke aus und besah den Biss an meinem rechten Unterarm. Rund um die Zahnabdrücke sprossen die schwarzen Äderchen wie die Krone eines grotesken toten Baumes. Das war das Gift, das sich in meinen Körper fraß. Zaghaft strich ich über die gereizte Haut und kämpfte gegen das Schluchzen an, das sich einen Weg an die Oberfläche bahnte.

Ich spürte einen Luftzug, und als ich von meinem Arm hochsah, stand Ezra vor mir.

Das war der Moment, in dem es keinen Halt mehr gab.

»Ezra«, flüsterte ich erstickt. Er war in wenigen Schritten bei mir und schlang die Arme um mich, ich barg das Gesicht an seiner Brust und weinte. Weinte um die Jäger, die gestorben waren, aber auch um die Wölfe, die ihr Leben hatten lassen müssen. Ich weinte auch um mich.

»Es tut weh«, sagte ich zwischen zwei Atemzügen. Ich wischte mir die Tränen aus dem Gesicht, und Ezra umfing meine Wangen mit seinen Händen.

»Ich weiß, ich weiß«, flüsterte er. »Aber es gibt eine Lösung, Maya. Du … Du musst nicht sterben. Du musst mich nicht verlassen. Das weißt du, oder?«

Ich schloss erneut die Augen. Natürlich. Ezra konnte mich verwandeln. Ich hatte keine Sekunde gezögert, als es um Jamies Leben gegangen war, doch jetzt, da mein eigenes auf dem Spiel stand, verstand ich erst, wie Jamie sich gefühlt haben musste. Ich hatte über seinen Kopf hinweg entschieden, weil ich mir ein Leben ohne ihn nicht hatte vorstellen können. Es war aber mehr als ein Nein zum Tod gewesen, es war auch ein Ja zum Leben als Werwolf. Diese Entscheidung hatte ich ihm gestohlen – die Entscheidung, die ich nun für mich selbst treffen musste. Treffen konnte. Denn Ezra ließ mir ganz offensichtlich die Wahl. Er sah mich nur an und wartete auf meine Antwort.

War ich dafür bereit? Konnte ich zu einer Wölfin werden?

Ich brauchte Abstand, um mir klar zu werden, was ich eigentlich wollte. Meine Hände zitterten, so sehr fror ich, gleichzeitig rann mir der Schweiß die Schläfen hinunter. Wie in Trance griff ich nach meinen Schlafsachen und ging ins anliegende Badezimmer, wusch mir das Gesicht, zog mich um und betrachtete mich im Spiegel. Meine Haut war blass, Schweißtropfen glänzten auf meiner Stirn. Ich legte mir den Handrücken an die Wange und spürte die Hitze des Fiebers aufsteigen.

»Was willst du tun, Maya?«, fragte Ezra, als ich ins Schlafzimmer zurückkam und meine Klamotten in die Ecke warf.

»Ich möchte mich hinlegen. Mir ist kalt und ich fühle mich erschöpft.«

Wissend, dass er das nicht gemeint hatte, kroch ich in mein Bett, zog mir die Decke bis zum Kinn hoch und ließ zu, dass Ezra sich zu mir legte und seine Arme um mich schlang. Ich hörte auf seinen Herzschlag, driftete langsam ins Delirium ab.

»Ich will nicht sterben«, flüsterte ich eine ganze Weile später und blinzelte gegen die Tränen an. Das war die Wahrheit. Ich wollte nicht sterben, ich wollte noch so viel mehr von der Welt sehen. Ich wollte erleben, was die Zukunft für mich bereithielt, und vor allem wollte ich an Ezras Seite sein.

Ich hatte größte Mühe, den Kopf zu heben und Ezra anzusehen. Seine bernsteinfarbenen Augen zeigten seine Erleichterung über meine Entscheidung.

»Ich hätte dich nicht sterben lassen können«, flüsterte er. Seine Iriden nahmen die geisterhaft gelbe Farbe an, er biss sich ins eigene Handgelenk und bot es mir an. Ich blickte auf die Blutstropfen, die von seiner Haut fielen, und schluckte hart gegen den Kloß in meinem Hals an. Dann beugte ich mich vor und legte die Lippen an die Stelle, schmeckte das metallische Blut auf der Zunge und zwang mich, es zu schlucken.

Ich kämpfte um mein Bewusstsein, war aber so erschöpft, dass ich kaum die Kraft aufbrachte, mich gegen die Ohnmacht zu wehren. Also ließ ich sie zu und driftete in die angenehme Schwärze ab, die mir jegliche Schmerzen nahm.

Als ich wieder zu mir kam, fühlte ich mich im ersten Moment nicht anders als vorher. Abgesehen davon, dass die Schmerzen verschwunden waren. Wie weggeblasen. Ich lag mit dem Kopf auf Ezras Brust, lauschte seinem Herzschlag und spürte die Anziehung, die heftiger war als je zuvor.

Dann kamen die Bilder der vergangenen Blutnacht, und ich richtete mich abrupt auf. Mein Herz begann zu rasen, und ich sah auf meinen Unterarm. Der Biss war bereits verheilt, es gab keinerlei Spur, dass ich überhaupt verletzt gewesen war. Ich fuhr mit dem

Zeigefinger über die glatte Haut. Ich hatte mich verwandelt. Ich war ein Werwolf.

»Hey«, ertönte Ezras rauchige, müde Stimme hinter mir. Er setzte sich ebenfalls auf und schlang die Arme um mich.

»Wie fühlst du dich?«

»Seltsam. Irgendwie anders und gleichzeitig wie immer«, erwiderte ich wahrheitsgemäß. War es unfair Ezra gegenüber, mich nicht toll zu fühlen und glücklich zu sein? Er hatte mir das Leben gerettet, und es war meine Entscheidung gewesen, mich zu verwandeln. Trotzdem war das ein harter Brocken, mit dem ich erst einmal zurechtkommen musste. Das Tattoo fühlte sich mehr denn je wie eine Lüge an, auch wenn es nur aufgemalt war. Ich war jetzt genau das, was die Jäger der *Moonlight Academy* zu jagen geschworen hatten. Ich war Jägerin und Gejagte in einem.

»Mit der Zeit wird es leichter.« Ezra setzte einen Kuss auf meine Schulter. Ich nickte, konnte aber nicht mehr herumsitzen, weshalb ich die Beine aus dem Bett schwang und aufstand. Verwirrt blieb Ezra zurück.

»Was hast du vor?«

Ich ging zu meinem Schrank und suchte etwas zum Anziehen. »Ich muss zur Schule«, antwortete ich gezwungen.

»Zur Schule? Ist das eine kluge Idee?«

Ich wusste, wie albern das klang. Es war der Tag nach der Blutnacht, ich hatte frei. Niemand erwartete von mir, dass ich heute die Schulbank drückte, nicht einmal meine Eltern. Die Blutnacht hatte Priorität. Ich war erst – wie lange? – drei Stunden daheim. Nicht umsonst galt es in Crescent Hill, den Tag nach der Blutnacht besonders leise zu begehen, um die schlafenden Helden nicht zu wecken, die so tapfer die Stadt verteidigt hatten.

Wie verlogen das klang.

Wie verlogen das alles war!

Und trotzdem. Ich wollte nicht nur zur Schule, ich musste hin. Brauchte dringend ein Stück Normalität. Weg von Ezra, den ich liebte, aber gerade nicht sehen konnte. Ich brauchte Ruhe und Abstand – und Sophie.

Ich zog mir einen Pullover über und drehte mich zu Ezra um. »Ich geh nur für ein paar Stunden hin, okay?«

Er zog die Brauen misstrauisch zusammen. »Du hast jetzt ein Tier in deinem Inneren, und du hast noch nicht gelernt, es zu zähmen. Außerdem war erst Vollmond, du wirst seine Kraft noch spüren. Von daher halte ich es für ausgesprochen unklug, jetzt schon hinauszugehen, schon gar nicht unter so viele Menschen …«

Ich verstand seine Bedenken, denn ich spürte durchaus, dass sich etwas tief in meinem Innern verändert hatte. Ich konnte es nur nicht beschreiben oder gar erklären, dafür kannte ich diese Seite von mir zu wenig.

Ich hatte keine Ahnung, wie es sein würde, wenn der Wolf in mir hervorbrach. Wie es sich anfühlte, wenn die Fangzähne aus meinem Kiefer drangen oder meine Fingernägel zu Krallen wurden. Wenn meine Emotionen überhandnahmen.

Würde ich jemanden angreifen, nur weil er mich anrempelte? Würde ich ständig kurz vor dem Explodieren stehen? War es das, wovor Ezra sich fürchtete? Dass ich raste und tobte und meine neue Natur verriet?

»Ich werde dich im Auge behalten«, versprach er und tippte sich gegen die Brust, als würde er das Band meinen. »Ich spüre, wenn etwas nicht in Ordnung ist, und kann dir dann helfen. Selbst aus der Ferne.«

Er durchquerte das Zimmer und legte seine Hand in meinem Nacken. Ich lehnte die Stirn für einen kostbaren Moment an seine Schulter und prägte mir seine Wärme und seinen Duft ein. Ich nahm die Ruhe, die er mir schenkte, in mir auf und verinnerlichte sie. Er war mein Anker.

»Ich schaffe das.«

»Ich weiß, Maya. Auch dafür liebe ich dich. Du gibst nie auf.«

Schmetterlinge tanzten in meinem Bauch.

»Ich liebe dich auch«, flüsterte ich. Mein Herz fühlte sich voll und doch federleicht an. Ich gehörte zu ihm und er gehörte zu mir. Nichts auf dieser Welt konnte uns trennen.

Ich stellte mich auf die Zehenspitzen und küsste ihn. Meine Brust schien platzen zu wollen vor Glück, und ich hätte den ganzen Tag bei ihm sein können. Doch noch drängender als der Wunsch, ihn zurück aufs Bett zu schubsen und ihm selbst zu folgen, war meine Sehnsucht nach der alten Weltordnung. Schule und Sophie. Das brauchte ich jetzt. Deshalb schob ich ihn von mir und lächelte matt.

»Du musst zum Fenster raus, und ich gehe jetzt zur Schule.«

Er setzte einen Abschiedskuss auf meine Stirn und kletterte aus dem Fenster.

Ich tastete innerlich nach dem Band, das jetzt viel deutlicher zu spüren war. Wenn ich die Augen schloss und mich konzentrierte, konnte ich es sogar sehen. Das silbrig schimmernde Seelenband, das sich um mein Herz geschlungen hatte und sanft leuchtete. Trug jeder Wolf ein solches Band? Ich wusste noch immer so wenig darüber, nur das, was Ezra nachts in mein Ohr geflüstert hatte. Dass jeder Wolf ein solches Band besaß, und dass es nur den einen perfekten Partner gab, den es zu finden galt. Ich war sein Schicksal. Wir gehörten zusammen.

»Maya!«, rief Sophie, löste sich von Brian und kam auf mich zugerannt, kaum dass ich aus meinem Wagen gestiegen war. Sie warf sich mir so stürmisch in die Arme, dass ich meinen Kaffee beinahe fallen ließ.

»Hey, was ist denn mit dir los?«, fragte ich verdattert.

»Die Blutnacht! Niemand hat etwas von den Jägern gehört, außer dass es einen Angriff gegeben hat. Ich konnte dich nicht erreichen und wäre beinahe durchgedreht vor Sorge.«

»Tut mir leid.« Ich klärte sie in der Kurzform über die Ereignisse auf und ballte eine Hand zur Faust, als ich merkte, dass meine Emotionen hochkochten. Ich suchte fast schon panisch nach dem Band, fand es und hielt mich daran fest wie eine Ertrinkende.

»O Gott.« Sophie klang so fassungslos, wie ich mich fühlte. Sie kam einen Schritt auf mich zu. »Felis Vater ist tot? Wie schrecklich. So viele Opfer. Wie geht es dir damit?« Sie legte eine Hand auf meinen Arm, doch ich entwand mich ihr, konnte und wollte die Nähe nicht zulassen, während ich innerlich so um Fassung rang. Verwirrt von meiner zurückweisenden Reaktion, runzelte sie die Stirn.

»Mir geht es gut«, versicherte ich distanzierter und beherrschter, als ich es wollte. Ich musste dringend Ruhe bewahren. Als sich der

Parkplatz leerte, folgten wir schweigend den Schülerinnen und Schülern ins Gebäude. Sophie hakte sich bei Brian unter, warf mir einen letzten besorgten Blick zu und winkte dann zum Abschied. Sie hatte Kunst, ich Englische Literatur.

Jedenfalls hätte ich das.

Denn als ich mir sicher war, dass ich aus Sophies Sichtweite verschwunden war, versteckte ich mich auf einem mittlerweile leeren Gang, lehnte mich an die Wand und atmete tief ein und aus. Immer wieder.

Es half nichts.

»Scheiße.« Ich keuchte, stieß mich ab und verließ fluchtartig die Schule. Ehe ich wusste, was ich tat, saß ich schon wieder im Wagen und fuhr mit viel zu viel Gas vom Parkplatz. So viel zur Normalität und alten Welt. Ezra sollte recht behalten. Ich war noch nicht bereit.

Doch eine Rückkehr kam genauso wenig infrage. Also fuhr ich ziellos durch die Straßen und Vororte von Crescent Hill. Ich hielt erst inne, als ich das Auto meines Vaters entdeckte. Es stand vor Jamies Haus. Ich parkte hinter ihm und stieg in dem Moment aus, als er aus Jamies Elternhaus trat. Hinter ihm erkannte ich Jamies Mutter in den Armen ihres Ehemannes, ein Taschentuch an die Brust gepresst.

Eine dunkle Vorahnung keimte in mir auf. Ich zwang meine Beine weiterzulaufen, auf meinen Vater zu.

»Was ist passiert?«

»Maya, nicht jetzt und nicht hier.«

»Sag mir, was passiert ist«, forderte ich.

Er legte eine Hand an meinen Rücken und drückte mich bestimmt zur Straße. Fort von den Johnsons.

»Unter den Werwölfen, die wir in der Blutnacht getötet haben, war Jamie. Es ist mir ein Rätsel, wann ihm das widerfahren ist, doch er war ein Werwolf.«

»Er … was?«

»Er war nie in Denver, Maya, er hat sich verwandelt. Er war der Feind, er gehörte zu den Wölfen. Und jetzt ist er tot.«

Mir wurde schlecht.

Jamie war tot? Die Jäger hatten ihn umgebracht?

Die Wölfin in mir rebellierte, mein Herz krampfte sich zusammen. Das Band strahlte gleißende Ruhe aus, doch es verhinderte nicht den

Schmerz. Er war so viel präsenter und heftiger als bei Aaron. Meine Emotionen waren zu stark, sie drohten mich zu ersticken.

Meine Fingerspitzen kribbelten, ich ballte die Fäuste. Krallen gruben sich in mein Fleisch. Meine Gedanken drehten sich in einem ewigen Kreis um Jamie.

Jamie, der sich verwandelt hatte.

Jamie, der mir zum Geburtstag gratulierte.

Jamie, der … tot war?

Erst als das Handy meines Vaters klingelte, wurde ich erbarmungslos zurück ins Hier und Jetzt gezerrt. Panik stieg in mir auf, weil ich die Kontrolle zu verlieren drohte.

»Fahr am besten nach Hause, Maya.« Er sagte es, als wäre es kein großes Ding, als würde nicht gerade meine Welt zerbrechen. Als würde ich nicht mit einem Tier in meinem Inneren kämpfen. Dann nahm er den Anruf entgegen und entfernte sich. »Malcolm, sagen Sie mir, dass wir Fortschritte machen.«

Ich war wie in Trance. Meine ganze Konzentration lenkte ich auf das Band, an dem ich mich festkrallte. Es war offensichtlich, dass Ezra spürte, dass meine Emotionen wie ein Sturm herumwirbelten, denn das Band vibrierte beruhigend. Es half. Weniger als erhofft, aber es half.

Die Autofahrt raste an mir vorbei. Erst als Steine unter den Rädern knirschten, bemerkte ich, dass ich definitiv nicht nach Hause gefahren war. Ich war bei der Hütte am See, dem Rückzugsort meines Grandpas.

Die kalte, klare Luft schlug mir entgegen, als ich mein Auto stehen ließ und zum Seeufer stolperte. Meine Brust schnürte sich zu, ich legte eine Hand auf mein Herz und ging in die Knie, atmete kontrolliert.

Es brachte nichts.

Und dann schrie ich.

Ich schrie, in der Hoffnung, den Schmerz loszuwerden, der mich übermannte, der so heftig wie noch nie in mir pochte. Er beherrschte mich regelrecht. Verzweifelt griff ich in mein Haar, ließ den Tränen freien Lauf, bis es meine gesamte Kraft auszehrte.

Keine Ahnung, wie lange ich dort am Ufer kauerte. Doch irgendwann schlang jemand seine Arme um mich, und ich wurde an eine Brust gezogen. Ich wusste, dass es Ezra war, ohne aufsehen zu müssen.

»Ich bin so schnell gekommen, wie ich konnte.«

»Er ist tot«, flüsterte ich.

»Es tut mir leid, Maya. Ich hätte auf ihn achten müssen …«

»Er ist tot«, wiederholte ich.

»Ich hätte ihm verbieten müssen, zur Blutnacht zu gehen. Er war noch nicht so weit.« Er zog mich fester an sich. »Ich wünschte, du müsstest nicht mit diesem Verlust leben.«

Oh, das wünschte ich auch.

Aber der Verlust von geliebten Menschen verfolgte mich, und eine dunkle Vorahnung sagte mir, dass es mich erneut einholen würde.

22
Maya

Die sechs Jäger, die in der Blutnacht gefallen waren, wurden bei einem Jägerbegräbnis bestattet.

Nur Jamie nicht, er war vermutlich längst achtlos verbrannt worden. Dennoch nahm ich an diesem Tag auf meine Weise Abschied von ihm. Mit Ezra, der mir nicht von der Seite wich und mir die Kraft gab, die ich brauchte, um durchzuhalten.

Die Kapelle lag im Zentrum der Stadt und war neben der Akademie und dem Rathaus das größte Gebäude. Sie hatte wunderschöne Buntglasfenster, einen hohen weißen Kirchturm, auf dem ein goldenes Kreuz thronte, und einen gepflegten weißen Palisadenzaun. Auch wenn ich nicht gläubig war und diese Kirche eher selten besuchte, spürte ich den Trost, den sie schenkte, als ich die Halle betrat. Die Bänke waren voll besetzt, und ich schritt den Gang nach vorn, wo meine Familie bereits saß.

Fotos der Verstorbenen waren am Altar aufgestellt, auch eines von Jamie war dabei. Ein Stich fuhr durch mein Herz, doch gleichzeitig war ich froh, dass sie ihm zumindest diese letzte Ehre erwiesen. Das hätte ihm viel bedeutet.

Leise Orgelmusik setzte ein, und der Pfarrer trat an das Rednerpult. Als er mit seiner Trauerrede begann, fühlte ich mich unweigerlich zu Aarons Beerdigung zurückversetzt. An diesem Tag hatte ich mir geschworen, nie wieder einen Fuß in diese Kirche zu setzen. Ich hatte mir geschworen, dass der Tod nicht mehr in mein Leben einziehen durfte.

Und wo war ich jetzt?

Ich saß hier, an genau demselben Platz, an dem ich vor ein paar Wochen um meinen großen Bruder getrauert hatte. Nur war es jetzt Jamie, um den ich weinte. Ich trauerte um ihn, um unsere vielen gemeinsamen Stunden und um unsere Freundschaft.

»Wir wollen nun der sieben Toten gedenken, die es nicht zurückgeschafft haben«, verkündete der Pfarrer.

»Emily Meyers, Jeffrey und Veronica Hall, Michael Lancaster, Sasha Peters, Jamie Johnson und Laurie Coleman.«

Es wurde eine Schweigeminute abgehalten, und ich schloss die Augen. Ich hatte ihm noch so viel zu sagen. Doch das war unmöglich. Jamies Zug hatte den Bahnhof verlassen, und er trat nun eine Reise an, die er ganz allein bewältigen musste. Ganz egal, wie sehr ich mir wünschte, noch einmal mit ihm zu sprechen, es war zu spät. Jamie war tot.

Nach der Trauerfeier begaben sich die Gäste in die Akademie. Es gab ein Büfett als Leichenschmaus, und die Anwesenden unterhielten sich im Flüsterton über die Toten. Ich sah ein paar seiner Freunde weinen, Trudy, seine Eltern und Sophie, die sich Halt suchend an Brian lehnte, die Augen verquollen, die Schminke verschmiert. Ich wünschte, ich könnte auch trauern, offen und ehrlich. Doch ich war eine Cavanaugh und musste die Fassade mehr denn je aufrechterhalten. Ich wollte die Freiheit der Wölfe mehr denn je.

Denn jetzt ging es auch um meine Freiheit.

»Ist das wirklich die kleine Maya Cavanaugh?« Ein junger Mann trat zu mir. Seine dunkelblonden Haare waren stilvoll zerzaust, und der schwarze Anzug saß perfekt an seinem Körper.

Ich runzelte die Stirn und durchforstete mein Gedächtnis nach diesem Gesicht, doch ich kam zu keinem Ergebnis.

»Autsch«, sagte er, schenkte mir aber ein breites Grinsen. Seine gute Laune schien mir seltsam fehl am Platz.

»Niall McIntyre. Damaliger bester Freund deines Bruders.«

»Oh, ich … sorry, ich bin mit dem Kopf ganz woanders.«

»Entschuldigung angenommen«, scherzte er und zwinkerte mir zu. Er war mit Aaron in einer Klasse gewesen. Seine Eltern waren ebenfalls Jäger, wurden aber schon vor Ewigkeiten nach Paris versetzt, weshalb ich ihn seit Jahren nicht gesehen hatte. Damals war er ein unheimlich charmanter Junge gewesen, der meinem dreizehnjährigen Ich den Kopf verdreht hatte. Nicht dass ich das jemals zugegeben hätte. Erst recht nicht, weil ich wusste, dass Felicity ihn in Frankreich getroffen und lieben gelernt hatte. Er war derjenige, vor dem sie geflohen war, wie ich mittlerweile wusste. Umso seltsamer, dass er diese gute Laune zur Show trug, da doch der Vater seiner Ex-Freundin gerade erst zu Grabe getragen worden war.

»Sieht so aus, als wären wir beide vollwertige Jäger, was?«, sagte er lachend. »Na, komm schon her, lass dich umarmen.« Er breitete die Arme aus und ließ gar nicht erst zu, dass ich ablehnte. »Es tut mir leid, was du alles durchmachen musstest. Aarons Tod, jetzt auch noch Jamies. Das ist schrecklich.«

Mein höflich kühles Lächeln verrutschte, und ich schälte mich aus der Umarmung. »Was machst du hier, Niall? Bist du wegen Feli da?«

Er überging meine zweite Frage einfach. »Onkel Shawn hat mir erzählt, dass ihr ein ziemlich großes Werwolfproblem habt.« Er zuckte mit den Schultern und schob die Hände in die Taschen seiner Anzughose. »Ich bin zur Unterstützung hier. Ich habe viel in Paris gelernt.«

Nialls Onkel war der derzeitige Bürgermeister unserer Stadt und der schärfste Kritiker meines Vaters. Ich dachte an die bevorstehende Wahl und daran, dass mein Vater ihn vielleicht bald ablösen würde. Geschah das, gab es keine Gnade mehr für die Wölfe.

»Und es hat sicher nichts mit einer schlagfertigen schwarzhaarigen Jägerin zu tun, die kürzlich aus Paris geflohen ist?«

Seine Aufmerksamkeit lag auf ebendieser Person. Felicity. Sie verließ gerade die Halle.

»Was hat sie über mich erzählt?«

»Fast gar nichts.« Ich hob die Hände zur Verteidigung. »Aber dass sie zurückgekommen ist, sagt einiges aus, findest du nicht? Und ich weiß ehrlich nicht, ob sie dich sehen will. Gerade jetzt. Ihr Vater ist unter den Gefallenen.«

Endlich wurde er ernst. »Ich weiß.«

»Lass ihr Zeit, ja?«

»Ich hab nicht vor, sie zu bedrängen, Maya.«

Ich musterte ihn aufmerksam und kam gerade zu dem Schluss, dass er sich wahrlich benehmen würde, als Ezra die Halle betrat. Ich machte ihn mit einem Handzeichen auf mich aufmerksam und verabschiedete mich von Niall. »Ich muss los. Wir sehen uns später, ja?«

Doch da hielt er mich am Arm fest. »Maya?«, fragte er und beugte sich an mein Ohr. »Was hast du mit einem geborenen Werwolf zu tun?«

Erschrocken riss ich die Augen auf, rang nach Worten.

»Was?«, kam jedoch nur zur Antwort raus, und ich hätte mich dafür am liebsten geohrfeigt.

»Wie ich sagte, ich habe viel in Paris gelernt, und dort gibt es weitaus mehr geborene Wölfe als hier.« Er zwinkerte mir zu. »Sei einfach vorsichtig, wenn du mit ihm zu schaffen hast. Und gewöhne dich nicht an ihn, er wird sicher bald tot sein. Genau wie das Rudel in den Rockys.« Mit diesen Worten ließ er mich einfach stehen.

Ich ballte die Hand zur Faust und spürte mein Herz so schnell schlagen wie noch nie. Scheiße. Wenn Niall bereits über Ezra Bescheid wusste, dann vielleicht auch mein Vater. Und früher oder später würde dann auch herauskommen, dass ich gebissen worden war.

Als Ezra zu mir kommen wollte, gab ich ihm ein Zeichen, dass er besser dort bleiben sollte, wo er war. Ezra runzelte die Stirn, er verstand nicht. Also kramte ich mein Handy aus der Tasche und tippte eine Nachricht an ihn, dass ich es später erklären würde, ein Jäger aus Paris aber über ihn Bescheid wusste. Durch das Band spürte ich seine Sorge. Er wusste genauso gut wie ich, dass das kein gutes Zeichen war.

Der Tag schien gar nicht enden zu wollen. Ich sehnte mich nach einem heißen Bad und nach Ezra, wollte mich mit ihm in meinem Bett zusammenrollen und für ein paar Stunden vergessen. Doch das war uns nicht vergönnt. Denn als ich mich davonstehlen wollte, kam ausgerechnet mein Vater.

»Maya, wie gut, dass du noch hier bist.«

»Ich wollte gerade gehen.«

Er legte eine Hand an meine Schulter und lenkte mich auf den Flur. »Ich möchte dir etwas zeigen. Komm mit.«

Meine Schritte hallten unnatürlich laut von den Wänden wider, als wir uns von der Trauergesellschaft entfernten. Wir warteten einen quälenden, stillen Moment, in dem ich meine Finger knetete, auf den Aufzug und stiegen ein, sobald die Türen aufglitten. Irgendetwas ließ mich nervös werden. Vielleicht die Worte, die Niall so beiläufig über Ezra gesagt hatte. Oder der Fakt, dass mein Vater ein skrupelloser Jäger und Wolfsmörder war. Ja, nicht nur vielleicht, sondern ganz bestimmt Letzteres.

Als er den Knopf für das unterste Stockwerk drückte, hielt ich es nicht länger aus.

»Was willst du mir im Archiv zeigen?«, fragte ich. Die Erinnerung an das Gerümpel blitzte auf, und die daran, dass er mich dort nicht hatte haben wollen.

»Dort unten ist etwas, was mir zur Bürgermeisterwahl verhelfen wird. Da du jetzt eine ausgebildete Jägerin bist, ist es an der Zeit, dich in unser Vorhaben einzuweihen.«

Ich verschränkte die Finger vor mir ineinander. Mein Herz raste, und in meiner Magengegend nistete sich ein ganz flaues Gefühl ein. Das war nicht gut. Das war überhaupt nicht gut. Hilfe suchend klammerte ich mich an das Band. Ezra antwortete sofort, und ich nahm seine Stärke dankend an.

Wir verließen den Aufzug und durchquerten den Raum, in dem Karton über Karton gestapelt war, bis hin zu einer in die Wand eingelassenen Tür, die man leicht übersehen konnte. Vater drückte auf einen nicht sichtbaren Knopf und ein Zahlenfeld erschien. Ohne mir die Sicht auf den Code zu versperren, tippte er die vier Ziffern ein und die Tür öffnete sich.

Mir klappte der Mund auf. Eine moderne weiße Einrichtung blitzte uns entgegen, Glastüren befanden sich links und rechts vom Gang, die einzelne Labore voneinander trennten. Vor uns lag ein kompletter Forschungstrakt. Wissenschaftler und Professoren eilten in weißen Kitteln umher und gingen ihrer Arbeit nach.

»Was ist das hier?«

Er machte eine ausladende Geste, damit ich durch die Tür trat. »Das ist die Forschungsabteilung der *Moonlight Academy* von Crescent Hill.« Stolz schwang in seiner Stimme mit, mir hingegen wurde schlecht. Die Neonröhren blendeten mich, der Geruch von Desinfektionsmittel und irgendetwas anderen brannte in meiner Nase, die Schritte der Menschen waren viel zu laut. »Komm mit, wir gehen zu Malcolm.«

Er hatte den Namen schon öfter erwähnt, doch er hatte mich stets abgewimmelt, wenn ich nachgefragt hatte. Dass er mir jetzt diese Forschungsabteilung zeigte, bedeutete, dass er mir vertraute und glaubte, ich sei auf seiner Seite. Auf der Seite der Jäger. Dabei war das die größte Lüge von allen.

»Malcolm, darf ich Ihnen meine Tochter Maya vorstellen?«, begrüßte er den betagten Wissenschaftler, der sich seine große runde Brille auf die Nase schob. Er hatte wirres graues Haar und einen Dreitagebart, sah völlig übermüdet aus und war ziemlich dünn. Unter der Kaffeetasse auf seinem Schreibtisch zeichneten sich mehrere braune Kreise ab, die bezeugten, dass er seit Stunden durcharbeitete.

»Schön, Sie kennenzulernen, Miss Cavanaugh«, sagte er mit einer kratzigen Stimme und reichte mir die knochige Hand. Ich ergriff sie und hatte sofort Angst, ihn zu zerbrechen.

»Die Freude ist ganz meinerseits«, erwiderte ich mit einem gestellten Lächeln. Am liebsten wäre ich gerannt. So weit weg, wie ich nur konnte. Doch hier stand ich nun, ließ mir etwas von meinem Vater zeigen, was ich noch nicht verstand und vielleicht auch gar nicht verstehen wollte.

Eine Frau stieß zu uns und zog sich einen der weißen Kittel über. Mir wurde schlagartig kalt, als ich erkannte, dass es Felicity war.

»Feli, du – hier?«

»Felicity ist eine hervorragende Laborassistentin. Seit der Blutnacht hat sie sich sehr nützlich gemacht.« Er nickte ihr zu. Die Art Stolz stand in seinem Gesicht, die ich mir ein Leben lang gewünscht hatte.

Mein Vater nahm ein Reagenzglas in die Hand und schüttelte die leicht gelbliche Flüssigkeit darin. Er hielt es mir direkt vors Gesicht. »Was, meinst du, ist das?«

Er ließ mich gar nicht erst raten; ich wäre auch nie auf die Antwort gekommen, obwohl sie doch so naheliegend war und sich so gut in das Bild meines Vaters fügte.

»Das, Maya, ist ein Nervengift. Für den Menschen ungefährlich, doch für Werwölfe tödlich. Das Gift stimuliert die Nerven und lässt die Wölfe ihre wahre Natur zeigen. Sie verlieren jegliche Menschlichkeit, bis das Tier in ihnen sie in den Wahnsinn treibt. Es ist ein langsamer, sehr qualvoller Tod. Wir haben über Stunden hinweg beobachtet, wie sich die Wölfe in ihrem Wahn selbst zerfleischen, weil ihr Instinkt zu töten übergroß wird.«

Er machte eine Kunstpause. Ich war mir sicher, dass jegliche Farbe aus meinem Gesicht gewichen war und ich gleich ohnmächtig wurde.

»Ich werde dieses Fläschchen morgen mit zur Ratssitzung nehmen und dort vorstellen. Der Stadtrat wird die Dringlichkeit meines Anliegens anerkennen müssen und mir zustimmen, dass die Entscheidungsgewalt über die Missionen ganz in die Leitung der Akademie gehört. Nur ein erster, längst überfälliger Schritt, ehe ich als Bürgermeister dafür sorgen werde, dass die Jagd auf Wölfe über die Befugnisse der Akademie hinaus legalisiert und gefördert wird, damit wir diese Kreaturen endlich ausrotten. Unser Werwolfproblem wird bald beseitigt sein, Maya.«

»Damit steht Ihnen nichts mehr im Weg, Mr. Cavanaugh.« Feli klang, als würde sie von ganzem Herzen an seinen Wahlsieg glauben. Und ich tat das leider auch.

Meine Welt begann sich zu drehen.

Es gab ein Nervengift, das Wölfe zu genau den Bestien machte, die die Menschen schon lange in ihnen sahen. Dabei lagen sie falsch, so falsch! War ich denn nicht der beste Beweis, dass die Wölfe friedlich neben den Menschen leben konnten? Nicht einmal meine eigenen Eltern hatten bemerkt, dass ich anders war! Niemand in der Akademie ahnte etwas.

In meinem Inneren tobte ein Sturm aus tausend Emotionen, allen voran der Drang, die Jäger aufzuhalten. Die Wölfe zu schützen. Wir mussten das Rudel in den Bergen warnen, sie vielleicht sogar von hier wegbringen. Gegen diese Waffe gab es keine Chance.

Mein Vater würde das Gift morgen bei der Stadtratssitzung vorführen und den Menschen zeigen, wie es funktionierte. Ich war mir sicher, dass der Rat nur das sehen würde, was er sehen wollte. Nämlich die Gefahr, die von den Wölfen ausging, und dass mein Vater die perfekte Lösung dafür hatte. Er würde gewählt werden und hätte dann die volle Entscheidungsgewalt über die Akademie und die Jäger.

Was dann geschah, konnte sich jeder Einzelne ausmalen.

Das Nervengift durfte niemals zugelassen werden.

23
Maya

Die nächsten Tage flossen ineinander. Da ich die Prüfung abgelegt und bestanden hatte, war ich vom Unterricht in der Akademie befreit worden. Zudem akzeptierten meine Eltern klaglos, dass ich sie zusätzlich um eine Freistellung von der Schule gebeten hatte. Meine Mutter rümpfte zwar die Nase, unterschrieb aber die Erklärung, dass ich nach der Blutnacht ein paar Tage zur Erholung brauche und deshalb dem Unterricht fernbleiben dürfe. Der Wisch wurde ebenso stillschweigend vom Direktor akzeptiert; das Wort der Cavanaughs hatte Gewicht – und endlich mal sprach es zu meinen Gunsten.

Statt die Tage im Bett zu verbringen, wie Sophie mir per SMS riet, verbrachte ich sie mit Ezra. Ich fühlte mich schrecklich, da ich sie über meinen Zustand belog, doch ich war noch nicht bereit, mit ihr über die Ereignisse zu sprechen. Ich konnte es schlicht nicht. Denn obwohl Ezra mir half und das Band mich stabilisierte, erwies es sich als enorme Herausforderung, Herrin meiner Gefühle zu werden.

Kleinigkeiten brachten mich zum Ausrasten, ein falsches Wort von Ezra und ich ging ihm an den Kragen. Er versprach zwar, es würde nachlassen – und sei nur bei ihm so extrem, weil ich hier die Möglichkeit hatte, wahrlich ich selbst zu sein –, doch die Fortschritte hielten sich in Grenzen.

»Maya, du hast ein Leben lang deine Emotionen unterdrückt«, versuchte er mich zu beruhigen. »Das macht dich jetzt stärker, weil du sie zu bezwingen weißt. Du hast es so sehr verinnerlicht, dass es ein

Teil von dir ist. Glaub mir, ich habe viele Wölfe in ihren ersten Tagen erlebt, und niemand war so kontrolliert wie du.«

Ich wollte ihm so gern glauben, nur fühlte ich mich alles andere als kontrolliert. Allein beim Gedanken an die Forschungsstation im Keller der Akademie schrie ich innerlich auf. Innerlich, nicht laut.

Vielleicht hatte er doch recht.

»Natürlich hab ich das«, sagte er und lachte. »Und nein, ich kann deine Gedanken nicht lesen, nur deine Gefühle spüren, und deine Zweifel sind überdeutlich.«

Wir trainierten stundenlang, meditierten und gingen spazieren. Er lehrte mich Atemtechniken und Ablenkungsstrategien, alles Dinge, die mir mit meinem neuen Selbst helfen sollten. Meinem neuen, zornigen Selbst.

Ich hasste meinen Vater.

Ich hasste sogar meine Mutter, weil sie nie etwas tat.

Ich hasste auch Feli, weil sie meinem Vater immer ähnlicher wurde – und Sophie, weil sie Brian hatte, lachte und weitermachte, als läge unsere Welt nicht in Trümmern.

Ich war unfair, launisch und gereizt. Und es gab nichts, abgesehen von den Atemtechniken, was ich dagegen tun konnte.

Jeden Tag fuhren wir hinaus zu Grandpas Hütte. Und jeden Tag kamen Wölfe zu Ezra, um mit ihm geheime Dinge zu besprechen. Auch Jäger kamen zu Besuch, Dax, Melissa und andere, von denen ich nie gedacht hätte, dass sie die Seite wechseln würden. Sie alle taten das, was ich hätte tun sollen. Sie halfen dabei, das Rudel vor den Säuberungsaktionen meines Vaters zu warnen, sie brachten sogar Lebensmittel und Benzin mit. Ezra selbst schien zu einer Art Dreh- und Angelpunkt des Widerstandes geworden zu sein. Unfreiwillig, wie er betonte. Und alles mir zuliebe.

Denn meinetwegen war er überhaupt nach Crescent Hill gekommen. Und nur meinetwegen war er geblieben, als sich die Lage zugespitzt hatte. Jetzt tat er, was er für seine Pflicht hielt. Nur ich tat nichts.

»Lass dir Zeit«, sagte er und strich zart über meinen Handrücken. Mit Berührungen war er vorsichtig geworden, denn auch sie spürte ich intensiver.

So war es also, eine Wölfin zu sein. Die Welt hatte an Farbe gewonnen, schien lauter und vielfältiger. Ich roch Dinge, von denen ich vorher nicht einmal gewusst hatte, dass sie überhaupt duften konnten. Ich schnappte Gesprächsfetzen auf, die ich nicht hören sollte. Ich erkannte Menschen an ihrem Gang oder ihrem speziellen Geruch, ehe sie überhaupt in meiner Nähe waren. All das war spannend und aufregend, trug aber nicht dazu bei, dass sich meine Nerven beruhigten. Im Gegenteil, all diese neuen Eindrücke legten sich zusätzlich zu der Trauer auf meine Schultern und drohten mich zu ersticken. Da half nur rennen. Rund um den See und in den Wald hinein. Manchmal begleiteten mich dabei einige der Wölfe. Timothy, zum Beispiel. Er sprach nicht viel, doch er war immer da, wenn ich zwischen den Bäumen erschöpft zusammenbrach. Ezra sagte, er täte es, um seine Schuld zu begleichen. Ich hatte ihn gerettet, ihn aus dem Käfig befreit – und war dafür selbst zur Wölfin geworden.

Ich hatte mit meinem alten Leben bezahlt.

Jetzt hatte ich ein neues. Eines, das sich noch fremd anfühlte, wie eine zu große Jacke, in die ich noch hineinwachsen musste. Doch mit Ezra an meiner Seite, mit Timothy, Melissa, Dax und all den anderen würde ich es schaffen. Ich war eine Cavanaugh, und ich gab niemals auf.

Als ich in der Woche darauf zur Schule zurückkehrte, gab es nur ein Thema: den Homecoming Ball. Es war seltsam, meinen Mitschülern dabei zuzusehen, wie sie in alte Routinen zurückfielen und die Blutnacht in Vergessenheit geriet. Mein neues, zorniges Selbst verachtete sie dafür, dass es ihnen so leichtfiel, die Trauer abzustreifen und in den Alltag zurückzukehren. Allein mein Verstand erinnerte mich daran, dass auch ich nach Aarons Tod alles dafür getan hatte, um möglichst normal zu funktionieren – wenngleich auf Druck meiner Eltern. So war das Leben nun einmal, selbst die schlimmsten Dinge verschwanden irgendwann aus dem Alltag.

Die Blutnacht, die Toten, selbst Jamie.

Ich würde ohne ihn weitermachen müssen.

Ohne ihn und ohne Aaron.

»Darf ich dir jemanden vorstellen?« Sophie hakte sich bei mir unter und führte mich zum Infostand der Akademie, die mal wieder ihr Lager vor der Highschool aufgeschlagen hatte. »Du wirst es nicht glauben, aber dieser hübsche Kerl hier ist …«

»Niall«, unterbrach ich ihren Redefluss. »Wir haben uns schon getroffen. Auf der …«

»Beerdigung«, sagte er und lächelte mir zu.

»Oh.« Sophie blinzelte und ließ mich los. Ich hatte sämtliche Gesprächsangebote ihrerseits ausgeschlagen, sie hatte also keine Ahnung, was ich in den letzten Tagen erlebt oder getan hatte. Die Enttäuschung darüber spürte ich ihr deutlich an, noch so ein lästiger Nebeneffekt meines neuen Ichs: ich nahm die Emotionen anderer viel deutlicher wahr. Sophies Schmerz legte sich bitter auf meine Zunge, auch ihr Lächeln schmeckte falsch und schal.

»Na dann«, sagte sie und blinzelte zu häufig. »Oh, da ist Brian … Ich – also, bye.« Und weg war sie.

»Habt ihr euch gestritten?«, fragte Niall.

Ich seufzte. »Vielleicht. Nein. Eigentlich nicht.«

»Verstehe.« Er lächelte sein typisches Niall-Grinsen, das mir schon damals weiche Knie beschert hatte. »Lust auf einen Burger bei Bex? Du hast doch schon Schulschluss, oder? Ich bin hier nämlich auch gleich fertig.«

Und so kam es, dass ich mit Niall, dem Ex-Freund von Feli und dem einzigen Jäger, der Ezras wahre Natur kannte, zusammen zu Bex fuhr. Vielleicht bot sich mir dabei die Chance, mehr über ihn und seine Motive zu erfahren. Denn obwohl er Ezra treffsicher als geborenen Wolf erkannt hatte, war nichts geschehen. Weder hatte er meinem Vater Bescheid gegeben noch war er selbst aktiv geworden. Im Gegenteil, er benahm sich – laut Ezra – sogar ausgesprochen höflich ihm gegenüber. Und das, obwohl er nicht zum Widerstand gehörte. Das bereitete mir größere Bauchschmerzen, als wenn er sich wie der typische Jäger verhalten hätte. Aber er hatte nicht einmal Anstalten gemacht, Ezra irgendetwas anzutun.

Im *Bex BBQ* herrschte wie immer reger Betrieb, als wir ankamen. Das rustikale Innere war voll, doch zum Glück nicht so überladen, wie es manchmal der Fall war. Niall schleuste uns zu einem freien

Tisch und ich spürte den Kloß in meinem Hals, als wir uns setzten. Jetzt war nicht mehr nur Aaron zu einer Erinnerung geworden, sondern auch Jamie.

Mein Herz krampfte sich schmerzhaft zusammen. Am liebsten wäre ich sofort wieder gegangen. Aber ich wusste, dass es nichts brachte, sich zu verschanzen, egal wie weh es tat. Aaron war nicht zurückgekommen, und genauso würde Jamie nicht zurückkehren. Sie hatten mich beide verlassen, und nun war es an mir, das Leben zu bewältigen.

Bex war sofort zur Stelle, um uns die Karte zu reichen.

»Hey, Maya. Wie geht's dir?«

»Gut«, log ich. »Kannst du mir eine Cola und den Avocado-Burger bringen? Mit Süßkartoffelpommes.«

In ihren sonst so schelmisch funkelnden Augen lag Trauer und Mitleid, das ganz mir galt. Sie durchschaute mich.

»Sehr gern. Und was kann ich dir bringen?«, fragte sie an Niall gewandt, der sich ebenfalls eine Cola und einen Chili-Cheeseburger bestellte.

»Das mit Jamie muss dich echt mitnehmen«, nahm er den Faden auf, als Bex verschwunden war. »Hast du gewusst, dass er ein Werwolf war?«

Am liebsten hätte ich geschrien. Am liebsten hätte ich in die Welt hinausgebrüllt, dass ich die Entscheidung getroffen hatte, ihn zu verwandeln. Dass ich alles getan hatte, um ihn vor dem Tod zu bewahren, und es im Endeffekt doch absolut gar nichts gebracht hatte.

Doch alles, was ich tatsächlich tat, war, den Kopf zu schütteln. »Nein, wusste ich nicht. Aber ich will nicht weiter über Jamie sprechen … das Thema geht mir nah, okay?«

Ich bedankte mich bei Bex, die uns unsere Getränke brachte. Da meine Kehle staubtrocken war, nahm ich einen großen Schluck der kalten Cola und verzog das Gesicht, weil die Kohlensäure unangenehm im Hals kribbelte.

»Wie ist die Akademie in Paris?« Vielleicht würde ich durch Small Talk herausfinden können, wieso Niall nichts gegen Ezra unternahm.

»Ähnlich wie die hier. Die Methoden sind dieselben, allerdings unterliegen die Akademien in Europa nicht der Politik. Sie sind ein eigenständiges Organ, das so operiert, wie es nötig ist. Es gibt weitaus weniger Rudel in Frankreich, eben weil die Akademie allein entscheiden kann, wann sie Säuberungen durchführt.«

»Aber nur weil sie allein entscheiden können, heißt es ja nicht, dass sie erfolgreicher mit ihren Missionen sind.«

»Sie können dann agieren, wann sie es wollen, Maya.« Er klang, als wäre ich ein dummes kleines Kind, das nichts verstand. »Niemand muss auf eine Genehmigung warten, niemand ist auf etwas anderes als die Jäger angewiesen.«

»Klingt, als hätten die Jäger dort eine noch wichtigere Rolle als hier.« *Klingt, als würden sie sich dort noch mehr aufblasen,* fügte ich in Gedanken hinzu.

»Nicht direkt wichtiger. Sie sind ungebundener. Eigenständiger. Deswegen ist es auch so wichtig, dass dein Vater Bürgermeister wird. Crescent Hill wird nicht einfach das Gesetz ändern und der Akademie freie Hand lassen bei den Missionen. Aber sobald Robert Bürgermeister ist, hat er die alleinige Entscheidungsgewalt über die Jäger. Die Stadt wird sehr viel sicherer werden.«

Das Stück Burger bekam einen ganz bitteren Nachgeschmack, als ich es hinuntergeschluckt hatte. Ich schob mir eine Pommes in den Mund, um nicht antworten zu müssen. Doch Niall betrachtete mich argwöhnisch.

»Ist es nicht das, was du willst? Dass dein Vater Bürgermeister wird?«

Ich zuckte mit den Schultern. »Ich sehe die Welt nicht so schwarzweiß, verstehst du? Kein Lebewesen wird bösartig geboren, höchstens dazu gemacht.«

»Diese Sichtweise solltest du dir unbedingt beibehalten, Maya«, unterbrach uns eine sanfte Frauenstimme.

Anders als Niall erkannte ich sie sofort. Vielleicht lag das an den auffällig eisblauen Augen, die ich nur von ihr und meiner Begleitung kannte. Sie strahlte eine angenehm beruhigende Präsenz aus, die sofort den ganzen Raum ausfüllte.

»Eliza«, stellte Niall unterkühlt fest. »Ich wusste nicht, dass du in Crescent Hill bist.«

Eliza McIntyre war Nialls Mutter und die Schwester unseres amtierenden Bürgermeisters. Ich erinnerte mich dunkel daran, dass sie die Handlungen der Jäger oft infrage gestellt hatte. Doch was in Paris zwischen ihr und ihrer Familie vorgefallen war, wusste ich nicht. Dass da etwas war, sprach offensichtlich aus Nialls eiskaltem Blick.

»Was willst du hier?« Nialls Zorn war greifbar. Er presste die Kiefer aufeinander und hielt die Gabel fest umklammert.

Eliza ließ sich nicht davon beirren. »Ich bin hier, um die Stadt vor einem großen Fehler zu bewahren. Ich habe mich bei der heutigen Stadtratssitzung gegen Robert Cavanaugh gestellt. Seine kleine Vorführung hat nicht stattgefunden. Die Ratsmitglieder wissen, dass ich vor einiger Zeit eine wichtige Rolle in dieser Stadt gespielt habe, weshalb ich wieder ein Mitglied des Stadtrats bin.«

Niall stieß ein Schnauben aus. »Und was willst du damit bezwecken? Willst du erneut die Werwölfe über deine eigene Familie stellen?«

»Ich tue nur das Richtige, Niall«, verteidigte sich Eliza, ehe sie sich mir zuwandte. »Dein Vater ist nicht der, der er vorgibt zu sein.«

In ihren Worten schwang eine Dringlichkeit mit, die ich nicht zuordnen konnte. Wusste sie etwa von dem Gift und dem geheimen Forschungstrakt? Gab es noch mehr Geheimnisse, die er verbarg? Doch bevor ich Eliza fragen konnte, was sie meinte, war sie bereits zur Bar gegangen, hatte eine Tüte mit Essen entgegengenommen und war wieder verschwunden.

Verwirrt blieb ich zurück.

»Gib nichts auf ihr Gerede«, spie Niall aus und nahm den letzten Schluck seines Getränks.

»Wieso habt ihr euch zerstritten?«

»Spielt das denn eine Rolle? Sie ist verrückt, sie ist eine Befürworterin der Werwölfe! Sie will, dass wir mit ihnen ein Abkommen schließen. Dabei sind es einfach nur blutrünstige Kreaturen, die wahllos morden und Angst und Schrecken verbreiten. Es ist unsere Aufgabe, die Städte von ihnen zu befreien.«

Ich biss mir auf die Zunge, um seiner Mutter nicht sofort zuzustimmen. Wenn er ihr schon nicht zuhörte, würde er das bei mir noch weniger tun.

»Ja, wahrscheinlich hast du recht«, erwiderte ich also bloß und war froh, dass ich mich auf den Burger konzentrieren konnte. Wir aßen schweigend, und kaum dass die letzten Pommes vertilgt waren, murmelte Niall etwas von einem wichtigen Termin, stand auf und verabschiedete sich. Ich war froh, ihn los zu sein. Länger hätte ich seine Nähe und das zornige Schweigen nicht ertragen. Zu sehr erinnerte er mich dabei an meinen Vater. Der Hass, der in ihnen wohnte, machte mich ganz krank – und er machte sie beide unfähig zu sehen, was wirklich vor ihnen lag. In meinem Inneren herrschte das reinste Chaos, und ich wollte nur noch an einen bestimmten Ort – in Ezras heimelige Wohnung, in die sicheren vier Wände, in seine Arme. Es dämmerte bereits, als ich bei ihm klingelte. Er betätigte sofort den Summer, als hätte er mit meinem Besuch gerechnet. Rasch stieg ich die Treppen hoch, an deren Ende er wartete.

Das Band in meinem Inneren vibrierte vorfreudig und erfüllte mich mit einer sanften Wärme, je näher ich ihm kam. Es half mir, mich auf ihn und die Liebe zu konzentrieren. Das war alles, was mich aktuell auf den Beinen hielt.

»Komm rein, ich habe Besuch.« Er zog mich in die Wohnung, und als ich an ihm vorbeischielte, saß Eliza auf seiner Couch und lächelte mir entgegen.

»Sie ist auf unserer Seite«, klärte er mich auf. »Sie weiß, was ich bin.«

Überrascht sah ich ihn an. »Du hast es ihr gesagt?«

Eliza stand auf. »Ezra und ich kennen uns schon einige Jahre.«

»Zeig es ihr«, forderte Ezra sie auf.

Verwirrt sah ich zwischen den beiden hin und her. »Mir was zeigen?«

Eliza zögerte sichtlich. »Sie ist eine Cavanaugh.«

Ezra nickte. »Aber sie ist ganz und gar nicht wie ihr Vater.«

»Außerdem kann *sie* euch hören und ist verwirrt«, fuhr ich dazwischen. »Sagt mir endlich, was hier los ist!«

»Ich vertraue dir, Ezra.« Eliza schlug den Blick nieder, schien sich einen Moment zu sammeln, und als sie den Kopf hob, leuchteten ihre Augen in einem hellen, geisterhaften Gelb.

Sie war eine Wölfin.

Mir klappte der Mund auf. »Du bist …?«

Eliza nickte. »Schon eine ganze Weile. Weder mein Mann noch Niall wissen Bescheid. Du musst es für dich behalten.«

»Okay …« Das kam überraschend. »Ich glaube, ich brauche eine Kurzeinweisung, ein Update. Ich verstehe nur Bahnhof.«

»Setz dich erst mal. Willst du einen Kaffee?« Ezra küsste mich auf den Scheitel.

»Immer.« Das Koffein würde meinen grauen Gehirnzellen auf die Sprünge helfen.

Ezra lachte auf, ging in die Küche und machte sich an der Kaffeemaschine zu schaffen. Ich tat derweil, wie mir geheißen, und setzte mich in den Sessel gegenüber von Eliza.

»Was möchtest du wissen?«

»Woher kennst du ihn?«, fragte ich geradeheraus, was ihr ein Lachen entlockte.

»Ich habe ihn getroffen, als seine Familie von Jägern abgeschlachtet wurde. Er war der einzige Überlebende und ich noch nicht sehr lange eine Wölfin. Wir haben uns gegenseitig in schlimmen Situationen geholfen und uns angefreundet. Woher kennst du ihn denn?«

»Er hat in der Akademie angefangen, daher kenne ich ihn. Aber darum geht es nicht.«

»Wenn du weißt, was er ist, dann vertraut er dir. Er muss dich wirklich lieben, Maya.«

Ich spürte, wie meine Wangen heiß wurden. Mein Herz schlug automatisch einige Takte schneller, als es die Worte verarbeitet hatte. Ja, wahrscheinlich tat er das. Ebenso sehr, wie ich ihn liebte.

Meine Sprachlosigkeit brachte Eliza wohl auf den richtigen Gedanken. »Ihr seid verbunden, richtig? Bist du … auch?«

Ich spürte Ezras Anwesenheit, als er zu uns herüberkam. Er stellte die Tasse vor mir auf dem Tisch ab.

»Du kannst ihr vertrauen.«

Automatisch griff ich nach seiner Hand und verschränkte unsere Finger miteinander. Es fühlte sich so vertraut und nach zu Hause an. Obwohl ich Ezra jederzeit mein Leben anvertrauen würde, zögerte ich einen Moment. Er vertraute Eliza, doch was, wenn er sich täuschte? Es stand unheimlich viel auf dem Spiel. Andererseits hatte Eliza sich mir anvertraut, und für sie war es ein ebenso großes Risiko wie für mich.

»Ich wurde in der Blutnacht von einem Werwolf gebissen. Ezra hat mich verwandelt.« Die Last, die dieses Geheimnis forderte, entfernte sich ein Stück weit von meinen Schultern. Mein Herz wurde eine Spur leichter, weil ich die Worte endlich laut ausgesprochen hatte.

»Es hätte auch keine andere Option gegeben.«

»Wow, ihr seid ja ekelhaft verliebt ineinander«, zerstörte Eliza die Situation. »Leider muss ich euch von eurer rosaroten Wolke holen, wir haben nämlich wirklich große Probleme.« Ihr Gesichtsausdruck wurde ernst.

»Bevor du herkamst, habe ich Ezra erzählt, dass ich in Crescent Hill bin, um die Wölfe zu befreien.«

»Mein Vater hat tatsächlich die Macht, die Wölfe auszulöschen, oder?«

»Ich nehme an, du hast von dem Nervengift gehört?«

Ich nickte. Mein Magen zog sich zu einem schmerzhaften Klumpen zusammen, und ich fürchtete mich vor den Informationen, die Eliza nun mit uns teilen würde.

Sie fuhr sich über die Stirn. »Ich bin bereits seit der Abschlussprüfung hier und habe herausgefunden, dass sie dort das Gift bereits verwendet haben. Scheinbar hat es so gewirkt, wie sie es sich erhofft haben. Zwar konnte ich die Vorführung im Rat heute verhindern, aber sie werden sie nicht ewig aufschieben, weil der Stadtratsälteste von Robert überzeugt ist. Und wenn er ihnen einen Werwolf unter Einfluss des Gifts vorführt, sehen sie nur die Bestie. Das darf auf keinen Fall passieren.«

Eliza endete, und mir war schlecht geworden. Mein Verstand weigerte sich, die Informationen zu verarbeiten. Nur ein einziger Satz wiederholte sich immer und immer wieder in meinem Kopf. Nämlich der, dass das Gift bereits bei der Abschlussprüfung verwendet worden war.

»Was ist dein Plan?«, fragte Ezra, doch ich schaltete ab. Ich hörte dem Gespräch nicht mehr zu, nahm gar nicht wahr, dass Eliza sich irgendwann verabschiedete. Ich saß einfach auf der Couch, fühlte mich wie in einer Blase gefangen. Erinnerte mich an die Prüfung, daran, wie der Werwolf ausgerastet und getötet worden war.

Es war mir seltsam vorgekommen, dass der Wolf so dermaßen durchgedreht war. Jetzt gab es eine Erklärung dafür: Er hatte ein verdammtes Nervengift verabreicht bekommen, das ihm seine Menschlichkeit geraubt hatte. Mein Vater hatte mich und die anderen Prüflinge dieser Gefahr ausgesetzt, nur um diesen kranken Test durchzuführen und zu zeigen, dass Wölfe böse waren – obwohl er sie erst dazu machte.

»Ich kann nicht glauben, dass er das getan hat«, flüsterte ich, als sich Ezra wieder zu mir setzte, nachdem er Eliza zur Tür gebracht hatte, und mich in die Arme zog. Ich klammerte mich an seinen Pullover, weil er wieder einmal die einzige Konstante war. Alles um mich schien langsam, aber sicher zu zerbrechen. Die Gefühle und Emotionen kochten über und verschlangen mich, einzig und allein Ezra war mein Halt.

»Ich weiß.« Er strich mir beruhigend über den Rücken. »Wir müssen ihn aufhalten.«

»Das ist leichter gesagt als getan. Er wird als Held dieser Stadt angesehen.«

»Dann müssen wir der Stadt zeigen, dass ihr Held nicht perfekt ist. Es geht nicht mehr nur um die Wölfe in den Rocky Mountains, Maya. Es geht auch um dich und mich. Er wird uns alle auslöschen. Wenn er Bürgermeister ist, wird er uns jagen, und dann werden wir nicht hierbleiben können.«

Ich schluckte gegen den Kloß in meinem Hals an, doch es brachte nichts. Tränen bahnten sich an, die ich versuchte wegzublinzeln. »Das werde ich nicht zulassen, hörst du? Er wird dich mir nicht wegnehmen können.«

Ezra strich sanft mit den Daumen über meine Wangen. Trauer lag in seinen Augen. Trauer, die mich lähmte und mir ein ungutes Gefühl gab.

»Ich will aber nicht, dass du dich zwischen mir und ihm entscheiden musst.«

Unter die Trauer mischte sich nun die Wut. Ich befreite mich von ihm und stand auf, verschränkte die Arme vor der Brust und begann, im Wohnzimmer auf und ab zu laufen. »Denkst du, die Entscheidung würde mir schwerfallen? Wenn er herausfindet, was ich bin, wird er mich ebenso töten. Ich kann mich also gar nicht für ihn entscheiden, und ich würde es auch niemals tun. Er ist keine Option, das war er nie. Wenn er Jagd auf dich macht, Ezra, dann macht er gleichzeitig Jagd auf mich, weil ich dich nicht verlassen werde.«

»Wir werden ihn aufhalten.«

»Er darf die Wahl niemals gewinnen.«

Als ob das so einfach wäre …

24
Ezra

Du kommst spät«, begrüßte ich Eliza am nächsten Morgen, als sie abgehetzt ins Bex BBQ rauschte und sich mir gegenüber an den Tisch fallen ließ. Ich nahm einen Schluck meines schwarzen Kaffees und wartete, bis sie ebenfalls bestellt hatte. Sie wirkte abgekämpft, was in der derzeitigen Situation kein Wunder war.

»Dafür habe ich einen Plan«, erklärte sie feierlich.

»Dann lass mal hören.«

Sie beugte sich vor und senkte die Stimme. »Der Rat hat einen neuen Termin anberaumt, damit Robert sein kleines Gift vorführen kann. Wir müssen es unbedingt vorher schaffen, das Nervengift auszutauschen, ohne dass jemand etwas davon bemerkt. Ich weiß nur noch nicht, wann und wie. Da kommst du ins Spiel.«

Die Bedienung brachte Elizas Bestellung, und sie bedankte sich. Ich nutzte den Moment, um über ihren Plan nachzudenken. Wenn wir die Ampullen mit dem Nervengift gegen Plagiate austauschten, wäre die Vorführung, dass Werwölfe seelenlose Bestien waren, zum Scheitern verdammt. Vorausgesetzt, der gefangene Wolf benahm sich entsprechend. Das war die Krux unserer Spezies: Benahm sich einer daneben, galt das als Rückschluss auf unsere ganze Art.

»Der Forschungstrakt ist gut bewacht, nur die engsten Mitarbeiter Roberts haben Zugang«, gab ich zu bedenken.

»Und Maya«, sagte sie.

Ich schüttelte den Kopf. »Ausgeschlossen. Sie ist noch nicht so weit. Das eine Mal, als sie dort unten war, wäre sie beinahe aufgeflogen. Nur durch die Verbindung konnte ich sie erden. Das war knapp, Eliza. Viel zu knapp. So einer Gefahr kann und werde ich sie nicht aussetzen.«

»Sie ist unsere beste Chance.«

»Nein«, entschied ich, und Eliza gab nach. Ich mochte nicht ihr Alpha sein, doch meinem Willen konnte sie nicht trotzen.

»Was ist mit Dax? Oder einem der anderen Jäger?«

Erneut ein Kopfschütteln. »Keiner von ihnen hat Zugang.«

Eliza nippte an ihrem Cappuccino. »Wie kommt es eigentlich, dass Robert dich eingestellt hat? Ich weiß, dass du früher schon mit Akademien zusammengearbeitet hast. Aber Robert? Ihn zu täuschen halte ich für ausgesprochen gefährlich, wenn nicht gar für unmöglich …«

»Nicht nur in Crescent Hill gibt es Jäger, die für die Werwölfe kämpfen. Ich habe einen Freund in Albuquerque, der mir noch einen Gefallen schuldig war und ein gutes Wort für mich eingelegt hat. Es war einiges an Überzeugungsarbeit nötig, aber ich konnte mich als nützlich für Robert Cavanaugh verkaufen. Mein Wissen über Werwölfe spricht für sich.«

»Das hätte auch nach hinten losgehen können. Es war ziemlich leichtsinnig von dir, dich ausgerechnet bei ihm vorzustellen.«

Ich schnaubte. »Das weiß ich, aber es hat funktioniert, okay? Aber nun zu dir und Niall«, lenkte ich das Thema von mir. »Was hat es mit dem Streit zwischen euch auf sich?«

Ihr Gesicht verschloss sich sofort. »Das ist privat.«

»Falsch. Es betrifft auch mich. Denn er hat mich erkannt, Eliza. Er weiß, was ich bin.«

Sie erbleichte, presste die Lippen aber fest aufeinander. Darüber würde sie nicht sprechen, das war offensichtlich.

»Verrat mir nur, ob er eine Gefahr ist«, bat ich sie.

Erneut ein Nippen, ein kleines Zögern, dann verneinte sie. »Er ist mein Sohn, kein Monster.«

»Das Wort einer Mutter«, spottete ich, gab aber nach. Sie würde ihre Gründe haben, warum sie darüber schwieg. Was auch immer zwischen ihnen stand, ich musste ihr vertrauen, dass sie es im Griff hatte. »Zurück zum Plan.«

Sie nickte. »Bleibt nur, dass wir selbst es tun. Du und ich. Das Risiko ist zu groß, als dass wir es jemand anderem aufhalsen können.«

»Sehe ich genauso. Am Samstag ist der Homecoming Ball in der *Crescent High*«, sagte ich nachdenklich.

Eliza fuhr mit der Fingerspitze über den Rand ihrer Tasse. »Das wäre eine Möglichkeit. Es wird nicht leicht werden, das ist dir klar, oder? Wir müssen beide bereit sein, alles zu geben.«

»Alles«, wiederholte ich. War ich dazu fähig? Seit ich Maya begegnet war, schien mein Leben kostbarer geworden zu sein. Sie war mein Grund, weiterzumachen. Nach einer Welt zu streben, in der wir nicht gejagt wurden.

»Du zögerst. Ihretwegen?«

Ich nickte. »Sie kann mich nicht verlieren, wenn mir etwas zustößt … es würde sie umbringen, Eliza.«

»Ich tue alles, um dich zu schützen. Du weißt aber, dass das nicht immer möglich ist.«

Das wusste ich. Besser als sonst jemand. Denn auch ich hatte geschworen, meine Familie zu schützen, und hatte doch versagt.

»Das weiß ich.«

Ich konnte nur hoffen, dass es gar nicht nötig war.

25
Maya

Tage vergingen.

Mein Vater war ein mächtiger Gegner – er erstickte alle Versuche von Eliza im Keim und ließ nicht zu, dass sie tatsächlich etwas Gutes für die Werwölfe tat. Der Stadtrat ließ sich also nicht von ihr bereden.

Und ich?

Ich war ein Hase unter Löwen – oder eher: ein Wolf unter Jägern. Doch keiner von ihnen erkannte mich. Ich trainierte die neuen Schüler, kämpfte gegen Dax – und hatte das erste Mal echte Chancen gegen ihn. Kurz: ich mutierte zur Vorzeigetochter der Akademie. Ich tat alles, was Vater verlangte, stellte mich sogar zu Niall vor die Highschool, um Schüler anzuwerben. Denn jetzt hatte ich ein Ziel. Ich musste das Vertrauen meines Vaters gewinnen und die Wölfe retten. Und ich brauchte dabei Sophie an meiner Seite.

Also schrieb ich ihr, ob wir zusammen Kleider kaufen wollten. Ich hatte Ezra versprochen, zum Ball zu gehen, weil es der letzte meiner Schulzeit sein würde. Er fand, es sei ein schöner Abschluss, etwas, das ich nicht verpassen dürfte. Und tatsächlich, jetzt, da ich auf Sophie wartete, spürte ich Vorfreude in mir aufsteigen.

Sophie und ich fuhren mit meinem Wagen nach Denver, das nicht allzu weit von Crescent Hill entfernt lag. Wir wollten die dortige Mall besuchen und nach Kleidern Ausschau halten, die dem letzten Homecoming Ball würdig waren. Ich versuchte mich nur darauf zu konzentrieren. Das flaue Gefühl in der Magengegend blieb, der Verlust in meinem Herzen wurde nicht weniger. Aber ich war es Aaron und auch Jamie schuldig, weiterzuleben. Sie beide hätten gewollt, dass ich am Ball teilnahm, mein Leben lebte. Liebte, lachte. Erinnerungen schaffte, egal ob gut oder schlecht. Und das wollte ich tun. Ich wollte lernen, mit dem Verlust und der Trauer umzugehen. Es wenigstens ihnen zuliebe zu versuchen.

Als ich den Wagen im Parkhaus abstellte, spürte ich dennoch einen Stich in meinem Herzen. Hätte Jamie noch gelebt, wäre er heute mitgekommen, er wäre wahnsinnig geworden, während Sophie und ich ein Kleid nach dem anderen anprobierten.

In diesen Momenten, in denen ich so alltägliche Dinge tat, vermisste ich ihn am meisten. Er war mein bester Freund, der immer für mich da gewesen war, ganz gleich, was auch passierte.

»An was denkst du?«, fragte Sophie.

»An Jamie«, antwortete ich wahrheitsgemäß und verzog das Gesicht. »Entschuldige, ich wollte die Stimmung nicht vermiesen.«

»Tust du nicht. Es ist nun mal einfach scheiße, jemanden zu verlieren.« Sophie sprach genau das aus, was ich dachte. Ja, es war scheiße, jemanden zu verlieren, der einem so nahestand. Vor allem, wenn es die eigene Schuld war.

Die Mall war voll, laut und warm. Überall herrschte reges Treiben, und Sophie und ich sahen sogar Schülerinnen unserer Schule, die ebenfalls auf der Suche nach einem Kleid waren. Wir begegneten Evie und Celine, hielten allerdings nur kurzen Small Talk mit ihnen. Die beiden schienen unter größerem Druck zu stehen, was den Kleiderkauf anging, als Sophie und ich.

Als wir im dritten Laden noch immer nichts gefunden hatten, beschlossen wir, erst mal etwas essen zu gehen. Sophie erzählte von sich und Brian und ihrer Suche nach einem College, und ich hörte ihr nur zu gern zu, weil mich das von meiner Realität ablenkte. Die prüfenden Seitenblicke, die sie mir dann und wann zuwarf, entgingen mir nicht. Doch hier, unter tausend Menschen, war nicht der richtige Zeitpunkt, um intimere Fragen zu stellen. Zum Glück. Ich wusste nicht, ob ich ihr wahrheitsgemäß antworten konnte oder würde. Also ließ ich sie plappern, nickte und nippte an meinem Eistee. Sophie ihrerseits schien entschlossen, nicht nachzuhaken. Selbst als wir endlich ein Traumkleid gefunden hatten, vermied sie es, mich auf mein Schweigen anzusprechen.

Gerade als wir mit unserer Ausbeute die Mall verließen, klingelte mein Handy. Es war mein Vater.

»Was gibt es?«, fragte ich ihn.

»Wo bist du? Es gibt eine Mission in den Rockys, und du sollst mitfahren.«

Mein Herz setzte einen Schlag aus und abrupt blieb ich stehen. Er wollte mich auf meine erste Mission schicken, bei der ich Werwölfe umbringen sollte? Scheiße, das konnte ich nicht. Das wollte ich nicht! Meine Kehle wurde ganz trocken.

»Eine Mission?«

»Du bist eine ausgebildete Jägerin, Maya. Natürlich schicke ich dich auf eine Mission. Also, wo bist du?«

»Ich, ehm. Ich bin mit Sophie in Denver, wegen des Homecoming Balls …«

»Denver?«, fragte er am anderen Ende der Leitung, und ich konnte ihn förmlich vor mir sehen, wie er auf seine Armbanduhr blickte und überlegte, wann ich bei der Akademie sein konnte. »Gut, fahrt ohne Umwege hierher.«

Meine Gedanken rasten. Das letzte Mal, als ich die Berge mit den Jägern betreten hatte, war während der Blutnacht gewesen. Die Bilder flackerten sofort hoch, das viele Blut, Feli, die über ihrem Vater kauerte und schrie, die Wölfe, so viele tote Wölfe – und einer von ihnen war Jamie. Damals hatte ich es noch nicht gewusst, war einfach an ihnen vorbeigeschritten, ohne sie anzublicken. Ich hatte ihren Tod genauso wenig ertragen wie den der Jäger. Scheiße, meine Hände zitterten allein bei dem Gedanken, erneut Zeuge eines solchen Massakers zu werden. »Ist das wirklich nötig? Es ist Rushhour, und ehe wir da sind, wird es bereits dunkel sein«, versuchte ich mich herauszuwinden, doch wenn mein Vater einen Plan hatte, dann wurde der auch durchgeführt.

»Keine Widerrede, Maya. Steig in den Wagen und komm zur Akademie. Beeile dich.« Mit diesen Worten legte er auf und ich kämpfte gegen den Kloß, der sich in meinem Hals gebildet hatte.

»Schlechte Nachrichten?«, wollte Sophie vorsichtig wissen.

»Mein Vater schickt mich auf eine Mission. Ich muss sofort zurück und zur Akademie.«

»Shit«, sagte sie leise und dann noch einmal: »Shit.«

»Wir müssen los.«

Erst jetzt legte sie eine Hand auf meine, zögerlich, als fürchtete sie, ich würde sie erneut davonstoßen. »Ist alles okay bei dir?«

»Nein«, gestand ich wahrheitsgemäß. »Aber da muss ich jetzt durch.«

Sie biss sich auf die Lippe, nickte aber. »Okay. Aber du weißt, dass ich immer für dich da bin, ja? Immer.«

Und während sie mich so aufrichtig und voller Zuneigung ansah und ich ihre bedingungslose Liebe zu mir überschwappen fühlte, wäre es mir beinahe herausgerutscht. Dass ich gebissen worden war und eine Scheißangst davor hatte, an dieser Mission teilzunehmen. Dass ich generell eine Scheißangst vor allem hatte. Dem Gift, meinem Vater oder davor, enttarnt zu werden, Ezra zu verlieren und dass wir vielleicht keine Zukunft hatten wie sie und Brian. Davor, dass für uns schon im nächsten Augenblick alles vorbei sein konnte.

Doch ich schluckte die Worte hinunter und nickte bloß. »Das weiß ich, danke.«

Sophie zögerte, als wüsste sie, wie viel ich nicht aussprach, doch dann zuckte sie nur die Schultern und sagte: »Dann mal los, zurück in die Höhle des Löwen.«

Die Rückfahrt verlief weitestgehend schweigend. Ich fühlte mich, als wäre ich auf dem Weg zum Galgen, denn irgendwie war es auch genau das. Mein Verstand spielte Hunderte Horrorszenarien vor meinem inneren Auge ab, wie es schieflaufen konnte. Und mit jeder Meile, die wir fuhren, wurde ich nervöser.

Nachdem ich Sophie abgesetzt hatte, fuhr ich zurück zur Akademie. Mein Herz wummerte stark gegen meinen Brustkorb.

»Dir wird was einfallen, Maya«, sagte ich zu mir selbst. Auch wenn es zum Plan gehörte, dass ich die perfekte Jägerin spielte, konnte ich nicht wirklich auf eine Mission gehen. Meine Gedanken rasten, ich überlegte fieberhaft, wie ich verhindern konnte, dass heute jemand starb. Egal auf welcher Seite.

Ich betrat die Trainingshalle, wo sich bereits mehrere Jäger ausrüsteten. Mein Vater war ebenfalls dabei, steckte sich allerdings keine Waffen an, sondern sprach mit Felicity. Sicherlich würde sie die Mission anführen, was mir gelegen kam. Ich wollte unter keinen Umständen mit meinem Vater auf die Jagd gehen.

Betont langsam griff ich nach den Dolchen und steckte sie mir an. Meine Gedanken rasten, ich beobachtete Vater und Feli, die noch immer die Köpfe zusammensteckten. Er runzelte die Stirn, machte eine abwertende Geste mit der Hand und Felicity nickte. Ich verstand kein Wort.

Allerdings musste ich das auch nicht, denn in diesem Moment drehte sie sich um, eine professionelle, harte Maske auf dem Gesicht.

»Hört mal alle her«, forderte sie. »Wir haben einen anonymen Tipp bekommen. In den Rockys nördlich von hier soll es eine Wohnwagensiedlung geben, in der sich ein ganzes Rudel versteckt.«

Dax trat neben mich.

»Sie bluffen, oder?«

Er schüttelte den Kopf. »Nein, sie wissen es.« Eine kurze Pause. »Wir wollten sie warnen, aber erreichen unseren Kontakt nicht.«

Mein Herz rutschte weit in die Tiefe.

»Ezra müsste auch dort sein, er wollte irgendetwas mit den Wölfen besprechen. Versuch ihn anzurufen, okay?«

»Ezra ist dort?« Blut rauschte in meinen Ohren.

»Hey, Cavanaugh!« Dax riss mich an der Schulter herum, sodass ich gezwungen war, ihn anzusehen. »Ich weiß, was er dir bedeutet, aber jetzt ist nicht der richtige Zeitpunkt, um auszurasten, okay? Du musst einen kühlen Kopf bewahren, denn wenn du nicht nachdenkst, kannst du niemandem helfen. Konzentrier dich. Ruf ihn an. Wir kriegen das schon hin.«

Ich nickte mechanisch, weil ich ohnehin nicht wusste, was ich sonst hätte machen sollen.

»Okay«, flüsterte ich und holte mit zittrigen Fingern mein Handy aus der Hosentasche. Ezras Nummer war schnell gewählt, und während ich wartete, entfernte ich mich von den Jägern und Felicity, die den Plan erklärte.

Es klingelte.

Ezra nahm nicht ab.

Die Sekunden verstrichen wie zäher Honig, anscheinend warteten kleine Ewigkeiten zwischen dem nervenzerreißenden Tuten.

Er nahm nicht ab.

Das Band in meinem Inneren bebte und die Wölfin kratzte an der Oberfläche. Sorge war nicht mal ansatzweise das richtige Wort für die Emotionen, die ich in diesem Moment verspürte.

»Geh einfach ran, Ezra. Bitte.«

Ich warf Dax einen Hilfe suchenden Blick zu und schüttelte den Kopf. Seine Kiefermuskeln spannten sich an, während ich fieberhaft überlegte, was ich noch tun konnte. Ich tastete nach dem Band, suchte nach Ezra und versuchte ihn über unsere Verbindung zu warnen.

Doch ich spürte nichts, keine Bestätigung, keine Wärme am anderen Ende. Ich konnte nicht sagen, woran es lag.

Als ich den Blick meines Vaters im Nacken spürte, ließ ich das Handy sinken. Auf gar keinen Fall durfte er erfahren, was ich gerade versucht hatte. Also sandte ich noch einmal ein Warnsignal über das Band, in der Hoffnung, dass es funktionierte und bei Ezra ankam, ehe ich zurück zu Dax und den anderen Jägern ging.

Kaum merklich schüttelte ich den Kopf. »Nichts.«

»Fuck«, fluchte Dax tonlos. »Wir müssen uns etwas einfallen lassen. Felicity kennt die genaue Position der Wohnwagensiedlung.«

»Ich fahre hin.«

»Keine Chance. Dein Vater selbst hat dich herbeordert.«

»Dann täusche ich eben eine Ohnmacht vor oder sonst irgendetwas, Dax, ich muss etwas tun!«

»Ich bin nicht dein Feind, vergiss das nicht. Ich will das hier genauso sehr verhindern wie du«, zischte er. »Du darfst aber nicht den Kopf verlieren. Wenn wir auffliegen, dann war alles umsonst, und dann sind die Wölfe richtig am Arsch. Wir spielen das Spiel mit und überlegen uns auf dem Weg etwas.«

Das alles klang nach einem schlechten Plan. Eigentlich konnten wir es nicht einmal *so* betiteln, denn wir hatten keinen Plan.

Wir hofften, dass wir auf dem Weg in die Rockys die Möglichkeit bekamen, die Mission abzubrechen oder die Jäger auf eine falsche

Fährte zu locken. Misslang es uns, starben die Wölfe. Es war kein Vollmond, sie würden sich nicht verwandeln können.

Außer Ezra. Und das würde sein Todesurteil sein.

Ich hatte keine Ahnung, wie ich es schaffte, mich der Gruppe anzuschließen, die nach draußen zu den Fahrzeugen ging. Ich setzte mich in einen der Jeeps hinters Lenkrad und sah kurz zu Dax, der neben mir auf dem Beifahrersitz Platz nahm.

Wir fuhren als dritter Wagen in einer Kolonne aus insgesamt vier Fahrzeugen. Das mulmige Gefühl in mir nahm erneut zu, denn wenn so viele Jäger unterwegs waren, dann würde es am Ende eine ziemlich blutige Nacht werden. Während ich fuhr und auf die Straße achtete, dachte ich angestrengt darüber nach, wie ich die Mission zu einem Abbruch bringen konnte.

Ich verringerte die Geschwindigkeit, als über Funk die Nachricht kam, dass wir gleich einen steilen Abhang passieren würden. Die Fahrzeuge passten gerade mal so auf die unebene Fahrbahn, die keine richtige Straße mehr war. Und dann kam es mir so einleuchtend vor.

Mir rauschte beinahe das Blut in den Ohren, als ich den Abhang erblickte. Bäume ragten geisterhaft in die Höhe, am Grund meinte ich einen kleinen Bachlauf zu erkennen. Es war steil, ja, aber wir würden nicht umkommen, wenn wir hinabstürzten. Ich neigte das Lenkrad also ein klein wenig weiter nach links und trat aufs Gas, die breiten Räder fanden keinen Halt mehr und irgendetwas brach unter unserem Gewicht ab.

»Scheiße!«, rief ich. »Ich verliere die Kontrolle!« Ich versuchte noch zu bremsen und das Lenkrad herumzureißen, damit es so aussah, als hätte ich diesen Unfall nicht provoziert, doch der Wagen rutschte ab und überschlug sich. Mit dem Kopf krachte ich gegen das Lenkrad und kämpfte gegen die Bewusstlosigkeit an, spürte warmes Blut an meiner Stirn.

Wir blieben auf dem Dach liegen, das Wasser des Baches plätscherte durch die gebrochene Frontscheibe hinein, spritzte mir ins Gesicht und gurgelte unter der Motorhaube.

»Irgendwer verletzt?«, rief Dax und drehte sich im Gurt hängend zur Rückbank um, wo zwei weitere Jäger kopfüber hingen. Ich hob die Hand an die Stirn, als ein dumpfer Schmerz durch meinen Kopf schoss.

»Geht's dir gut, Maya?« Dax schnitt seinen Gurt durch und kauerte sich auf das Dach, er stand knietief im Wasser und umschloss meinen Arm, um meine Stirn zu betrachten. »Scheiße, du blutest.«

»Mir geht es gut«, murmelte ich und wollte meinen eigenen Gurt lösen. Doch er klemmte.

»Okay, bleibt ruhig, ich glaube, ich sehe unsere Leute den Hang hinunterkommen. Sie helfen uns gleich hier raus.«

Mit einem Quietschen wurde die Tür auf Dax' Seite geöffnet und einer der Jäger blickte uns verkehrt herum an. »Was ist passiert?«

»Kontrolle verloren«, stöhnte ich.

»Sie hat eine Kopfverletzung, wir müssen hier raus«, drängte Dax.

Der andere Jäger nickte. »Die Rettungskräfte sind alarmiert. Die Fahrbahn oben ist aber auch verdammt rutschig, wir hätten nicht die großen Fahrzeuge nehmen sollen. Aber Felicity wollte ja nicht hören!«

Ich kam gar nicht mehr richtig mit. Alles, was ich wollte, war, aus diesem Wagen rauszukommen.

»Kannst du deinen Sicherheitsgurt lösen?«

»Nein …«

Dax reichte mir ein Messer. Ich stützte mich mit der freien Hand am Dach ab, damit ich nicht unsanft darauf landete, ehe ich den Gurt durchschnitt.

»Okay, das sieht gut aus. Kommt schon, wir müssen hier raus.« Dax bewahrte die Ruhe, gab Anweisungen und strahlte Kompetenz aus. Nie hatte ich ihn so erlebt. Das Bild, das ich von ihm hatte, änderte sich. Er kroch aus dem Wagen heraus, ich folgte ihm und spürte die Erleichterung, als ich den feuchten Waldboden unter meinen Fingern spürte.

»Es tut mir so leid«, flüsterte ich, als ich mich einige Meter fortgeschleppt hatte und zu dem auf dem Dach liegenden Jeep sah. Der Unfall war reine Absicht gewesen, und das erschreckte mich mehr, als ich gedacht hatte. Ich war bereit gewesen, Menschen zu opfern, um die Mission abzublasen. Meine Hände begannen zu zittern, und im nächsten Moment spürte ich auch schon die Tränen. Dax war bei mir und hockte sich vor mich.

»Dich trifft keine Schuld, verstehst du? Der Boden war rutschig und brüchig, wir hätten von vornherein eine andere Route nehmen sollen.«

Ich nickte, fühlte mich jedoch keineswegs beruhigt.

»Das war eine gute Idee«, flüsterte er nur für meine Ohren bestimmt. Anerkennung lag in seinem Blick.

Dax half mir hoch, um nach oben zum Sanitäter zu gehen. Dieser nahm sich meiner sofort an und leuchtete mir mit einer Taschenlampe in die Augen und begutachtete die Wunde an meinem Kopf.

»Du könntest eine leichte Gehirnerschütterung haben. Hast du Kopfschmerzen, Schwindelgefühl?«

»Kopfschmerzen«, bestätigte ich. Mein Schädel dröhnte.

Ein Auto kam zur Unfallstelle gefahren, und niemand Geringeres als mein Vater stieg aus. Er ging mit großen Schritten auf Feli zu, die ihm vermutlich davon berichtet hatte, was geschehen war. Er warf einen Blick in meine Richtung, doch statt Sorge war dort Wut und Enttäuschung zu lesen. Einen Herzschlag später kam er auf mich zu.

»Wie konnte das passieren?«, fragte er angespannt.

»Ich weiß es nicht«, erwiderte ich leise, konnte ihn kaum ansehen. »Es ging alles so schnell … ich weiß es nicht«, wiederholte ich.

Er glaubte mir nicht.

Doch ich ließ es nicht an mich heran. Denn alles, was ich gewollt hatte, war, dass die Mission abgeblasen wurde. Und das hatte ich erreicht.

26
Maya

Den Rest der Woche konnte ich aufgrund der leichten Gehirnerschütterung zu Hause bleiben. Ich war froh, nicht in die Schule zu müssen und Sophie nicht weiter ins Gesicht zu lügen, überhaupt war ich froh, niemanden zu sehen.

Den ersten Tag verbrachte ich im Bett. Ich trug meinen Pyjama und stand nur auf, wenn ich Kaffee trinken wollte oder als der Lieferdienst mit meiner Pizza kam.

Doch schon am zweiten Tag wurde ich ruhelos. Ich merkte, dass es mich wahnsinnig machte, nicht zu wissen, was außerhalb meines Bettes vor sich ging. Mein Vater redete kaum ein Wort, und auch meine Mutter war verschlossen wie eine Auster. Selbst von Ezra hörte ich kaum etwas. Er kam zwar jeden Abend, schlüpfte heimlich zum Fenster herein und zu mir unter die Decke, doch er war jedes Mal so erschöpft, dass er fast augenblicklich einschlief. Wenn ich am Morgen erwachte, war er meist fort. Was immer er tat, er hielt es vor mir geheim, doch ich spürte, dass da etwas war. Etwas, vor dem er mich beschützen wollte.

Am Abend vor dem Homecoming Ball wollte ich gerade einen Tee aufsetzen, als ich Stimmen aus dem Wohnzimmer hörte. Meine Eltern waren offensichtlich schon daheim, und den Wortfetzen nach zu urteilen, sprachen sie über die Wölfe. Ich schlich mich leise näher und setzte mich auf die unterste Stufe, um dem Gespräch meiner Eltern zu lauschen.

»Gibt es endlich einen neuen Termin, Robert? Was dauert denn da so lange?«

Mein Vater schnaubte. »Diese Eliza McIntyre findet eine Begründung nach der anderen, warum der Rat nicht zusammenkommen kann. Sie ist eine Hexe und – wenn du mich fragst – nur noch im Rat geduldet, weil ihr Bruder Bürgermeister ist.«

»Er ist doch aber auf deiner Seite, oder?«

»Natürlich. Er sieht die Gefahr, doch seine Schwester, dieses Miststück, spricht mit Engelszungen auf ihn ein. Da knickt selbst der stärkste Mann ein.«

»Soll ich vielleicht mit ihr … reden?« Am Tonfall und dem Zögern meiner Mutter erkannte ich, dass sie etwas anderes meinte, etwas Schrecklicheres.

»Noch nicht, Lucia. Am Sonntag soll die Vorführung stattfinden. Kommt allerdings wieder etwas dazwischen, darfst du tun, was immer du tun musst.«

»Natürlich, Liebster.«

Wie ich dieses falsche Gesäusel hasste.

»Noch etwas«, hielt er sie auf.

»Ja?«

»Sorg dafür, dass sich Maya von diesem Ezra McLeod fernhält.«

»Schrecklicher Umgang«, stimmte ihm Mutter zu. »Tut immer so fein, dabei ist er nicht besser als die anderen Hunde. Und stinken tut er – wie ein räudiger Köter!«

Mein Vater lachte freudlos. »Wenn das Gift erst zugelassen ist, wird er der Erste sein, der stirbt.«

Der Erste … der stirbt?

Scheiße! Ich schlug mir die Hand vor den Mund, um das Keuchen zu ersticken, schoss kerzengerade hoch und tapste in Windeseile die Stufen hinauf.

Sie wussten von Ezra.

Sie wussten, was er war.

Und sie wollten ihn töten!

Mit zitternden Fingern zog ich mein Handy hervor und schloss so leise wie möglich die Tür.

»Ezra«, flüsterte ich, kaum dass er abnahm. »Ezra, sie wissen Bescheid! Sie wissen es! Du musst verschwinden, sofort! Du musst –«

»Der Reihe nach, Maya«, unterbrach er mich. »Wer weiß Bescheid? Und was ist passiert?«

Also wiederholte ich Wort für Wort das Gespräch meiner Eltern. Am anderen Ende der Leitung herrschte kurzzeitig Stille, was mich noch hibbeliger und nervöser werden ließ.

»Bitte sag doch etwas.«

»So weit wird es nicht kommen, versprochen.«

»Wie kannst du dir da so sicher sein?« Ich ließ mich auf mein Bett fallen. Wenn ich mir nur vorstellte, dass Ezra sterben könnte … alles in mir krampfte sich schmerzhaft zusammen, und das Loch, das Aarons Tod bereits in mich hineingefressen hatte, fing wieder an zu bluten.

»Hey, hör mir zu.« Seine Stimme war sanft und warm, genauso wie das Band, mit dem er nach mir tastete und versuchte, mir die Angst zu nehmen. »Wir haben einen Plan, ja? Wir werden deinen Vater aufhalten, er wird bei der Stadtratssitzung nichts vorzuweisen haben. Alles wird gut, Maya, das verspreche ich dir.«

»Okay«, flüsterte ich. »Ich vertraue dir.«

»So soll das sein«, feixte er sanft. »Wir sehen uns morgen, ja? Ich liebe dich.«

»Ich liebe dich auch.«

»Und Maya?«

»Ja?«

»Unternimm nichts.«

Unternimm nichts.

Die Worte von Ezra hallten in mir wider. Ich drehte und wendete sie.

Unternimm nichts.

Hieß in etwa: Lass dir nichts anmerken und unternimm ja nichts gegen deine Eltern. Als ob das so leicht wäre. Ich saß ihnen beim Abendbrot gegenüber, zwang die Suppe hinunter, die nach Asche schmeckte, zwang mich zum Lächeln und Nicken und Antworten, und fühlte doch nichts als grenzenlose Panik. Sie wussten von Ezra. Sie wussten, dass ich mit ihm zusammen war. Wussten sie auch von mir? Roch auch ich nach Hund?

Stundenlang stand ich unter der Dusche und schrubbte mich sauber, leerte dabei eine ganze Flasche Shampoo. Meine Mutter hob nur eine Braue, als ich am nächsten Tag das Haus verließ und sie zufällig auf der Auffahrt traf.

»Schöner Duft«, sagte sie und stieg in ihr Auto, um wer weiß wohin zu fahren. In die Akademie, zum Rat, zu Eliza. Ich wusste es nicht. Ich wusste gar nichts!

Zu Hause hielt ich es nicht länger aus, also rief ich Sophie an, die mir mitteilte, dass sie beim Aufbau in der Turnhalle half. Der Ball stand an, und alle Welt tat, als gäbe es keine größere Sorge als die, ob auch ja genug Lampions unter der Decke hingen, ob die Decken der Tische glatt genug gestrichen waren oder genug Punschgläser bereitstanden.

Kurz entschlossen fuhr ich zur Highschool und stürzte mich mitten ins Gewühl, nagelte besagte Lampions an die Balken und schleppte Dutzende Stühle aus dem Lager herbei. Sophie beobachtete mich stirnrunzelnd, fragte aber nicht nach. Vielleicht sah sie mir an, dass ich kurz vorm Explodieren stand. Die Arbeit lenkte mich ab.

Immerhin *das* durfte ich tun.

Ich war beinahe verzweifelt, als auch die letzte Serviette gefaltet und sorgsam platziert worden war. Ich wollte noch nicht gehen, nicht zurück nach Hause, zurück in die Ungewissheit. Doch die Helfer verabschiedeten sich, Sophie winkte mir zum Abschied und der Parkplatz leerte sich. Nur diejenigen blieben, die den Empfang organisierten, und sie versicherten mir entnervt, dass ich nun ebenfalls gehen solle und nein, keine Arbeit mehr zu tun sei.

Also fuhr ich.

Passend zu meinem Kleid nutzte ich glitzernden Lidschatten und betonte meine hellblauen Augen mit dunklem Kajalstift. Als ich fertig war, betrachtete ich mich im Spiegel. Es fühlte sich falsch an, sich so herauszuputzen, wenn meine Welt wankte und ich nicht wusste, was mir morgen bevorstehen würde.

Als ich aus dem Bad trat, saß Ezra auf meinem Bett. Ich ließ vor Schreck mein Handy fallen.

»Scheiße, Ezra, mein Herz!«

Ich legte mir eine Hand auf die Brust und atmete tief aus, musterte ihn dabei von oben bis unten. Er trug einen Anzug mit farblich passender Fliege zu meinem Kleid. Er sah gut aus, gesund, unversehrt. Und er roch keineswegs nach Hund, stattdessen nach irgendeinem herben Aftershave, das ich nicht kannte, dessen Duft ich aber unweigerlich mit ihm verband. Himmel, ohne ihn konnte ich nicht mehr sein.

»Hallo, schöne Frau«, sagte er.

»Ich glaube, daran werde ich mich nie gewöhnen.«

Er hob eine Braue. »An Komplimente?«

»Daran, dass du ständig durch mein Fenster steigst.« Ich knuffte ihn in die Seite und ließ mich neben ihm aufs Bett fallen. »Du solltest nicht hier sein, wenn meine Eltern dich sehen …«

»Ich weiß«, sagte er.

Doch ich schüttelte den Kopf. »Spiel es nicht runter. Das hier ist nicht das typische Elternding, die eifersüchtig über ihre Tochter wachen und sie vor gefährlichen Jungs beschützen wollen, Ezra. Hier geht es um dein Leben!«

Sein Mundwinkel zuckte. »Bin ich ein böser Junge?«

»Der schlimmste von allen«, stieß ich aus und ließ mich rücklings in die Kissen fallen. Er folgte mir sofort, schlang einen Arm um meine Hüfte und fädelte den anderen unter meinem Nacken hindurch.

»Komm her, unschuldige Tochter«, raunte er mir ins Ohr.

Ich kicherte, er küsste mich.

Wenn es doch nur so einfach wäre, er und ich, zwei einfache Teenager mit einfachen Teenagersorgen und überfürsorglichen, anstrengenden Eltern. Aber das war uns nicht vergönnt.

»Ich komme heute später«, sagte er zwischen zwei Küssen.

Mein Misstrauen flackerte auf. Er war gut im Verheimlichen von Dingen, doch das Band verriet ihn. Es vibrierte, als spürte es eine List. »Wohin gehst du, Ezra?«

»Auf eine Art Mission«, wich er aus.

Mein Stirnrunzeln vertiefte sich. »Was für eine? Und komm mir jetzt ja nicht damit, dass ich das nicht zu wissen brauche. Ich bin keine sechs mehr, Ezra. Ich bin deine Freundin und verlange, dass du mich entsprechend behandelst. Also raus damit. Die Wahrheit. Jetzt!«

Er zögerte, doch dann erzählte er alles. Von den geheimen Treffen mit Eliza und dem Plan, den sie gefasst hatten, von den Vorbereitungen, die bereits auf Hochtouren liefen, und das heute Abend die einzige und vielleicht beste Chance bestand, ungesehen in die Akademie einzubrechen, um das Gift auszutauschen.

»Auf keinen Fall!« Ich stemmte mich hoch. »Das darfst du nicht tun, das ist viel zu gefährlich! Wenn man euch erwischt, wenn sie euch kriegen, Ezra, ich …«

»Ich muss«, sagte er schlicht.

»Aber …«

»Hast du etwa einen besseren Plan?«

Alles, was ich zustande brachte, war ein Schnauben. Hatte ich natürlich nicht. Nicht aus dem Stegreif, nicht ohne Zeit. Trotzdem war ich mir sicher, dass es eine andere Lösung gab. Geben musste.

»Wir werden uns etwas anderes einfallen lassen.«

Er schüttelte den Kopf. »Das ist vielleicht unsere einzige Chance, Maya.«

»Dann lass mich wenigstens mitgehen.«

»Auf gar keinen Fall!« Er stand vom Bett auf. »Ich brauche dich dort. Vertrau mir, ja? Du wirst kaum bemerken, dass ich mich verspäte, und dann verbringen wir den Abend zusammen. Nur du und ich. Vertrau mir«, bat er noch einmal und griff nach meinen Händen.

Es tat weh, ihn gehen zu lassen. Zu wissen, dass er sein Leben riskierte. Doch ich hatte eine Aufgabe in diesem Plan, und die würde ich so gut ich konnte erfüllen.

So kam es, dass ich allein zum Ball fuhr. Ich musste, denn ging ich nicht, würden meine Eltern Misstrauen schöpfen, immerhin wussten sie, dass ich mit Ezra verabredet war, auch wenn sie ganz und gar nicht begeistert gewesen waren. Doch ich hatte mich stur gestellt und sie hatten – sehr zu meiner Überraschung – nachgegeben. Sie dachten also, Ezra sei bei mir; nur ich allein wusste, was er wirklich tat – und starb deshalb tausend Tode.

Vor der Turnhalle gesellte ich mich zum Empfangskomitee, das die Gäste begrüßte, fotografierte und hineingeleitete. Ich gab an, auf meinen Freund zu warten, der sich kurz verspäten würde, doch je weiter der Abend fortschritt, desto mitleidiger wurden die Blicke.

Als auch die letzten Nachzügler empfangen und im Inneren verschwunden waren, blieb ich allein vor der Tür zurück. Mein Handy zeigte keine Nachricht. Ezra hatte versprochen, mir sofort zu schreiben, sobald er aus der Akademie raus war. Doch die Nachricht kam nicht. Ich lauschte in mich hinein, spürte dem Seelenband nach, doch auch das war seltsam ruhig.

Ich machte mir Sorgen um Ezra, fürchtete bereits das Schlimmste. Was, wenn mein Vater seine Drohung schon früher wahr gemacht hatte? Wenn er nicht mehr darauf wartete, dass er Bürgermeister wurde?

Die Angst fraß sich so tief in meinen Verstand, dass es mir mit einem Mal furchtbar albern vorkam, überhaupt hergekommen zu sein.

Als die nahe Kirchturmuhr Mitternacht schlug, stand fest, dass etwas schrecklich schiefgelaufen war. Ezra kam nicht, mein Handy blieb stumm und mein Herz spielte verrückt. Alibi hin oder her, ich musste hier weg – und zwar sofort!

Doch gerade als ich meine Jacke von der Garderobe holte, trat jemand neben mich: Niall.

»Na, sitzen gelassen worden? Wer ist der Schuft? Und soll ich ihn verprügeln?« Er grinste von einem Ohr zum anderen, doch in seinen Augen lag ein lauernder Ausdruck, der mich aufhorchen ließ. Niall wusste etwas.

»Ja«, sagte ich deshalb und gab mir alle Mühe, genervt zu klingen. »Ich dachte echt, da wäre was zwischen uns, aber da hab ich mich wohl getäuscht.«

Innerlich klopfte ich mir auf die Schulter, auch wenn jedes Wort wie Säure auf meiner Zunge brannte.

Nialls Grinsen wurde sogar noch breiter, er glaubte mir auf jeden Fall. »Idiotischer Hund, hab dir doch gleich gesagt, dass du dich von dem fernhalten sollst.«

Ich tat, als würde ich spöttisch lachen. »Ja, du hast aber auch behauptet, er sei ein geborener Wolf. Dabei weiß doch jeder, dass es die nicht mehr gibt«, entgegnete ich. »Nicht in den USA«, fügte ich noch hinzu, weil ich mich erinnerte, dass es in Paris sehr wohl welche gab.

Niall beugte sich vor, er kam mir viel zu nah. Was hatte ich bloß früher an ihm gefunden? Fiel mir erst jetzt mit meinen verstärkten Sinnen auf, wie säuerlich er stank?

»Süße Maya, du hast ja keine Ahnung von der Welt«, säuselte er. »Es gibt auch hier noch geborene Wölfe. Nicht viele, das stimmt. Und auch dieser gehört ganz bald der Vergangenheit an, du wirst schon sehen.«

Mein Herz stockte, und ich biss mir auf die Zunge, um nicht laut aufzustöhnen.

»Komm«, sagte Niall und bot mir den Arm. »Tanz mit mir und vergiss den Hund.«

Alles in mir zog mich raus, fort von ihm, hin zur Akademie, zu Ezra, der vielleicht in Lebensgefahr schwebte. Doch ich zögerte. Niall hatte mir mehr verraten als mein Vater in all den Jahren. Er hatte ausgesprochen, was auch Vater schon lange gewusst haben musste: dass Ezra ein Wolf war. Vielleicht konnte ich noch mehr aus ihm rausbekommen. Was geschehen war oder wo Ezra und Eliza – seine Mutter! – nun steckten. Also nahm ich seinen Arm und ließ mich zur Tanzfläche führen.

»Du sagtest, dass er bald der Vergangenheit angehören würde«, hakte ich nach dem ersten Song beinahe beiläufig nach. »Heißt es, wir haben einen Plan?«

»Natürlich haben wir den. Du glaubst doch nicht wirklich, dass dein Vater irgendetwas unvorbereitet macht, oder? Der Geborene ist nur das letzte Puzzleteil, das gefehlt hat.«

»Also ist er in Vaters Gewalt? Hat er ihn in der Akademie? Was hat er mit ihm vor?«

Niall wirbelte mich herum. Das Lied schien nicht enden zu wollen, und trotz meiner rasenden Panik zwang ich mich, weiterhin zu tanzen. Gute Miene zum bösen Spiel zu machen. Niall war angetrunken, vielleicht würde er mir tatsächlich etwas verraten.

Ich täuschte mich. Sehr.

»So viele Fragen. Ich kann dir nicht alles verraten, aber ja, sie haben ihn erwischt und ihn sicher verwahrt. Je weniger Leute wissen, was Robert vorhat, umso besser. Es darf nichts schiefgehen, kleine Maya, und würde dein Vater wollen, dass du Mitwissern bist, hätte er dich längst in alles eingeweiht.«

»Möglich, dass es noch keine Gelegenheit gab.«

Niall kniff die Augen zusammen. »Es liegt nicht in meiner Macht, dich darüber aufzuklären.«

Verdammte Scheiße, wieso war er so loyal? Konnte er nicht einfach anfangen zu plaudern? Bevor er skeptisch werden konnte, wieso ich so viel nachhakte, wechselte das Lied und ich fächerte mir gespielt Luft zu.

»Entschuldigst du mich kurz?« Ohne seine Antwort abzuwarten, verließ ich die Tanzfläche. Auf dem Weg zur Toilette begegnete mir Sophie, und ich gab ihr mit einem Nicken in Richtung der Tür unmissverständlich zu verstehen, dass sie mir folgen sollte.

Ich stützte mich mit beiden Händen auf dem Waschbecken ab und wartete.

Die Tür schwang auf und Sophie kam herein.

»Ich brauche deine Hilfe.«

»Was ist los?«

In Kurzform weihte ich sie ein. »Du musst Niall für mich ablenken, damit er nicht merkt, dass ich gehe.«

»Maya, das klingt alles ziemlich gefährlich. Was, wenn du entdeckt wirst?«

»Es geht um Ezra. Ich … ich kann nicht tatenlos herumsitzen. Er schwebt in Lebensgefahr, verstehst du?«

Sophie sah mich einen Moment, der mir ewig lang vorkam, einfach nur an, ehe sie endlich nickte.

»Okay, ich lasse mir wegen Niall etwas einfallen. Und dann komme ich zu dir und wir suchen gemeinsam nach Ezra.«

»Nein, das kommt nicht infrage!«

»Sag mir jetzt ja nicht, dass das zu gefährlich ist!« Sie drohte mir sogar mit dem Zeigefinger. »Wenn du gehst, gehe ich auch. Da gibt es keine Diskussion.«

»Sophie …«

Sie kniff die Lippen zusammen, hielt meinem zweifelnden Blick stand. Sie würde mich nicht allein gehen lassen, das wurde mir bewusst. Sophie war an meiner Seite. Immer.

»Okay.« Ich warf einen Blick auf die Uhr. »Kannst du in einer halben Stunde bei mir sein?«

»Worauf du dich verlassen kannst.«

»Du bist die Allerbeste.«

Sie winkte ab. »Das ist nichts Neues. Und jetzt verschwinde.«

Ich zögerte nicht länger und schlüpfte aus der Tür, hoffte, dass es nicht schon längst zu spät war.

27
Ezra

Das Erste, was ich klar und deutlich spürte, war der Druck in meinem Schädel. Meine Muskeln schmerzten, und ich fühlte mich, als wäre ich von einem Zug überfahren worden.

Stöhnend drehte ich mich auf den Rücken und blinzelte mehrfach. Das grelle Licht brannte in meinen empfindlichen Augen, doch als ich mich an die Helligkeit gewöhnt hatte, erkannte ich eine stahlweiße Decke über mir. Ich richtete mich auf, fühlte mich immer noch völlig benebelt, und sah mich um.

Eine Plexiglasscheibe trennte mich von einem ebenso weißen Flur. Es dauerte einen Moment, ehe ich verstand. Ehe die Bilder zurückkamen.

Ich war auf dem Weg zur Highschool gewesen. Eliza und ich hatten erfolgreich das Nervengift ausgetauscht und uns anschließend getrennt. Und dann?

Ich kniff die Augen zusammen, dachte angestrengt nach und erinnerte mich: Zwei Jäger hatten mich überwältigt. Ich fasste mir an den Hals und ertastet dort eine winzig kleine Unebenheit. Das Gefühl einer Spritze jagte erneut durch meinen Körper.

»Verdammt«, murmelte ich träge und stand mit wackligen Beinen auf. Das Betäubungsmittel, das sie mir gespritzt hatten, ließ erst allmählich nach. Ich lehnte mich gegen die Plexiglasscheibe und schlug dagegen, doch natürlich gab sie keinen Zentimeter nach.

»Das bringt nichts«, sagte jemand tonlos. Links von mir war ebenfalls eine Scheibe, hinter der jemand zusammengesunken in einer Ecke kauerte.

»Jamie?«

Er hob den Kopf. Die dunklen Augenringe waren ein krasser Kontrast zu seiner blassen Haut, pure Angst stand in seinem Blick.

»Du lebst?«, fragte ich ihn. Oder sah ich jetzt schon Gespenster?

»Wenn du das hier leben nennst, dann ja. Dann lebe ich. Die Jäger haben mich in der Blutnacht mitgenommen und hier eingesperrt. Seitdem … führen sie Experimente durch.«

Ich ging vor der Scheibe, die mich von Jamie trennte, in die Hocke. »Sind wir in der Akademie?«

»Sind wir. Gibt einen beschissenen Keller, den keiner von uns kannte. Haben sie in ein Labor umgebaut. Die Zellen hier liegen abgeschottet von den Forschungsräumen; wer sie nicht kennen soll, der wird sie auch nicht finden. Ich glaub, wir sind am Arsch, Ezra. Die reden viel, die Leute hier. Passen nicht auf, was sie sagen, weil sie wissen, dass wir nichts davon weitersagen können. Wie in den schlechten Horrorfilmen, in denen sich die Bösewichte lange und breit erklären. Hätte nicht gedacht, dass ausgerechnet mir so was mal passiert. Wie haben sie dich erwischt?«

Ich erzählte ihm von den Bruchstücken meiner Erinnerung und sah mich um. »Also forschen sie hier unten an den Werwölfen. Wir müssen hier irgendwie raus.«

»Das ist sinnlos, Ezra. Ich habe es versucht, mehrmals. Wenn sie dich holen, dann spritzen sie dir was, sodass du dich nicht wehren kannst. Wir kommen nicht raus. Niemals.«

Die Tür am Ende des Flurs öffnete sich, und das viel zu grelle Licht schaltete sich ein. Jamie sprang sofort auf und presste sich in die hinterste Ecke, während ich mich auf die Beine hievte. Alles tat mir weh; würden sie mich holen, würde ich mich nicht wehren können.

Eine junge Frau im weißen Kittel blieb vor den Plexiglasscheiben stehen und betrachtete erst mich, dann Jamie. Zwei Jäger standen hinter ihr.

»Den hier«, sagte sie dann und nickte in Jamies Richtung. Einer der Jäger nickte, öffnete die Tür und ging furchtlos in Jamies Zelle. Der andere folgte, ich entdeckte die Spritze, die er in der Hand hielt.

»Nein! Lasst mich in Ruhe!« Jamie brüllte und versuchte den Jägern zu entkommen. Ehe ich wusste, was ich tat, schlug ich mit der Faust gegen das Glas.

»Hört auf! Jamie, wehr dich!«

Der Blick der Laborantin lag auf mir. »Halt.« Ihre Stimme durchschnitt Jamies Rufe. »Ich will den da. Nehmt ihn mit.«

Die Männer ließen von Jamie ab, schlossen die Tür und kamen in meine Zelle. Ich stolperte einen Schritt rückwärts, versuchte meine Kräfte zu sammeln, doch ich fühlte mich immer noch wie in Watte gepackt.

»Fasst mich an und ihr seid tot«, knurrte ich.

»Süß«, lachte der rechte.

Ich ballte die Fäuste, bereit, mich zu wehren. Der linke griff an seinen Gürtel und zog einen Schlagstock aus der Halterung. Dann holte er aus.

28
Maya

Während der Fahrt versuchte ich Ezra zu erreichen, blieb allerdings erfolglos. Ich wusste, dass es dumm war, dennoch war da ein winzig kleiner Hoffnungsfunke, dass Niall gelogen oder übertrieben hatte. Das Band in meinem Inneren badete sich in Sorge, was mich nervös werden ließ. Doch ich war mir sicher, dass es sich anders anfühlte, wenn er getötet worden wäre. Der Schmerz wäre nicht auszuhalten. So hatte ich – hoffte ich jedenfalls – die Gewissheit, dass er noch am Leben war. Am Leben sein *musste*.

Als wir an der Akademie ankamen, wollte ich sofort aus dem Wagen springen, doch Sophie verriegelte die Türen.

»Mach auf«, verlangte ich.

»Und dann? Stürmen wir die Akademie? Sind da nicht Nachtwachen? Wie erklären wir denen, warum wir hier sind?«

»Das ist doch jetzt nicht wichtig!« Mein Geduldsfaden drohte zu reißen.

»Ach nein?« Sophie verschränkte die Arme vor der Brust. »Ich will dir helfen, Maya, das will ich wirklich. Aber dazu brauchen wir auch ein bisschen Köpfchen und können nicht blind drauflosalufen und hoffen, dass wir Erfolg haben. Das ist dumm.«

Natürlich hatte sie recht.

»Was schlägst du vor?«

»Ezra war mit Eliza zusammen, sagtest du. Wieso versuchen wir nicht, auch sie zu erreichen?«

Das war mir tatsächlich nicht in den Sinn gekommen. »Wenn sie Ezra haben, dann sicher auch Eliza. Aber es ist einen Versuch wert.«

Ich wählte ihre Nummer und wartete. Ohne Hoffnung.

Doch ich wurde eines Besseren belehrt.

»Maya, was ist los? Es ist mitten in der Nacht«, murmelte Eliza verschlafen ins Telefon.

»Eliza! Bist du zu Hause? Ist Ezra bei dir?«

»Was? Nein, wieso sollte er? Wir haben uns vor Stunden getrennt, er wollte zu dir in die Schule.«

Mein Herz blieb einen Moment lang stehen. Und dann noch einen. Also hatte Niall die verdammte Wahrheit gesagt. Meine schlimmsten Befürchtungen bewahrheiteten sich. Tränen kündigten sich an, und ich war nicht fähig, etwas zu sagen.

»Maya? Rede mit mir, was ist passiert?« Elizas Stimme klang nun alarmiert, nicht länger verschlafen. Sicher hatte sie sich in ihrem Bett aufgesetzt.

»Er ist nicht aufgetaucht.« Die Worte auszusprechen machte es unheimlich real, und ich konnte das Schluchzen nicht länger zurückhalten. »Niall hat gesagt, dass Jäger ihn erwischt haben, aber ich war mir nicht sicher …«

»Scheiße!«, fluchte Eliza am anderen Ende der Leitung. »Es hat alles nach Plan funktioniert. Er wollte zu dir, er sollte jetzt bei dir sein!«

Ich dachte an die Worte meines Vaters. An die Furcht, die ich bei dem Gedanken an Ezras Tod verspürt hatte, und daran, dass er es jetzt sein konnte. Nein, nein, nein!

»Ich kann ihn nicht verlieren.« Meine Stimme klang erstickt, und ich legte die Hand an meine Brust, die sekündlich enger wurde.

»Das wirst du nicht, hörst du? Wir finden ihn. Wo bist du jetzt?«

»Mit Sophie bei der Akademie«, schniefte ich und wischte mir die Tränen weg. Noch war nichts zu spät, wir konnten ihn finden. Wir mussten einfach.

»Geht nicht allein, Maya, hörst du? Ich komme auch. Wir treffen uns am Parkplatz, ja? Es ist sicherer, wenn wir zusammenbleiben.«

»Beeile dich bitte.«

»Mach ich. Bis gleich.«

Ich legte auf. »Sie haben ihn«, flüsterte ich.

Sophie griff nach meiner Hand. »Eliza kommt her, wir finden ihn.« Ihre Stimme war so leise und hoffnungslos, wie ich mich fühlte. Ich konnte und wollte mir gar nicht vorstellen, was mit Ezra geschehen war. Oder was sie ihm vielleicht gerade in diesem Moment antaten.

Hatte er Angst?

Wünschte er sich zu sterben?

Oder war er schon längst tot?

Was, wenn ich doch nicht über das Band spürte, wenn er gar nicht mehr am Leben war? Was, wenn …

Nein.

Ich würde nicht aufgeben. Nicht in Selbstmitleid zerfließen. Ich war stärker als das, ich war stärker als das Mädchen, das ihren Bruder verloren hatte. Wenn es auch nur die kleinste Hoffnung gab, dass Ezra noch am Leben war, würde ich ihn da rausholen. Ich würde alles Mögliche in dieser Welt tun, um ihn zu mir zurückzuholen. Er gehörte an meine Seite. Das würde nicht mal die verdammte *Moonlight Academy* ändern. Sie würden ihn mir nicht wegnehmen.

»Wir finden ihn«, versprach Sophie mir mit Nachdruck, und ich nickte. »Soll ich noch versuchen, Dax zu erreichen?« Sie nahm mir mein Telefon aus den noch immer zitternden Fingern und scrollte durch meine Kontakte, bis sie Dax fand. Seufzend ließ sie nach ein paar Sekunden das Handy wieder sinken und reichte es mir.

»Mailbox. Dann also nur wir drei.«

Wir verließen den Wagen erst, als ein weiterer gegenüber unserem hielt und Eliza ausstieg.

»Ich bin so schnell hergekommen, wie ich konnte.«

»Erzähl uns, was passiert ist«, forderte ich.

»Es lief alles nach Plan. Wir sind der Security aus dem Weg gegangen, haben es mit dem Code, den du uns gegeben hast, in den Forschungstrakt geschafft und das Gift ausgetauscht. Danach haben wir uns getrennt.«

»Wie hoch ist die Chance, dass sie ihn hier in der Akademie festhalten?«, warf Sophie ein.

»Keine Ahnung. Aber irgendwo müssen wir ja anfangen, und hier ist er am wahrscheinlichsten. Die haben eine ganze verdammte Forschungsabteilung versteckt, würde mich nicht wundern, wenn sie dort auch die Wölfe für die Blutnacht und die Prüfung festhalten. Mittlerweile traue ich den Jägern alles zu.«

»Also sind wir uns einig, dass wir uns nach unten schleichen und dort als Erstes suchen?« Eliza sah zuerst mich und dann Sophie an.

Ich nickte. »Worauf warten wir noch?«

Ungesehen schlüpften wir durch eines der Fenster auf der Hinterseite des Gebäudes und landeten in einem Abstellraum. Leise öffnete ich die Tür einen Spaltbreit und spähte auf den Flur. Schritte erklangen, und ich versteckte mich wieder, ließ den Security-Mitarbeiter seine Runde drehen und wartete, bis er vorbei war. Seit Neuestem patrouillierten Sicherheitsleute rund um die Uhr in der Akademie. Was genau den Ausschlag gegeben hatte, wusste ich nicht. Vielleicht Jamies und mein kleiner Ausflug in den Wald – oder Ezras wahre Identität. Was es auch war, wir mussten vorsichtig sein, denn wir waren alles, was Ezra hatte.

»Maya, bleib konzentriert.« Eliza schob mich aus der Tür und zum Treppenhaus, das verlassen dalag. Als wir die Forschungsabteilung erreichten und ich den Code für die Tür eingetippt hatte, war auch diese menschenleer – hier schob offenbar niemand Wache. Warum auch, wenn diese Ebene offiziell nicht einmal existierte?

Das Band in meinem Inneren zitterte, als würde es Ezras Anwesenheit spüren, doch ich konnte ihn nirgendwo sehen.

»Verdammt«, flüsterte ich und drehte mich noch einmal um die eigene Achse, um durch die Glastüren in die verschiedenen Labore zu blicken.

»Er ist nicht hier«, stellte Eliza ernüchtert fest und fuhr sich durch das dunkle Haar. »Niemand ist hier.«

Sie kam auf mich zu. »Hat dein Vater je irgendetwas darüber gesagt, wo er die Werwölfe gefangen hält? Weißt du, wo sie sein könnten?«

Ich überlegte fieberhaft, doch mir fiel nichts ein. Dass er hier irgendwo an Wölfen herumexperimentierte, wusste ich sowieso nur durch Eliza.

»Er vertraut mir nicht genug, ich habe versagt. Es ist meine Schuld, dass es so weit gekommen ist.«

Eliza stieß einen Fluch aus und kehrte mir den Rücken zu. »Wir müssen unbedingt herausfinden, wo die gefangenen Wölfe festgehalten werden. Es ist wahrscheinlich ein leicht zugänglicher Ort, immerhin holen sie für jede Blutnacht ein neues Opfer. Auch die Wölfe, die bei den Prüfungen hingerichtet werden, müssen in der Nähe gehalten werden. Ich denke, dass auch Ezra dort ist.«

»Was meinst du, was machen sie mit ihm?«, fragte Sophie mit zitternder Stimme.

»Ich weiß es nicht«, sagte sie, aber ihr Tonfall verriet, dass sie sehr wohl eine Ahnung davon hatte, und mein Magen krampfte sich noch mehr zusammen.

Ich versuchte in mich hineinzuhorchen und über das Band zu sehen oder zu spüren, wo sich Ezra befand, doch es funktionierte nicht. Wir waren absolut blind, und als die Sonne schon wieder aufging, brachte Sophie mich nach Hause, damit meine Eltern keinen Verdacht schöpften.

Ich schaffte es gerade noch ungesehen in mein Zimmer, bevor sie aufstanden. Für einen Wimpernschlag warf ich mich auf mein Bett und blieb liegen.

Dann hörte ich meine Eltern reden, sprang auf und öffnete die Tür einen Spalt, um zu lauschen.

»Hat gestern alles geklappt?«

Tassen klapperten, die Kaffeemaschine mahlte. »Natürlich. Sie hat ja nicht mal gemerkt, dass ich ihr Gespräch mit diesem Hund mit angehört habe. Es war ein Leichtes, ihn abzufangen und in die Akademie zu schaffen.«

Er … was?

»Maya ist unaufmerksam, das stimmt, aber sie hat sich schon gebessert. Vergiss nicht, dass sie den Wolf bei der Prüfung getötet hat.«

»Ich wünschte, sie hätte mehr solcher Momente.« Ein Seufzen. »Wäre sie eine echte Jägerin, hätte sie sich nicht auf diesen Ezra McLeod eingelassen.«

»Ärgere dich nicht über ihn, Liebster, das hat heute sowieso alles ein Ende.«

»Heute ist der alles entscheidende Tag.«

Ich schloss die Tür. Es war meine Schuld. Verdammte Scheiße, ich hatte meinem Vater die perfekte Vorlage geliefert, ohne es zu merken. Meinetwegen war Ezra fort. Meinetwegen war er in der Akademie. Nur wo? Wo zur Hölle hielten sie ihn gefangen? Wir waren dort gewesen!

Ich ballte die Faust, spürte den Schmerz, als sich meine Fingernägel veränderten und in meine Haut gruben. Animalische Wut kochte in mir, doch ich konnte sie unmöglich hinauslassen, tastete nach dem Band und der Gewissheit, dass Ezra noch am Leben war, und ließ mich davon beruhigen. Ich hatte zwar keine Ahnung, wo er sich befand und wie es ihm ging, doch ich sandte all meine Hoffnung und das Versprechen, dass ich ihn da rausholen würde, in unser Seelenband und wünschte mir von Herzen, dass es Ezra erreichte. Er sollte wissen, dass ich ihn nicht aufgegeben hatte.

Und es auch niemals tun würde.

Als ich sicher war, dass ich mich so weit unter Kontrolle hatte, stürmte ich ins Bad, frischte mein Make-up auf und band mir die wirren Haare zu einem hohen Zopf. Ich zog mich um, trug Parfum auf und gab das perfekte Bild der perfekten Tochter ab, als wäre ich nicht die ganze Nacht herumgeirrt, um den Mann meines Lebens zu finden.

»Guten Morgen«, begrüßte ich meine Eltern mit einem Lächeln und schob einen Becher unter die Kaffeemaschine.

»Du bist früh wach«, merkte mein Vater an.

Ich zuckte mit einer Schulter. »Heute ist doch die Vorführung des Gifts, oder nicht? Da bin ich natürlich dabei.«

»Du kommst mit?« Vielleicht war es das erste Mal in meinem Leben, dass ein beinahe überraschter Ausdruck über das Gesicht meines Vaters huschte.

Oh, wenn er nur wüsste, dass das Gift in der Akademie nicht mehr echt war. Wenigstens das war uns gelungen. Und jetzt musste ich nur noch Ezra befreien.

»Etwa nicht? Ich bin eine Jägerin, wieso sollte ich nicht dabei sein? Es ist ein wichtiger Tag für die Akademie und für dich. Ich kann dich beim Rat unterstützen.«

Er war mein Ticket in die Akademie, meine Chance, Ezra zu finden. Endlich konnte ich den Spieß umdrehen und ihn so benutzen, wie er mich benutzt hatte.

Ich hielt seinem prüfenden Blick stand, auch wenn sogar das Band unter seinen stahlblauen Augen erzitterte. Er hatte schon immer eine furchterregende Ausstrahlung gehabt, doch seit ich eine Wölfin war, war er tatsächlich zu meinem größten Feind geworden, ohne dass er davon wusste.

»Ich würde mich freuen, wenn du dabei bist.« Er nickte mir zu, nahm den letzten Schluck Kaffee, ging rüber zum Safe und nahm etwas heraus.

»Was ist das?«, fragte ich. Er gab an dem Schloss eines kleinen Koffers einen Zahlencode ein und öffnete diesen. Ich ging ein paar Schritte auf ihn zu und entdeckte fünf schmale Ampullen mit gelber Flüssigkeit.

Das Gift.

Mein Magen zog sich krampfhaft zusammen, und ich konnte das Keuchen nicht aufhalten. »Du hast es bei dir?«

Mein Vater, der noch immer ein siegreiches Lächeln auf den Lippen trug, nickte und strich schon fast liebevoll über die Ampullen. »Natürlich. Meinst du, ich bin so nachlässig und lasse es in der Akademie? Niemals. Es geht schon lange das Gerücht um, dass es Verräter in unseren Reihen gibt, zu viele Missionen verlaufen erfolglos, zu viele vermeintliche Wolfsverstecke finden wir leer vor.«

Alles war umsonst gewesen.

Elizas und Ezras Plan war zerschlagen, vollkommen nutzlos. Sie hatten das Gift in der Akademie zwar ausgetauscht, aber mein Vater war ihnen einen Schritt voraus gewesen. Wir konnten ihn nicht besiegen, nicht so, nicht heute. Das wurde mir mit einem Schlag bewusst. Und diese Gewissheit förderte meine Angst. Angst vor dem, was uns bevorstand.

Was *mir* bevorstand.

Trotzdem folgte ich ihm zu seinem Wagen. Ich ließ mich auf die Rückbank fallen, holte mein Handy aus der Tasche und schrieb Eliza, dass mein Vater das Gift bei sich trug und nicht das aus der Akademie benutzen würde.

Schneller, als mir lieb war, kamen wir bei der Akademie an. Ich stieg aus und folgte meinem Vater ins Innere.

»Wie läuft die Vorführung denn ab?«, hörte ich mich selbst mit belegter Stimme fragen, während wir im Fahrstuhl nach unten fuhren. Mir war speiübel. Der Spiegel im Fahrstuhl zeigte mir, dass ich blass wie eine Wand war.

»Das wirst du schon sehen«, kündigte mein Vater unheilvoll an. Mit einem leisen *Pling* glitten die Aufzugtüren auf und wir betraten die nun voll besetzte Forschungsstation. Vor wenigen Stunden erst war ich hier gewesen, und nun arbeiteten sie alle wieder fleißig an der Waffe, die eine ganze Spezies tötete.

»Guten Morgen, Sir«, rief Malcolm und eilte auf ihn zu. Sie beide entfernten sich einige Schritte von mir, und er senkte seine Stimme, sodass ich nicht verstehen konnte, was er meinem Vater berichtete. Doch dieser deutete kurz auf den Koffer, den er immer noch in der Hand hielt. Vielleicht hatten sie bemerkt, dass die Röhrchen ausgetauscht worden waren. Aber es war mir egal, denn es hatte sowieso nichts gebracht.

Mein Vater ging zu einer der vielen weißen Wände und hielt seine Hand an einen für meine Augen unbestimmten Punkt. Doch unterhalb seiner Hand leuchtete ein Scan auf, und keine Sekunde später zeigten sich die Spaltmaße einer Tür und die weiße Wand öffnete sich. Sie gab einen weiteren Flur dahinter frei. Mein Herz sank einige Etagen tiefer, als das Band in meinem Inneren freudig vibrierte. Ich spürte plötzlich Ezras Nähe und konnte nicht verhindern, dass ich nach Luft schnappte, als zwei Jäger ihn aus dem Gang schleiften. Er trug den Anzug von gestern, seine Hände waren gefesselt und in seinem Gesicht prangte ein großes dunkelblaues Hämatom.

Sein Blick fand mich. Ich konnte ihm nur hinterherstarren, als die Jäger ihn an mir vorbeitrugen.

»Was passiert mit ihm?«, fragte ich mit erzwungener Fassung. Ich musste mich beherrschen, die Rolle der perfekten Tochter und Spionin der Werwölfe weiterspielen. Mir nichts anmerken lassen, ihn um den Finger wickeln. Wenn ich aufflog, konnte ich niemandem mehr helfen.

»Ihm wird das Gift verabreicht«, sagte mein Vater nur. Ich folgte ihm, bis wir die Arena betraten, in der uns Niall und andere Jäger bereits erwarteten.

Ezra wurde ins Gebäude gebracht, und mein Vater blieb so abrupt vor mir stehen, dass ich beinahe in ihn hineingelaufen wäre. Bilder von der Abschlussprüfung fanden ihren Weg zurück in meinen Verstand, die Angst, als der Werwolf völlig ausgerastet war.

»Und das Gift ist genug erforscht?«, hakte ich nach. Würde ich so Zeit schinden können?

»Das Gift wird genau die Wirkung zeigen, die wir erwarten. Niall, bring sie bitte zu den anderen Zuschauern«, wandte er sich dann an ihn. Prompt kam dieser auf mich zu und legte eine Hand an meinen Rücken, um mich aus der Arena zu bugsieren.

»Ein Jäger wird ihn töten müssen«, stellte ich laut genug fest und erlangte die Aufmerksamkeit meines Vaters zurück. Ich zwang Niall, stehen zu bleiben, sah Robert Cavanaugh fest in die Augen. »Lass mich das tun.«

Einige der Jäger lachten.

»Erst datest du den Hund, und jetzt willst du ihn umbringen?«

»Mädchen, das ist nichts für dich.«

Mit einer Handbewegung brachte Vater die Jäger zum Schweigen und kam auf mich zu.

»Du willst Ezra McLeod umbringen? Wieso?«

»Wie die anderen sagten: Er ist ein Hund. Er hat mich ausgenutzt und fallen gelassen, als ich ihm nichts mehr gebracht habe. Es ärgert mich, dass ich dumm genug war, auf ihn reinzufallen. Lass es mich wiedergutmachen, indem ich ihm das gebe, was er verdient.«

Es war ein stummes Blickduell, doch ich knickte nicht ein, ließ mich nicht von ihm in die Knie zwängen. Ich reckte das Kinn nach vorn, hielt ihm stand.

»Rüste dich aus«, sagte er schließlich, und mir fiel beinahe ein Stein vom Herzen.

Niall brachte mich in einen der Waffenräume der Arena anstatt auf das Podest, wo sich die Zuschauer bereits versammelten.

»Es ist gut, dass du dich dafür freiwillig gemeldet hast. Du darfst nur nicht verlieren.«

Ich nahm die zwei Dolche entgegen, die Niall mir von der Waffenwand gezogen hatte, und steckte sie an meinen Gürtel.

»Werde ich nicht. Wieso?«

Niall ließ seine abweisende Haltung fallen, seine Schultern fielen ein Stück weit in sich zusammen. Er zog die Augenbrauen zusammen, als würde er sich sorgen. »Hör zu, Maya. Du musst ihn töten, um selbst zu überleben. Sie alle glauben, dass du eine Befürworterin der Wölfe bist, und wenn Robert erst mal davon überzeugt ist, dann wird er dich ebenfalls umbringen. Oder dich von dem Werwolf töten lassen. Du musst kämpfen, verstehst du?«

Scheiße.

»Ich habe nicht vor zu verlieren«, erwiderte ich fest. *Ich habe nicht vor, gegen die Jäger zu verlieren,* fügte ich in Gedanken hinzu und legte noch einen Unterarmschutz an, ehe Niall mich nach draußen brachte.

Vor nicht allzu langer Zeit hatte ich schon einmal hier gestanden und darauf gewartet, dass sich die Türen öffneten und wir in die Arena gelassen wurden, um gegen einen Werwolf zu kämpfen. Das war meine Abschlussprüfung gewesen. Jetzt sollte ich gegen die Liebe meines Lebens kämpfen.

Die Stimme, die vom Inneren der Arena gedämpft zu uns drang, blendete ich vollkommen aus. Ich hatte ein reines Gefühls- und Gedankenchaos in meinem Inneren, das ich krampfhaft unter Kontrolle hielt. Dann gingen die Türen auf und Niall geleitete mich ins Innere der Arena. Ich kniff die Lider zusammen, weil die Lichter mich blendeten, hörte jedoch das interessierte Gemurmel.

Die Tribünen waren voll besetzt. Der Rat war vollständig versammelt, auch Bürgermeister McIntyre sah von oben auf mich herab. Neben ihm stand Eliza, bleich wie der Tod. Ein Ächzen ertönte, und ich wandte mich zur gegenüberliegenden Tür. Ezra wurde von einem Jäger in die Arena geschubst, und ich machte automatisch einen Schritt auf ihn zu. Verzweifelt suchte er meinen Blick, und ich spürte, wie mein Herz riss.

Der Jäger stieß Ezra unsanft auf die Knie, dann jagte er ihm eine Spritze in den Hals, was mein Vater direkt für die Zuschauer erklärte.

»Das Gift stimuliert das Nervensystem des Werwolfs und bringt das in ihm hervor, was er eigentlich ist: eine Bestie.«

Der Jäger öffnete die Ketten, die Ezras Hände gefesselt hielten, und er sackte sofort nach vorn auf alle viere. Sein Oberkörper hob und senkte sich schnell, er keuchte schmerzerfüllt auf, was in einem Schrei endete. Seine Finger wuchsen zu Krallen und kratzten über den Boden der Arena, hinterließen tiefe Spuren.

Mit jedem Herzschlag pumpte mehr Schmerz durch meinen Körper und meine Seele.

Doch ganz wie die Jägerin, die sie erwarteten, zog ich die Dolche aus ihren Halterungen. Ich hatte keine Ahnung, wie ich uns beide hier rausholen sollte. Wie ich uns retten konnte.

Ezra kämpfte einen Kampf, bei dem ich ihm nicht helfen konnte, und mit einem animalischen Knurren richtete er sich auf. Ich sah die Krallen an seinen Händen und das leuchtende Gelb seiner Augen. Dunkle Schatten lagen darunter, und als er erneut brüllte, zeigten sich messerscharfe Eckzähne.

Dann wandte er sich mir zu.

Und stürzte sich auf mich.

29
Maya

Ich konnte mich nicht wehren, nicht angreifen.

Nein, eigentlich *wollte* ich mich nicht wehren. Blind in seiner Wut griff Ezra mich an. Ich konnte ausweichen, mich herumdrehen, und im nächsten Moment stürzte er sich erneut auf mich. Er knurrte wie ein wildes Tier, verwandelte sich aber nicht gänzlich. Mein nicht existenter Plan zerbröckelte und öffnete der Verzweiflung die Tür.

Als Ezra das nächste Mal zuschlug, war ich nicht schnell genug. Seine rasiermesserscharfen Krallen erwischten mich und ritzten meinen Oberarm auf, ich verlor einen der Dolche und keuchte auf, presste die Hand auf die Wunde. Warmes Blut quoll über meine Finger, und Tränen standen mir in den Augen, jedoch nicht wegen der Schmerzen.

»Ezra, bitte!«, rief ich. Alles, was ich mir vorgenommen hatte, war mit einem Schlag fort. Ausgelöscht. Ihn so zu sehen war schlimmer als der Tod. Ich kannte den Tod, hatte ihn in jeglicher Gestalt schon gesehen, hatte ihm Freunde und Familie übergeben und ihn mit ihren Seelen ziehen lassen. Doch jetzt hatte mir nicht der Tod einen geliebten Menschen geraubt, sondern ein Gift. Auf eine andere, noch grässlichere Weise, als der Tod es je tun würde.

Denn nichts war schlimmer als die wahre Liebe, die einen nicht mehr erkannte.

»Maya, wehr dich endlich!«, brüllte Niall mir von hinter einer der Türen aus zu, die nun mit Gitterstangen gesichert waren. Ich sah kurz zu ihm, wie er die Stangen fest umklammerte und daran rüttelte, als wollte er mir helfen. Doch er durfte die Arena nicht betreten, denn dann würde Ezra tatsächlich sterben.

»Bitte erinnere dich an mich«, flehte ich leise, als sich Ezra gehetzt in der Arena umsah. Scheinwerfer blendeten uns. Dabei wollte ich, dass er nur mich wahrnahm. Dass er verstand, wer ich war, dass er das Gift besiegte. Aber ich wusste nicht einmal, ob das überhaupt möglich war.

Ein weiteres Mal griff er an, und ich wich zur Seite aus, stolperte allerdings über eine Erhöhung am Boden. Keuchend fiel ich auf meinen Hintern, ließ den zweiten Dolch fallen, was Ezra sofort ausnutzte. Ehe ich mich's versah, stürzte er sich auf mich, und ich hielt schützend die Arme überkreuzt vor mein Gesicht. Ich wartete auf den Schmerz, der eintreffen musste, sobald seine Krallen durch mein Fleisch schnitten, doch er blieb aus. Langsam ließ ich die Arme sinken.

Ezras eigentlich so schönes Gesicht glich einer Fratze. Um die gelben Augen herum lagen dunkle Schatten, kleine Äderchen rankten sich zu seinen Wangen hinab und zeigten das Nervengift, das sich in seinem Organismus befand. Die Fangzähne waren gebleckt, die Hand mit den Krallen zum finalen Schlag gehoben. Würde er jetzt, wo ich die Arme nicht mehr schützend vor mich hielt, ausholen, könnte er mir mit einem Schlag die Kehle aufreißen. Doch ich sah in seine Augen, wehrte mich nicht und bemerkte den winzigen Moment, in dem er in seinem Wahn schwankte.

»Ezra, ich bin es«, flüsterte ich erstickt. Das Band in meinem Inneren erzitterte und kämpfte sich vor. Ich spürte einen Widerstand, als es sich mit Ezra verbinden wollte, spürte, dass es nicht weiterging. Tränen rannen meine Wangen hinab, und ich hob die zitternde Hand, um sie an seine Wange zu legen. Das hier war ein Kampf, wie mein Vater ihn nie bestreiten würde.

»Du wirst mir nichts tun, richtig? Du weißt, wer ich bin, du weißt, dass du mich liebst.« Meine Stimme brach, und nun brach auch der Wahn in Ezra zusammen. Er keuchte auf und fiel nach hinten. Er verzog das Gesicht schmerzverzerrt und presste die Hände gegen seinen Kopf, als würde er drohen zu explodieren.

Doch als er die Lider öffnete, war da wieder das vertraute warme Bernstein anstatt des geisterhaften Gelbs.

»Ezra?«, fragte ich und konnte nichts gegen die wohlige Hoffnung in meinem Inneren tun, die sich sofort von meinem Herzen auszubreiten begann.

»Maya«, keuchte er. »Ich habe dich verletzt.« Er legte seine Hand an meinen Oberarm, zog die Augenbrauen besorgt zusammen.

»Das ist halb so wild«, erwiderte ich und konnte die Tränen nicht aufhalten. Alles geriet in den Hintergrund. Die Zuschauer, die Flutlichter, mein Vater, die Jäger. Nichts war mehr wichtig, als ich mich Ezra in die Arme warf und seine warmen Hände auf meinem Rücken spürte.

»Ich bin so froh, dass du wieder du bist.« Meine Stimme war nur ein Flüstern an seinem Hals. Das Band wurde wieder eins mit Ezras und war so stark wie nie zuvor. Es tanzte in unserem Inneren, schmiegte sich an uns und verströmte eine Wärme, die bis in unsere Herzen reichte.

Ich hörte das Quietschen der Gittertüren und löste mich von Ezra. Jäger kamen auf uns zu und ich sah die Spritze aufblitzen.

»Wir müssen hier weg.« Ezra zog mich hinter sich. Ich jedoch griff nach einem meiner Dolche und stellte mich neben ihn.

»Vergiss nie, mit wem du zusammen bist«, erinnerte ich ihn.

»Maya, mach keinen Unsinn!«, dröhnte die Stimme meines Vaters zu mir herunter, doch ich kümmerte mich nicht um ihn.

Vor uns waren drei Jäger. Sie alle waren mit einem Dolch und mindestens einer Spritze des Nervengifts ausgestattet. Wir mussten sie besiegen, durch die Gittertür gelangen und so schnell es ging aus der Arena fliehen.

Ich hörte noch, wie mein Vater irgendetwas von einem Abbruch forderte, doch da gingen die Jäger schon auf uns los. Ich reagierte auf die Hiebe und Schläge, was mir durch meine verbesserten Sinne weitaus leichterfiel als sonst, stieß den Jäger von mir und verpasste ihm einen gezielten Schlag gegen die Kehle, der ihn zu Boden schickte. Ich wollte niemanden umbringen, und Ezra auch nicht. Wir brauchten nur eine Chance, um hier rauszukommen.

Als ich mich herumdrehte, konnte ich gerade noch meine Dolche heben, um einen weiteren Angriff zu blocken. Ich keuchte, wandte all meine Kraft auf und riss die Arme nach oben, was den Jäger zurückstolpern ließ. Ich nutzte den Moment und trat ihm in den Bauch, Ezra fing ihn auf und schlug gegen seine Schläfe, was auch ihn bewusstlos zu Boden sacken ließ. Dann griff Ezra nach meiner Hand und zog mich zu der einzig offenen Tür in der Arena. Stimmengewirr folgte uns, doch wir rannten durch die Flure, bis wir auf dem Hauptgang ankamen und der Ausgang zum Greifen nahe war.

Ich wollte vor Erleichterung schon aufatmen, als wir gerade auf dem Vorplatz der Arena ankamen. Da stellten sich uns mindestens zwei Dutzend Jäger in den Weg. Noch nie waren die Seiten so klar gewesen wie in diesem Augenblick. Ich spürte, wie sich meine Brust zusammenzog. Ich würde nicht ewig verheimlichen können, was ich war. Vor allem nicht, wenn Ezra und ich gezwungen wurden zu kämpfen.

Durch die Reihe von Jägern, in denen auch Niall und Feli standen, kam mein Vater. Einmal mehr hasste ich ihn für seinen maßgeschneiderten Anzug und das perfekte Auftreten, für sein Gesicht, das keinerlei Regung zeigte. Und für die Pistole, die er locker in der rechten Hand hielt.

»Tritt beiseite.« Seine Stimme war fordernd und in genau dem Tonfall, der keinen Widerspruch zuließ. Ich kannte ihn, hatte ihn als Kind schon so oft gehört. Aaron hatte immer gehorcht, wenn unser Vater auf diese Art mit ihm gesprochen hatte. Es tat gut, mittlerweile zu wissen, dass auch er das alles nur zum Schutz der Wölfe getan hatte. Wir waren uns so ähnlich. Und jetzt endlich konnte ich mir eingestehen, dass das gut war. Dass ich so, wie ich war, gut genug war, auch wenn ich in den Augen meines Vaters versagte. Ich hatte meine eigenen Richtlinien, meine eigene Moral. Und wenn diese die Werwölfe und ihr Wohl mit einschloss, dann konnte ich stolz auf mich sein.

Deswegen trat ich nicht beiseite, so wie er es von mir verlangte. Deswegen trat ich diesen kleinen, eigentlich unwichtigen Schritt nach vorn und stellte mich halb vor Ezra. Diese Geste bedeutete so viel mehr, als mich gegen meinen Vater zu beweisen. Sie zeigte meine Ideale, sie zeigte, welche Seite ich gewählt hatte.

Nämlich die, auf der jegliche Lebewesen zusammen und nebeneinander leben konnten.

»Du wagst es«, knurrte mein Vater und richtete die Waffe auf mich. Ich schüttelte langsam den Kopf und ging einen weiteren Schritt auf ihn zu.

»Die Werwölfe sind nicht das Problem, Vater, das waren sie nie. Unsere Ansichten sind es. Es gibt nicht nur schwarz und weiß, nicht nur Gut und Böse. Da sind so viele Farben in unserem Leben, und du musst endlich die Augen öffnen, damit du sie sehen kannst.«

»Genug!«, brüllte er über den Platz. Sein Gesicht war wutverzerrt. »Ich höre mir diesen Schwachsinn nicht länger an! Du bist eine Jägerin, Maya. Für dich kann es die Seite der Werwölfe nicht geben!«

Hinter mir bewegte sich Ezra und ein ohrenbetäubender Schuss löste sich. Ich wartete auf den Schmerz, doch als Ezra keuchte, wurde mir bewusst, dass mein Vater nicht auf mich geschossen hatte

Ezra war auf ein Knie gesunken. Blut quoll aus einer Wunde am Oberschenkel hervor, und die Emotionen in mir kochten über. Ein Knurren löste sich aus meiner Kehle, und als ich mich meinem Vater zuwandte, seinen Blick wahrnahm, da wusste ich, dass meine Iriden das Gelb angenommen hatten, das die Werwölfe trugen.

»Du wirst ihm nicht noch einmal wehtun«, knurrte ich und ließ zu, dass die Wut mich einnahm.

»Du bist …«, begann mein Vater und stolperte einen Schritt zurück. Ich konnte den Unglauben auf seinem Gesicht erkennen, konnte praktisch spüren, wie seine Überzeugungen in sich zusammenfielen.

»Wie kann das sein?«, flüsterte er mit gebrochener Stimme, doch bevor ich antworten konnte, kam das Rudel der Rockys auf uns zu. Eliza musste sie mobilisiert haben, und nun stellte sie sich zwischen meinen Vater und mich und taxierte ihn. Sie und die Wölfe – *wir* – stellten uns der Übermacht. Den Jägern. Endlich war der Moment gekommen, in dem auch der Rat sah, wer mein Vater tatsächlich war – und dass die Werwölfe in dieser Geschichte nicht die blutrünstigen Monster waren.

»Es ist vorbei, Robert. Die Wölfe waren nie das Problem, die Jäger sind es.«

Doch für meinen Vater war es noch nicht vorbei. Er verließ den Schutz der Jäger, trat hervor und richtete die Waffe auf Eliza. Ein Werwolf stürzte sich auf ihn, gleichzeitig löste sich ein Schuss, der sein Ziel verfehlte. Ich hörte den Schmerzensschrei meines Vaters und tat automatisch einen Schritt auf ihn zu, als der Werwolf seine Zähne in seinem Arm versenkte. Alles ging so furchtbar schnell. Ganz instinktiv wollte ich ihm, trotz allem, was er getan hatte, helfen. Ezra griff nach meiner Hand. Meine Krallen zogen sich zurück und wahrscheinlich auch das Gelb in meinen Augen.

»Legt die Waffen nieder!«, sagte Eliza mit erhobener Stimme und sah zu den Jägern, die von den Wölfen umzingelt wurden. Es war eine skurrile Situation, selbst mein Vater, der zu Boden gegangen war, wurde von zwei Wölfen flankiert.

»Es gibt keinen Grund, uns zu bekämpfen. Wir sind Lebewesen, Menschen, genau wie ihr.« Eliza schloss für den Bruchteil eines Herzschlags die Augen, und als sie sie wieder öffnete, waren sie gelb. Ein Raunen ging durch die Jäger, und es war Niall, der mechanisch den Kopf schüttelte.

»Das kann nicht sein«, hörte ich ihn perplex flüstern.

»Wir sind Wölfe bei Vollmond, aber Menschen an jeglichen anderen Stunden und Tagen. Vielleicht sind sogar wir diejenigen, die zivilisierter sind, als ihr Jäger es seid, schließlich tun wir alles, um an Vollmond nicht die Kontrolle zu verlieren, während ihr losrennt und uns umbringen wollt. Keiner von uns wird böse geboren. Es ist die eigene Entscheidung, welchen Weg man wählt, und ich stehe für den Weg ein, der die Wölfe in ein ebenso friedliches Leben führt, wie jeder einzelne Mensch es hat. Crescent Hill kann mehr als der Hass gegenüber dem Übernatürlichem sein. *Wir* können eine Gemeinschaft sein.«

Eine Gänsehaut überzog meinen Körper, als Eliza endete. Sie hatte recht. So sollte Crescent Hill sein, eine Gemeinschaft.

Die ersten Jäger steckten ihre Waffen ein oder warfen sie vor sich auf den Boden. Unter ihnen Dax, der mir verschwörerisch zuzwinkerte. Insgesamt gab es einige in den Reihen der Jäger, die merklich zufrieden aussahen. Nicht so Feli. Sie war zornbleich und funkelte mich an, streckte aber die Hand aus und ließ ihren Dolch fallen.

Das war alles, was für den Moment zählte.

Die Ratsmitglieder scharten sich um Eliza und bestürmten sie mit Fragen, an vorderster Front ihr Bruder, Bürgermeister Shawn McIntyre. Ich lauschte ihnen nur mit halbem Ohr, verstand aber immerhin so viel, als dass sie begriffen hatten, von meinem Vater manipuliert worden zu sein. Sie schienen allzu bereit für die neue Gemeinschaft, die Eliza proklamiert hatte. Mein Herz wurde leicht.

Wir hatten es geschafft. Oder? Ich wagte es, mich umzusehen. Entdeckte Jäger, die ungläubig auf Wölfe zugingen, tot geglaubte Familienmitglieder wiedertrafen.

Ich hockte vor Ezra, der erschöpft auf einer Bank Platz genommen hatte, und besah mir seine Wunde am Bein. »Geht es dir gut?« Sanft umschloss ich sein Gesicht mit meinen Händen, lehnte meine Stirn an seine. »Ich hatte solche Angst um dich.«

»Es ist alles okay, wir haben es geschafft, hörst du? Wir werden frei sein«, flüsterte er ebenso leise wie ich und beugte sich vor, um mir einen sachten Kuss auf den Mund zu geben. »Als ich im Forschungstrakt gefangen war, habe ich Jamie gefunden.«

»Jamie lebt?«

»Ja. Er wurde in der Blutnacht von den Jägern mitgenommen und eingesperrt. Er lebt, Maya. Es wurden Experimente an ihm durchgeführt, doch Jamie ist am Leben.«

Mein Herz krampfte sich zusammen. Hoffnung, Erleichterung und Glück strömten durch mich hindurch, und ich konnte die ganzen Emotionen kaum greifen. Ich schüttelte den Kopf und stieß ein Lachen aus, doch nach dem ersten Moment purer Euphorie verstand ich erst, was Ezra gesagt hatte.

Jamie lebte!

Doch an ihm waren Experimente durchgeführt worden.

»Ich muss unbedingt zu ihm.«

»Maya.« Eliza trat zu mir. »Dafür ist jetzt keine Zeit. Ich habe Leute, die sich um die Gefangenen im Forschungstrakt kümmern. Du solltest erst mal zu ihm.« Sie nickte zu meinem Vater, der mit schmerzverzerrtem Gesicht am Boden saß. Er würde zweifelsohne von den Wölfen getötet werden. Aber hatte er nicht genau das verdient?

Eliza schien mein Zögern richtig zu deuten. »Das ist deine letzte Möglichkeit, mit ihm zu reden. Niemand zwingt dich dazu, aber bedenke, dass er sterben wird.«

So wenig wie ich es wahrhaben wollte – sie hatte recht. Vater würde sich niemals verwandeln lassen. Er würde sterben. Also nickte ich. »Gibt es einen Ort, an dem ich mit ihm reden kann? Allein?«

»Ich halte das für keine gute Idee«, wandte Ezra ein.

Eliza zögerte. »Wir könnten ihn in die Trainingshalle bringen, damit ihr …«

»Nein«, sagte ich. »Die Akademie hat unser Leben bestimmt, sie hat es zerstört!« Ich sah hoch zum weißen Prunkbau, den Kuppeltürmen und Fenstern der Akademie, die mich so viel gekostet hatte. Ich hasste diesen Ort. Ich hasste ihn!

»Okay«, sagte Eliza. »Fahr nach Hause.«

»Aber …«, protestierte Ezra erneut.

Doch Eliza hob eine Hand. »Zwei meiner Leute werden euch folgen und vor dem Haus Posten beziehen. Ruf sie, solltest du Hilfe brauchen.«

»Er ist mein Vater«, flüsterte ich.

Eliza lächelte schwach. »Und trotzdem werden sie dort sein, falls du sie brauchst. Das ist die Bedingung, unter der du ihn mitnehmen kannst.«

Ich nickte, und Eliza gab sofort die nötigen Anweisungen. Sie erntete einige unverständige Blicke seitens der Wölfe, die nicht verstehen konnten, dass sie den Erzfeind einfach so ziehen ließ.

»Was sollen wir machen?«, fragte sie einen von ihnen. »Ihn foltern, wie er es mit uns getan hat? Ihn wegsperren und einsam krepieren lassen? Nein, wir sind besser als das. Wir sind besser als er! Wir zeigen Gnade. Er darf heimgehen und im Kreis seiner Familie sterben. Denn sterben wird er, und das ist Strafe genug.«

Und damit war alles gesagt. Ezra griff nach meiner Hand. »Schaffst du das?«

Gab es eine andere Möglichkeit? Ich nickte und sagte: »Hilf Eliza und lass dein Bein versorgen, okay?« Ehe ich gehen konnte, zog er mich an sich und küsste mich. Es fiel mir schwer, ihn hierzulassen, um meinen Vater nach Hause zu bringen. Es war verrückt, dass es erst wenige Stunden her war, seit wir in die Akademie gefahren waren. Für mich fühlte es sich an, als wäre dazwischen so unheimlich viel passiert, dass Tage dazwischenliegen mussten. Doch die Sonne war noch nicht einmal untergegangen.

Ich wollte meinem Vater aufhelfen, doch er wehrte sich gegen mich.

»Ich mache das«, mischte sich eine Stimme unter seinen Fluch, und schon war Niall an seiner Seite und brachte ihn zum Wagen.

Ich nahm den Autoschlüssel entgegen, den Niall aus der Jacketttasche meines Vaters fischte, und schloss den Wagen auf, damit Niall ihn auf den Beifahrersitz verfrachten konnte.

Als die Tür mit einem Knall zuschlug, drehte sich Niall zu mir um. Er sah völlig verloren aus. »Ein Teil von mir will dich töten, ist dir das klar?«, fragte er.

»Es tut mir leid, Niall. Aber der Teil in dir, der mich nicht umbringt, das ist der, an dem du festhalten musst. Das alles muss ein Ende haben.«

»Nicht, ich … Ich kann das nicht. Das alles …« Er ließ den Satz unvollendet in der Luft hängen.

»Es ist okay, wenn du Zeit brauchst.« Ich ahnte, wie er sich fühlte. Es riss einem den Boden unter den Füßen weg, wenn man erfuhr, dass nahestehende Personen ganz anders waren, als man dachte.

»Hey, warte!« Dax kam auf uns zugelaufen. »Ich hab gehört, was du vorhast. Du willst ihn heimbringen? Zu deiner Mutter? Nur über meine Leiche, Cavanaugh. Oder ich komme mit. Nur zur Sicherheit. Du hast die Wahl, Kleine.«

Niall beäugte Dax skeptisch. »Seit wann seid ihr Freunde?«

»Seit wir beide die Wölfe unterstützen, McIntyre.«

Ich nickte ihm zu. »Lass uns fahren, Dax.«

Wir stiegen in den Wagen, er hinten, ich vorn, und fuhren, verfolgt von Elizas Leuten, nach Hause. Mein Vater sagte die Fahrt über kein Wort. Er war seit seiner Jugend darauf versessen gewesen, Werwölfe zu töten. Und jetzt saß er neben mir, seiner Wolfstocher, in einem Auto und war so furchtbar still. Ich fürchtete und hoffte zugleich, dass er etwas sagen würde. Auch wenn ich ahnte, was ihm auf der Zunge brannte.

Als wir zu Hause ankamen, öffnete meine Mutter die Tür. Sofort schossen ihr die Tränen in die Augen, als sie meinen Vater und das Blut an seinem Arm sah. Sie half ihm zusammen mit Dax ins Wohnzimmer, und ich blieb unschlüssig auf der Schwelle stehen. Was sollte ich jetzt tun? Hierbleiben, reingehen? Einfach wieder wegfahren?

Ich wusste es nicht. Also ging ich zurück zum Wagen und lauschte dem Schluchzen meiner Mutter, das durch die geöffnete Tür hinausdrang. Ich dachte daran, dass ich ihm helfen konnte. Dass er zu einem Werwolf werden und am Leben bleiben konnte. Wenn er denn wollte.

Dax kehrte zurück. »Wie geht's dir? Kann ich irgendwas für dich tun?«

Ich lehnte mich machtlos gegen die Motorhaube des Wagens. Ein Teil von mir versuchte, das alles nicht zu nah an mich heranzulassen. Dieser Teil sah all die schlechten Seiten an meinem Vater, rief mir ins Gedächtnis, was er mir angetan hatte. Doch ein anderer, kleinerer Teil sagte mir, dass es hier um meinen Vater ging. Auch wenn er mich nicht gut behandelt hatte, so war er doch mein Vater. Ich hatte nur diesen einen und war mir nicht sicher, ob ich seinen Tod verkraften konnte.

»Ehrlich gesagt, keine Ahnung. Ich weiß nicht, was ich empfinde, ich weiß nicht, wie ich gerade mit der Situation umgehen soll.«

Dax lehnte sich neben mich. »Ich wünschte, ich könnte dir helfen, Cavanaugh.«

»Wow, die Zeiten haben sich echt verändert.« Wie skurril war es bitte, dass ausgerechnet Dax nun hier bei mir stand und mich unterstützte, während mein Vater an einem Werwolfbiss zugrunde ging?

»Nicht nur die, auch wir haben uns verändert, Maya. Und ich glaube, in den nächsten Tagen und Wochen werden große Dinge auf uns zukommen, die uns ebenfalls prägen werden.«

Als meine Mutter zur Haustür kam, stieß ich mich vom Wagen ab. Ihr Gesicht zeigte Tränenspuren, ihre Augen waren gerötet.

»Er möchte mit dir sprechen, Maya«, sagte sie und schniefte. Meine Kehle wurde trocken, und ich fürchtete mich vor dem, was nun auf mich wartete.

»Soll ich mit dir kommen?« Dax war wie ein Wachhund an meiner Seite.

»Gib mir fünf Minuten mit ihm allein, okay?«

Er nickte. »Eine Sekunde länger und ich stürme das Haus. Vergiss nicht, wer er ist.«

Mechanisch tat ich einen Schritt nach dem anderen, bis ich vor meiner Mutter stand.

»Weißt du es?«, fragte ich leise und sah sie an.

»Ja«, flüsterte sie gebrochen.

Ich wollte die Hand heben und sie ihr auf die Schulter legen, ihr sagen, dass es mir gut ging, doch ich schaffte es nicht. Ich erwiderte bloß das Nicken, ehe ich an ihr vorbei ins Wohnzimmer ging, wo mein Vater in einem Sessel saß. Bereits von hier konnte ich die Schweißperlen auf seiner Stirn sehen, das Fieber kochte bereits in ihm.

Ich zog mir den Hocker heran und ließ mich darauf sinken. Kurz betrachtete ich das blasse Gesicht meines Vaters. Ich nestelte an meinen Fingern, suchte nach dem Mut und stand schließlich doch wieder auf, um aus der Küche ein Glas zu holen. Mit klopfendem Herzen sah ich auf mein Handgelenk, ehe ich die Wölfin in mir rief und hineinbiss. Blut quoll aus der Wunde, und ich ließ es in das Glas tropfen, ehe sich die Stelle wieder verschloss. Ich nahm ein Tuch und wischte mir über das Handgelenk, dann ging ich zurück zu meinem Vater und stellte das Glas vor ihm auf dem Couchtisch ab.

»Du weißt, dass ich dir helfen kann«, flüsterte ich und blickte auf das Glas. »Du könntest dich verwandeln und so überleben. Du … du musst nicht sterben.«

»Nein«, erwiderte er mit brüchiger Stimme und hustete. »Ich werde nicht zu dem werden, was ich am meisten hasse.«

Vor mir saß nicht mehr der große Kämpfer. Er war nicht mehr der Mann, der in seiner Jugend den Angriff eines Wolfsrudels als Einziger seiner Familie überlebt hatte. Er war ein gebrochener Mann, einer, der von der Last auf seinen Schultern niedergedrückt worden war und das Gewicht nun nicht mehr tragen konnte.

»Es waren geborene Werwölfe, die das Haus meiner Familie heimgesucht haben«, sagte er. Sein Blick war in weite Ferne gerichtet. Als wäre er gar nicht mehr im Hier und Jetzt.

Ich kannte die Geschichte nicht in allen Details, wusste nur, dass er noch jung gewesen war. Wie genau seine Familie gestorben war, wusste ich nicht.

»Ich war vierzehn, als sie meine ganze Familie abgeschlachtet haben. Meine Mutter, meine Brüder und meine kleine Schwester. Ich wollte meinen Vater retten, doch ich kam zu spät. Deswegen hasse ich die Werwölfe. Weil sie mir alles genommen haben …« Er holte röchelnd Luft, ehe er mich ansah. Sein Blick wurde beinahe weich, und ich musste unweigerlich mit den Tränen kämpfen. Die Skepsis war vergessen, als er die nächsten Worte sagte:

»Doch jetzt sehe ich dich an und sehe eine tapfere, starke und wunderschöne junge Frau. Ich kann keine Bestie sehen, selbst wenn ich es wollte.«

»Die Wölfe sind auch keine Bestien, Vater«, flüsterte ich und griff nach seiner Hand. Sein Zustand ging mir nahe, und ich wünschte verzweifelt, dass er zuließ, dass ich ihm half.

»Wie ist es passiert?«, fragte er. »Und wann?«

Ich sammelte all meinen Mut und erzählte ihm, wie ich gebissen worden war und mich dank Ezras Hilfe verwandelt hatte. Es fühlte sich komisch an, offen mit ihm zu sprechen, ihm zu erzählen, was geschehen war. Ich spürte, wie er meine Hand leicht drückte. Es war ein so schwacher Druck, dass ich ihn mir auch hätte einbilden können. Das Wolfsfieber raffte die Menschen binnen Stunden dahin.

»Ich akzeptiere es, Maya«, erwiderte er.

Ungläubig runzelte ich die Stirn. »Was?«

»Ich akzeptiere, was du bist. Und wen du liebst. Das ist jetzt dein Leben, aber es kann niemals meins sein. Ich werde aber trotzdem nicht an diesem verdammten Wolfsfieber sterben. Nicht so.« Er richtete sich schwerfällig auf und seine Hand entglitt meiner. Dann deutete er mit einem Finger auf die Kommode, die in der Ecke des Zimmers stand. Wortlos stand ich auf und zog die oberste Schublade auf. Darin lag eine Pistole. Mein Herz setzte aus.

»Nein!«

»Ich werde so sterben, wie ich es will, Maya.«

Ganz gleich, was er mir angetan, wie er mich behandelt hatte – der Schmerz über seinen vermeidbaren Verlust fraß sich durch meine Brust.

»Sei so gut und reiche sie mir«, forderte er, nachdem er tief ausgeatmet hatte. Seine Lunge hörte sich mit jedem Atemzug schlechter an.

Auch wenn es das Schwerste war, was ich jemals tun musste, nahm ich die Waffe aus dem Schrank und brachte sie ihm. Ich konnte es verstehen, selbst wenn ich es nicht guthieß, wenn ich nicht wollte, dass es geschah. Mein Vater war Robert Cavanaugh – er war ein Kämpfer, ein Jäger, ein starker, rigoroser Mann. Er würde sich nicht vom Wolfsfieber umbringen lassen. Er würde dem Tod so ins Gesicht blicken, wie er es wollte.

Er sah auf die Waffe in seinen Händen, strich fast schon ehrfürchtig mit den Fingern über das kalte Metall.

»Ist dir eigentlich bewusst, wie sehr du dich nach väterlicher Liebe sehnst?« Seine Stimme war sanft, beinahe schon eine Spur spöttisch. Eine Gänsehaut kroch meine Arme empor.

»Du … du bist mein Vater, natürlich will ich …«

»Dass ich dich liebe und akzeptiere?«

Das »Ja« blieb mir im Hals stecken.

»Du bist so naiv, Maya. Deshalb hatten die Wölfe so leichtes Spiel mit dir. Deshalb hat dich dieser Hund Ezra McLeod auch verführen können. Du glaubst an das Gute im Menschen, selbst jetzt noch. Selbst jetzt.«

»Aber …«

»Ich war nie gut, Maya.« Er sah mich an, fixierte mich mit diesen eiskalten Augen. »Und ich kann niemals akzeptieren, was du bist. Ein Monster. Eine Kreatur, die getötet werden muss. Du bist eine Abscheulichkeit.«

Ehe ich es richtig verstand, hatte er bereits die Waffe auf mich gerichtet.

Kurz bevor der Schuss ertönte, nahm ich eine Bewegung wahr.

»Nein!«, schrie meine Mutter, stürzte zu meinem Vater und versuchte ihm die Waffe abzunehmen. Ich wollte reagieren, doch es war zu spät. Ich spürte die Wucht und den Schmerz der Kugel, die sich durch meinen Bauch fraß. Doch ich war so perplex, dass mein Verstand es nicht verarbeiten konnte, erst als ich an mir heruntersah, erblickte ich das Blut, das sich rasend schnell auf meiner Kleidung ausbreitete, und verstand, dass er tatsächlich auf mich geschossen hatte.

»Maya!« Dax.

Ich keuchte, meine Beine gaben nach und ich fiel auf die Knie.

»Du tötest mich?«, brachte ich hervor, doch die Schwärze zerrte bereits an meinem Blickfeld.

»Ich werde mein Leben lang Werwölfe töten.«

Die Bewusstlosigkeit kam so schnell über mich, dass ich nicht mal mehr bemerkte, wie ich zu Boden ging. Mein Herz schlug wie verrückt.

Etwas splitterte, meine Mutter schrie, dann wurde alles schwarz.

30
Maya

Ich war der Überzeugung, dass ich starb.

Immer mal wieder meinte ich wach zu werden, mal spürte ich nichts, dann wieder einen heißen Schmerz, und dann war da völlige Schwärze. Weil ich starb.

Oder nicht?

Ich wusste es erst, als mein Verstand sich langsam, aber sicher aus der Bewusstlosigkeit befreite, als ich das stetige Piepen eines Monitors erkannte und eine Hand meine fest umschloss. Ich wusste, dass Ezra bei mir saß, ohne dass ich die Augen öffnen musste. Das Band in meinem Inneren reckte sich ihm entgegen.

»Du bist wieder da«, flüsterte er heiser, und ich merkte, wie sich die Matratze senkte und Finger über meine Stirn strichen.

Ich nahm all meine Kraft zusammen und öffnete die Augen. Das Licht blendete mich, war aber zum Glück keine grelle Neonröhre, sondern nur eine kleine Nachttischlampe links von mir. Ich blinzelte, ehe ich Ezra klar vor mir sah.

»Hey«, krächzte ich.

»Ich dachte, ich hätte dich verloren.« Er brachte nur ein raues Flüstern zustande, er klang erstickt, fast als würde er mit den Tränen kämpfen.

Ich tastete fahrig nach seiner Hand, um seine Wärme zu spüren und die Kälte in meinem Inneren zu vertreiben.

»So schnell wirst du mich nicht los. Was ist passiert?«

Ezra klärte mich auf. Meine Kehle wurde staubtrocken. Und tatsächlich kamen die Bilder zurück, wie mein eigener Vater die Waffe auf mich gerichtet und abgedrückt hatte.

Automatisch fasste ich mit der Hand an meinen Bauch, kurz unterhalb der Brust, wo er mich getroffen hatte. Ich erinnerte mich an den Schmerz, den das Silber ausgelöst hatte.

»Er hat wirklich versucht, mich zu töten, oder?«, fragte ich heiser, obwohl die Antwort längst klar war. Natürlich hatte er das versucht. Sogar in den letzten Stunden seines Lebens war er so mit Hass gegen die Werwölfe erfüllt gewesen, dass er seine eigene Tochter umbringen wollte.

Ich spürte die erste heiße Träne meine Wange hinablaufen.

»Er hat es aber nicht geschafft, okay? Deine Mutter und Dax haben dich gerettet. Maya, du bist hier. Du bist am Leben. Nichts kann dich umbringen.« Ezra umfasste mein Gesicht mit den Händen und strich zaghaft mit dem Daumen über meine Wange. Seine Nähe brachte mir eine innere Ruhe, eine, die ich nur bei ihm empfinden konnte. »Er wird dir nie wieder wehtun können.«

Trotz allem bildete sich ein Knäuel in meinem Magen, als er diese Worte sagte. Es war mir klar gewesen, dass mein Vater sterben würde, vielleicht sogar schon gestorben war. Doch die Worte laut ausgesprochen zu hören machte es erst real.

»Übrigens sind ein paar Leute hier, die dich gern sehen wollen.« Ezra lächelte.

»Lass sie rein«, bat ich.

Bevor er von meiner Bettkante aufstand, beugte er sich vor und drückte seine Lippen auf meine. Ich spürte dank des Bandes tief in mir, dass alles wieder gut werden würde. Ezra musste nur an meiner Seite sein.

Eigentlich wollte ich ihn überhaupt nicht gehen lassen, dennoch verließ er das Zimmer, um wenig später mit meinen Freunden wiederzukommen. Sophie war die erste, die hereinkam und sofort in Tränen ausbrach.

»Ich dachte du würdest sterben«, schluchzte sie und warf sich mir in die Arme. Ich stöhnte, weil ich das Ziehen der Wunde spürte, doch ich stieß meine beste Freundin nicht von mir. Ich wollte gerade etwas sagen, da schob sich die Tür noch einmal auf und niemand Geringeres als Jamie trat vorsichtig ins Zimmer.

»Jamie? O Gott, du bist hier.« Ein Schluchzen bahnte sich den Weg aus meiner Kehle, und Jamie war in wenigen Schritten bei mir. Ich schlang die Arme um seinen Hals und ließ den Tränen freien Lauf, als sein vertrauter Duft mich umfing.

»Es tut mir alles so leid«, flüsterte Jamie erstickt.

»Es ist okay, alles ist gut. Du lebst, Jamie.«

»Wir leben beide.«

Sogar Dax und Melissa besuchten mich, um sich zu vergewissern, dass es mir gut ging, doch ich spürte, wie sich meine Kraft dem Ende neigte. Ich war müde und ausgelaugt und sehr, sehr glücklich. Jamie lebte, Ezra war unversehrt und die Wölfe waren frei.

Auf Kosten des Lebens meines Vaters.

»Okay, ich denke, es ist besser, wenn wir sie ein wenig in Ruhe lassen«, sagte Ezra, als er merkte, dass ich nicht mehr konnte. Er scheuchte meine Freunde hinaus, versprach mir aber im selben Zug, gleich wiederzukommen. Eine Schwester sah in der Zwischenzeit nach mir und fragte, wie es mir gehe, ehe sie mir mitteilte, dass der Arzt am kommenden Morgen mit mir sprechen wolle.

Und dann war ich ganz allein, und als die Tür ins Schloss fiel, atmete ich tief durch. Der Trubel war auf einen Schlag vorbei, und mein Kopf begann automatisch die Dinge zu verarbeiten. Zu zerdenken.

Mein eigener Vater hatte mich töten wollen. Es passte zu ihm, natürlich. Vielleicht hätte ich es mir denken sollen. Doch als er mit mir gesprochen hatte, mir gesagt hatte, dass er in mir kein Monster sehe, da hatte ich ihm geglaubt. Ich hatte die verräterische Hoffnung in meinem Inneren gespürt, weil er mich endlich zu akzeptieren schien.

Doch das war nur eine miese Lüge seinerseits gewesen, um mich in Sicherheit zu wiegen.

Es brachte nichts, mir jetzt den Kopf darüber zu zerbrechen, denn mittlerweile hatte das Fieber ihn sicherlich zugrunde gerichtet. Mein Vater würde mich nie wieder schikanieren können. Und der größere Teil von mir war froh darüber. Ich spürte, wie sich der Knoten in meiner Brust löste, einfach weil ich wusste, dass er mich nicht mehr unterdrücken konnte.

»Hey, so in Gedanken?«, fragte Ezra sanft, als er zurückkehrte. Er stellte eine Flasche Wasser auf den Nachtschrank und schlüpfte zu mir unter die Decke.

»Ich habe an meinen Vater gedacht«, gab ich zu und legte den Kopf auf seine Brust. Seinem Herzschlag zu lauschen beruhigte mich und gab mir das Gefühl anzukommen.

»Es tut mir leid, was dir passiert ist. Hätte ich doch bloß verhindert, dass ihr fahrt. Ich weiß, du wolltest es so, aber ich hätte wenigstens mitkommen müssen …« Er stockte und holte tief Luft. »Ich bin nicht da gewesen, als er dich töten wollte. Und das werde ich mir nie verzeihen.«

»Hey, sieh mich an«, bat ich ihn. »Ich gebe dir nicht die Schuld an dem, was passiert ist, hörst du? Mein Vater war so voller Hass gegen die Werwölfe, dass er gar nicht anders hätte handeln können. Auch wenn ich naiv genug gewesen bin, ihm zu glauben, ist es auch nicht meine Schuld. Er hat den Abzug gedrückt, nicht wir. Und wärst du dabei gewesen, hätte er vielleicht dich getötet.«

»Ich hätte dich beschützen müssen«, beharrte er.

»Ich lebe, Ezra. Das ist doch alles, was zählt, oder nicht?« Ich streckte mich, so gut es ging, und küsste ihn, um ihm zu zeigen, dass ich ihm niemals die Schuld geben würde. Er erwiderte den Kuss zaghaft, dann löste ich mich von ihm und legte den Kopf wieder auf seiner Brust ab. »Ich liebe dich. Ganz egal, was auch kommen mag, vergiss das bitte nie.«

Ich spürte, wie er einen Kuss auf mein Haar setzte. Auch wenn der Moment nicht perfekt war, weil ich im Krankenhaus lag, so hatte er doch etwas von Perfektion. Denn ich brauchte nur Ezra, um wahrhaftig glücklich zu sein.

Das Gute daran, ein Werwolf zu sein, war mein Heilungsprozess. Die Wunde verheilte sehr viel schneller, als sie es bei einem Menschen getan hätte, und so konnte ich bereits nach wenigen Tagen das Krankenhaus verlassen. Ich packte gerade meine Tasche, als es an der Tür klopfte.

»Herein.« Ich ging davon aus, dass es Ezra war, doch als ich mich umdrehte, stand ich Feli und Dax gegenüber.

»Felicity«, stellte ich überrascht fest.

»Ich wollte sehen, wie es dir geht.«

Ich verschränkte die Arme vor der Brust, wusste nicht so ganz, wie ich mich verhalten sollte. »Gut. Ich lebe.«

Sie hatte zu meinem Vater gestanden, als es um mein Leben gegangen war, statt zu mir – ihrer Freundin. Feli war durch und durch eine Jägerin, und ich war mir nicht sicher, inwieweit sie das so ablegen konnte. Vielleicht niemals.

»Ja, zum Glück. Als ich gehört habe, dass dein Vater dich angeschossen hat und du im Krankenhaus liegst, wollte ich direkt herkommen. Ich wusste nicht, ob du mich sehen willst.«

»Was hat sich geändert?«

Sie deutete zu Dax. »Er hat mich überredet, über meinen Schatten zu springen, und darauf bestanden, als Wachhund mitzukommen.«

»Ich habe einmal den Fehler gemacht und dich mit einem Jäger allein gelassen, das passiert mir kein zweites Mal.« Er zwinkerte mir zu, wirkte aber ehrlich zerknirscht. »Dennoch … ihr solltet reden. Schließlich seid ihr Freundinnen.«

Dax überraschte mich immer wieder, und ich nahm mir vor, ihm später dafür zu danken.

Jetzt richtete ich den Blick auf Feli. »Du weißt, dass ich ein Werwolf bin.«

»Ja. Vielleicht habe ich deswegen auch so lange gezögert.« Feli schob die Hände in die Taschen ihrer Jeans. Als sie einen Schritt auf mich zukam, wich ich automatisch zurück, während Dax ihr folgte. Keiner von uns beiden traute ihr. Ich versuchte mir zu sagen, dass Feli nicht wie mein Vater war, doch das, was er mir angetan hatte, war noch zu frisch.

»Ich will dir nichts tun, Maya.«

Dennoch ließ ich sie nicht aus den Augen. »Absurderweise würde ich es sogar verstehen. Wölfe haben deinen Vater getötet, aber nur, weil die Jäger immer die Ersten waren, die angegriffen haben.«

Feli schürzte die Lippen. »Das ist auch etwas, was ich nicht so schnell vergessen werde. Aber wenn das Töten aufhört, dann versuche ich diesen Weg zu gehen. Nur bin ich nicht sicher, ob es für mich richtig ist, in Crescent Hill zu bleiben.«

»Du überlegst zu gehen?« Eigentlich hätte es mich nicht überraschen dürfen. Feli war schon immer jemand gewesen, der vor Problemen floh, sei es wegen der Erwartungshaltung ihrer Eltern oder wegen ihres Ex-Freundes Niall in Paris. Sie ging, wenn es brenzlig wurde. Es war nur logisch, dass sie auch jetzt das Weite suchte.

»Ja, schätze schon. Ich wünsche dir nur das Beste, Maya. Und ich hoffe, dass du glücklich wirst.« In ihrem Lächeln lag Trauer, doch ich hielt sie nicht auf, als sie ging. Beinahe rannte sie dabei in eine Krankenschwester. Dann war sie fort, meine Freundin und Vertraute. Ich hoffte sehr, dass ich sie eines Tages unter besseren Umständen wiedersehen konnte.

»Soll ich dich heimbringen?«

»Bitte, ja. Ich will hier so schnell wie möglich raus.«

Während der Fahrt herrschte Stille zwischen uns, die mir irgendwie unangenehm vorkam.

»Danke, dass du mit ihr ins Krankenhaus gekommen bist«, brach ich das Schweigen schließlich.

»Gern, Cavanaugh. Du hast für unsere Sache beinahe mit deinem Leben bezahlt. Ich bin froh, dass es nicht so gekommen ist.«

»Möglicherweise ist das das Netteste, was du jemals zu mir gesagt hast.«

Er schmunzelte. »Tja, du kennst noch nicht alle Seiten von mir.«

»Ich glaube, das will ich auch gar nicht. Es wäre doch total seltsam, wenn wir jetzt Freunde wären, oder?«

»Gar nicht auszudenken, wie seltsam! Ich will mir nicht vorstellen, so tun zu müssen, als würde ich dich mögen!«

»Gott bewahre«, erwiderte ich und stimmte in sein Lachen mit ein. Es tat gut, mit Dax rumzuwitzeln. Er war längst zu einem Verbündeten und zu einem Freund geworden.

»Keiner von euch hat mit mir bisher über meinen Vater gesprochen. Oder über sonst irgendetwas, was in Crescent Hill los ist. Was ist die letzten Tage passiert, Dax?«

»Sie haben deinen Vater vor ein paar Tagen in den Rockys gefunden. Das Fieber hat ihn getötet. Eliza lässt sich zur Wahl aufstellen und will die Akademie schließen. Es herrscht sehr viel Umschwung und Trubel in der Stadt, doch ich denke, dass es den Bewohnern guttun wird.«

»Wird es. Es ist längst überfällig, dass die Wölfe nach Hause zurückkehren.«

»Soll ich mit reinkommen?«, fragte er, als wir an der Villa angekommen waren. Ich starrte auf das Gebäude. Wie würde es sich anfühlen, dort zu sein? Würde ich Panik bekommen? Würden alle Erinnerungen wieder auf mich einprasseln? Oder würde ich mich einfach leer fühlen?

»Nein, ich schaffe das schon, danke. Wir sehen uns, Dax.«

Ich stieg aus und ging mit butterweichen Knien ins Haus. Es war, als würde ich den Schuss erneut hören, und ich legte automatisch eine Hand auf meinen Bauch. Der Sessel im Wohnzimmer, in dem mein Vater gesessen hatte, stand noch an derselben Stelle, dafür war der Teppich fort. Das Blut war ebenfalls verschwunden, vermutlich hatte meine Mutter alles gründlich säubern lassen.

Ich riss mich von dem Anblick los, trat in die Küche und stellte mit zitternden Fingern die Kaffeemaschine an. Das Geräusch beruhigte meine Nerven sofort, denn es hatte etwas von Routine, von Alltag. Von Normalität.

Erst jetzt fiel mir der Zettel auf, der auf der Theke lag.

Maya,
ich halte es hier nicht mehr aus. Der Tod deines Vaters nimmt mich mehr mit, als ich je gedacht hätte. Dennoch, ich hätte es mir nie verziehen, wenn ich nicht eingegriffen hätte, ganz egal, was du bist.
Ich gehe für eine unbestimmte Zeit nach New York zu meiner Schwester.
Es tut mir leid
Lucia

Ich spürte, wie mein Herz schwer wurde. Deswegen war sie nicht im Krankenhaus gewesen. Ich hatte mich bereits gefragt, wann oder ob sie mich überhaupt besuchen würde. Mein Gefühl hatte mir gesagt, dass sie nicht kommen würde – und es hatte recht behalten. Denn sie war gar nicht mehr hier.

Ich zerknüllte den Brief und warf ihn fort. Das also waren meine Eltern. Mein Vater tot, meine Mutter entzog sich jeglicher Verantwortung und sorgte für ihr eigenes Seelenheil am anderen Ende des Kontinents. Es war so typisch.

Als es dunkel wurde, kuschelte ich mich mit einem Kaffee auf die Couch und schaltete Netflix ein. Mein Blick fiel auf die Berge, auf das wunderschöne Panorama. Im Krankenhaus hatte ich gehört, dass mein Vater dorthin geflohen war. Wieso also war er in die Rockys gelaufen, wieso hatte er nicht hier im Haus auf den Tod gewartet? Oder wollte er nicht, dass die Stadt ihn als etwas anderes als den eiskalten, übermächtigen Jäger in Erinnerung behielt? Übermächtig, das war er nicht mehr gewesen. Nur verbohrt und schwach und verloren.

Meine Gedanken wurden unterbrochen, als es an der Tür klingelte. Ich ächzte, als beim Aufstehen ein Ziehen durch meinen Körper ging, doch ich lief zur Tür und öffnete sie. Es war Sophie, die eine Kuscheldecke in der Hand hielt und einen Korb voller Leckereien.

»Überraschung. Du hast dich nicht mehr gemeldet, und ich habe mir Sorgen gemacht. Was hältst du von einer Pyjamaparty?«

»Du kommst genau zur richtigen Zeit«, erwiderte ich und ließ sie hinein. Gemeinsam fläzten wir uns auf die Couch, sahen einen schnulzigen Liebesfilm nach dem anderen, und ich konnte endlich zu einhundert Prozent ehrlich sein und meiner besten Freundin alles erzählen.

Zwei Tage vergingen, bis ich es nicht mehr aushielt, in diesem großen, leeren Haus allein zu wohnen. Deswegen meldete ich mich bei Sophie für einen Langzeitbesuch an. In der Villa war zu viel geschehen. Ich tat in den Nächten kein Auge zu, nicht mal, wenn Ezra da war.

Ich war gerade dabei zu packen, als mich ein Luftzug streifte. Ich drehte mich um und stand Ezra gegenüber.

»Was machst du?«, fragte er.

»Ich packe meine Sachen. Das alles fühlt sich ohnehin nicht nach zu Hause an.«

»Und wo willst du hin?«

Verwirrt runzelte ich die Stirn. »Sophie nimmt mich für ein paar Tage auf, und dann mal sehen. Vielleicht suche ich mir eine Wohnung. Alles ist besser, als hier allein zu sein.«

Ezra ging ein, zwei Schritte rückwärts und setzte sich auf mein Bett. »Zieh zu mir.«

Diese drei einfachen Worte ließen mein Herz so viel höherschlagen. Es überschlug sich vor Freude.

»Also nur übergangsweise, falls es nichts für dich ist. Wir können dann immer noch nach einer Wohnung für dich suchen, und –«

Ich legte ihm meinen Zeigefinger auf die Lippen und beugte mich zu ihm. »Das ist perfekt«, flüsterte ich. »Ich würde liebend gern zu dir ziehen.«

Die Unsicherheit verflog und Ezras Miene hellte sich auf. Das Band in meinem Inneren surrte zufrieden, und ich ließ mich von Ezra in eine stürmische Umarmung ziehen. Ich landete auf seinem Schoß und lachte, er umfasste mein Gesicht und küsste mich.

»Ich liebe dich, Maya Cavanaugh.«

»Und ich liebe dich, Ezra McLeod.«

Epilog

Maya

ein paar Wochen später

Schnee knirschte unter meinen Füßen, und die Luft war eisig kalt. Mein Atem kondensierte, sobald ich ihn ausstieß, und ich stand einen Moment einfach nur da. Der See, der vor mir lag, war gefroren, die Bäume rundherum trugen eine dicke Schneeschicht auf ihren Ästen und verwandelten die Gegend hier in den Rocky Mountains in eine traumhafte Winterlandschaft. Hier und da hörte man ganz leise einen Specht gegen einen Stamm klopfen, manchmal zwitscherten Vögel ihr unsicheres Lied auf der Suche nach etwas Essbarem.

Ich blinzelte in den Sonnenuntergang und betrachtete das Farbenspiel am Horizont. Dunkles Orange zog sich über den Himmel, wurde von wenigen Wolken durchbrochen und spiegelte sich glitzernd im Eis und Schnee am Boden wider.

Als ich die Decke enger um meinen Körper schlang, spürte ich Ezras Nähe, und kurz darauf stand er hinter mir und legte die Arme um mich.

»Wunderschön.«

Ich lächelte. »Das ist es.«

Ezra und ich waren bei der Hütte meines Großvaters. Wir brauchten eine kleine Auszeit von den Geschehnissen in Crescent Hill, wollten Zeit für uns haben. Für die anstehenden Weihnachtsfeiertage würden wir zurückfahren und das Fest der Liebe mit unseren Freunden verbringen.

»Ich habe nachgedacht.«

Ich runzelte die Stirn und drehte mich um, als Ezra seine Arme sinken ließ. Er wirkte ernst, das Licht der untergehenden Sonne warf dunkle Schatten auf sein Gesicht. Nur seine bernsteinfarbenen Augen, die mich auch nach Wochen noch magisch anzogen, funkelten.

»Wenn du so anfängst, weiß ich nicht, ob ich hören möchte, was du zu sagen hast«, gab ich zu und konnte nichts gegen das Herzklopfen tun, das seine Worte auslösten. Ich war endlich wahrhaftig glücklich. Was, wenn Ezra jetzt merkte, dass er nicht hierbleiben wollte? Dass es ihn in die weite Welt zog, vielleicht sogar ohne mich?

»Ich habe mich gefragt, ob wir uns nicht ein Haus suchen wollen. Meine Wohnung ist schön, keine Frage, aber ich will etwas Eigenes mit dir. Etwas Großes. Etwas, wo wir sesshaft werden und eine Familie planen können. Jetzt ist nur die Frage, ob du das auch willst.«

Mein Herzschlag hallte in meiner Kehle wider. Für Familienplanung war ich noch zu jung, doch ich wusste, dass Ezra derjenige war, mit dem ich mein ganzes Leben verbringen wollte.

»Ich könnte mir nichts Schöneres vorstellen«, erwiderte ich. Er zog mich ruckartig an sich, was mir ein leises Quietschen entlockte, weil meine Stiefel im Schnee kaum Halt fanden. Doch seine Hände waren da und er hielt mich, als er sich über mich beugte und seine Lippen auf meine presste.

Ich war glücklich. Mehr, als ich je gedacht hatte zu sein.

»Ich liebe dich.«

»Und ich denke, ich muss gleich kotzen«, ertönte eine Stimme hinter uns, und wir beide richteten uns schlagartig auf. Jamie stand mit verschränkten Armen hinter uns, trug jedoch ein Grinsen im Gesicht. »Diese ganze Wolfsverbindungssache ist echt ekelhaft kitschig. Ganz ehrlich, ich glaube, wenn ich euch noch weiter zusehe, muss ich den Inhalt meines Magens wiedergeben.«

Ich prustete los. Mein bester Freund hatte schon immer das Feingefühl eines Elefanten, was er hiermit mal wieder unter Beweis stellte.

»Das Rudel wartet.« Jamie deutete auf den Wald, der sich hinter ihm erstreckte.

»Bereit, mit den Wölfen zu rennen?« Ezras Aufmerksamkeit lag nur auf mir.

»So was von bereit.«

Es dauerte etwas, bis wir tief genug im Wald waren, wo das Rudel auf uns wartete. Die Nacht war über uns hereingebrochen, und auch wenn der Vollmond noch nicht ganz seinen Zenit erreicht hatte, spürte ich bereits die Wölfin in mir. Das Mondlicht fiel auf den Schnee und ließ den Wald sehr viel heller erscheinen als normalerweise. Der Winter war einfach magisch.

Als wir beim Rudel ankamen, leuchteten uns Dutzende gelbe Augenpaare entgegen. Sie alle spürten die Kraft des Mondes und ließen zu, dass dieser sie verwandelte.

Ezra warf mir einen letzten Blick zu, seine Augen schimmerten ebenfalls in dem geisterhaften Gelb, dann begann sich seine Gestalt zu verändern. Innerhalb weniger Sekunden stand kein hochgewachsener Mann mehr vor mir, sondern ein rabenschwarzer Wolf von der Größe eines Bären.

Ich spürte, wie sich mein Körper veränderte, fühlte den kalten Schnee unter meinen Pfoten. Es tat nicht mehr weh, mich zu verwandeln. Bei meiner ersten Vollmondnacht hatte ich noch gedacht, ich müsse sterben. Doch die erste Verwandlung war laut Ezra die schlimmste, und mit jedem Mal wurde es besser. Mein Blick glitt zu Boden, dorthin, wo mein weißes Fell fast mit dem Schnee verschmolz. Wäre ich ein Mensch gewesen, hätte ich jetzt wohl gelacht. Das Gefühl, ein Wolf zu sein, war unbeschreiblich. Anders als die Akademie es uns beigebracht hatte, waren die Wölfe keine Monster. Ich fühlte mich nicht böse oder schlecht. Ich fühlte mich wie die pure Freiheit.

Mein Wolfs-Ich legte den Kopf in den Nacken und heulte den Mond an. Als Erstes stimmte Ezra mit ein, dann folgte das ganze Rudel.

Ezra und ich rannten Seite an Seite.

Ich spürte meinen donnernden Herzschlag, den dumpfen Aufprall meiner Pfoten auf dem Waldboden.

Ich hatte ein neues Kapitel in meinem Leben aufgeschlagen, und ich war mehr als bereit, dieses Buch weiterzuschreiben.

Mit Ezra an meiner Seite. Und dem Rudel.

ENDE

Danksagung

Vielleicht sollte es irgendwann mal leichter werden, eine Danksagung zu schreiben, aber auch bei meinem mittlerweile fünften Buch weiß ich nicht, wo ich anfangen soll.
Eines ist auf jeden Fall klar: Ohne eine Reihe wundervoller Menschen wäre es mir nicht möglich gewesen, die Geschichte von Ezra & Maya zu veröffentlichen. Worte werden diesen Personen mit Sicherheit nicht gerecht, dennoch versuche ich mich mal daran.

Als Allererstes möchte ich mich bei Astrid, meiner Verlegerin und der absolut besten Drachenmutter ever, bedanken. Danke, dass du Potenzial in mir und meinen Geschichten gesehen und mich nicht aufgegeben hast, auch als klar wurde, dass das Lektorat doch weit mehr Arbeit wird als anfangs gedacht. Danke, dass du mir die Zeit gegeben hast, die ich brauchte. Der Drachenmond Verlag war von Beginn an mein großer Autorinnen-Traum, und hier bin ich nun und könnte nicht glücklicher sein.

Julia. Ich weiß sicher, dass kein einziges Wort hier ausreicht, um dir zu sagen, wie dankbar ich dir bin. Das Lektorat war hart, und ich bin mehr als einmal verzweifelt, aber sieh dir an, was aus dem Text geworden ist. Wir haben wirklich das Allerbeste aus der Geschichte herausgeholt, und ich durfte so, so viel von dir lernen. Danke, dass du all deine Erfahrungen und all dein Wissen über das Schreiben mit mir geteilt hast. Danke für die elendig langen Sprachnachrichten, die ich dir immer schicken durfte, danke, dass ich mein Mimimi bei dir ablassen durfte und du dir mein absolutes Gedankenchaos angehört und wieder ein bisschen Struktur reingebracht hast.
Ohne dich wäre diese Geschichte mit Sicherheit nicht das, was sie jetzt ist. Maya & Ezra verdienen genau das. Danke, dass du diesen Weg mit mir gegangen bist!

Mein Dank gilt natürlich auch meinen beiden Testleserinnen – Nessy und Isabel. Danke, dass ihr euch durch zahllose Geschichten von mir lest, mir Feedback gebt und mich immer unterstützt. Danke auch an Francesca, die von Anfang an dabei ist und mir beim Plotten und Austüfteln geholfen hat. Ohne dich und deine Ideen wäre das alles wahrscheinlich nur halb so cool geworden. Ich hoffe, dir gefällt, was aus dem Buch geworden ist. Wir beide sind ein absolutes Dream-Team.

Last, but not least – Tini und Christina. Meine absoluten Lieblingsmenschen. Ich weiß wirklich nicht, was ich in der Lektoratszeit ohne euch gemacht hätte. Ihr habt euch zu jeder Tages- und Nachtzeit (und es gab nicht nur eine Nachtschicht beim Lektorat …) mein völlig fertiges Mimimi angehört, habt euch Textpassagen vorlesen lassen, mich mit Rat und Tat und euren Meinungen unterstützt. Unzählige Whatsapp-Chats, Sprachnachrichten, Telefonate, Boosts von dieser einen bestimmten K-Pop-Band zur … umm … Motivation (you know, Lee know) haben es mir möglich gemacht, dieses Buch zu beenden. Und vielleicht bin ich jetzt endlich, wo wir alle es in den Händen halten können, auch ein tiny bisschen stolz auf mich.

Danke auch an dich.
Du als Leser*in.
Ich hoffe sehr, dass dir die Geschichte von Maya & Ezra gefallen hat, du dich in den Seiten verlieren konntest und mit ihnen mitgefiebert hast.
Danke, dass du mit mir nach Crescent Hill gereist bist und geholfen hast, die Werwölfe zu befreien.
Es wurde höchste Zeit, dass der Stadt die Augen geöffnet werden, findest du nicht?

Ich hoffe, wir lesen uns bald wieder.
All the love
Annika x